LA BUSTINA DI MINERVA

密涅瓦火柴盒

意

翁贝托·埃科

——

著

李婧敬

——

译

上海译文出版社

目录

前言 I

银河的阴暗面

人口迁移 3

战争、武力与正义 6

流亡、拉什迪和地球村 9

帝国覆灭的代价 12

晚餐时刻,绞刑直播 15

纽约,纽约,美丽的城市! 17

"撒旦的犹太教堂"和《锡安长老会纪要》 20

再论"撒旦的犹太教堂" 23

身体与灵魂 26

政治正确还是政治狭隘 29

一场诉讼 32

科索沃 41

我深爱的河岸

喷泉广场上的马泰奥蒂 51

谁投票给了安德雷奥蒂 55

电视之争为哪般 58

抵抗运动的双面色彩 61

清一色右派 64

我的墨索里尼颂 68

安放炸弹的若干理由 71

间谍 74

赞颂"旺代",缅怀"萨洛" 77

旺代,卡尔迪尼和红花侠 80

最新消息 84

拿破仑凯旋滑铁卢　威灵顿落败回老家 87

科拉多与当今国情 91

幽灵的回归,哦耶! 95

柯尔多究竟是哪派 99

羞耻啊，我们居然没有敌人！……… 103

海岛度假小记……… 106

这些凯尔特人曾是谁……… 109

博西不如我，不是高卢人……… 113

最新消息：布雷佐里尼逃亡国外……… 116

忆金吉·罗杰斯……… 119

归来吧，萨伏依家族！……… 122

伟大的八十年代……… 125

读懂历史年表……… 128

迪·贝拉、科学与多数派……… 131

注意：本文纯属无稽之谈……… 134

映照肺腑之言的绝顶好镜

庸俗之词何以脱口而出……… 139

专业水准……… 143

姑娘们，不在其位，不谋其政……… 146

美国大学中的新霍梅尼主义 149

上演《马耳他的犹太人》 152

关于足球的倒错心理 155

爱德里克,还是爱中庸 158

八卦曾是严肃的 161

拉杆箱究竟为何失衡 164

雪茄:一种标志 167

为何举行反儿童色情犯罪大游行 170

城市心理小议 173

小议民风之败坏 176

星期天去做弥撒…… 179

拍名人照片,有必要吗 182

一场成功的海难 186

克林顿上过哪所教堂 189

隐私权教育 192

民主如何摧毁民主 195

隐私权与监外服刑........198

有谁貌似杰拉尔·菲利普........201

飘散在宇宙间的万物

德·毛罗，你疯了！........207

查的书与读的书........210

用指腹读书........213

Betzeller........215

何须惧怕超文本........218

如何甩掉 WINDOWS........221

"苹果"与"DOS"的较量........224

罪恶一夜纪事........226

X 先生的结肠........230

小议电脑图标........233

实话，只有实话........237

电子邮件、无意识与超我........240

你能记住七个小矮人吗 243

我们的发明真的如此之多吗 246

在互联网上旅行 249

写好的故事和待写的故事 253

纵使是白费口舌

报纸：你们已沦为电视的奴隶 259

庭审直播是破坏宪法 262

即使被告同意，谁能保障证人的权利 265

旧式斯大林主义 268

报纸越来越幼稚 271

洛罗、克拉克西及门房的角色 277

电视荧屏前：只需证明控方非法，不必证明被告无辜 281

针对民调的民调 284

议员阁下的屁股 287

转载之风何时休 290

上演犹豫戏法 293

主业会辟谣，说我不是敌基督！ 296

一桩趣闻：尤利乌斯·恺撒在元老院遇刺 299

等等等等，等等等等 302

油煎猪蹄的酱汁

文化狂人 307

读书何以延长寿命 310

勿将托托比卓别林 313

喜悦！无限宇宙照亮我心 316

去卢浮宫吧，参观视觉艺术与 Blob 艺术的鼻祖 320

七拼八凑的书籍 323

肤浅认知与基本常识 326

古典作品赞 330

一本《牙签论》 333

糟糕的《第五交响曲》 336

哪一夜曾漆黑一片,雨骤风狂 *342*

知识分子:别在扣眼里的一朵花? *345*

《高格》 *348*

为何诗人不能闲 *351*

免费写作,花钱出书 *354*

知识分子的首要义务:在无能为力时闭嘴 *357*

莱奥帕尔迪眼中的雷卡那提少女 *360*

有多少书我们没读 *363*

道德、美学与涂鸦 *366*

Giovanni il Battezzatore? *370*

传统作品与流态艺术 *374*

这"后现代"究竟是什么 *377*

文学批评的兴与衰 *380*

就让我自娱自乐吧

将军和萨达姆·侯赛因 *385*

布鲁诺 388

天使熊的故事 391

我生命中的第一夜 394

设得兰群岛的鱼鹰 397

胡安·菲里克斯·桑切斯 400

关于时空旅行的思考 404

一九九七美国版小红帽 407

如何能够妙笔生花 410

为什么 414

废纸之疫 417

不断前行的伟大命运

美妙的青春韶华 423

一年扔掉多少树 428

先有人还是先有鸡 431

我才五十岁,请勿用尊称 434

妈妈，什么叫"手足" 437

简约科技的胜利 440

某疯狂科学家决意克隆我 443

人种优化论是伪科学 446

来自第三个千年的报道：私立学校终于姗姗来迟 449

二〇九〇年的古老专栏稿 452

肖邦对抗贝卢斯科尼 455

我们如何笑对死亡 458

前言

《密涅瓦火柴盒》专栏文章是于一九八五年三月开始在《快报》周刊上发表的,当时是每周一篇,一九九八年三月以后改成了半月一篇。一九九二年初,我把一些针砭时弊的文章收集在《带着鲑鱼去旅行》一书中。当然,那些没有收录的文章也具有一定的保留价值。总之,我又在这剩下的五百余篇文章中挑选了一些,汇成这部涵盖我近十年来文字的集子。剩下的大约三分之二我就不得不割爱了。

首先,我删去了许多与时政过于相关的文章。由于当时对于那些时事也只是进行了简要描述,所以现在重新阅读时,连我自己也想不起来这些文章究竟是针对哪些事件而发表的感慨了。因此,我很可能会漏掉一些十分重要的话题。不过,如果这些话题真的非常重要,那我一定在其他的作品,如《道德五论》(邦皮亚尼出版社,一九九七年)中更为详细地谈论过。在这本集子中,我收录了两篇曾在其他刊物上发表过的文章,但由于篇幅对于这本书来说太过冗长,所以这里收录的只是节选版:一篇是经过删节的关于索菲力诉讼案[①]的评论(《微观大世界》第三期,一九九七年),另一篇是在科索沃战争期间发表于《共和国报》上的文章。

我还不得不删去了一些在友人或大师逝世之际而创作的散文。

人嘛,终有一死,但在这十年里却有太多的人离我们而去。令我感到安慰的是,即使我没有收录那些令人感慨万千的悼文,他们也依然会长久地活在世人的心中。

另外,我还删去了所有关于"文字游戏"的小品文(尽管从读者的反馈来看,这些小作品并不令人感到厌恶)。但这类作品中的很大一部分我都收入了《带着鲑鱼去旅行》一书。除此之外,这类文字游戏练习(非常有教育意义,以至于许多在校学生都在为此进行比赛)已经在网络中,如 Golem 网上(www.rivistagolem.com)继续发表了。

许多作品没有收录,是因为我认为它们过于重复,也就是说,我在这几年中经常反复谈到同一些话题。有好几次,我把两篇从不同角度论述同一个问题的文章组合在了一起。但我仍然保留了一些令人特别"头疼"的主题。因为在某些情况下,不断地重复意味着某些现象或争议一直是意大利媒体持续关注的焦点。在这种情况下,我的反复论述恰恰可以证明是社会,而不是我个人要重复关注这些问题。举个例子来说,如果我们在每个季节都要针对书籍的未来命运展开讨论,那么就意味着我每个月都必须写点什么来平复人们的心境,因为心灵是不会自己平静下来的。

我在语言风格上进行了多处修改。由于这些文章是为每周的专栏而写的,因此匆忙中难免会有许多不尽如人意之处。于是,当我重新阅读这些文章时,便把一些多余的卷首语、引言和结束语都统统删除了,同时也在必要的地方添加了一些十分简短的解释。这些文章的长度必须符合每周专栏的规定,也就是说我必须把杂志的最后一版填满,太长了就要删减,太短了则要补充几句。这是新闻体

---

① 一九八八年,意大利左翼团体继续战斗党的领导人索菲力和彼得罗斯特凡尼被指控于一九七二年策划谋杀警方人员而遭到逮捕起诉。

裁造成的限制。然而，我认为撰写这些专栏文章对我来说是相当重要的经历：在规定的字数范围内把自己的想法表达出来——我愿意向所有人推荐这种脑力练习方式。

读者会在我这本集子里读到许多与时政无关的文章。或许我应该把在第一本作品集里所说的话在此重复一遍。专栏的标题"密涅瓦火柴盒"是指一种装有密涅瓦牌火柴的纸制小盒。很多人喜欢在这盒子的封皮背面记录一些诸如地址和购物清单之类的内容，也有人（比如我）喜欢在上面记录下在火车、酒吧、餐厅里，或是在读报、欣赏商场橱窗、翻阅书店里的书籍时闪过的一丝灵感。因此，我当初就做了这样一个决定：如果某天晚上，纯粹出于个人原因，我偶然想到了关于荷马的问题，那么即使荷马不是最近的热点人物，我也要把自己对他的想法写下来。因此，读者会发现我经常这么做，当然，有可能是谈论荷马，也有可能是谈论其他。

另外，我在创作专栏文章时所遵循的另一条原则是拒绝人云亦云。我认为，当一个人杀害了自己的母亲，而公众都认为这是一项罪恶的举动时，我便没有必要写文章再谴责他了，因为那样做无非是简单地激发一下大众的同情心。但如果大部分公众都认为这个人的弑母行为是正确的，并且符合法律程序的话，那倒是值得写上几句自己的看法。我不曾就"儿童性骚扰"和"从立交桥上乱扔石头"这些不良的社会风气写过什么，因为我能预见，就在同一期周刊上，一定会有其他的空间来报道这些可悲的事件，并表示谴责。但如果是在某些地方，人们聚集起来为反对恋童癖而游行示威的话，我倒愿意写些东西来评论一番这种现象的特别之处。

读者会在这本书里看到，即使我采取的是一种调侃的笔调，但表达的却总是一种愤怒之情。我不谈让自己高兴的东西，却总是针对那些令我不开心的事情写下自己的想法。可那些令我们不快的问题实在是太多了,以至于肯定会有人抗议说有许多人家谈到的话题,而我却没有开口。抱歉,那是因为我在那些时候分心了。

二〇〇〇年一月五日 米兰

银河的阴暗面
关于种族主义、战争和"政治正确"

人口迁移

上个星期二，当几乎所有的报纸都在用大块篇幅报道佛罗伦萨所面临的紧张状态时，《共和国报》上则刊载了一幅布奇①的漫画：画面上有两个轮廓，一个是显得巨大无比的非洲，另一个是小得可怜的意大利，而旁边的佛罗伦萨则是微乎其微，甚至都无法用一个小黑点来表示了（下方写着："这里需要更多的警察"）。《晚邮报》上的一篇文章概括了我们的星球在自公元前四千年到今天的漫长历史中经历了怎样的气候变迁。从这篇文章中，我们可以看出大陆的肥沃或贫瘠会逐步引起人类的大规模迁移，从而让我们的地球形成了今天的模样，同时也创造了这些我们可以直接了解，或是通过历史再现而间接了解到的文明。

今天，面对所谓的"非欧盟成员国人口"问题（这是一种非常委婉的说法，而且正如我所提到过的，瑞士人和来自美国得州的游客也应属于此类人群）——这个令所有欧洲国家备感关注的焦点，我们一直在不断地思考，我们是不是正面临着一种移民现象。所谓移民现象，是指数以千万计的居民从一个人口过剩的国家前往另一个国家生活（例如澳大利亚的意大利人）。在这种情况下，接收国理所当然应该根据自身的接纳能力对移民的流入进行控制。一方面，他们有权逮捕或驱逐对社会造成危害的移民，另一方面，他们也有义务逮捕任何危害社会者，不管那些危险分子是本国的居民，还是来自大国的富有游客。

但在今天的欧洲，我们所面临的却根本不是移民涌入的问题，而是一种人口的迁移流动现象。这种现象完全不似日耳曼人侵略意大利、法国和西班牙时那样残暴，也不像阿拉伯人的扩张（在穆罕默德从麦加迁往麦地那之后）那样猛烈，同时也没有那些深色皮肤的亚洲人沿着现已沉没的地岬向大洋洲或是美洲进行不定向迁移时那样缓慢。这种迁移是地球历史上的又一个篇章，它描绘了迁移的人流是如何促使各种文明形成或消解的过程。最初，人类是由西向东流动（但我们对此知之甚少），之后又由东向西，继从印度河源头朝赫拉克勒斯之柱②的千年迁徙之后，又是历时四个世纪的从赫拉克勒斯之柱向加利福尼亚和火地岛的迁徙过程。

如今，人口的流动已经不太容易察觉。表面上看，迁移就是一次飞机上的旅途，在警察局外国人事务办公室里停留的片刻，或者是一次偷渡。这种迁移却经常是由干旱、饥渴的南部朝北部进行，因此看上去像是移民，实际上却是人口的流动，是一个重要性难以估计的历史事件。它不似牧民的游牧，凡是马匹所到之处寸草不生；这种迁移是非常谨慎而温和的，但只需要几十年，而不是几百年或几千年。和所有的人口迁移行为一样，当今的人口流动最终必然会导致迁移目的地的种族重组以及习俗的变更，还有无法避免的各个异族通婚。继而当地人的皮肤、头发和眼睛都会改变颜色。正因如此，当年为数不多的诺曼人才能在西西里岛上留下金发碧眼的种族。

---

① Massimo Bucchi（1941— ），意大利漫画家，长期为《共和国报》创作专栏漫画《面向院子的窗户》。
② Pillars of Hercules，指直布罗陀海峡两岸的岬角，传说是赫拉克勒斯建立的石柱，代表世界的尽头。

大规模的人口迁移经常令人生畏，至少在某个历史时期是如此。一开始，人们会阻止这种流动，例如罗马帝国的皇帝们就曾四处建立壁垒，并派出大规模的军团去镇压那些逐渐逼近帝国的不速之客；后来，他们与第一批定居下来的外来人口签订了协议并加以管制，于是，所有在罗马帝国统治之下的公民就都拥有了罗马帝国的国籍。罗马帝国衰亡之后便形成了所谓的"罗马—蛮族王国"，而这些王国则正是当今欧洲列国的起源。今天，我们骄傲地说着各自的语言，并拥有各自的政治和社会制度，统统这些都源于当时的蛮族王国。如果我们在伦巴第①地区的高速公路上看到这样一些类似于意大利语的地名，如乌斯马特、比安德拉特之类，我们也许早已忘记这些词语都有着早先欧洲北部伦巴第式的词根。再举一个例子：那些经常浮现在意大利中部居民脸上的伊特鲁里亚②式微笑又是从何而来呢？

　　大规模的人口迁移是无法阻挡的。而我们需要做的，就是做好准备，迎接一个崭新的"非欧"文化时期的到来。

一九九〇年

---

① Lombardia，位于意大利北部地区。古罗马帝国衰亡之后，来自欧洲北部的古伦巴第人在此建立了"罗马—蛮族王国"。
② Etrusco，意大利古代民族，活跃在意大利中部地区。

战争、武力与正义

这世界上存在正义的战争吗？两个星期以来，这个问题引起了广泛的思考。然而在该问题上，却存在一种错误的思维，就好比要讨论两条平行的直线究竟是不是比一个平方根更加沉重一样。于是我试图弄清楚这个问题的症结所在，然后通过另一种方式表述出来。我们知道，武力是个坏东西，但究竟存不存在不得已而使用武力的情形呢？请大家注意，"不得已"并不等于"正确"与"好"，比如从生理角度来说，砍掉一个人的腿是不对的，但如果是为了治疗癌症，那么截肢就是一种不得已而采取的措施。

其实大部分不主张使用武力的人也同意存在不得已而使用武力的情形：即使是耶稣，在面对圣殿广场上商人们的丑恶行径时也采取了非常粗暴的行为[①]。除了启示性的宗教，自然的道德法则也告诉我们假如有人要袭击我们、我们的亲友或者是任何一个无辜并且毫无防备的人，我们理所应当要进行武力反抗，直到危险消失。因此，我们说反抗是一种"正当"的武力，也就是说当一个民族被他人的武力所压迫，或面临无法忍受的暴政时，这个民族的武力暴动就是情有可原的。毫无疑问，面对某个独裁者的侵略，整个国际社会以武力来回应也是一种正当的行为。

问题就出在"战争"这个词上。这个词与"原子"一词很有些相似，"原子"既可以用在古希腊哲学中，也是当代物理学的名词，但同是这个词，在两种情境下却有着截然不同的含义；它曾经用来指那些不可分的微粒，但在今天，它指的却是一系列粒子的集合体。如果有人用物理学中的"原子"概念去解读德谟克利特②的作品，或是用德谟克利特的原子概念去理解当代物理学书籍，那么他一定会觉得莫名其妙。现在，我们来看看"战争"这个词，如果我们把布匿战争③和第二次世界大战相比较，就会发现除了都有人员伤亡之外，这两次战争实在没有太多共同之处。本世纪中期的"战争"现象，无论是从其席卷的范围、造成的后果、可控制性以及对未参战国居民的影响来看，都与当年拿破仑的战争不可同日而语。总之，在过去，一场针对压迫者而不得已采取的武力行为经常体现为枪林弹雨的战争形式，但在今天，类似的武力战争或许不仅不能遏制压迫者，还会助长他们的嚣张气焰。

在最近的四十五年中，我们曾经历过另外一种用于遏制某个"压迫者"（我之所以这样谨慎地用词，是希望我的看法能够让美苏双方都可接受）的形式，即冷战。之所以进行冷战，是因为斗争双方都认为刀枪之战对于"好人"没有任何好处，然而，这场冷战还是十分可怕、恶劣、充满了暴力威胁和局部的暴力行为。冷战是第一个例子，让世界觉察到战争的含义已经发生了变化。传统的冲突总是以一方的胜利和另一方的失败而告终（除了少数诸如"皮洛士的胜利"④的战争），然而现代战争则完全不同。如果在一个月前有

---
① 见《新约·约翰福音》，第 2 章，第 13—17 节。
② Democritus（约前 460—前 437），古希腊唯物主义哲学家、唯物原子论的创立者之一。
③ Punic Wars，古罗马与迦太基两个古代奴隶制国家之间为争夺地中海西部统治权而进行的一场著名战争。
④ 伊庇鲁斯国王皮洛士曾于公元前二七九年与罗马作战，最终取得了胜利，但也付出了惨重的伤亡代价。

人问我可以采取什么手段来代替枪支炮弹去对付萨达姆，我会这样回答：只要采取一种严格甚至严酷的"冷"遏制手段，配合一些小规模的边境战役，以及通过紧急立法来实现的监控系统就能达到目的，也就是说，任何西方企业家，只要向萨达姆出售过一星半点的武器图纸，就要受到无期徒刑的制裁。这样一来，在不到一年的时间里，萨达姆的攻击和防御武器就都会大批量落伍。当然，这个办法只能算是事后聪明了。

生活常理告诉我们如果有人拿着刀来袭击你，那么你至少有权利用拳头来回应他；但假如你是"超人"，并且知道自己一拳能把敌人送上月球，把我们这颗卫星撞个粉碎，并会引起重力系统倾斜，火星与水星相撞等诸多后果的话，那么你可要三思而后行——或许你将引起的重力系统灾难正是你的敌人所希望得到的结果。倘若真是如此，你可千万不能让他们的阴谋得逞啊。

一九九一年

流亡、拉什迪*和地球村

我不知道是否存在一部关于受迫害者的社会史。伊塔洛·梅鲁①曾写过一本相当不错的著作,讲述迫害与排挤的历史,但我所指的却不是这类作品,而是那些描述从迫害者的鞭笞下死里逃生,走上流亡之路的受迫害者命运的书籍。

在过去的几个世纪中,流亡者的历史是非常痛苦并且屈辱的。比如但丁,尽管他的命运最终还算不错,却也品尝到了"别人家的面包味道是多么咸"②的滋味。再比如焦尔丹诺·布鲁诺,在被敌人抓捕并迫害以前,他曾在国外受到相当的尊敬,但也常常遇到那些试图诋毁和陷害他的人。更不用说马志尼③了,本已郁郁寡欢的他在流亡途中变得愈发憔悴不堪。

本世纪以来,流亡者的命运似乎开始好转。一方面,流亡者身上似乎笼罩着一种忧郁且不羁的魅力,就像那些该死的诗人和可恶的美学家一般:直到上个世纪,这两类人的境遇都还极其悲惨——住在阁楼里,或身患肺结核;但在本世纪,他们却变成了抢手货,被众多大家族和文化基金会争相邀请到各类晚宴、游船航行以及一些带有反叛色彩的会议等场合中。另一方面,民主意识的发展让所有人都欢迎、支持甚至特别优待流亡者,因为他们是反对专制政权的活生生的象征。正因为如此,本世纪以来,宗教流亡者和政治流亡者的境遇从大体上说来即使算不上令人满意，至少也是可以让人接受了（除了因思乡而产生的烦闷之外）——甚至对于有的人来说，流亡反而是件好事。于是他们伪装成流亡者，因为这样至少能从某个特务组织那里获得一份津贴。

上述现象应该是从俄国革命时期开始的。那些俄国大公流亡国外之后，有人只是在巴黎的夜总会里跳舞，但他们的日子却过得不错，甚至还很受想攀高枝的贵妇们的欢迎。且不说那些流亡到迈阿密的古巴人过的是多么舒心的日子，只要想想近几十年来，人们是多么乐意向某个党派宣称自己是捷克、智利或阿根廷的政治流亡者，或者是所谓"地下文学"的作者。后来，随着时间的流逝，这种对于流亡者的热情（或冷漠）便随着政变、革命或叛乱等事件而时起时落。

然而，这一切都随着拉什迪事件的发生而终结了。该事件表明了这样一个事实：如果可以通过某种权力，借助媒体在全球范围内宣布针对某个人的死刑裁决，那么这个地球上的任何一片流亡之地都将不复存在。这是一种前所未有的情况。这并不是意味着流亡者的境遇将由本世纪典型的"金色流亡"倒退回前几个世纪的"残酷流亡"，而是说地球上将不再有任何流亡之所，无论逃到何处，始终逃不出敌人的领地。

打个不太恰当的比方，这就好比地球上再也没有一座被人遗忘的小岛，让你不受任何其他游客的干扰度过一个清静的假期了。如今，哪怕是在最遥远的角落，也会有一帮凡托齐[④]式的人物进行包

---

* Salman Rushdie（1947— ），印度裔英国作家，曾因创作《撒旦诗篇》被伊朗宗教领袖霍梅尼判处死刑，在全球范围内遭到追杀。
[①] Italo Mereu（1921—2009），意大利法律史学家。
[②] 出自意大利文学家但丁的《神曲·天堂篇》第17章。
[③] Giuseppe Mazzini（1805—1872），意大利革命家、民族解放运动领袖。
[④] Ugo Fantozzi，由意大利导演、作家和演员保罗·维拉乔（Paolo Villaggio，1932—2017）创作并演绎的喜剧人物。

车旅行——这样一来，我们就面临一个带有悲剧色彩的结果：你潜在的敌人渗入地球的每一个角落，等着你的到来；只要用手机打一通电话，或在电视智力问答节目中发送一条看似无奇的密码短信，就可以通过电波发出杀害你的指令。

"让世界停止转动，我要下车。"①时至今日，这句台词已变成了一句永远得不到满足的绝望的呼喊。这就是麦克卢汉②所说的"地球村"的真正含义。我们之所以称其为地球村，并不是因为我们可以使用电子手段与千里之外的爱人相恋，而是因为很多人能够从这种同一性中获得内心的满足和安宁。我们之所以把世界看做"地球村"，并不是因为我们幻想所有人都是我们的朋友，而是因为在这世界任何一个角落都可能出现你的敌人，他不与你亲近，与你爱好迥异，甚至不满足于你伸过去的另一侧脸，因为他正直直瞄准你的心脏。

然而你是无法中途下车的，这转动的地球没有中途停靠站。这个没有流亡之地的村子叫做"地球村"，因为你根本不可能把追杀你的人从脚踝边甩掉，而只能绝望地感觉到他正如影随形。一旦得到指令，马上就有某个人准备向你逼近了。

一九九二年

---

① 出自二十世纪六十年代的一出百老汇音乐剧。
② Marshall McLuhan（1911—1980），加拿大传播理论家，认为计算机、电视等传播手段对社会、艺术、科学和宗教等产生强烈影响。

帝国覆灭的代价

这几天，我读到了很多谈论发生在巴尔干半岛上的暴行的文章，感到十分痛心，同时我也想起了在柏林墙倒塌之后，我与雅克·勒高夫①进行的一次谈话。当时，他已经预感到苏维埃帝国正在分裂，只是没有想到这一切会由于去年八月那一场愚蠢的政变而来得如此令人始料不及。

那时，勒高夫着手编纂一套由四五家出版社联合出版的关于欧洲史的丛书，正与合作者们商量选题的相关事宜。于是我建议他也编写一本关于帝国覆灭代价的书。我想他已经把这个任务交给了某位学者。我当时的意图在于通过了解以往的帝国在坍塌时所付出的代价，以便从一定程度上预见苏维埃帝国倒台将引起的诸多后果。如今，已经没有预测的必要了，倒不如将这几次事件直接对比一番。

帝国总是专制独裁的，这就好比强压在一锅沸水上的锅盖。当压力大到一定程度时，锅盖就会跳起，并产生一种类似于火山爆发的现象。我并不是说锅盖不跳就是好事，因为通常来说，锅盖是因为热学原因才会跳起的，而物理上的原因并没有道德与非道德之分。我只是想说，只要锅盖还没有跳起，那么对于压迫者来说就仍能保持一定的秩序，锅盖一旦跳起，就必须为之付出代价。

罗马帝国的瓦解导致了欧洲的危机，这种毒害一直延续了至少六个世纪。事实上，一些恶劣影响甚至蔓延到了六个世纪以后。或许今天在巴尔干发生的事件（东欧的东正教徒与西欧的天主教徒之争）也是其恶果之一。而哥伦比亚和秘鲁之所以会有如此的现状，包括拉丁美洲不把美国放在眼里的现实，这些都是西班牙殖民帝国缓慢瓦解所造成的后果。奥斯曼帝国的情况就更不言而喻了，它的缓慢消解甚至让中东地区付出了代价。我不敢计算大英殖民帝国的坍塌造成了怎样的影响，但意大利的统一确实与昙花一现的拿破仑帝国的覆灭不无关联。

曾显赫一时的奥匈帝国的覆灭至少导致了纳粹主义的产生和第二次世界大战的爆发，它还导致了今天巴尔干半岛上的情况（当然，曾经有五个帝国都在那里覆亡：罗马帝国、拜占庭帝国、奥斯曼帝国、奥匈帝国和苏维埃）。

总之，当一个帝国倒台时，其影响会波及之后的许多个世纪。我们且不去列数苏维埃的覆亡在国际上造成的主要后果，包括整个东欧国家及语言的分崩离析（尽管可以理解），统一后的德国所面临的严重麻烦，亚美尼亚人和格鲁吉亚人的灾难，甚至布什的倒霉事——人们见他已经失去了对抗帝国的功能，便开始以他的情人珍妮弗为题说长道短……我们只要看看苏维埃倒台后在意大利造成的混乱局面就足够了：社会党、前共产党和天主教民主党的危机，原先当权政府与黑手党（自从西西里登陆起）之间协议的破裂，老一代黑手党的垂死挣扎以及新一批黑手党组织的宣言——说政府无法继续打着抵抗共产主义的旗号，因此也无法再依靠——所有这些发生在我们这个不幸国家里的一切都是由苏维埃的倒台引起的，这与年轻的哈维尔②所面临的情形同样令人痛苦。甚至联盟党的诞生、

---

① Jacques Le Goff（1924—2014），法国历史学家。
② Václav Havel（1936— ），曾任捷克总统，早年曾从事剧本创作工作，著有《花园盛事》《密谋者》《诱惑》等作品。

克罗地亚的乌斯塔沙政权[①]、塞尔维亚的大屠杀和斯洛伐克的邪教也都是苏维埃覆亡后所产生的"结晶"。

我并不是说只要了解一个帝国覆灭的后果就能减少其付出的代价。但为了预见到将来的灾难,我们最好还是预先了解它。虽然历史不会以完全相同的方式重演,但一个帝国的灭亡也绝不会时而上演悲剧,时而上演喜剧,它只会导致不同形式的悲剧。毕竟,历史学家还是以非常科学的方式严肃地总结出了某些历史事件的规律,以及某些"作用—反作用"法则。一句话,前事不忘,后事之师啊。

一九九二年

[①] Ustaše,第二次世界大战期间依靠德国势力统治克罗地亚的极端民族主义组织。

晚餐时刻，绞刑直播

对于有关机构未能批准拍摄美国最近一次绞刑的执行实况，我感到十分遗憾。我甚至认为应该在美国东海岸时间晚上八点把犯人绞死，这样纽约的观众就很有可能在享用晚餐的时候看到直播；美国中西部的观众可以在晚餐后（因为他们通常很早吃晚餐）拿着一杯啤酒在电视机前欣赏；加利福尼亚的观众可以在游泳池旁一边品着龙舌兰酒一边观看；而由于意大利正处于夜里，我们就只能在第二天收看晚间新闻里的转播了。

观众必须坐在餐桌边观看绞刑直播的场景，这一点是非常重要的。犯人脖子的断裂声、腹部的抽搐声以及双腿的踢腾声必须与观众咀嚼食物的声音相融合；如果是电椅，则要让罪犯吱吱呀呀地尖叫几秒，最好与在炉子上煎黄油鸡蛋时所发出的噼啪声相呼应；假如是毒气，就没有什么悬念了。因为观众早已知道罪犯要深深吸上一口毒气，整个场景将具有足够的视觉效果，另外还会配有些许呻吟；我不太建议使用注射法，因为它无法表现出直播的视觉效果，只要通过电台转播就可以了。

意大利的迪斯尼公司刚刚通过了一项规定，作者不能再让老唐老鸭对小唐老鸭说"掐死你这只该死的鸭子"，因为这句话具有暴力倾向。因此，我明白在这个时候提出直播死刑的建议是没有多少人会响应的。为了票房而去拍摄那些枪林弹雨、血肉横飞的场面是一件很残忍的事情。但我们还是应该把那些会惊扰到无辜者（或导致精神脆弱者产生异常举动）的虚拟游戏和报纸报道的义务进行区别对待。

至于是否要设立死刑，全世界分为两大阵营：反对死刑者（例如我）和支持死刑者。对于那些胃部虚弱的反对死刑者来说，他们大可以在播放死刑实况时把电视机关掉，但他们至少会以某种方式表达哀悼之意。如果一个人在某一时刻被处死，所有人都应该以某种方式参与这个事件，不管是在祈祷，还是在家里高声朗读帕斯卡的作品。他们应该知道那天晚上发生了一件恶行。如果他们看到了实况，则会更加深刻地谴责这种野蛮的行径，而不仅仅限于说一句"我不同意死刑"——这就好比当每个人看到电视屏幕上饥饿难耐的非洲孩子时，都会产生怜悯之情。

另外，还有一些支持死刑的人。这些人更应该观看现场直播。我料想到会有人反对，他们会说："我知道做阑尾手术对病人有好处，但你别让我在吃饭时看到这幅场景。"然而，大家都会同意，死刑跟阑尾手术并不是一回事。它是一个关乎情感、生命价值和正义的问题。所以我们不能自欺欺人。如果你支持死刑，你就必须面对犯人抽搐、哭号、踢腾、呻吟、咳嗽着把自己的灵魂交还给上帝的场景。古人在这点上更加坦诚，他们会买票观看执行死刑的实况，如疯子一般欣赏这样的血腥场景。而你如果支持死刑这种极刑，就必须也像古人那样"欣赏"：一边观看，一边吃饭、喝酒、做你喜欢做的事情，而不可以一面支持死刑的合法性，一面又假装这刑罚没有发生。

有人问："如果我的妻子堕胎了呢？"这又有何难？新的教义手册承认国家可以合法设立死刑，同时也规定孕妇只有在完全自愿的情况下才可以堕胎。我认为，因为观看绞刑而流产，则算不上是罪过了。

一九九三年

纽约，纽约，美丽的城市！

我喜爱并且愿意经常前往的外国城市有很多，例如巴塞罗那或阿姆斯特丹。但如果有人问我，我最愿意在哪座外国城市生活——我是指长期生活，并在那里安家——那么我的选择将会有不分伯仲的两座城市：巴黎和纽约。这不仅仅因为这是两座美丽的城市，而是因为如果要选择一个终老之地，必须确保在那里不会感到牵肠挂肚。而恰恰就在那两座城市里，你从来都不会怀念什么。因为那里应有尽有，又有什么可怀念的呢？在那里，即使足不出户，你也会感觉置身于世界的中心。当你出门的时候，也不需要确定一个目的地，走着走着，总能看见新鲜的东西。

"New York, New York, what a beautiful town,"歌曲中如此唱道，"The Bronx is up and the Battery is down!"[①]纽约是又脏又乱的。你从来无法确信上星期光顾过的餐馆这星期是否依然存在，因为就在这短短的一周里，可能整栋建筑或街区都已被拆毁，甚至还会有人突然把你砍伤（当然，这不会发生在每一个街角，生活在纽约的一大好处就在于你甚至可以了解到一般哪条街道不容易发生暴力事件）。天空可能是醉人的天蓝色，风有点急，座座摩天大楼光芒四射，显得比帕提侬神庙更加光辉灿烂，身边每一座建筑都变得恢弘壮美。正如我刚才所提到的，你就像生活在一种 jam session[②]

中。即兴和偶然也会产生秩序与和谐。在纽约，就连恐怖感也是一种迷人之处。我们可以尝试着想象一下这种魅力。

如果你了解纽约，就会知道在这座城市里转过一个街角就进入一个不同的世界。之前还都是韩国人，转眼间就全成了波兰人，之前你看到的尽是钟表，之后却变成满眼的鲜花。在某个时段，你可以看到整条街都挤满了戴着黑帽，蓄着胡子，留着鬓发的正统派犹太人，两分钟之后，夏加尔③画中人组成的熙攘人群就消失了，但如果你走进一家道地的熟食店，又会再次遇见他们。接着，你再步行十来分钟，就会在中央公园旁边看到一群来自朱丽亚音乐学院的孩子们正在上演一场小型巴罗克音乐会，继续往前走一点儿，你会看到一个旧书摊，走下两级台阶，便能坐在被好似卢瓦尔河城堡群的高楼大厦环抱着的湖边喂小松鼠了。纽约是座暴力之城，也是座宽容之城。它接纳所有人，让有的人死去，也让有的人幸福。但千万不要侵犯他人的隐私，因为这不仅是百万富翁的理想，也是街头乞丐的理想。有人曾经做过一个试验：他们让一个测试者从头到脚穿上中世纪的盔甲，随后把他送进一个电话亭。十分钟后，门外等得不耐烦的人开始敲玻璃门，但这仅仅是因为里面的"武士"占用了太长时间，至于他穿着什么样的衣服，那是他自己的事情，旁人毫不在意。纽约是一个多姿多彩的城市，你可以看到五颜六色。总之，纽约是一个奇迹。或者说它曾经是一个奇迹。如今，虽然我不能肯定自己是否会再次前往（因为经常有工作需要），但我肯定会尽量少去那里。因为纽约州恢复了死刑。

我怎么能生活在一个教导人们不要杀戮，而自己却在杀戮的城

---

① 英文，纽约，纽约，美丽的城市。布朗克斯在上，炮台公园在下。The Bronx 是位于美国纽约最北端的一个黑人区。The Battery 是纽约市曼哈顿南端的一个公园。
② 英文，爵士乐即兴演奏会。
③ Marc Chagall（1887—1985），法国超现实主义画家，俄裔犹太人。

市里？这个城市为了确保别人不朝我的腹部捅上一刀，却要让我面临另外一种危险：一个无法预知的司法错误就足以让他人朝我的胳膊（或其他部位）上注射致命的一针！这是一座被"死亡合法化"的阴影所笼罩的城市，我怎能在这样一个城市里找到生机？在我眼里，从我身边经过的每一个人都有可能成为刽子手的牺牲品，然而我知道他们中的很多人都对自己的命运颇感满意，因为对于那些向他们许诺死亡的人，他们亦投出了赞成票。

纽约城具备的那种自由的意识似乎预示着将要发生什么。尽管它已经习惯了那股从肮脏凌乱的清洁袋里发出的味道，但面对死亡的霉味，这座城市一定会有所反应，也一定不能容忍自由女神像手中的火炬变成墓地的火把——虽然目前的情况尚未发生改变。

多么痛苦啊！"New York, New York, what a terrible town! The Bronx, the Park, and the Battery are down!"①

一九九五年

---

① 英文，纽约，纽约，可怕的城市！布朗克斯、中央公园、炮台公园，统统都倒下。

"撒旦的犹太教堂"和《锡安长老会纪要》*

我对于帕帕拉尔多主教以及他大力推行的改革运动一直怀有极高的敬意。但我却发现,他在将一些有罪之人革出教门时曾使用了"撒旦的犹太教堂"这一说法,似乎这只是一句具有修辞功能的俗语。然而这却是一个愚蠢的行为。至于意大利的犹太人团体对此感到愤怒,也是理所当然的了。

主教先生为什么不说"撒旦的教堂"或"恶魔的庙宇",而会想起"撒旦的犹太教堂"这一说法呢?事实上,这种说法自有其历史渊源。我从报纸上读到,有人认为该说法来自《锡安长老会纪要》。这本书是排犹主义的"圣经",更曾是希特勒的枕边读物。然而这种说法却是错误的。《纪要》里的内容虽然要更糟糕,但却不可能采用上述说法。因为这本书是以一个犹太人的身份用第一人称写的。因此,若要让这本伪书看起来逼真,其中的犹太人绝不可能自称为"撒旦的密使"。倒是该书的真正编者——俄国人谢尔盖·尼卢斯于一九〇五年评价这本小册子时,曾说以色列的凯旋王(即敌基督)曾"使用撒旦的恐怖力量倾尽全力"去接近掌控宇宙大权的宝座。

传统排犹主义认为,犹太人与魔鬼有约,因此撒旦或敌基督才会特别青睐犹太教堂。这种说法在中世纪时期的典籍中随处可见。

然而"撒旦的犹太教堂"这一提法却是典型的十九世纪排犹主义言论。

一七九七年，巴吕埃尔神父曾写过一部名为《雅各宾主义发展史回忆录》的作品，旨在说明那场连伏尔泰、狄德罗、杜尔哥、孔多塞、达朗贝尔、霍尔巴赫等人物都竞相参与的法国大革命其实是一场耶路撒冷圣殿骑士团①和共济会②的阴谋。巴吕埃尔并没有提及犹太人，但事后某位西莫尼尼将军又向他指出那场革命的幕后黑手其实是阴险的犹太人，他们一直在追寻"山中老人"（有可能是个穆斯林）的传统。从这以后，许多人都把犹太人看做是引起所有革命暴动的罪魁祸首。一八六八年，一个反动的普鲁士人赫尔曼·古德切曾以"约翰·雷德克利夫"的名义写了一本小说《比亚里兹》，其中描述了以色列十二支派的代表在布拉格公墓里进行夜间会面并商定要征服世界的场景。不久以后，这段描述性的文字又作为真实的记录出现在英国外交官约翰·雷德克利夫的文件里。在布尔南的《犹太人，我们的同时代人》（一八八一年）一书中，作者把这段颠覆性的文字记在了犹太拉比约翰·雷德克利夫的头上（不过，这回雷德克里夫的名字中只有一个 f③）。这段假造的文字后来被《犹太研究杂志》再次引用，经过多次作伪处理之后，最终出现在伪造的《锡安长老会纪要》上。

在天主教学界，这种说法曾多次出现在古热诺·德穆索④的诸多作品中，尤其是那部《犹太人、犹太教和基督教徒的犹太化》

---

* *The Protocols of the Elders of Zion*，一本反犹太人的伪造文件，曾被德国人奉为圣典，并成为屠杀犹太人的根据。
① 基督教军事组织，成立于一一一八年前后，由法国骑士组成，其主要目的是保护来自欧洲的朝圣者。
② 十八世纪欧洲一种带有乌托邦性质的秘密宗教团体。
③ 关于雷德克里夫的原名，有 Readcliff 和 Readclif 两种写法。
④ Gougenot des Mousseaux（1805—1876），法国天主教士、排犹主义者。

（一八六九年）里。另外，他还因此得到了教皇庇护九世的特殊祝福。毛里求斯路易港的大主教——耶稣会士默兰阁下于一八九三年出版《共济会，撒旦的犹太教堂》一书之后，"撒旦的犹太教堂"这一说法便流传开来。在这部五百多页的作品中，这位高级天主教士首先对希伯来的占卜学进行了深入的分析，将其与传统诺斯替教和摩尼教相联系，最终把共济会的诞生归结为希伯来人的发明。他用大量的篇幅描述了撒旦在共济会集会处现身的场景，从而表明共济会与希伯来神秘主义之间有着密不可分的联系。

至于这种观点是如何通过这同一系列的伪造文集从德国和俄国的反动群体传播到法国和意大利耶稣会作者以及法国极端右派群体中间的，诺曼·柯恩在《种族灭绝的许可证》一书中进行了详尽的描述，这是一本人人都应阅读的作品，由伊诺弟出版社翻译出版。自然，柯恩将那些谎言一一戳穿，但仍有一些文人用同样的证据来维护原先的神话。比如内斯塔·韦伯斯特于一九二四年出版的《秘密组织和破坏性运动》就曾风靡一时。在这部书里，作者把共济会、社会主义、布尔什维克和犹太人的危险性（就像之后的纳粹法西斯分子的宣传一样）统统搅到了一起。

总之，"撒旦的犹太教堂"这一表达方式主要流传于十九世纪的正统天主教学界中，而且还受到了一些通俗小说流派的影响。在那些布满尘埃的主教图书馆里，还残留着许多这些小说中所宣扬的思想。这是一个捏造出来的句子，即使是在特定的说教场合使用，我们也能听出它背后的来龙去脉。

一九九二年

再论"撒旦的犹太教堂"

彼得·德里奥先生是我十分尊敬的一位教授,我尤其欣赏他针对中世纪的伪造文书进行的研究。最近,他在《快报》周刊上发表了一篇文章,谈到我在上期专栏里所写的那篇关于"撒旦的犹太教堂"的文章中,曾把上述表达方式归结为十九世纪反动作家的发明,或顶多是一些中世纪的教会领袖著作研究学者所使用的术语,而他则认为这种说法来源于圣约翰《启示录》的第二章第九节。他说得没错,实际上,当我还在写上一篇文章时,所有的报纸都明确提到了《启示录》。只是由于当时有人提到《锡安长老会纪要》中也使用了该说法,我才就此事发表我的观点。另外,我当时认为(现在也这样认为)在主教先生面前,把该术语归结为一种旧有的教士阶层的说法,要比归结为一句《圣经·新约》中的引文显得更加礼貌些。

然而德里奥教授认为由于圣约翰在写《启示录》时使用的是希腊文,因此"犹太教堂"一词在当时仅仅指"秘密集会"之意。他说:"不管你愿不愿意,黑手党只有在进行集会典礼时才能被定义为黑手党。"我想,如果把这句引文直接呈现给主教先生,他恐怕是不会高兴的。圣约翰所写的文字(按照皮耶罗·罗萨诺①的解释)含义其实如下:"我知道你的患难,你的贫穷,也知道那些自称是犹太人所说的毁谤话,其实他们不是犹太人,乃是撒旦身边的一群乌合之众。"罗萨诺解释说那些自称是犹太人的人其实是希伯来人，因为圣约翰认为真正的以色列人都是基督徒。因此，《启示录》应该在反对犹太教论战的背景下阅读。

圣约翰本人也是希伯来人，因此，他自然有权批判他曾经的同教者②——因为他们不承认耶稣是救世主。大致说来，他认为《旧约》在《新约》中才能获得生命，而这个假设也构成了整个基督教的基石。不管你是否愿意，如果你是基督徒就应该相信这一点。曾热切期盼各种信仰融合的尼古拉·古萨③曾向希伯来人提出建议，如果他们肯承认自己的错误，那么作为补偿，基督教会将会对所有基督教徒实行割礼。这当然是在希望各种信仰融合的圣火照耀下的一些美好而热情的想法。如果抛开一些生态问题（如何处置那成百万上千万的包皮）不去考虑的话，古萨先生的想法倒是非常令人敬佩，至少是为促进两种同根而生的宗教信仰的融合而作出的尝试。

尽管圣约翰用词的意图相当单纯，我们还是看到那场关于耶稣是否是救世主的争执在以后几个世纪中演变成了种族偏见和迫害行为（我似乎还记得）。自从那些伪《启示录》预言敌基督将从犹太人中诞生时（作者为某个署名"伊波里托"的人），这种情况就已经开始了。而纳粹分子所宣扬的排犹主义雏形也正是从这些关于千禧年之说的文章中逐渐演化而来的。

然而，随着时间的流逝，一个词的含义也会发生变化。从词源学的角度来看，"imbecille"④一词的原意是指"衰弱的，没有权力的"（尽管德沃托⑤曾对这条词源学的解释表示怀疑），但丁和切

---

① Piero Rossano（1923—1991），意大利神学家。
② 指犹太教徒。
③ Nicolaus Cusanus（1401—1464），德国哲学家、天主教教士。
④ 意大利文，当代字典对该词的解释为：低能的，愚笨的，呆傻的。
⑤ Giacomo Devoto（1898—1974），意大利语言学家、《词源学字典》的编者。

科·达斯科利①也曾按这个意思使用过该词。但如果今天有人胆敢用这个词训斥一位身份很高但行走不便的老先生,那就很有可能遭到起诉了。这是由于当埃斯基罗尔②医生把这个词作为精神病学术语时,就让该词带有了明显的贬义(该说法摘自科特拉佐·佐里出版社出版的《词源学字典》)。

同样的情况也发生在"sinagoga"③一词上。该词的词源学本义是指集会之场所,喻义是秘密集会,但该词很快就演变成了一种文学性的表达方式,特指犹太教教堂,并转喻为犹太教之类的含义。后来,由于大众排犹主义的影响,还有"混乱,嘈杂"等含义(参见《意大利语词汇》《德沃托—奥里词典》《津加雷利词典》等辞书)。

既然"犹太教堂"一词的含义曾经历如此之多的变迁,那么在十九世纪那些反动作家的言论中,这个词还会不可避免地带有更多的贬义。我认为,把"撒旦的犹太教堂"这一说法的含义,按照历史时期从古至今追根溯源地考察一遍是有道理的。词汇所代表的含义是由历史赋予的。否则,我们就不能把米兰大教堂称为"哥特式"教堂了,因为"哥特"的原意只能指"哥特人"。

如果在这个术语中,"sinagoga"一词指的是"蔓足纲囊胸目的甲壳动物"(我刚刚才从字典中查到这个含义),那么这些希伯来人倒是可以安然了。可这一切又跟黑手党有什么相干呢?

一九九二年

---

① Cecco d'Ascoli(1257—1327),意大利星象学家、诗人。
② Jean-Etienne Dominique Esquirol(1772—1840),法国精神科医生、创立现代临床精神病学的巴黎学派的成员。
③ 意大利文,当代字典对该词的解释为:犹太教堂。

身体与灵魂

最近，有人让我定义什么是我认为最不可容忍的事情。于是，我就努力寻找一个尽量能让持有各种信仰及理念的人都能接受的定义。后来，我把可否容忍的标准定在了对身体（自己的身体当然包括在内，但尤其是指别人的身体）的尊重上。我们每天都要说话、倾听、走路、吃饭、喝水、站着或躺着、上厕所、按照自己的喜好有选择地与其他人的身体相结合、睡觉。而阻止他人睡觉、把他人倒吊起来、让他屎里卧尿里眠、阻碍他说话、妨碍他视听、强暴他、杀害他，这些都是十分恶劣的事情。我认为，无论是对于一个无神论者，还是对于一个教徒来说，这样一条普遍性的基本道德准则都是可以接受的。

切萨雷·卡瓦雷里就我的这一言论发表了两篇文章（分别发表在《贝加莫的回声》和《未来报》上），他担心我太看重身体，却忽略了灵魂，从而沦为一名"俗人"（几天前，该词被一名波兰教士定义为一个丑陋的词汇）。但卡瓦雷里却忽略了一点，事实上圣洁的托马斯[①]圣师认为对于我们这些可怜的世人来说，灵魂的力量仅仅表现为"语言和行动"。因此，尊重他人说话、倾听和选择的权利就是尊重他人的内心。

卡瓦雷里（有人甚至认为他是天主教徒，尽管他看上去一点儿也不像)最令人惊讶之处在于,他那一连串的论断中居然包括了一个愚蠢的错误、一条异端邪说和一种在上帝面前叫嚣复仇的渎神言论。其愚蠢之处在于认为我对于身体的过分重视是一种翻版的灵知主义。在他看来,正是灵知主义者最早提出了人的肉体法则是道德法则之根源的理论。可事实上,灵知主义者的最重要特征之一却是对于身体和物质的蔑视(而虔诚的基督教徒却相信肉身可以复活)。当然,卡瓦雷里并不是一定得了解这些知识,毕竟"人无完人"嘛(除了那些灵知主义者),但他至少可以做得稍微好一点,在写下那些自己不甚了解的东西之前先去查查词典。另外,他本人的"身体—灵魂观"似乎也有些"身心不分",因为他说我的诡辩让他产生了荨麻疹的症状。

现在,我来说说他言论中的"邪说"。卡瓦雷里始终不愿承认身体是神灵赐予我们的礼物。他这种态度分明有些"灵知主义",我感到他是多么害怕让身体的生理法则成为道德法则之源!我想请卡瓦雷里先生好好想一想《摩西十诫》中的篇章。我自问:对于杀戮、抢劫、干肮脏之事以及作伪证的禁忌从何而来?最后还有一条是不可贪恋他人的女人,而卡瓦雷里就是在这个问题上写下了最混蛋的言论。

我曾在无意间说过强奸是一种对于他人身体(以及自由)的暴力,卡瓦雷里就此评价说:"强奸怎么算是对他人身体的不敬行为呢?在强奸过程中,身体或许还能获得快感,而首先被冒犯的则是灵魂。"能说出这番话来,只能有三种情况:第一,卡瓦雷里没有被强奸过,而他的母亲也从来没有向他描述过在那种情况下究竟会发生什么样的事情(那可不止是荨麻疹那么简单!);第二,他是站

---

① San Tommaso d'Aquino (1221—1274),意大利天主教圣人、哲学家,由于其心灵纯洁,智慧超群而被称为"圣洁的圣师"。

在一个强奸者的角度来说话的,因此他以强奸者的身份,而非被强奸者的身份认为强奸能让人获得快感;第三,由于遭到强奸的人通常是女性,因此卡瓦雷里认为所有的女性全都是婊子,因此,当强奸者对她们施暴时,她们都在享受——只消事后去忏悔一下(注意:是被强奸者去忏悔!)就足以拯救她们那遭到冒犯的灵魂了。

然后,卡瓦雷里(他丝毫没有想到持有他这种想法的人会像一只纺锤一般直接栽到地狱,永世不得超生)又引用了《真理的光辉》通谕中关于人性统一体的几句话,他理解到这种统一体并不是指简单的生理标准。然而,这段话实际是指"道德不能完全以物质享乐和生理冲动为基础"。可卡瓦雷里并没有按照最明显的意图去诠释它,而只是把这句教皇的通谕断章取义地放在了文章里,丝毫没有理解其中的含义:"我们要绝对尊重生命,这种义务的基础源自人的尊严,而不仅仅出于人类为了维持生命的自然本能。"由此,我们发现卡瓦雷里把我的观点曲解了,在他眼里,我只是想把道德建立在自私的吃饭、排泄和做爱权利(即使是这些权利我们也不能丢弃)的基础之上。然而事实上,我所说的是他人的身体,也就是基督耶稣所说的,不要去用耳光报复,而要用超过对自己身体的关心(如果可能的话)去爱护、去尊敬的他人的身体!

这一点是卡瓦雷里从来都没想到过的。

一九九三年

政治正确还是政治狭隘

在以前的一篇文章里，我曾提到过"政治正确"——这一产生于美国，旨在反对任何形式的种族歧视，以保护被压迫的少数派权利的名词正在演变成一种新的激进主义，认为对于真理只能有唯一一种解释，而把其他观点都看成是邪说。因此，尽管该主义并不一定是狭隘的（它能够容忍其他非基要主义者的存在），但却很容易变得狭隘，从而游离在那些所谓没有"正确"理解真理的大众群体之外。

我有一个朋友在美国一所大学任教。他给我讲了这么一件事。他是一个吸烟者，由于学校禁止师生在大学室内吸烟，所以他常常利用课间去室外吸烟。那些吸烟的学生也会到室外去，于是老师便会和这些学生交谈十来分钟。事实上，我也是这么做的。我的授课时间是两小时，因此我会在两堂课之间安排一次十分钟的休息，然后到花园里或路边去吸烟，并会与那些同样拥有这种恶习（显然，我并不认为这是一种恶习，但大家都认为如此）的学生闲聊一会儿。

如今，那些不吸烟的学生却向校长投诉了我的这位美国朋友。理由如下：由于他经常与吸烟的学生聊天，因此会与他们建立一种更加亲近的关系，从而损害了不吸烟学生的利益。这种特殊的亲近关系破坏了"公平原则"。因此，这位教授的行为是应该受到审查的。正如大家所见，在该事件当中，并不是要尊重那些少数的受到排挤的弱势群体，却是要保护大众的利益，也就是说，这体现了大众对于一小部分优势势力的担心。

我们可以察觉到，这样一种过分强调"尊重每一个人"的担忧将会导致一种危险的局面，会使人们对于任何人都无法容忍。打个比方，法律中可以加上一条，说我不能娶我所爱的女人，而必须与指派给我的女人结婚，以此来保护所有少数民族的权利（也就是说，如果有十个中国人都已经结婚了，那么我就必须娶印度女人或芬兰女人，但就是不能跟中国女人结婚，从而保证所有少数种族的机会均等）。

罗纳德·德沃金[①]是激进自由主义（保护每个人的权利，包括那些选择放弃生命的人的权利）的主要代表人物。上个星期，他获得了博洛尼亚大学的荣誉法学博士学位。而他在演说中所讨论的恰恰就是关于学术自由的问题。

大学的产生（中世纪时的大学也正是在博洛尼亚诞生的）是一个重要的事件，因为它确立了独立教育机构存在的必要性，这样的教育机构不仅要独立于政治和宗教权力，而且其中的教师也应具备独立于大学本身的各种思想和理念。这是一种革命性的想法，也正是这种想法推动了西方科学的进步。

但如果要遵循所谓的"政治正确"的原则，这种自由就会受到质疑。例如，一个英国文学教授将会被禁止讲授莎士比亚的《奥塞罗》，因为书中的那个黑人[②]是个嫉妒鬼，而且还是杀人凶手，这一点将会激怒那些不是来自西方的学生；他也不能讲授《威尼斯商人》，原因很明显，因为在那部戏剧中，莎士比亚不可避免地带有一

---

① Ronald Dworkin（1931—2013），美国法理学家。
② 指黑人将军奥赛罗。他因怀疑爱妻与他人有染而妒火中烧，并亲手将她掐死。

点大众化的排犹主义思想（尽管夏洛克是个出色的人物形象）。他甚至没有勇气讲授亚里士多德的理论，因为这意味着他忽视了某些非洲民族的哲学和神话（而这些非洲民族的后裔却在大学里就读）。

毫无疑问，在大学里既教授亚里士多德哲学又教授多贡族①神话，这是完全正确的。只可惜所谓的"政治正确"却要惩罚教授亚里士多德哲学的人，而奖励教授多贡族神话的人。这就体现了一种盲目主义和基要主义，这种观点与那些认为亚里士多德哲学体现了人类理性，而多贡族神话只是一种野蛮思维的极端观点是没有什么两样的。

的确，大学和中学都应为所有理论的教学提供空间（因此，我很久以来就认为一所好的学校应该让学生了解《圣经》、福音书、《古兰经》和佛教典籍的基本内容）。但若是仅仅因为《圣经》与《古兰经》互不相容，就禁止某人谈论（他非常了解的）《圣经》的话，就表现了一种危险的狭隘性，只不过表面多了一层"尊重不同观点"的伪装而已。

一九九七年

---

① Dogon，西非少数民族。

一场诉讼

否定论①者经常用各种推理来"否定"诸多关于二战期间存在灭绝犹太种族行为的证据。就在我写下本文的同时,有一位符号学博士正在就一篇关于否定论逻辑的论文进行答辩。我曾建议这位答辩者不要表明自己是否相信二战期间存在犹太人集中营,也不要断然判定前人所引用的证据是否"确凿"(因为这是历史学家的任务);在她这篇论文中,只要把否定论者在分析某些文件和证据时,所运用的逻辑步骤展示出来就足够了。②

在这里,我只引用否定论者的两个典型论题。第一个论题:否定论者试图证明安妮·弗兰克③的日记是伪造的(因为这些日记经过多次编辑和删改)。以下是他们最为有力的论点:如果王子运河地区的藏匿者不得不焚烧各自的垃圾,那么炉膛中升起的黑烟将会引起邻居的注意,从而向德国秘密警察告发。的确,要让这些黑烟不被人发现几乎是不可能的。因此,如果一开始就认定这些日记是伪造的话,这一点似乎是无懈可击。然而,否定主义者却没有考虑到这样一个事实,即最后的确有人发现并向秘密警察告发了,因为不久以后,他们最终还是被人发现了。

第二个论题:一个从德国集中营死里逃生的幸存者证明,在特列布林卡集中营里,有一座高约三十五至四十米的用衣服堆成的山。否定论者认为，这样的高度相当于一座十五层的楼房，在没有起重机的情况下，衣服是不可能堆到那么高的；另外，拥有如此高度的一座山，其底部直径也应达到约一百四十米，因此其占地面积将达到四千八百零五平方米，而在集中营里是没有空间来容纳这样一座山的。由此可见，这个证人在撒谎。

从数学的角度来看，这是一个完美的推理，然而从常理的角度来分析，这番言论却站不住脚。因为他们没有考虑到一点：任何一个人（尤其是那些刚刚经历了某种残暴，并且在一段时期内都对此无法忘怀的人）都有进行夸张的本能趋势。这就好比某个人讲述某次经历，说到自己突然头发倒竖，而我们却非要依据毛发学的理论证明头发无法直挺挺地垂直立起一样。很显然，这个集中营里的幸存者想通过自己的夸张表明那里的情况有多么恐怖，令人生畏。如果我们按照正常理智进行分析，就应该从这个角度去考虑问题。

金斯伯格在上一期《微观大世界》杂志上发表的那篇文章（我在阅读这篇文章的同时，也拜读了他创作于索菲力案件一审判决之后的那本书[4]）似乎有些类似于否定论者的推理方式。这些否定论者从认定大屠杀的虚假性出发，就始终坚持任何证据都可以从另一个角度，以另一种方式解读，批驳。

---

[1] Negationism，否定论是一种典型的历史修正主义思潮，尤其是否定二战时期的一些历史事件。
[2] 目前，该论文已出版。《关于毒气室的难解之谜》，瓦伦蒂娜·比桑提著，米兰邦皮亚尼出版社，一九九八年。——原注
[3] Anne Frank（1929—1945），犹太少女，二战中为逃避纳粹迫害与家人躲在密室中，后被告发而遭到逮捕遇害，遗留的日记在战后出版。
[4] 《法官与史家，关于索菲力案件的一些思考》，卡罗·金斯伯格，都灵伊诺弟出版社，一九九一年。一九八八年意大利左翼团体继续战斗党的领导人索菲力与彼得罗斯特凡尼被指控于一九七二年策划谋杀警方人员路易吉·卡拉布雷西而遭到逮捕起诉。金斯伯格认为这是个罗织的冤案。他不讳言自己在政治上曾是继续战斗党的支持者，与那位被判刑的索菲力更是三十多年的好友。他坚信被告的无辜，在梳理了数千页的审讯与法庭记录之后，于《法官与史家》一书中详细列举检方的疏失、不一致与不可信之处，指摘法官的谬误，力陈被告的清白。

我并非是由于玩世不恭才把索菲力的案件与大屠杀相比较的。因为这将是一起涉及三人的案件与一场殃及众多的历史悲剧之间的对比。我所感兴趣的是它们的推理方式。金斯伯格的推理能够让那些即使与索菲力毫无瓜葛的人（既不曾并肩作战，也不是莫逆之交），比如我，也感到十分信服。他的推理让那些按常理进行分析的人感到担忧。因为在他看来，索菲力案的数次审判结果（当然，当我谈到索菲力案件时，自然也包括邦布来希和彼得罗斯特凡尼）尽管谈不上是蔑视法律，却忽略了一种天然的直觉——在一些特定情况下，我们能凭这种直觉判定，当一个人说自己的头发都竖起来的时候，只不过是想表明他很害怕，而其他的只是修辞手法而已。

那些按照常理进行分析的人会感到：索菲力的判罚是有误的。我之所以说他是被"误判"，是因为我想保留一种可能性，即索菲力确实有罪，但在审判中所出示的罪证却是有误的。

索菲力诉讼案为何会引起广大公众如此高度的敏感（即使他们与被告非亲非故）呢？这与当年布莱班蒂案件（尽管当时的政治氛围与现在截然不同）引起相当一部分公众（人数相对有限）关注的原因颇为相似。大家或许还记得那起诉讼，若是不记得，则不妨去看看我当年所写的一本相关书籍。一位不知名的教授——我自始至终都不认识——因"拐卖"罪被起诉，然而他的真正罪行却是诱骗两名青年（请注意，是两名成人）与他发生同性性关系——同时，更为严重的是——生活放浪，肆意宣扬马克思主义和犹太哲学家（原文如此）巴鲁克·斯宾诺莎的无神论思想。

该名教授的行为似乎很难与"拐卖"扯上什么关系，而更应该被认定为"诱骗残疾人及弱者"（至于引诱成年人发生性行为是否应被起诉，我们尚不太清楚）。但凡是仔细阅读过那成百上千页卷宗以及最终判决书的明眼人，都能看出这场诉讼有多么不符合逻辑和理性，简直就是因果倒置。法官们甚至把该教授研究蚂蚁的生活，以及在抽屉中收藏一些怪异物品也作为他的罪证。①

公众在这起诉讼案中做了他们唯一可以做也是应该做的事情，即逐字逐句地审阅相关文案，并指出审判中的弊病。与其说这是一些审判上的弊病，倒不如说是一些思维上的弊病。最终，布莱班蒂被免于起诉。这个结果并不意味着人们认同该教授的同性恋行为。大众对于他的支持仅仅是因为之前的罪名并不存在——除非同性恋也算是一种罪行。而审判过程就恰恰是在这一点上显得异常混乱。

我为什么要在此提起这桩案件呢？因为公众舆论所做的这些一针见血的批判（即审判体系已是弊病缠身），最终确实影响了整个案件的走向，使被告得到了更加公正的裁决。相反，如果人们看到大批同性恋者在大街上游行示威，要求释放布莱班蒂，那么我想布莱班蒂教授可能至今仍在遭受牢狱之灾吧。

现在言归正传，回到索菲力诉讼案。在众多支持索菲力的言论中，有相当一部分都属于这种类型——"我非常了解他，他不可能做出这种事情。"我认为这样的言论对于被告来说有百害而无一利。在任何一桩诉讼案中，"出于道义上的信任感"都是站不住脚的。因为从原则上说，任何一个犯罪者在进行犯罪活动的前一秒钟都不能算是罪犯（当然，激进的隆布罗索②派人士可能不这样认为）。道义上的信任感对于个人来说非常有力，在法律诉讼中却一文不值。最糟糕的还不止于此，当大家都异口同声地坚持这种信任感时，甚至会起到反作用，因为法官们会感到一种来自与被告有同谋关系的

---

① 《在"拐卖"罪名的背后》，米兰邦皮亚尼出版社，一九六九年。该书（我和其他人在该案件审判过程中发表了一系列文章，随后得以出版）收录了以下作者的文章：阿尔贝托·莫拉维亚、阿多尔夫·加蒂、马里奥·戈扎诺、切萨雷·穆萨蒂、吉内弗拉·邦皮亚尼。假如该书（如我所想）已经绝版，请参阅我于一九七三年在邦皮亚尼出版社出版的论文（长约七十页）《家庭习俗》（英译版标题为《超时空旅行》）。——原注

② Cesare Lombroso（1835—1909），意大利精神病学家、犯罪学家。他认为一个人的犯罪倾向与先天因素及非正常体质有关。

人群的心理压力，而产生一种抗拒心理。真是好心办坏事啊！

当然，对于"我非常了解他"这类辩护反感可能只代表我的个人观点。但我认为，如果某人被控有罪，那么那些想帮助他的人就必须立刻向法官出示他并未犯罪的证据；否则，若是只存在道义上的信任感，那么他们应该非常清楚这在法律面前毫无用处。法律保障者并不会为道义上的无辜者而行动，只会为保障法律裁决的迅速和公正而斗争。

另外，还有一种颇为流行的可笑说法，即不应该因为二十年前所犯下的罪行而判定一个已完全改过自新的人有罪。简直就是一派胡言！这不等于说时间能够消除罪恶吗？同样可笑的是那些宣称索菲力无罪的人一方面坚信索菲力是无辜的，应该得到释放，而另一方面却准备让步，即只要认可索菲力如今已脱胎换骨，就可以承认他当年是有罪的。又是好心办坏事啊！

在我看来，以上这些为了争取共和国总统的特赦而进行的努力都是自相矛盾的。所幸的是本案的被告率先拒绝了这类帮助，我认为他们的态度非常明智，并为他们感到骄傲。这其中的道理是显而易见的，如果我宣称自己无辜，那么我便不能接受所谓的"特赦"，我所需要的，只是承认我的清白。而给予我特赦则恰恰证实了我的罪过。再说一次，还是好心办坏事啊！

另外，在这桩案件上，我们还看到了一种危险的利害一致。索菲力一而再，再而三地被利用，作为否定诸多法律程序的挡箭牌，他所获得的优待也成了索取其他优待、否定其他审判程序的工具。指出布莱班蒂案件的审判中存在的弊病并不等于要为用尸体制作肥皂的女人[①]或罗马盐之路上的变态杀人狂[②]翻案。它仅仅意味着"这一桩"

[①] Leonarda Cianciulli（1893—1970），意大利的一名变态女性。她曾诱杀三名女子，并将尸体制作成肥皂和甜品。她于一九四〇年被捕并被判处三十年监禁。
[②] 意大利二十世纪民间传闻中的一名连环杀手，据说曾先后奸杀数名四至五岁的女童。

案件的审判过程没有遵循法律程序——显然，这是另外一回事。

在一个文明社会里，人们应该做些什么呢？应该像左拉为德雷福斯上尉所做的那样，对审判过程进行审查，这是理性的公众应享有的权利以及应承担的义务。这恰恰也是卡罗·金斯伯格在一九九〇年的审判之后所做的工作。因此，反复阅读他写的这部作品，并将其在报章上广泛刊载要比忙着签署抗议宣传单重要得多。尽管金斯伯格最初曾真诚地表现出他对被告的信任（我们甚至可以将其定义为过于轻信他人的弱点），并坦言他写这部作品的首要原因是他与被告之间的朋友关系，但在之后的行文过程中却不再带有任何感情因素。他对证词、审判记录、线索、证据以及复查材料逐一进行分析，读过这本书的人会心悦诚服地相信那场诉讼确实留下了许多疑点，因为法官们对所有线索的判定都采取了一种令人担忧的态度，即对所有与自首犯人的证词不相符合的辩护线索和证据都一律不予考虑。

金斯伯格在书中还做了另外一件事，他对比了陪审团的审核过程与一名严肃的历史学家在面对掌握的诸多线索时所应进行的考证过程。金斯伯格是相当严谨的，他声明这两种过程并不能完全等同。最终，他表明一次严肃的史学考辨过程与审判过程之间存在着相当令人不安的差异。这就是我为什么要在本文的开头针对否定论者的推论方式进行逻辑分析的原因。其实，两种分别想要证明某人曾经犯罪或不曾犯罪的推论是有着相似之处的，即它们在论证中的弱点。在某些情况下，我们不但要保护被告或受害者的权利，更要保障"通情达理地（而并非纯理性地）思考"的权利。我认为在索菲力案件中所使用的推论方式不够通情达理。

显然，我们能从金斯伯格的这部书中所吸取的经验还远不止这些。但至少告诉人们，我们所能做的唯一有意义的事就是朝着这个方向继续前进。我听说有一家出版社准备出版审判过程中的文字资料。我不清楚该出版社是否要出版所有资料，因为那将会是一本大部头的作品。但我们确实应该朝这个方向前进，这也是被告唯一能寄予希望的援助——尽管他们非常清楚这将会是一场持久战。

我再说两句。我并非出于"道义"上的原因才相信索菲力案件的审判过程确实有问题。这是我在了解了一系列审判资料之后所作出的合理假设。当然，我并不能保证我对于这些程序的理解不带有我个人的"偏见"。事实上，即使我不带有情感偏见，也会带有理性的偏见。"理性的偏见"并不是个自相矛盾的说法，人们经常从考察某件事物出发，制定出一种推理模式，之后就会觉得应该按照这种模式而不是其他模式假设和思考。

在此我要说明在我的偏见中所包含的"情理"因素。我所指的并非狭义的"情理"。因为与许多人一样，我也认为情理因素会影响对事物的理解。这种影响不仅存在于情节层面，也存在于感官层面，我们在理解某种现象时总是希望了解一段比较"符合情理"的事实发展情况。如果今年春天我在草地上看到了一朵以前从未见过的花儿，我会更加"符合情理"地认为是去年秋天，大自然的力量把一粒种子运送到了此地，而不会认为是一个神秘的园艺工人半夜三更偷偷地把这朵花移植到这里。与第二种解释相比，第一种情节更加真实，因此也就应按照第一种情节进行假设。

我们来看一看关于索菲力和继续战斗党的情况。无论你是否认同或参与实现该党的理想，只要你读过当年的《继续战斗报》，你就会发现该报以及该党的典型特征。六八年运动前后，当其他刊物都在使用教条性的语言，甚至淹没在一片谩骂声中时，《继续战斗报》在语言风格、遣词造句以及标题的设计上都开创了一种全新的报刊体例[1]。因

---

[1] 参见《极左党派的报纸》，帕特里齐娅·维奥里著，米兰加尔赞蒂出版社，一九七七年。——原注

此，该党派中相当一部分前任领导后来都成为了新闻界中的重要人物，这种现象绝非出于偶然（这也恰好解释了为什么媒体会如此团结地站到索菲力一边）。在六八年运动前后，《继续战斗报》创造了一种特有的报章文风，那在当时的社会是绝无仅有的，我们可以把该文风定义为"劝导型"。那是一种调解性的语言，也是媒体所具有的最重要特点之一：读者们应该被文章所劝说、打动、引导、说服。不能假设读者的认同，而要制造这种认同感。这种劝说性的文风——我是指他们关注读者的态度——构成了《继续战斗报》区别于其他党派报纸的一大特色。

那么继续战斗党当年针对卡拉布雷西的计划究竟是怎样的呢？当然是控告卡拉布雷西，把他拖上被告席，控诉他杀害了皮内利[①]，至少是说服尽可能多的民众，让他们相信卡拉布雷西是有罪的，让他和他所象征的权威身败名裂。人们可以认为继续战斗党选错了典型，可以认为该党太过冷酷无情，为卡拉布雷西罗织了这个罪名，并让他遭到千万人的仇恨，但必须承认这就是继续战斗党的目标。

因此，继续战斗党需要卡拉布雷西继续活着，并且背负最大的罪责，卡拉布雷西的存在甚至成为了该党存在的条件。鉴于该党的领导及党报的编辑都有着很强的媒体意识，他们不会不明白卡拉布雷西的死亡恰恰是他们所不希望的。因为被谋杀的卡拉布雷西将不再是一个罪人，反而会成为一名受害者，他将不再是一个坏人，而会变成一名英雄——这样的推理合乎情理，尤其是合乎新闻界的情理。当然，谁都不能排除有疯狂的可能，但时至今日，我仍然觉得

[①] Giuseppe Pinelli（1928—1969），意大利铁路工人，无政府主义者，于一九六九年十二月十二日米兰喷泉广场惨案发生的第三天被捕。三天后，他从位于四楼的审讯室窗户坠楼而死。警方宣称这是一起自杀事件，但许多人认为是以卡拉布雷西为首的警察对皮内利进行了三天的严刑拷问，才导致了嫌疑人的"自杀"，从而认为卡拉布雷西警长才是真正的凶手。

索菲力并没有在那桩诉讼案中表现出任何受到精神疾患困扰的迹象。我打个比方，如果今天有一个神秘杀手在电影院大厅里安放了连环炸弹，我们可以怀疑凶手是任何人，甚至那些毫无嫌疑的人，但影片的制作方和电影院的管理者应该是最后被怀疑的。因为在这件事上，他们非但得不到任何利益，相反还最先因此而蒙受损失。

金斯伯格说："他们希望卡拉布雷西活着，只要象征性地杀死他，而不需要他真正死亡，否则他们就不得不为他哭泣。"我明白，这种推理显得相当不恭，但事实的确如此，不过任何现实主义的推理都很不羁。只要不出现反面的证据，我们都会设想索菲力和他的同伴会按照现实主义的方式来行事。当然，这并不排除他们可能没有想到某位读者可能会误解了这些文字，并在冲动之下展开报复。当然，这是另外一回事了，而索菲力本人也曾经就此自我反省。

就像看待其他案件一样，在这桩案件中，我认为应该考虑到罪犯所犯的罪行究竟能给他带来怎样的好处。然而，法院的审理和裁决似乎构成了这样一个故事：所有的主角集体自杀。我看这可不太合乎情理。

当然，在我们的生活中存在着许多不合情理的事情。我认为这种对于"是否合乎情理"的怀疑构成了一个很好的理由，让我们去重新审视这个故事，因为之前讲述给我们听的那个版本实在是站不住脚的。

一九九七年

科索沃

一九九三年十二月，在巴黎索邦大学召开了一场由世界文化学院牵头组织的会议，议题是国际干预行为。与会人员不仅有法学家、政治学家、军事学家、政治家，还有哲学家和历史学家（如保罗·利科和雅克·勒高夫）、"无国界医生组织"成员（如伯纳德·考彻纳）、曾经遭受过迫害的少数派人士代表（埃利·维瑟尔①、阿里尔·多夫曼②、托妮·莫里森③）、独裁统治的受害者（莱谢克·科拉科夫斯基④、布罗尼斯瓦夫·盖莱梅克⑤和豪尔赫·森普伦⑥），总之是各种各样从来就不喜欢、现在也不喜欢、将来亦不想看到战争的人士。

人们曾经一度害怕使用"干预"一词，因为这个词与"干涉"太相近（当年的萨贡托⑦事件也是一种干预，使罗马能够将迦太基人驱逐出去），人们更喜欢称之为"国际救援"或"国际行动"。纯粹是虚伪的表现吗？不，出手援助萨贡托的只有古罗马人，然而在那次大会上，人们讨论的却是这样一个事件：一个国际组织，即一系列国家在认为地球上某个地方的局势已经到了不可容忍的地步时，决定进行干预，从而结束那件被大家公认为"罪行"的行为。

但究竟哪些国家是所谓"国际组织"的成员，而哪些又是所谓的"公认限度"呢？诚然，对于任何一种文化来说，杀人都是一种恶的行为，但这只限于一定的范围内。比如，我们欧洲人以及天主教徒都认可以正当防卫为目的的杀害行为，中南美洲的古代居民允许用活人祭祀，而当今的美国公民也接受死刑。

那次令人饱受折磨的会议所得出的结论是干预就像一场外科手术，它意味着有效地阻止和消除丑恶行为。外科手术旨在救人，但它所采用的手段却是残忍的。那么，"国际化的外科手术"能否得到认可呢？所有现代政治哲学都告诉我们，为了避免一场让所有人都相互敌对的战争，国家就应针对某些个体采取一定的暴力措施。但这些个体受到社会契约制约。然而，在那些并非处在共同契约控制之下的国家之间，究竟又会发生些什么样的事情呢？

通常说来，一个自认为掌握普遍价值观的团体（也就是我们说的民主国家）会按照自己的标准来设定可否容忍的界限。比如，对政治犯处以死刑是不可容忍的，大屠杀是不可容忍的，对女性进行阴部缝合是不可容忍的（至少我们家无法接受）。因此，这个团体会对那些遭受到不可容忍的恶行荼毒的对象采取保护措施。但很显然，这种关于可否容忍的标准是"我们"的标准，而不是"他们"的标准。

我们是谁？基督教徒吗？不一定。有些极其虔诚的基督教徒（尽管不是天主教徒）也很支持米洛舍维奇。有意思的地方就在于这个所谓的"我们"是一个模糊的概念（尽管有一些类似于《北大西洋公约》的条约来限定）。这是一个根据某些价值观组合而成的

---

① Elie Wiesel（1928—2016），美国作家、思想家，一九八六年获得诺贝尔和平奖。
② Ariel Dorfman（1942— ），智利剧作家。
③ Toni Morrison（1931—2019），美国女作家，一九九三年获得诺贝尔文学奖。
④ Leszek Kołakowski（1927—2009），波兰哲学家。
⑤ Bronistaw Geremek（1932—2008），波兰前外交部部长。
⑥ Jorge Semprún（1923—2011），西班牙作家、西班牙前文化部部长。
⑦ Sagunto，西班牙巴伦西亚省城镇，由从赞特来的希腊人创建，罗马人为保持该镇独立，要求迦太基人不要越过埃布罗河，迦太基人曾进攻萨贡托，成为日后第二次布匿战争的起源。

团体。

因此，当我们决定按照某个团体的价值观来干预的时候，我们就是在赌博，赌我们的价值观以及我们划分可否容忍的界限是正确的。这与那些承认革命或诛戮暴君行为合法化的历史性赌博并没有什么两样：究竟是谁给我权力，让我去重建我认为被侵犯的公道？对于反对革命的人来说，为一场革命正名毫无意义；只有那些投身于其中的人才会相信其价值，并打赌认为自己的行为是正确的。在决策是否采取国际干预行为时，我们遇到的也是同样的问题。

正是这样一种状况让所有人在这些天里都陷入了焦虑。现在，存在一种可怕的恶行（种族清洗）必须抵制，但武力反抗究竟是不是合法的呢？为了阻止非正义的行为，必须要发动战争吗？按照正义的原则，的确如此。可按照仁爱的原则呢？我们再次面对一场赌博。如果用最少的暴力能够阻止一个骇人听闻的非正义行为，那么我将按照仁爱的原则采取这样的暴力措施，就好像警察开枪射击疯狂的杀人犯，以拯救众多无辜者的性命。

这是一种双重意义上的赌博。一方面，赌的是我们的标准与大众一致，即我们想要镇压的对象确实是所有人都认为不可容忍的行为（如果有人根本不明白却要点头称是，那么事情就更糟糕了）。另一方面，我们要赌的是我们所采取的暴力措施能够阻止更大的暴力行为。

这是两个完全不同的问题。我先简要谈谈第一个问题。事实上，这个问题根本不简单，但我想提醒大家本文并非长篇大论，而是一则报刊文章，会受到版面空间和可读性的限制。换句话说，第一个问题是相当严重和令人担忧的，不能也不应该放在小报上讨论。于是我姑且认为，为了阻止诸如"种族清洗"之类的恶行（这种行为是其他罪行的先兆，我们在本世纪都已经见识过），采取暴力措施是正确的。但第二个问题是，我们所采取的武力形式是否能遏止更大的暴力行为。这里，我们所面临的不再是一个道德问题，而是一个关乎道德的技术问题：如果我采取的非正义措施不能遏制更大的非正义行为，那么我所使用的非正义措施还是合法的吗？

这就涉及战争的功用。我所说的战争是指那种枪林弹雨的、传统的、以敌方的彻底覆灭和己方的最终胜利为终点的战争。我们很难说战争没有用，因为似乎所有采取战争行为的人都认为这种非正义行为是为了治愈病态的现象。但这只是一种心理上的欺骗。比如，如果某人说塞尔维亚所有的灾难都是由米洛舍维奇的独裁引起的，只要西方的特务组织能干掉米洛舍维奇就能在一天之间解决一切的话，那么这个人一定不会认为战争是解决科索沃问题的灵丹妙药，而他一定不拥护米洛舍维奇，对不对？为什么没有人站在这个立场思考呢？原因有二。其一，总体说来，全世界的特务组织都是窝囊废，他们根本没有能力刺杀卡斯特罗或萨达姆，而继续在他们身上耗费公众的钱财简直就是一种耻辱。其二，塞尔维亚人的行为绝不是由一位疯狂的独裁者决定的，这关乎上千年的种族仇恨，不仅他们，其他巴尔干民族也卷入其中，让整个问题变得更加具有悲剧色彩。

我们现在回到战争功用的话题上。在历史的长河中，那些所谓的"传统战争"究竟有着怎样的结局？——击败敌方，然后从其失败中获取好处。这需要三方面的条件：首先，不能把己方的实力和意图透露给敌方，以便出其不意地进攻；第二，要保持阵营内部的高度团结；最后，所有的力量都要用于击溃敌方。因此，在传统战争中（包括冷战），交战双方会对向敌方通风报信者处以极刑（玛塔·哈里[①]被击毙，而罗森堡夫妇[②]则被送上电椅），会杜绝对方阵营的宣

[①] Mata Hari（1876—1917），德国传奇美女，曾是二十世纪初欧洲政界、军界、特务界的著名交际花，一九一七年以德国女间谍之名被捕。
[②] Julius Rosenberg（1918—1953），Ethel Rosenberg（1915—1953），一九五三年，罗森堡夫妇被枉称向苏联提供制造原子弹的机密而被处决。

传（收听伦敦电台广播的人遭到监禁，而麦卡锡则对好莱坞的共产主义分子判刑），还会惩处那些在敌方阵营里从事有害于己方之事的人（约翰·艾默里[①]被处以绞刑，而埃兹拉·庞德[②]则被终身隔离）——因为民众的意志是不能被削弱的。军方向人民宣扬的言论总是敌方一定会被消灭，而战报也只会在敌军完全被击溃时才漫天飞扬。

然而，随着第一场新型战争——海湾战争的爆发，这些条件陷入了危机。人们曾归咎于有色民族的愚蠢，说他们不该出于虚荣或者腐败让美国记者进入巴格达。如今，不再存有这样的误解了。意大利往塞尔维亚派遣空军，但同时又与南斯拉夫保持外交关系。北约组织成员国的电视节目每小时向塞尔维亚居民通报哪些美军飞机正飞离阿维亚诺基地[③]，而塞尔维亚的官员也能通过国家电视台的屏幕上对敌方政府的言论表示支持，意大利记者是在当地政府的帮助下从贝尔格莱德发送新闻的。可这种让敌方在自己的阵地上进行宣传的战争还算是战争吗？在新型战争中，战争双方在各自的阵营内部都会发现敌方的踪迹，他们不断为敌方宣传，从而使己方的民众灰心丧气（而克劳塞维茨[④]曾强调，全体战士的思想意志统一是获得胜利的必要条件）。

从另一个方面说，即使媒体被封锁，那些新型传播技术也会形成大量无法阻挡的信息流——我无法想象米洛舍维奇如何能够封锁敌方电台的广播，就更不用说互联网了。

我所说的一切似乎与弗里奥·哥伦堡[⑤]先生于四月十九日发表

[①] John Amery（1912—1945），英国政治家，二战期间担任为法西斯服务的"英国自由军团"的领导人，战后因叛国罪被英国政府处以绞刑。
[②] Ezra Pound（1885—1972），美国诗人、意象派运动主要发起人。二战期间曾公开支持法西斯主义，战后被美军逮捕，后证明精神失常，被关进精神病院监禁。
[③] Aviano，意大利空军基地。
[④] Carl von Clausewitz（1780—1831），普鲁士军事理论家、西方近代军事理论的奠基者。
[⑤] Furio Colombo（1931—   ），意大利记者、作家、评论家。

在《共和国报》上的那篇大作格格不入。他在文中称,麦克卢汉的地球村在一九九九年的四月十三日死去了。因为在这样一个充斥着媒体、手机、卫星和空间间谍等仪器的世界里,一切都必须依靠某位国际组织官员的战地手机,而这位官员却弄不清楚究竟是不是有塞尔维亚人偷偷潜入了阿尔巴尼亚的领土。"我们对塞尔维亚人一无所知。而塞尔维亚人对我们也是如此。阿尔巴尼亚人根本看不见在浩荡的入侵队伍的头顶上还有些什么,马其顿把难民当成敌人,将他们统统误杀。"可这究竟是怎样的战争,是每个人都对对方了如指掌,还是所有人都一无所知?两种说法都没有错。

阵营内部是透明的,然而前线却是一片迷茫。米洛舍维奇的发言人在盖德·勒纳①的节目中发言,然而前线的将军却不能再如从前那样举着望远镜看清敌军的动向,如今,一切情形都不得而知了。

情况之所以如此,是因为如果传统战争是以尽可能多地消灭敌人而告终的话,那么新型战争的一大典型特征就是尽可能少杀人,因为伤亡过多会招致舆论谴责。在新型战争中,双方不急于消灭敌人,因为面对敌人的伤亡,胜利的一方会遭到媒体攻击。如今的伤亡情况也不再是遥远而模糊的描述,而是无可辩驳的清晰数据。在新型战争中,一切战略部署都要以"博取同情"为原则。米洛舍维奇宣称损失惨重(墨索里尼会耻于承认),而北约一名飞行员失事就足以让大家心生怜悯。总之,在新型战争中,杀戮过度的一方将在舆论面前落败。正因如此,前线才会没有人去面对、去了解对方的情况。说到底,新型战争必须像一枚"智能炸弹",要在不出现伤亡的条件下将对方击败。这样,我们才能理解我们部长的言论:"我们与敌人发生冲突了吗?没有的事!"至于事后仍有大量民众死

---

① Gad Lerner(1954—),意大利记者。

亡，那就是无关紧要的技术问题了。我们甚至可以说新型战争的缺点就在于虽然有伤亡，但却没有胜负。

难道就真的没有人知道该如何指挥一场新型战争吗？当然，绝无一人。恐怖的制衡培养出了一批打核武器战争的将军，但却没有培养出迫使塞尔维亚屈服的第三次世界大战的将帅。这就好比五十多年来，都灵理工大学最优秀的毕业生都在设计电子游戏，如今，你还能信任他们的水平，让他们设计一座桥梁吗？最后，新型战争的滑稽之处并不在于部队中没有年龄足够大的现役军人学习如何作战，而在于始终不可能有人学会如何进行一场新型战争。新型战争是一种必输无疑的游戏，因为在战争中所使用的武器要比操纵它们的人脑复杂得多，哪怕是一台简单的电脑（虽然那不过是一台白痴的机器），也能跟它的操作者开出无数始料不及的玩笑。

对于塞尔维亚民族主义的罪行，我们必须采取行动，但战争或许是一种过于迟钝的武器。也许人类对于财富的贪欲才是唯一的希望。如果说在传统战争中，军火商人能趁机大赚一笔，并凭借这笔收入弥补战后短暂的商品贸易阻断，那么在新型战争中，虽然也会有强加而来的军火交易（在那些武器还没有被淘汰之前），但包括航空运输、旅游、媒体（失去商业广告）在内的所有第三产业都将陷入危机。因为如果说军火交易需要紧张的氛围，那么第三产业则需要和平的环境。迟早都会出现一位比克林顿和米洛舍维奇更加强有力的人物来说上一句"够了"，让冲突双方丢一点脸面来保全大局。这样做虽然很痛苦，但却是正确的。

一九九九年

我深爱的河岸

关于意大利的专栏文章

喷泉广场上的马泰奥蒂*

如今的教科书真应该好好修订一番了，这倒不是因为有必要重新描述欧洲的地缘政治（要达到这个目的，最好采用活页装订，以便每月更新），而是因为要把目前正在发生的修正主义现象记录下来。

如今，我们已经很容易接受这个几乎成真的假设了，即纳粹分子从来没有在集中营里杀害过任何犹太人，而那些不幸在此遇难的极少数人也都是死于心肌梗死，因为纳粹分子经常给他们吃含高胆固醇的食物。可如果真是这样，其余六百万死难者究竟又是因何丧命的呢？难道是艾滋病？还是来自中国的流感？又或者是像马古特①一样活活笑死？倘若真是如此，该事件理应与"黑死病"、曼佐尼②笔下的"大瘟疫"以及一九一八年的"西班牙流感"一样，成为医学史上的重要事件，载入教科书中。

根据某些人的说法，意大利的反法西斯抵抗运动只能算作一场毫无价值的内战。然而，我们究竟有没有弄清楚切尔维兄弟③扮演了怎样的悲壮角色？我们是否要彻底抛去面具，说出杜乔·加林贝蒂④到底是什么样的人——这样，葛蒂尼⑤的后代就可以委托切伦塔诺⑥谱上一曲《奥斯瓦尔多·瓦伦蒂⑦葬礼进行曲》？我们是否有勇气扯下遮羞布，说出罗塞里兄弟⑧在巴黎那场臭名昭著的谋杀案背后到底隐藏着怎样的真相?

　　我们要弄清那个所谓的马扎伯托陷阱⑨到底是怎样的残忍骗局——在那场战役中,整个德军步兵营都被诱入意大利游击队员的伏击圈。而这支慷慨的雅利安小分队是为了不落入意大利游击队员之手,被抓到斯特隆伯里⑩,继而扔进斯特隆伯里的火山口中,才"不得不"采取狡诈的诡计以求脱身。究竟有哪些人在阿尔蒂诺墓窟⑪里遇害?人们很容易就能看到那些如今已面目全非的尸骨。必须说明的是,那是一群未成年的意大利少女,在被凌辱之后又被残忍地杀害——好吧,让我们说出真相——在阿尔契德·德·加斯贝利⑫的帮助下,由于常年在高墙内遭受禁欲之苦而患上男性淫狂症的桑德罗·佩尔蒂尼⑬终于痛心疾首地证实了一切。

---

* Giacomo Matteotti (1885—1924),意大利社会党领导人、坚定的反法西斯主义者,一九二四年被法西斯分子杀害。
① Margutte,意大利作家路易吉·浦尔契(Luigi Pulci,1432—1484)作品中的人物,因大笑而死。
② Alessandro Manzoni (1785—1873),意大利浪漫主义文学主要代表。
③ Aldo Cervi、Gelindo Cervi、Ovidio Cervi、Ettore Cervi、Agostino Cervi、Antenore Cervi、Ferdinando Cervi,意大利反法西斯七兄弟,由于拒绝法西斯分子的要求,于一九四三年被法西斯分子在射击场杀害。
④ Duccio Galimberti (1906—1944),意大利律师。二战期间曾积极组织反法西斯运动,被德军抓捕后,由于拒绝合作,于一九四四年遇害。
⑤ Giorgio Federico Ghedini (1892—1965),意大利作曲家,曾为杜乔·加林贝蒂谱写《杜乔·加林贝蒂葬礼进行曲》。
⑥ Adriano Celentano (1938—　),意大利流行歌手、作曲家。
⑦ Osvaldo Valenti (1906—1945),电影演员、狂热的法西斯主义者。曾追随墨索里尼至"萨洛共和国,"一九四五年被意大利游击队员击毙。
⑧ Carlo Rosselli (1899—1937)、Nello Rosselli (1900—1937),兄弟二人均为意大利反法西斯主义者,一九三七年在法国被法西斯分子谋杀。
⑨ 一九四四年九月二十九日,德军司令罗塞林为了摆脱意大利游击队的追击,下令焚烧身后的土地,并对居民进行屠杀,共杀害一百零八名居民,烧毁八百多幢房屋、十五条街道、七座桥梁和五所学校。
⑩ Stromboli,位于意大利西西里岛以北的一个小火山岛。
⑪ Fosse Ardeatine,该墓窟中埋葬了数十名被法西斯分子杀害的死难者。
⑫ Alcide De Gasperi (1881—1954),意大利天民党创始人之一,曾任意大利总理。
⑬ Sandro Pertini (1896—1990),意大利政治家。因撰写反法西斯文章而遭到监禁和流放。成为意大利社会党总书记后,领导反法西斯游击队进行战斗。一九六八年至一九七八年任意大利总统。

埃迪方索·舒斯特主教①当年在特里斯特别墅里干些什么？祈祷吗？那么又是谁在路易莎·费里达②的阴部熄灭了烟蒂？当今的年轻人应该知道。萨沃·达奎斯托③的行为是否的确是光荣之举？他为何承认自己有罪？你曾见过有哪位宪兵会在谋杀现场说"是我干的"吗？这难道不是一场意大利宪兵部队与国家政权之间的钩心斗角加党派纷争吗？在那不勒斯的四日战斗中，是谁打响了第一枪？"若是英美盟军没有在萨莱诺和安齐奥登陆，纳粹分子将在哥特防线上建造一座格林童话乐园，有'汉斯和格雷特'的小房子和'拇指男孩'的小路。"——这种说法到底是真是假？

维拉巴萨之夜④，费鲁乔·帕里⑤身在何处？他真的放下武器了吗？贝内代托·克罗齐⑥与里娜·弗特⑦之间究竟有着怎样的关系？据说在意大利某秘密组织的档案里存有关于马泰奥蒂并未死亡的记录，说他长期过着隐居生活，还有人曾看见他拎着黑色手提包出现在广场上，付钱给一个名为罗兰蒂的出租车司机，这消息是否切实可信？

神圣的恩内斯托·比尼亚米⑧，帮帮我们吧。然而我还有话要

---

① Ildefonso Schuster（1880—1954），意大利米兰红衣主教，曾为法西斯分子转移资金。
② Luisa Ferida（1914—1945），意大利电影女星，曾追随墨索里尼至萨洛共和国，后来被意大利游击队员击毙。
③ Salvo d'Acquisto（1920—1943），意大利罗马宪兵。一九四三年九月二十二日，一名德国军官不明死亡。德军认为该军官是被意大利游击队员所杀，于是逮捕了二十二名意大利人准备活埋。最终，为了挽救这些无辜居民的生命，他独自一人担当了罪名。
④ 一九四五年十一月二十日，在意大利都灵附近的小城维拉巴萨的一座牛奶作坊旁发生了一桩惨案，十名无辜者在遭到一个西西里流氓团伙的棍棒袭击后被投入水池溺死。
⑤ Ferruccio Parri（1890—1981），意大利政治家，曾任意大利总理。
⑥ Benedetto Croce（1866—1952），意大利哲学家、美学家、文艺批评家、政治家。
⑦ Rina Fort（1915—1988），意大利弗留利人。一九四六年十二月三日，她出于嫉妒趁情人不在家，将其家眷全部杀害，被判处终身监禁。
⑧ Ernesto Bignami（1903—1958），意大利历史学家、作家。

说,即使是他,我们也不能完全相信。因为我们知道在二十年代,比尼亚米——这个历史学家——曾被政府驱逐出教育界,想必这其中也是大有隐情的。

一九九二年

谁投票给了安德雷奥蒂*

我虽然目前身处美国,却一直在关注意大利的情况。但由于报纸总是在第二天送来,所以我要迟一天才能看到有关消息(除非能碰巧赶上当天晚上七点半的意大利电视台的新闻节目)。因此,每天早晨我都会瞟上一眼《纽约时报》。然而,除非发生重大事件,这份报纸即使提及意大利,也只会把相关消息放在某张内页的深处。所以我每次拿到报纸,都必须迅速翻到第二页查询国际新闻索引。三月二十八日(星期天)的报纸索引中并没有提到意大利。像往常一样,我只是浏览到第七页时才看到一篇关于安德雷奥蒂案件的专栏报道。在三十日(星期二)的报纸上,我又在索引里翻查关于意大利的消息。标题和概要中都没有正面提到意大利,只在下方的无标题短讯中有一句"来自意大利的丑闻:一部B级电影,第十页"。看来,关于意大利的消息已经不再被当做重要新闻,顶多只能占据一小块版面,其地位已和那些无聊透顶的肥皂剧差不多了。在这篇文章中,作者试图解释一种现象:在意大利这个"香蕉共和国"[①]里,那些原本用于救助地震区灾民的善款是如何被吞噬,而那些制定反黑手党法律的部长又是如何依靠黑手党的选票上台的。

在此,我们不妨把相应的罪责和羞愧感公平地分摊一下。美国人很清楚(但他们却试图忘记这一切),四十年来,意大利之所以会面临如此现状,他们也要负上一定的责任,这就好比他们在中美洲局势问题上也负有不可推卸的责任一样——几十年来,他们为了牵制古巴人,资助了不少"粗俗且不争气的暴政国家"。如今的美国似乎在说:"无论如何,我们只是为了自我保护,你们才是始作俑者,罪魁祸首。"现在,他们感到愤怒了,但他们当年也参与造成了目前的这一切。如果我们翻翻历史旧账的话,甚至能觉察出美国人还曾资助意大利共产党,因为意大利政府对于共产党的恐惧感能够确保它忠于西方集团,而一个没有共产党威胁的意大利则可能会像法国一样自作主张,或试图领导整个地中海和阿拉伯地区,而不仅仅是锡格尼拉基地②了。

与美国的反应相似,面对不断曝光的各类丑闻,我发现在国人中也弥漫着一种越来越强烈的牢骚心态。罗伯特·西尔维斯是《纽约书评》的主编,他非常了解并热爱意大利。我记得两年前他曾以美国人的天真口吻问我,为什么尽管意大利人明明知道究竟是谁在抢劫,谁在火车上安放炸弹,却没有能力解决问题。我当时是这么回答的——这是两年前的回答——事情之所以会这样是因为大部分意大利人都是顺民。这种顺从可以从选举结果中一窥端倪,四十年来,这些意大利公民一方面在咒骂国内的党派,但另一方面却一直给它们投票。至于他们为何如此顺从,则要用米歇尔·福柯③的权力理论来解释:侵吞国家财富的人群并非仅仅限于腐败的高层领导,相反,几乎所有人都在以某种方式从国家机器的运转过程中获取利益。这就好比一个向黑道人物交保护费的小商贩,尽管要损失

---

* Giulio Andreotti(1919—2013),曾任意大利总理,被指控与黑手党有联系,但因审判涉及行为已超出追溯期限,最终被判无罪。
① 指经济体系单一(通常以香蕉、咖啡等经济作物作为主要经济支柱)、政府不稳定的国家,后来成为对那些有广泛贪腐和强大外国势力介入的国家的贬称。
② Sigonella,位于意大利西西里岛上的军事基地。
③ Michel Foucault(1926—1984),法国哲学家、历史学家。

些财产，但至少知道自己可以获得些什么，以及当附近区域的流氓前来捣乱时可以向谁寻求保护。

意大利人非常清楚该找谁去开后门，需要塞多少钱，如何免去一次罚款，如何凭借一封介绍信找到一份相对安逸的好工作，如何不通过残酷的竞争就能中标……总之，他们乐意保持现状，正因为如此，他们也就会一边投票一边对那些党派嗤之以鼻了。嗨！当年到底是谁给安德雷奥蒂投了票？难道只有《宣言报》①的寥寥数人吗？

如今，百分之九十五的国民已经愤怒了，他们会对行走在大街上的议员大呼"强盗"。可这些民众当年都给激进党投了票吗？他们当年成立公众健康委员会了吗？或许他们当年就已表示过不满，但愤怒这么快就过去了吗？总之，我们希望看到的并非是一群针对一小撮腐败分子革命，以使整个国家恢复健康的民众，至少应该对一个大面积腐化的国家进行良知上的拷问。四月二十五日②的事情不能再次重演："当时我不在威尼斯广场……"当罗塞里兄弟在法国被杀害时，你在哪里？当马泰奥蒂被谋杀时，你在哪里？而当斯塔拉切③高唱《黑色的小脸蛋》④时，你，又在唱些什么呢？

一九九三年

---

① *Il Manifesto*，意大利共产党党报，创办于一九六九年。
② 意大利解放纪念日。
③ Achille Starace（1889—1945），狂热的法西斯主义者。
④ *Facetta nera*，一首法西斯时期的、以鼓吹法西斯主义为主题的流行歌曲。

电视之争为哪般

今天的话题本已是老调重弹,但在最近几个星期里,针对该话题的争论却再次激烈起来。辩题:电视的政治角色,以及占据屏幕是否意味着能对公众产生决定性的影响。很显然,当重新划分权力时,关于该问题的讨论也再次变得激烈。有人身处险境,很可能会丧失曾以高价占领的频道,而有的人则隐约看到了即将征服的领地。鉴于政客希望从电视中获取的并不是战术上的权力,而是战略上的权力(在公众中建立强大而持久的认同感),我们不妨来做一个思维实验。一位生活在公元三〇〇〇年的史学家(通过购买书籍、影像资料、警察局报告、法院判决以及年度合订本的报纸,并对其进行分析)或许能得出以下结论。

五十及六十年代前期,电视完全掌握在天民党手中。在道德方面,当时的电视节目十分小心翼翼,尽力避免宣扬不稳定因素,对于国内和国际的政治局势也采用一种全面而温和的视角,且相当重视宗教节目和教化性节目的播出。当时,电视里的英雄形象总是留着短发,系着领带,举止儒雅。另外,当时的节目也尽可能避免提及意大利的反法西斯抵抗运动,以免在右派中树敌。所有于一九四五年至一九五〇年间出生的年轻人就是看着这样的电视节目长大的。其结果是,培养了制造六八年学生运动的一代人:留长发,崇尚性自由，为离婚和堕胎的权利而战，仇视政府，反教权主义，推崇"抵抗运动"，并将当时的玻利维亚和越南作为该运动的典型代表。

后来，电视节目就逐步分成了不同的版块。在大众类的节目中，女人开始逐渐袒胸露乳（在午夜节目中甚至还会暴露出更加私密的部位），同时，开始出现一系列无政治偏向、语带讽刺、充满争执，并对当局颇为不敬的节目。这一类大众节目造就了新的一代人，他们开始重新重视宗教价值，并且谨慎地对待性行为。就历史节目来说，从六十年代后期开始，电视节目开始见缝插针地宣扬抵抗运动，并把它神化为一场孕育意大利共和国诞生的伟大事件。然而这类节目却造就了一代不愿意听到、也不愿意谈论抵抗运动的年轻人，相反，当他们不再热衷于种族主义和排犹主义时，更愿意对修正主义的"啸叫"洗耳恭听。

从政治层面上来看，尽管电视节目已经分成了三个有着不同政治倾向的频道，但都致力于时刻维护对某个政治阶层的尊重，并利用画面的感染力不断确立该阶层所代表的权力及（所谓的）广泛的群众性。那么效果究竟如何呢？一部分公民已经通过加入各种联盟组织来自主反抗该政治阶层，而其他公民则会一有可能就迫不及待地开始咒骂行政官员中那些自己看不惯的人，更有甚者，只要一认出曾在电视上露脸的政客，就会立马朝他们扔臭鸡蛋示威。

我们这位生活在三〇〇〇年的史学家甚至还能得出一个大胆的结论，即天民党控制之下的电视节目导致了共产党的大规模发展——这在西欧是前所未有的现象；然而自从共产党逐步掌控电视节目之后，却造成了该党派的萎缩。

如果我们这位史学家生活在一个宗教权力野蛮膨胀的时代，他将会得出如下结论：电视简直是一个罪恶王国，会如凶残的莫洛克神①一般吞噬所有妄图征服它和驾驭它的人。换句话说,电视会给所有靠近荧屏的人带来可怕的厄运。如果这位史学家能够分析推理或按照公式进行科学假设,那么他会总结出电视这种具有侵略性的手段也许可以在很大程度上影响人们在消费层面上的思考方式,但却绝对无法影响人们的爱好以及政治决定。

这位史学家或许会沮丧地自问:为什么人们还会为电视这个工具大动干戈?最后,他将得出结论:我们这个世纪的人还根本不明白什么是大众媒体。

一九九三年

---

① Moloch,古代腓尼基人的火神,以儿童和鲜血为祭品。

抵抗运动的双面色彩

小时候，父亲常常跟我讲述他在一战期间的一些亲身经历，其中最让我感到震惊的故事是关于卡波雷托大撤退①的。当时，士兵连日行军，甚至连夜里也没有停下脚步休息。父亲告诉我，他之所以能死里逃生，是因为一位高大强壮的战友让他（当时已是瘦弱不堪，筋疲力尽）靠在自己的肩膀上走了好几个小时。就这样，我父亲一边用脑袋睡觉，一边在困倦中移动着双脚。或许一个人为了在绝境中求生是可以做到这一点的。

后来，他们到达了一座荒凉的宅子——当然是在意大利的领土上。按照我们的想法，这帮残兵败将应该做的第一件事就是纷纷扑倒在床上、地毯上或是桌子上来喘一口气。然而，他们却好似战胜了某个敌人，有人开始拆毁家具，砸碎镜子，打开抽屉，捣毁存放外套和女式内衣的大衣柜，一边把那些内衣套在自己的军服上，一边胡乱打闹。

这些士兵究竟是什么人？他们中的有些人被再次派到前线，加入了那场战争中六十万死难者的行列。我想说，他们是一些不错的小伙子，和我们一样的人。他们曾经知道如何遵守并且即将再次遵守部队的纪律。然而战争本身就是一头凶残的猛兽，它颠覆了所有的道德观念。因此，我们才会在历史进程中看到那些本应善良宽容的士兵却投身于烧杀抢劫、奸淫掳掠。父亲是带着恐惧的神情讲述这些故事的,而我却不知道该如何评价那些士兵,因为我从未亲身经历过卡波雷托大撤退。

这几天,我之所以会想起这些问题是因为公众(带着很强的规律性)又开始批判抵抗运动了。如同以往一样,他们谈到了抵抗运动中的一些野蛮凶残的行径。但我认为这些行为很正常,因为我们不能要求那些每时每刻都穿梭在枪林弹雨中的士兵按照常人的方式来控制自己的情绪。事实上,抵抗运动中的许多队伍最初就是一帮乌合之众,混杂着众多投机主义和机会主义者(所有的内战都是如此)。有些人加入其中只不过是因为自己生活在这片山头上,而如果他们生活在山的另一面,也完全有可能被意大利社会共和国[2]所吸引。正如游击队员乔治·博卡反复强调的那样,在抵抗运动的队伍中,有许多人是在追寻一种荣耀感,而其他绝望的冒险家则只不过想从中捞取些利益。那时,我还只是一个孩子,但我的确记得在两个阵营中都存在这两种人。那些亡命之徒是很容易看出来的,因为他们经常轻率地改变自己的立场。

如果说每一场战争(或每一场内战)都会造成如此混乱失衡的局势,那么作为一名对史实有着详尽了解的历史学家,他的任务究竟是什么呢?当然,历史学家理应致力于收集史料——哪怕是一些细枝末节的素材,并应在历史档案中发现某人在某时做了某事。但如果他所做的工作仅限于此,那他也就只能算历史碎片的捡拾者,或某位真正历史学家的公文包。真正的历史学家要整理所有的资料,并复原到一幅更完整的历史拼图中,从整体的角度来解读单个的历史事件,分析其原因,以及它对后来事件所产生的影响,并最

---

[1] 一九一七年,意大利军队在阿尔卑斯山区的卡波雷托遭到重创,被迫撤退。
[2] Repubblica Sociale Italiana,又称萨洛共和国,由墨索里尼于一九四三年九月二十三日成立,实际上是德国法西斯主义控制下的傀儡政权。

终给予一个"史学"意义上的评判。比如,尽管我们知道在法国大革命期间,有人曾因欠某人债务而将那人判罪并斩决在断头台上,但也不能以此来评判法国大革命的"意义"所在。

因此,我认为公众这些时起时落的对历史的批判与报纸对当今弊病的声讨有点儿类似。然而对历史的评判是不能够从某个段落或某个事件中断章取义的——除非这个事件具有典型性,否则,这样得出的对单个事件的结论就必然会不恰当地变成对整个历史时期、群体及社会的结论。

当下正值盛夏,想编点儿新鲜文章来提高读者读报的兴趣是可以理解的。然而,对于意大利在一九四三年之后所经历的那段抹不去的黑暗、残酷和恐怖的历史,我们还是应该以更宽阔的视角以及更高的责任感去解读。

一九九三年

清一色右派

维多里奥·费特里①在《独立报》上列出了一张意大利"右派"知识分子的名单。毋庸置疑,名单中的某些人物,如詹蒂莱②、齐奥内③和马里内蒂④的确是法西斯主义的追随者。但名单上还出现了另外一些人的名字——可这些人充其量只能算是右派思想家,却称不上是法西斯分子,比如德诺齐⑤。在名单的末尾,甚至连克罗齐也榜上有名。

费特里说他在名单上列出的人物都是法西斯分子"和"国家主义者。我认为,他不应该用"和"这个字眼,而应该用"或"。事实上,克罗齐是个不折不扣的反法西斯主义者。但他的年龄以及他所接受的教育让他极为推崇自己的国家,并把国家利益看得高于一切。这是一种与心理和阅历相关的微妙情感。但我们要清楚地知道,克罗齐的自由保守主义以及他对于自由的崇拜与詹蒂莱身上的黑格尔主义是大相径庭的。我们甚至可以说詹蒂莱一直以自己的方式试图比克罗齐更具"革命性",但总之,两者并不是什么志同道合的朋友。倘若(如费特里所说)"右派"的思考方式意味着忽略事物之间的区别,那么上述把法西斯分子和国家主义者混为一谈的说法倒是符合右派的特征。这种思维显然是说不通的。

费特里提示读者找出暗藏在该名单中的某种标准。实际上,这里头的标准可太多了。比如，名单里的某些人物只是对法西斯独裁政权采取了顺从的态度。比如马可尼⑥，头戴二角帽的他的确接受了那些身穿粗毛呢制服的法西斯军官的奖励，但只要能发明无线电，他也完全愿意加入苏维埃组织。假如只要某人对某组织采取过顺从和亲近的态度，就要把他归入其中的话，那么陶里亚蒂⑦应该算是"自由主义—资本主义—天主教"人士，因为他曾与加斯贝利、教会以及可恶至极的美国人签署过条约。

皮兰德娄⑧也名列其中。不错，他的确接受过法西斯政府授予的荣誉，但我们怎么能把他那种置疑任何价值观的思想与法西斯右派分子对于古代神圣价值的崇拜相提并论呢？

接下来出现了费密⑨的名字。对于他青年时期的思想，我不甚了解。但我知道他曾经为了躲避一系列带有种族主义性质的法律而被迫移居美国，用自己的知识为西方民主国家服务，打击纳粹主义——也许在美国，他会投票给共和党，而拒绝为斯大林服务——但无论如何，他和费德佐尼⑩及邓南遮绝不是同一类人。

在五十年代，某位知识分子只要曾签名反对过处决罗森堡夫妇或支持停止核武器的研究，那么他一定会被来者不拒的意大利共产党划入马克思主义知识分子的行列。而我那个年代的天主教徒则甚

---

① Vittorio Feltri（1943— ），意大利记者，自一九八九年起任意大利《欧洲报》主编，该报于一九九二年改名为《独立报》。
② Giovanni Gentile（1875—1944），意大利法西斯主义哲学家，曾起草《法西斯宣言》。
③ Edmondo Cione（1908—1965），意大利哲学教授、法西斯主义者。
④ Filippo Tommaso Marinetti（1876—1944），意大利先锋派诗人、小说家。
⑤ Augusto Del Noce（1910—1989），意大利天主教人士。
⑥ Guglielmo Marconi（1874—1937），意大利物理学家、无线电的发明者。
⑦ Palmiro Togliatti（1893—1964），意大利政治家，意大利共产党的主要领导人之一。
⑧ Luigi Pirandello（1867—1936），意大利剧作家、评论家，一九三四年获诺贝尔文学奖。
⑨ Enrico Fermi（1901—1954），美籍意大利物理学家。一九三八年获得诺贝尔奖。由于其妻子是犹太人，所以获奖后没有返回处于法西斯统治下的意大利，而移居美国。
⑩ Luigi Federzoni（1878—1967），墨索里尼的亲信之一，曾在法西斯机构中身兼数职。

至会把反神职者也奉为天主教派的知识分子——只要他们在临去世前曾让主教大人到床前听他在病痛的折磨中嘟囔一番。其实，如果要说起天主教派的知识分子，曼佐尼的确名副其实，而卡尔杜齐①只不过是曾经感慨于圣方济各赤身裸体躺在荒地上的行为，是算不上一个真正的天主教知识分子的。

事实上，"焦距的长短"起着十分重要的作用。对于某些作家，如果我们把目光局限在他二十岁左右，那么他看上去的确是个法西斯主义者，但如果我们再看五十岁的他，则又成了共产主义者——古图索②就是一个很典型的例子。费特里认为，如果一个人最初倾向右派，之后又转为左派，那是他个人的问题，只能说明这人是个"笨蛋"。然而我觉得应该更谨慎地对待这种现象。年轻时的路德曾是一名修士，费特里能断言路德后来对于天主教会的唾弃是一种"笨蛋式"的行为吗？

我们应该依据知识分子的思想观念、作品题材或艺术风格来判定他究竟是反动的，保守的，或是革命的。我们以博丘尼③和古图索这两个人物为例——这两人均出现在名单当中。关于博丘尼，他所表现出的坚定的国家主义是不可否认的（然而他在一九一六年便已去世，所以实在和法西斯主义搭不上边）。我认为他的画作以及理念都十分具有颠覆性和创新性——这一点比古图索更为进步。但仅凭这一点，我们就可以把支持国家主义的博丘尼划为左派，而把后来转而支持共产主义的古图索划为右派吗？

事情并非如此简单。西罗尼④因为接受过某些法西斯主义者的订单和创作过某些题材的作品而被称为法西斯分子。然而，即使我

---

① Giosuè Carducci（1835—1907），意大利诗人、文艺评论家。
② Renato Guttuso（1911—1987），意大利画家。
③ Umberto Boccioni（1882—1916），意大利未来派画家。
④ Mario Sironi（1885—1961），意大利画家。

们要说他是保守派，甚至是一定程度上的"反动派"，也只是因为他提倡恢复传统的绘画价值观。再说，也有人对他表示肯定，认为他对于马萨乔①绘画技巧的重新回归为二十世纪的绘画艺术开创了一片全新的视野。从这个角度上来说，西罗尼相比那些俄国现实主义画家和中国"文化大革命"期间的电影导演（以及那些滑稽的意大利模仿者）要进步得多了。

事实上，一张把人划为某组织成员的清单与一张把人开除出某组织的清单是同样危险的。

一九九三年

---

① Massaccio（1401—1428），意大利文艺复兴时期佛罗伦萨画派的代表画家。

我的墨索里尼颂

文章题目：为什么要在每日祷告中牢记国王、墨索里尼领袖和祖国？行文如下："我之所以在祷告中牢记领袖墨索里尼……是因为他给了我工作的第一动力。他指挥了'向罗马进军'①运动，把破坏分子赶出了意大利。他让我们的国家变得强盛、威严、美丽而伟大。"——究竟是谁在法西斯纪元第十八年的文化竞赛初选中写下了这样的文字？

以下这些获得法西斯纪元第二十年（一九四二年）青年联赛奖励的文字又是出自谁之手呢？"一队少年行进在尘土飞扬的路上。他们是骄傲的法西斯少先队员，在初春暖阳的照耀下雄赳赳气昂昂地前进。队员纪律严明，指挥官的命令干脆有力……二十年后，这些少年将投笔从戎，手握钢枪保卫意大利不受外敌侵犯。这些在星期六游行的少先队员……他们成年后将成为坚不可摧的卫士，时刻守卫意大利及其崭新的文明……看着这些孩子，有谁能想象若干年后，他们将默念着祖国的名字战死疆场？这思绪始终萦绕在我的心头：当我长大了，一定要参军……我将投入战斗，如果祖国需要，我还将奉献出我的生命，为了它那崭新的、英雄的、神圣的文明……伴随着过去辉煌的历史，以及少先队员所带来的希冀（他们是今天的少年，未来的战士），意大利必将荣耀地走向灿烂辉煌的胜利。"

或许此刻,大家都在等待我不怀好意地揭开谜底:这段文章的作者是某位"法西斯黑色骑士"(于是我这个厚颜无耻的御用文人就会随之收到一笔来自"赤色人士"的可观款项)。然而,你们却猜错了。这些文章的作者正是我本人,第一篇写于八岁,第二篇写于十岁。

事实上,我非常清晰地记得当我写下这些文字的时候,曾扪心自问是否真的相信这些言论。我曾问我自己:我是发自内心地敬爱领袖墨索里尼吗?那么我为什么并没有真的在祈祷时想起他呢?或许我是一个没有良心,谎话连篇的孩子?然而,尽管有这样的想法,我还是照例写下了这些文章,倒不是因为我玩世不恭,而是因为小孩子天生狡猾。一方面,他们会调皮捣蛋,但另一方面,他们也会接受周围环境灌输的思想原则。

如同今天的孩子渴望名牌书包一样,那时的孩子觉得穿上军装非常荣耀。这样一来,他们就能与周围的人一样获得尊重和羡慕。那时的我中规中矩,倒是如今的我有些玩世不恭了。我想,孩子之所以会写文章赞美所谓的"法西斯兄弟",是因为他们明白只要这样做就能够得到社会的赞赏。当然,我还不至于愤世嫉俗到认为所有这些孩子日后都会变成法西斯主义的走狗,事实上,并不是所有曾经参加六八年学生运动的人都会为菲尼②投票(只有部分人如此);我也能够区分这两种不同的社会氛围:一种引导孩子尊重差异,而另一种则唆使他们朝阿比西尼亚③人开枪射击。

然而,我越是明白今天的文化氛围之优越,就越是不能原谅当年那些毒害我的童年,向我灌输死亡荣耀感的人。所幸的是,那些人的行为是如此可笑,让我没过多久就摆脱了不健康的"灭绝犹太

---

① 一九二二年,意大利法西斯分子向罗马进军,以武力夺取政权。
② Gianfranco Fini(1952—),意大利右派政治家。
③ Abyssinia,现称埃塞俄比亚。

种族"思想的影响。

可是,难道只有儿童是天性"狡猾"的吗?难道一个十八岁的成年学生不会为获得某种奖励而写下类似于《论莱奥帕尔迪①是如何将个人的生存痛苦与敏感的文明意识相结合的》文章吗(尽管在他眼里莱奥帕尔迪只是一个多病的驼背)?他一定会捏住鼻子,按要求写下类似的文字。

成年人也会产生同样的想法。显然,那些对新右派投以信任目光的人都在寻求一种"温和"的保障,谁也不希望回到遭千夫所指的二十年代。我相信,贝卢斯科尼②决不希望某天穿着黑色衬衫③跳入火圈,他唾弃那个所谓"第一动力"的神话,而宁愿选择墨索里尼的孙女④表现的更为平和的形象(因为大学记分册上的成绩甚至不允许她有灌肠的第一动力⑤),以回应那些再次推崇"动力说"的人。但我认为,这种为了不受共产主义颠覆而去巴结政府的行为实际上是一种向我童年时代的倒退,它将再一次引导我们的孩子和成人退回过去那种所谓"健康"的情感中去。

一九九三年

---

① Giacomo Leopardi(1798—1837),意大利浪漫主义诗人、作家、哲学家,天生驼背,身体孱弱多病。
② Silvio Berlusconi(1936—),意大利政治家。
③ 意大利法西斯统治时期典型的法西斯服装。
④ Alessandra Mussolini(1962—),意大利社会行动党领袖,早年曾从事过演员和模特工作。
⑤ 根据传闻,亚历山德拉·墨索里尼曾伪造大学毕业证书,谎称自己毕业于医学专业。

安放炸弹的若干理由

最近十天来，我们听到了五花八门的新闻：由黑手党安放的炸弹、武装运动、"非常特务组织"①、致力于维护或破坏稳定的各派人士等等，关于这些众说纷纭的消息，就连业内人士也无法给出清晰准确的说法。既然如此，我们不如针对调查事件的方式作一次概括性的反思。

我们在做任何调查时所要遵循的根本原则之一是经济原则：面对不同的事件——只要发现类似之处——就能把它们都归于同一个原因。举个例子，如果某段相隔较近的时期内，在伦敦多次发生谋杀妓女的案件，且作案方式也完全一样，那么警方自然有可能把目标锁定在一个名叫"开膛手杰克"②的罪犯身上。

然而，经济原则并非在任何情况下都起作用，说到底，这个所谓"杰克"的身份从未被确认过，况且谁又能排除并非同一凶手作案，而是多名罪犯相互模仿作案的可能呢？从前的庸医曾经认为不同的病症都是由体液失衡引起的，于是他们对所有病人都使用放血疗法，然而他们错了，病人也因此不治身亡。

如果说安放在佛罗伦萨的炸弹与安放在罗马的炸弹出自同一人之手，这是令人信服的。但我们若就此得出结论——"因此"那些安放在博洛尼亚、布雷西亚以及喷泉广场上的炸弹等等也都是同一人所为——那就显得太匆忙了。为什么？是因为这几起案件都发生在遭到某些人抵制的政治变革的前夕吗？当然，这个理由也算说得过去，但我们不妨暂时考虑一下另一种可能性，即根本不存在某个神秘的反动组织。况且，就算如今的某派政治力量想要反对某项变革，其手段也很可能与一九六九年的情形大不相同（当然，变革的性质也是大相径庭的）。

因此，我们可以试着得出这样的结论：最初几枚炸弹的安放者的确是以破坏社会稳定为动机的，但随之便有人发现了安放炸弹可以带来其他有意思的效果，于是，他们便采取了同样的手段去达到其他的目的。说到这里，我们得回答两个问题。第一个问题，是不是任何个体或组织都有能力组织一起谋杀事件——一项表面上看起来非常需要技巧、经验和专业素质的活动？答案是肯定的。如今，一个十四岁的孩子就可以入侵五角大楼的电脑系统，而一个十八岁的小伙子就知道如何改装一辆帝波车③，让它如玛莎拉蒂跑车一样风驰电掣。这么看来，我们根本就不用担心一个有心计的主谋在市场上找不到他所需要的各种技术了。

第二个问题，究竟有哪些其他"好"的理由去安放一枚炸弹呢？请看，以下这个理由就不无道理（如果我们想象这个社会上存在着相当一群玩世不恭而又残酷无情的人——这并不少见）：炸弹爆炸后所引起的最必然的后果就是在接下来的整整一周甚至更长时间内，所有报章和电视（议会中的种种质询自不必说）都将把目光聚集在这枚炸弹上。这枚炸弹不仅会占据最重要的几个版面，而且会让其他所有消息，如佩科莱利④谋杀案、"净手运动"、塞尔维亚

---

① 近年来，意大利某些特务组织曾多次采取违背法律的手段，其行为有悖于维护国家和公民安全的宗旨，引起国内的广泛争议。
② Jack the Ripper，连环杀手，一八八八年在伦敦至少杀害七名妓女。
③ Tipo，意大利菲亚特集团推出的一款家用轿车。
④ Carmine Pecorelli（1928—1979），意大利记者、律师，一九七九年于罗马被害。

战乱以及其他工业和金融方面的事件都退居其次，通常只有粗略报道，而不会有评论。

作为某个个人或组织，假如你能预料到未来一两天将会有某条消息公之于众，而媒体则会带着十二分热情抓住你不放、不断提问、罗织各个事件之间的联系，并且大行添油加醋之能事的话，你如何才能避免过多地在媒体中"曝光"，抓紧时间跑到藏身之处呢？一枚炸弹一定能给你提供相当充裕的时间。

然而，仅仅只看爆炸当天的报纸、翻翻内部版面中的新鲜消息、并用手戳着某个罪犯是不够的。如果安放炸弹的主谋比较精明，那么他大概不会在这么紧的时间内操作，而会提前开始游戏。当然，你不要期望在报纸上看到类似于"某某被怀疑是……"的消息；真正的消息可能在表面上显得无关紧要，但只要挖掘便可大做文章，因此越少人读到越好。另一种可能是如果从丑闻角度来发掘，这类消息将很有意思，但本身却显得过于模糊，因此记者会因为版面紧张的缘故而放弃登载。最终，这很有可能成为一种"预告性"的消息：某人正在做一件目前不愿意提及的事，于是想提前转移公众的注意力。

如此一来，记者必须得在报社的电脑前整理出所有细枝末节的资料，才能勾画出整个事件的全景了。

一九九三年

间谍

前两天我第 N 次读到了一篇关于我国特务组织的文章，自然也了解到这些组织正在朝"非常化"（这一点着实令我忧心）和有意识的"透明化"（像平常一样，我一笑置之）方向转变。有时，我会想：那些知名政客和记者是如何能在从未读过任何间谍类书籍的情况下喋喋不休地谈论情报工作的呢？通常来说，那些较有水准的间谍类书籍的作者都曾经从事过该行业，因此——即使作品中有虚构的成分——他们能很好地诠释情报部门的工作状态。

我是读过一些间谍类书籍的（我还记得科西加①曾跟我聊起过他对于这类书籍的痴迷程度——这一点已是众所周知了），也从中学到了不少东西。首先，任何一个国家都应该拥有情报组织。其作用不仅仅限于通常所说的通过渗透或窃密来监控恐怖组织或武器走私行为，（以保卫国家安全为目的的）反间谍活动才是首要任务。为什么要进行反间谍活动呢？因为每一个国家都在从事间谍活动。所以我真心希望（我是说真心希望）我们的国家也会开展此类工作。举个例子，如果某人在利比亚试图向兰佩杜莎岛②投射导弹，当然需要某位驻扎在利比亚首都的黎波里的人员通知我国情报部门，该国是否真的在建造新的导弹发射台，并把目标对准了意大利这个"靴子"之国，一旦发射就会到达兰佩杜莎岛，甚至是贝加莫③。诚然，间谍活动并不是什么光彩的行为，但正如马基雅弗利曾说过的："为了国家的安全稳定，有时候君主也得采用一些不太正大光明的手段。"

如果说秘密情报工作主要是通过渗透、窃密及间谍手段来进行，那么就不能够、也不应该具有透明性的（这也正是"秘密"一词的含义所在）。如果情报部门的负责人把他们在伊斯坦布尔所设的情报点或打入某武装团体的卧底名单公布在《官方公报》上，并刊登出立功者的姓名和整个系统的财务状况，那么他一定会被枪毙。

另外，特务部门的工作还有另一大特征。该工作不仅需要一些勇士打入敌方内部，还需要联系一批能够背叛同伙的罪犯（因此，这些人可以算是双面罪人），所以说，该部门需要经常与三教九流的人打交道。大家不必为此而愤慨，任何一家警察局都会任用一些为了几个钱卖命的线人——他们肯定算不上好人。这些经常与地痞流氓交往的人，要么有着极其坚固的道德观念和处变不惊的神经系统（就如一个天天与魔鬼说话的驱魔人那样），要么就会做出某些越轨行为。一个文明国家会对自己的情报部门要求什么？——不做出危害国家的行为。如果某位情报人员的行为触犯了国家利益，又会怎样呢？鉴于秘密情报部门是保密的，不能透明化，于是其负责人——我们姑且称他为 M 先生——只能痛苦地作出决定，随后，那个行为出轨的情报人员将会在某条巷子里被人发现因颈部中弹而死；或者借口出门买香烟，跟妻子道别之后，就彻底销声匿迹，而人们顶多只会在"寻人启事"中提到他的名字。这是件十分痛苦的事情，我是绝对不愿意当这位 M 先生的，但他确实别无选择。

如果主管情报工作的上级领导发现有太多的情报员都在巷子里

---

① Francesco Cossiga（1928—2010），曾任意大利总统。
② Lampedusa，意大利南部小岛。
③ Bergamo，意大利北部城市。

莫名死去，那么他便会在完全保密的情况下要求 M 先生以健康原因为名提出辞职，因为他显然已经不能掌握此时的局势了。M 先生应该有一个在国家机构工作的固定联系人或监督人（我们假定是一位部长，由于保密的缘故，这个人甚至有可能就是财政部部长，就像美国的 FBI 那样），而这个人应该对情报工作了如指掌。

如今，意大利一直都保留有情报机构，但自五十年前开始，六个月就得更换一次部长。所以，问题并不在于情报工作不够清晰透明，而在于主管这项工作的负责人总是对此一无所知的新手。老猫不管事，鼠类自然猖獗。如果我是 M 先生，我当然也有足够的勇气拒绝向那些被派来监督我的上司解释我的工作。M 先生并不是圣人，我们任何人，在做任何事的时候都怀有一种强烈的摆脱控制的欲望。

所以说，情报部门的问题并不在于其透明度，而在于其主管领导的能力是否能对这种本质上不透明的工作加以监控。说到底，情报工作的不稳定还是由政府的不稳定引起的。

一九九四年

赞颂"旺代"*,缅怀"萨洛"

此刻的我不妨扮演一个文化程度较低的人物角色——最近几天,我耳闻目见了许多关于旺代叛乱的说法。人们讨论着究竟是应该赞颂这场叛乱,还是应该将它看成一场不可理喻的运动。但我却发现,几乎没有报纸严肃地诠释这起历史事件。哪怕是在里米尼会议①上,我也没有看到针对该主题的任何展览。我不禁感到对于许多人来说,旺代仅仅变成了一个神秘的地点。是的,在这里曾经发生过一场反对法国大革命(正是这场革命赋予了所有人加入议会的权利)的贵族及农民叛乱。大革命不是什么好东西,它砍下了太多人的头颅(然而旺代人却很不错,当他们对付一个革命党时,还会送给他一个小圣像),但旺代却在逐步演变成一种隐喻:人们在赞颂"旺代"的同时也在缅怀"萨洛"。

这种针对旺代的综合征在意大利尤为普遍。在法国,旺代叛乱是一块永远不曾愈合的创伤,我曾遇见许多人,包括一些出身良好、有文化、有品位的少女,他们都佩戴着旺代十字架。这并不是什么丢人的事情,每个人都有各自的信仰,而旺代则让那些人感受到贵族的气质。

撰写这篇文章时,我正在外地。虽然那本书不在手边,但我却时常想起它——那是我最为珍爱的雨果的作品,也是他老先生的封笔之作，题为《九三年》。一七九三，那是令人感到恐怖的一年（"恐怖之年"）。在那一年里，法国的断头台一直在满负荷工作，无论是国王、旺代人，还是许多先前的革命党人都在那里掉了脑袋。雨果正是通过对这个"恐怖之年"的描写让我们明白了许多事情。

雨果是支持共和派的。但他的道德情感、人性，当然还有他作为小说家的天赋都使这部作品并没有成为一个好人对付坏人的故事，它讲述的是一群被卷入这段历史的人物的命运，而这段历史要比他们本人宏大繁复得多。

在作品开头，读者就能迅速欣赏到旺代将军朗特纳克的形象。或许这个人物是整个法国浪漫派文学中最为强悍的形象之一。如果你们真想了解整个旺代运动过程的细枝末节及其坚实的群众根基，那么可以读一读共和派人士雨果是如何描写朗特纳克将军与一位即将前往法国各城区发送起义信号的情报员之间的对话的，有好几页都只是干巴巴的地点和人名清单，但就是在这些名单中，地理名词被赋予了厚重的历史意义。

直到作品的末尾，读者都不知道自己究竟是更爱那些无畏的反叛者还是西穆尔丹——这个清心寡欲、坚定不移的革命党，抑或是不幸的年轻人戈万——深得西穆尔丹器重的孤儿。他出身贵族，却选择了参加大革命，同时又忘不了自己的出身，于是便设法帮助已被判处死刑的朗特纳克脱身。戈万死了，不徇私情的西穆尔丹把他送上了断头台；西穆尔丹也死了，他悔恨自己惩罚了一个公民之敌，朝自己的心脏射出了子弹。这恰恰就是整个事件的凄美之处，一种强烈的爱恨交织的情感在朗特纳克和西穆尔丹这对势不两立的敌对双方的代表之间建立起了联系。

---

* Vendée，法国西部省，一七九三年春发生反革命叛乱。
① 自一九八〇年起，每年八月都要在意大利里米尼召开一个关于文化、政治等各个方面的学术会议。

除了浓郁的恐怖气氛和一波三折的激情，《九三年》同时也是神圣、清澈与平和的。通过阅读这部作品，我们可以了解到敌对双方的道德根基以及他们为实现各自的理想而采取的残酷而疯狂的暴力行为。在雨果的激情演绎下，历史的理智与上帝的理智合二为一。

在此，我们几乎要怀疑雨果并非按照理性描述史实，否则他将怀着一种神秘而保守的情感来赞扬这段历史。然而在他笔下，我们似乎看到德·迈斯特[①]的灵魂飞翔在革命与反革命双方对阵的战场上，而那场伟大的浴血之战也仿佛变成了一次受到神意指挥的灵魂净化之战。

通过谈论旺代叛乱这段历史（以及叛乱所反对的资产阶级诞生的历史），我们可以尝试着了解当时发生的事件。而通过阅读雨果的作品，我们却理解并（亚里士多德式地）体会到了一种恐惧与怜悯之情。不仅如此，我们还明白了任何一桩残酷而伟大的事件都应在一种激情澎湃的回忆中得到尊重，而绝不能被简单地理解成枯燥的标语或冰冷的理想。

一九九四年

[①] Joseph de Maistre（1753—1821），法国外交家、作家，从保守主义的立场出发，以"神意"来解释法国大革命，强调大革命是神意对法国的严惩和重塑法国的手段。

旺代，卡尔迪尼和红花侠*

在九月九日的专栏文章中，我曾向读者推荐维克多·雨果的《九三年》，并评论说该作品不仅能让我们理解旺代叛乱的是是非非，还能了解到旺代运动所反对的那种恐怖政治。现在，弗兰科·卡尔迪尼教授（他也很喜欢雨果的作品）在《日报》上对我进行了一番十分委婉温和的批评，说我以文中的一句话作为标题未免有失偏颇。他说得的确很有道理，但大家都知道，标题都是经过编辑处理的。难道卡尔迪尼这篇文章的标题原本就是《那些反动事实让翁贝托·埃科不安了吗》？显然不是。他在文章中所讲述的都是他自己的烦恼，而不是我的不安（事实上，人们常常怀疑我处于一种过于安逸的状态）。

我曾在那篇文章中惋惜地写道："旺代在逐步演变成一种隐喻：人们在赞颂'旺代'的同时也在缅怀'萨洛'。"我之所以写下这样的文字并不是在进行一种史学意义上的评价，而只是想强调一下某些读者的心理状态——他们自己可能还未曾察觉。我相信，在纷繁的讨论过程中，恐怕有许多人都会把"旺代"和"萨洛"这两场内战混为一谈，因为在这两场内战中都有相当一部分人出于荣誉感而选择继续忠于那个已经失败的政权。正是基于这一点（卡尔迪尼也承认），我才推荐了《九三年》这样一本让我们能够绝对客观地了解旺代历史的书籍。然而，文章的标题却被编辑改为了《赞颂"旺代"，缅怀"萨洛"》，这样的说法的确过于绝对了。事实上，我并没有说当皮维蒂①主席在谈及旺代叛乱时就是在影射萨洛共和国。相反，她的确只是就事论事地谈论旺代而已。

正是出于一种认为我在说"旺代等于萨洛"的怀疑心态，卡尔迪尼发表了自己的反对意见。在此，我要说一声谢谢。关于他，我们就谈到这里，因为之后他也就转移了话题。糟糕的是应九月十二日《新闻报》的要求，好几位著名的同行都不遗余力地凭借自己的才学，将旺代与法西斯主义之间的区别阐释了一番。或许他们也只是看了标题（没准儿连看都没看，只是在电话中听人提到了这个标题），而没有阅读全文。他们甚至连卡尔迪尼写的那篇文章也没有读，不然肯定会意识到我所说的完全是另外一回事。

在承认我和他都较为公允地评价了旺代叛乱的同时，卡尔迪尼说回到旺代时代是一件好事，因为"如今的天主教世界愿意效仿旺代的历史与尊严"。呵，这个关于旺代和天主教世界的方程式倒是真够（以下是卡尔迪尼用于批评我的原文）"令人震惊"的。无论如何，把旺代与天主教扯在一起与把旺代与萨洛相提并论都是十分极端且无理的想法。

我们能够肯定只有旺代才能代表天主教世界亟须重拾的历史遗产吗？难道不是焦贝蒂②，不是乌戈·巴锡③神父，不是雅克·马

---

* Franco Cardini（1940— ），意大利史学家、作家。红花侠是匈牙利女男爵艾玛·奥切（Emma Orczy，1865—1947）系列小说《猩红繁笼花》的主人公。小说讲述法国大革命期间曾实行过恐怖政策，英国贵族波西爵士化身为神秘的"红花侠"，出生入死抢救贵族并将他们送往国外。
① Irene Pivetti（1963— ），意大利女记者、政治家。曾任众议院主席。
② Vincenzo Gioberti（1801—1852），意大利哲学家、政治家。
③ Ugo Bassi（1800—1849），意大利神父、爱国志士，曾追随加里波第捍卫罗马共和国。

利丹①和埃玛纽埃尔·穆尼埃②,不是德·傅科③神父,不是陈努④神父和孔加⑤神父吗?为什么偏偏是旺代,难道是因为世俗之人不懂它吗?然而世俗之人又是否真正明白鲍斯高⑥和巴拉圭的耶稣会士呢?难道是因为旺代运动中出现过殉难者吗?我们理应向这场运动中的死难者和英雄致以最崇高的敬意,但死难者和英雄本身却无法说明某种理念是正确的。许多年轻人也曾高呼着"希特勒万岁"而死去。在所有殉难的基督教徒中,我们也会热情效仿那些没有把"另一侧脸颊"也伸过去的人吗(卡尔迪尼也这样说)?当教皇试图(赤手空拳地)前往萨拉热窝的时候,他难道是在效仿"红花侠"吗?

尼古拉·马泰乌奇⑦为了告诉我旺代叛乱跟法西斯毫无瓜葛(只要读过雨果的作品,这一点是显而易见的),评论说旺代叛乱反映了"法国社会中首都与地方之间的紧张关系以及贵族、农民与教士阶层之间的历史隔阂"。我认为他说得不错(或许他想反驳卡尔迪尼)。难道这些就是天主教世界需要重拾的理念和价值吗?难道说仅仅因为旺代举起了圣心旗帜就能够代表天主教的精髓吗?

没有人会把法西斯第十大队的行为强加给朱安党人⑧(反之亦然)。问题在于卡尔迪尼是搬起石头砸自己的脚。他说:"从伊兰莱的言论中……我们发现了战争双方各有各的道理。"——这一点我表示认同。然而他又说:"面对这样的挑衅,天主教世界要重拾当年的历史与尊严。"这一点我是反对的,就像他评价我那样,我认

---

① Jacques Maritain(1882—1973),法国哲学家、天主教徒。
② Emmanuel Mounier(1905—1950),法国哲学家。
③ Charles de Foucauld(1858—1916),法国神父。
④ Marie-Dominique Chenu(1895—1990),法国天主教神学家。
⑤ Yves Congar(1904—1995),法国多明我会神父。
⑥ Giovanni Bosco(1815—1888),意大利圣方济各派修士。
⑦ Nicola Matteucci(1926—2006),意大利政治家。
⑧ Chouan,法国大革命时期的保王派。

为这是一番"令人惊恐的胡言乱语"。

事实上（正如阿尔多·斯基亚沃内①几星期前在《共和国报》上所说的），一个多世纪以来，旺代叛乱一直代表一种对于现代社会（以及卡尔迪尼所说的那种导致非雅各宾派议会制度上台的自由社会）的彻底拒绝。我认为不能把这种"拒绝"定义为天主教的特征。我想，教皇庇护十二世也不会同意这一点的。

一九九四年

---

① Aldo Schiavone（1944— ），意大利史学家、杂文家。

最新消息

一月十四日（星期日）那天，我直到晚上才取到报纸，于是我一边听着电视新闻一边粗略地浏览起《共和国报》上的消息。一方面，我用耳朵关注着电视里的声音（反正在电视里说话的那个人我早已经认识了），另一方面，我则用眼睛匆匆扫视着报纸上的标题和文章（反正上面写的都是头天晚上电视新闻里播放的消息）。

我读到了斯卡尔法利①写的社论（标题为《权力大厦的空缺》），文章开头说："这场政府危机并不是如此具有悲剧色彩，尽管其中的主角深感悲凉……"结尾说："所幸的是我们的国家在继续发展，虽然遇到种种危机和困难，但它仍保持强壮的态势，足以承担肩头的重负。"社论下方是另一篇文章。该文章表示经济发展才是真正的挑战。再往下看，是意大利银行领导的一篇讲稿，称意大利只有改革公共行政体系，改变消费质量，并抑制以增加工资为目的的工会运动，才有可能实现经济复苏。

然而，第二十一页中却有文章谈及工业部与国家劳动银行就菲亚特集团的磋商举步维艰，这又让人很难想象经济如何能够复苏。另一篇文章说 ENI 集团②高层人物变化不大。而第二十三页中的一篇文章则第无数次谈起了石油工业问题。还好，我在中缝下部找到了一条消息，说"希拉克试图为巴黎的葡萄酒工业寻找解决之道"，我想，这所谓的解决办法与其说符合法国人民的心意，不如说更符合欧共体的心意。

关于政治评论，我还在第六页找到了一篇题为《丑闻不断意大利》的文章，作者在文章结尾发表了自己神圣的观点："只有法庭之门对某些人开放时，道德问题之门才有可能关闭。"

另外，还有一篇文章谈到政府对某经济项目的干预，题为《漏洞百出的计划》。说实话，为意大利担心的人可真不少。瞧，玛丽安·玛法伊就在第二页发表了题为《政府算盘也打错》的文章，她评论说："如果提前进行大选能够结束目前的危机，那么这个错误则可另当别论……"唉，唉。

不过，意大利本身却并不为这些危机而担忧。看看第五页的消息：《竞标丑闻》《化肥诉讼案》《撒丁岛发生年度首起绑架案》《一批特工被怀疑涉嫌以往的谋杀案》（估计明天所有的特工组织负责人都将受到审讯），以及《伪装在拍卖会幕后的黑手党》。另一方面，所谓的反黑手党势力也摆脱不了怀疑。瞧，第一页就赫然刊登着一个标题：《关于反黑手党的绝密文件》。另外，我在第十六页还读到了一篇为《反黑手党的历史：一条缄默的锁链》的文章。

第十七页有一篇关于某知名大学内部斗争的长篇报道，说一批著名教师决定更换院系，因为他们无法与大多数人和平共处："长期以来，教师关系紧张，令人十分不悦，教师群体四分五裂。此种状况在维持了多年之后，终于不可避免地产生了嫉妒与攻击（自意大利教师职位减半之后，这样的情况已是屡见不鲜了）。"

另一篇文章谈论的是天主教教徒可自愿从事的服务性工作。第

---

① Eugenio Scalfari（1924— ），意大利新闻记者、《共和国报》的创刊人。
② 意大利国家碳化氢公司。

十六页介绍了许多新戏剧,其中包括吉诺·布拉梅里①的新作。之后,我开始浏览电视节目预告,然而却惊奇地发现大部分节目都是电台广播,写着即将转播的音乐会名称以及每个小时的播放清单。电视台却只有两个:国家台频道和第二频道。究竟发生了什么事?难道贝卢斯科尼出局了?那第三频道又是怎么回事?我满腹狐疑地看了看报纸的日期,这居然不是一九九六年一月十四日的《共和国报》,而是一九七六年一月十四日的《共和国报》。原来,这是报社为了庆祝二十周年纪念日而随周日报刊赠送的复制版创刊号!

我不禁哑然失笑。二十年前一月四日的报纸和上周的报纸居然在刊发几乎一模一样的消息——这难道是斯卡尔法利的错吗?当然不是。他只是在报道曾经发生于意大利以及正发生于意大利的事件。造成这种现象的原因很简单:因为二十年来,这个国家里似乎发生了许多改变,然而实质上却一直在重复上演那几个相同的场景。

唯一发生的实质性改变无非是电台增加了——然而由于取消了《广播报》,我们却弄不清楚这些电台播放些什么节目;另外,电视台也由两个猛增到了几十个。

纠正一下,变化还不止于此。我还翻到第二十页,查看了外汇汇率。当时的外汇比价是一美元比六百八十一点九五里拉,一马克比二百六十二点五九里拉。可见在汇率这个方面,增长还是存在的。

一九九六年

---

① Gino Bramieri(1928—1996),意大利戏剧演员。

拿破仑凯旋滑铁卢　威灵顿落败回老家

　　足球比赛并不仅仅是一场令人惊心动魄的表演，也让人感到踏实。因为除了个人激情以外，球赛也是有规则可循的。比如，甲乙两队交战时，甲队的目的就是把球攻进对方的球门，同时不让乙队的球破门而入。一旦确定了这个规则，人们关注的焦点就是足球是否被合乎规则地踢进了球门。如果甲队做到了，那么就能赢得一分。行文之时，我还不清楚迪尼①政府是否已完成使命。但我知道一月十四日（星期六）的报纸上报道了一场这样的"球赛"。权衡各项比赛规则之后，该场"赛事"的判定如下：斯卡尔法罗②在补时阶段以二比一险胜。那么赌局是什么呢？贝卢斯科尼说："要么我重新成为总理，筹备新一轮大选，要么就解散议会，立刻进行大选。"而斯卡尔法罗却说："决不能提前解散议会，大选日期待定，暂时由总统领导政府，尊重三月的投票结果，但贝卢斯科尼出局。"我想所有人（况且许多国外报刊也是如此裁定的）都会承认的确是斯卡尔法罗略胜一筹——尽管贝氏很骄傲地看到是迪尼政府，而不是普罗迪③政府最终胜出。由于博西④也是贝氏的对手，宣称要组建一个没有贝氏做总理的政府，因此，表面上他也是这场赌局中的胜出者——尽管他自己也已"伤痕累累"，以至于许多人都怀疑他将来是否能够继续"玩"下去。

我们至多只能说贝卢斯科尼输掉了这场比赛，放弃了一只举不起的铁臂，表现出他的政治现实主义，并在"我不明白，但我会去顺应局势"这个颇具"运动性"的原则下一声不吭地开始韬光养晦，准备东山再起。

然而周六的某份日报上却刊登着这么一系列报道，其标题和副标题为《贝卢斯科尼获胜，党派动荡，面临溃散，达莱马⑤和布蒂廖内⑥—迪尼政府以及大选纷纷顺应局势；博西—斯卡尔法罗遭遇卡波雷托之败，放弃最终冲突，接受"骑士"⑦的条件》。这些文章强调了贝氏的胜利以及斯卡尔法罗的落败。

玛丽亚·贝泰蒂尼⑧新近在卢斯科尼出版社出版了一本原文与白话文对照的作品：圣奥古斯丁的《论谎言》。这是一本伟大的小册子。和这个伟大人物的其他所有作品一样，《论谎言》是一部非常具有现实意义的作品，它就"说谎"这种现象进行了详尽的论述。事实上，说错误的话并不等于说谎。托勒密坚信我们眼中的那些谬论，但由于他认为这些谬论是正确的，所以他并没有说谎。说谎意味着为了欺骗他人而说违心的话。如果某个学生死心塌地地相信太阳是围绕地球旋转的，但他为了欺骗天文学教授而违心地表达了相反的意见，那么我们认为虽然这个学生说的的确是真理，但他却说了谎。

按照圣奥古斯丁的说法，也许我们不能莽撞地认为那份日报的主编和编辑说了谎，因为他们有可能是发自内心地相信自己所写的

---

① Lamberto Dini（1931—　），意大利政治家，曾任意大利总理。
② Oscar Luigi Scalfaro（1918—2012），意大利政治家，曾任意大利总统。
③ Romano Prodi（1939—　），意大利政治家，曾任意大利总理。
④ Umberto Bossi（1941—　），意大利政治家。
⑤ Massimo D'Alema（1949—　），意大利政治家，曾任意大利总理。
⑥ Rocco Buttiglione（1948—　），意大利政治家、哲学家。
⑦ 指贝卢斯科尼。
⑧ Maria Bettetini（1962—　），威尼斯大学中世纪史教授。

内容。但如果真是如此,那么他们理解历史事件的思维方式可就太勇敢独特了。比如,他们可以就"庇亚城门事件"①发一篇这样的消息:"教皇成功地把皮埃蒙特的狙击兵都困在罗马城里,从而取得了辉煌的胜利。他将梵蒂冈的局势牢牢掌控在手中,并没有给萨伏依家族②的篡权者任何复仇的机会。维多里奥·埃玛努埃尔只得离开佛罗伦萨。"

扎马战役③可以这样评价:"迦太基人将敌军引至茫茫大漠,然后把他们杀得落花流水。而罗马兵团的战士则被迫为迦太基用盐铺路。"滑铁卢之战则可报道为:"拿破仑使威灵顿不得不滚回了老家,而他自己则胜利抵达圣赫勒拿岛。"再多来几条吧:"艾森豪威尔不得不接受希特勒的游戏:如果你爱我,那就到诺曼底来。于是盟军被德军的铜墙铁壁所包围。不久之后,希特勒顺利逃脱各种围追堵截。爱娃·布劳恩④以及希姆莱⑤家族给了希特勒最坚实的依靠。戈林⑥还向失败的盟军士兵挑衅说:'我们在纽伦堡见!'"

类似的例子还有许多:"卡罗·皮萨卡内⑦通过一场精彩的突袭就迷倒了萨普里的拾穗者。""摘下面具的吉斯⑧公爵:圣巴托罗

---

① 一八七〇年九月二十日,维多里奥·埃玛努埃尔(Vittorio Emanuele II,1820—1878)带领皮埃蒙特士兵从庇亚城门攻克罗马,教皇庇护九世放弃世俗统治权,意大利最终完成统一。
② Savoia,曾是意大利的王室家族。因支持墨索里尼,于一九四六年被逐出意大利。直到二〇〇二年,该王室的成员才被允许回到故土。
③ Battle of Zama,发生于公元前二〇二年,迦太基人在这场战役中败给了罗马兵团,向古罗马帝国投降,第二次布匿战争结束。
④ Eva Braun(1912—1945),希特勒的情人,一九四五年和希特勒一同自杀。
⑤ Heinrich Himmler(1900—1945),德国党卫队和秘密国家警察头目。
⑥ Hermann Göring(1893—1946),德国纳粹党重要成员、德意志第三帝国元帅。
⑦ 一八五七年,身为罗马共和国领袖的卡罗·皮萨卡内(Carlo Pisacane,1818—1857)发动了一场反抗法国波旁王朝统治的起义,他带领三百名爱国志士从萨普里岛出发北上,但由于得不到当地人民的支持而失败,本人也负伤身亡。
⑧ Henri de Guise(1550—1588),法国军人、政治家。极为反对胡格诺教派,是圣巴托罗缪之夜大屠杀的主要策划者。

缪之夜①，以科利尼②为首的胡格诺派教徒逼迫他暴露了自己的阴险意图。""曼图瓦公爵的绝妙讽刺：为达到抢劫之目的把勇猛的新教教徒引进了城里的教堂③。""三月十五日那天，恺撒大呼'你也有份！'从而揭开了布鲁图的刺杀密谋④，并把他彻底推上了菲利皮之路⑤。"

一九九五年

---

① 一五七二年八月二十四日清晨，胡格诺派的重要人物聚集巴黎，庆祝其领袖的婚礼。亨利·德·吉斯率军队发动突然袭击，杀死胡格诺派教徒两千多人。由于二十四日正值圣巴托罗缪节，因此这一血腥的夜晚在历史上被称为"圣巴托罗缪之夜"。
② Gaspard de Coligny（1519—1572），法国海军上将、胡格诺派领袖。一五七二年死于圣巴托罗缪之夜。
③ 一五三六年，教皇保罗三世下令将于曼图亚召开宗教会议，并邀请新教徒参加。他认为所有会议的参加者都应该接受会议的决议。但是新教徒在会议中属于少数分子，马丁·路德建议他们不参加会议，经过几次协商和拖延，教皇终于决定于特兰托召开这次大会。
④ 公元前四十四年三月十五日，古罗马统治者恺撒大帝在罗马元老院议员事厅中被包括布鲁图在内的多名贵族议员合谋刺杀。
⑤ 公元前四十二年，布鲁图和卡修斯在菲利皮被屋大维和安东尼的军队击败，两人自杀谢罪。

科拉多* 与当今国情

据报纸统计显示，接近七百万观众收看科拉多主持的《斗牛士》节目，远远领先于其他那些五花八门的所谓更加新颖的节目。大家都在试图解释一个年纪一大把的主持人如何能让这个形式老套的节目获得如此大的成功。

《斗牛士》是一档由业余人士进行冒险性表演的节目，变态的观众从表演者（从跳踢踏舞的老头儿到自比麦当娜的家庭主妇）的可笑表现中取乐。古代的"角斗士表演"是一种残忍的游戏，观众期待的是宣布角斗士（或殉难者）处死的时刻。而新时代的"角斗士表演"则融合了三种相互冲突的情感：对于那些遭受大众嘲笑的可怜表演者的怜悯；对于表演者命运的虐待狂心理——只不过当年的角斗士是被逼无奈，而如今的表演者却是自愿献丑的；以及隐藏在内心深处的对于表演者的嫉妒，因为他们不知羞耻地选择了被人讥笑，以求能在公众面前展示自我，以一种奇特和残酷的方式获得大众认同。如此一来，在节目播出的第二天，他们就会得到杂货店主及面包师傅的追捧，人们不会记得他们在节目中所表现出的丑陋嘴脸，只会记得他们曾经上过电视的事实——这可是人人都梦寐以求的。

《斗牛士》（也许几十年前刚刚创办时它还只是一个恶作剧式的低档节目）的成功秘诀就在于它代表了意大利大众生活的精髓。

在当年的意大利，只有身着深色双排扣大衣、佩戴绶带、出口成章的绅士才是行为举止的典范。所以，当《斗牛士》播出那些由搞怪老头儿、滑稽小丑、钟楼怪人、满地打滚的侏儒、结巴以及来回乱跑的傻子表演的节目时，它是残酷的。因此，这个节目当年的收视率十分有限，观众主要是回国的学生和有虐待倾向的变态者。

但在今天，《斗牛士》却充分反映了意大利的国情，尤其是当今的礼仪风尚。如今，共和国里的政客都是些铤而走险的"业余"人士。他们顽固地坚持着自己的政治无知，对言语中的语法错误、不当比喻、不规范用语、错误引用、文理不通等现象不以为耻，反以为荣。更有甚者，他们用粗言俗语甚至是污言秽语代替官方语言，用辱骂代替辩论，用谩骂代替技巧。他们自以为说话就像吃饭那样随意，其实，他们说话时就像打嗝那样粗俗。

从这个角度出发，普通老百姓（说到"老百姓"——这在以前几乎是一种十分不敬的称呼："叫我'老百姓'？你妈才是老百姓呢！"）就去力图适应这种新的风尚，并极力通过电视转播来露脸。如今，那些曾经只是在精神病学研讨会上才被研究的行为却得到了赞赏。人们把自家的丑事拿出来曝光，那些一面吞吞吐吐一面吐痰的人（如同卡普里奥利①电影中的人物）还会获得观众的掌声。他们抱怨自己没能成为电台主持人，因为他们能给自己的指头戴上一顶橡胶小帽子，从门缝里伸出来，重复着说："小帽子，小帽子……"

巴塞罗那曾经有一家波希米亚咖啡馆（据说这咖啡馆至今还在，只是当年的著名演员已经离开了）。那里有一间大屋子，专门供那些年迈的戏剧演员、八十多岁早已失声的歌手、百来岁患关节炎的舞蹈演员以及声嘶力竭的过时女高音进行演出（组织者让他们

---

* Corrado Mantoni（1924—1999），意大利电视节目主持人。
① Vittorio Caprioli（1921—1989），意大利电影演员、导演、剧作家。

相信自己仍然深受大众喜爱)。在前来欣赏的观众中,有三分之一是怀旧者,三分之一是丑态爱好者,另外三分之一则是自视颇高的知识分子。他们喜欢残酷的戏剧,会为这种表演把巴掌拍红,在激动时分,甚至会开枪朝钢琴师射击。而主办方则会喜出望外,因为在他们看来,这是属于观众的、与观众同在的,并为观众而存在的舞台。

依此来说,意大利的公众生活的确与那个波希米亚咖啡馆挺相似,这里充斥着喊叫、暴怒、狭隘、耳光和唾沫星子,而"老百姓"(还算是良民)则在开心地欣赏这桩桩件件,就如同在欣赏一场虚拟的由侏儒及过时舞蹈演员表演的残酷演出。(有谁看过阿里亚斯[1]导演的精彩节目《摩塔德拉》吗?)话说至此,我们也就不用奇怪为什么《斗牛士》这个节目会大获成功了。这个节目体现了一切精髓所在,它不断告诉我们:我们是谁?我们需要什么?它只体现规则,而不宣扬特例。科拉多简直就是我们这个年代的戈弗雷多·马梅利[2]。

从另一个角度说,《斗牛士》的成功还意味着"政治正确"的胜利,成为"严肃"电视节目的典范。

传统的搞笑剧总是开跛子、瞎子、结巴、矮子、胖子、傻子和弱智的玩笑,其对象总是那些以卖笑为职业,或被大众看做下等人的群体。

然而在今天,这一切已经变成了忌讳,模仿毫无保护的社会弃儿的行为已经成为一种冒犯之举,甚至连莫里哀也不能再嘲讽医生,因为他们会迅速组织起一个联盟以维护所谓的自身权益,使自己的名声不受诋毁。

于是,媒体不得不想其他的辙,而且他们的确想到了。既然不

---

[1] Alfredo Arias (1944—),阿根廷电视导演。
[2] Goffredo Mameli (1827—1849),意大利作家、诗人、爱国者,曾创作意大利国歌。

能继续嘲讽乡下傻帽儿——因为那将是破坏民主的行为——那么如果给这些乡下傻帽儿一个说话的机会,邀请他们上电视展示自我,进行实况转播(或如这些傻帽儿所说的,讲述亲身经历),那将是极其民主的表现。正如在真正的农村所发生的那样,人们根本不看艺术类节目。观众不会对模仿酒鬼醉酒的演员感兴趣,却会花钱让一个真正的酒鬼喝醉,并看着他的丑态开怀大笑。

我们只要好好想想就够了。要知道,这些乡下傻帽儿的一大特点就是表现欲很强,不仅如此,那些为满足自己的表现欲而甘心装傻充愣的人绝不在少数。以前,如果一对夫妇的婚姻出现危机,而旁人针对他俩的争吵开玩笑的话,他们一定会以诽谤罪起诉这个人,因为家丑是不可外扬的。可如果是这对夫妇自己要求并大张旗鼓地宣扬他们之间的丑事,谁还能指责什么呢?

这就是我们所看到的文化风尚的颠覆性变化。模仿残疾人搞怪的喜剧形象消失了,取而代之的是残疾人兴致勃勃地展示自身缺陷。这样一来,表演者开心——因为他们满足了自己的表现欲;媒体开心——因为他们可以让这些"演员"免费表演;而我们观众也很开心——因为我们终于可以再次嘲笑他人的愚蠢,从而满足自己的变态心理了。

如今的电视荧屏上充斥着以错用动词为荣的文盲、称与自己臭味相投的人为"老玻璃"的同性恋、进行疯癫表演的妖女、走调的歌手、大谈"人类潜意识再次消磨"的女学者、乐于戴绿帽子的人、疯狂的科学家、令人无法理解的天才、自费作家和为了成为第二天杂货店老板的谈论对象而不惜抽别人耳光以及被人抽耳光的人。如果这些傻帽儿能够在这样的表演中自得其乐,那我们当然也可以毫不愧疚地看着他们开怀大笑了。

一九九五年

幽灵的回归,哦耶!

左派势力上台啦!我早已预料到正在发生的一切,无聊地回顾罗塞里兄弟,追忆葛兰西①对其妻子姐姐②的深厚感情,重新翻出拉皮拉③的老照片,就发生在库内奥④的反法西斯斗争对博卡进行冗长的采访……其实,谁也不是预言家,但历史却是生活的导师。我们不妨回顾一下一年前所发生的事情。当时,"民族联盟"⑤——一个成立于菲乌吉⑥的全国性联盟——才刚刚当权,激进派还在沉默中吞咽着羞辱,而电视屏幕、日报和周报上都发生了些什么呢?人们翻出了第十大队海军士兵被美军击毙的电影资料;回忆起墨索里尼和佩塔齐⑦曾经被悬尸示众;在一堆死人身上找回右派文化的根基;还突然发现原来帕索里尼⑧居然也是(可能他的确也是如此)一个更加倾向于民众(相信国家主义的民众),而非更倾向于阶级的人物。当然,这些现象倒并不一定意味着皈依或背叛(但愿上帝保佑不是如此),但这肯定是因为媒体希望在新的政治气候中迎合新的选民群体的口味。

人们挖掘出了大量关于旺代的档案,开始充满激情地回顾朱安党人的历史,当皮维蒂还不算是自己人时,人们评价她的穿着比克劳迪娅·希弗更为得体,然而自从把她划入己方阵营后,却说她穿着救世军⑨的破衣烂衫;人们感到一种紧迫的需要,想再次追捧詹蒂莱，重新发现容格尔⑩、施本格勒⑪、埃沃拉⑫的价值；人们把德·迈斯特的"突然"诞生高呼为奇迹；克罗齐被划到了右派——就因为他曾在阿德尔菲出版社工作了相当一段时间，殊不知那家出版社并非右派文化基地，而是一群犹太教—共济会分子的中心；在意大利国家电视台中，本该负责讲解十字军东征的弗兰科·卡尔迪尼取代了制作有关十七世纪非教徒节目的图里奥·格里高利；而在市中心一些书店的展示架上，那些右派的杂文报纸也已经取代了《爱的教育》。

时政专栏里满是针对"萨洛"和"阿尔科莱事件"⑬的最新评论，说这些人每晚都会出现在共和国首都的酒吧里与美艳逼人的模特饮酒作乐；说在蒙特齐多里奥大楼与万神庙之间的餐厅里，共和国第一代议会成员重新聚集在厨房附近的小桌旁，歌手和演员向他们坦言，说左派让他们失望，甚至还有人提议用一曲《女人不再爱我们》取代《马梅利之歌》⑭。

最终，所有人都高声宣称（也许科苏塔⑮不在其列）政治自由

---

① Antonio Gramsci（1891—1937），意大利共产党创始人和领导人之一。
② 指葛兰西的妻子朱丽娅·舒赫特的三姐。她于一九二五年与葛兰西相识，在葛兰西被捕之后，她成为葛兰西牢狱生涯中的重要精神依托。
③ Giorgio La Pira（1904—1977），意大利左派政治家。
④ Cuneo，位于意大利皮埃蒙特大区西南部的城市。
⑤ Alleanza Nazionale，意大利右派政党。
⑥ Fiuggi，位于意大利拉齐奥大区的城市。
⑦ Clara Petacci（1912—1945），墨索里尼的情妇。
⑧ Pier Paolo Pasolini（1922—1975），意大利导演。
⑨ The Salvation Army，一八六五年在伦敦建立的国际性基督徒福音派组织。
⑩ Ernest Jünger（1895—1998），德国作家。
⑪ Oswald Spengler（1880—1936），德国历史哲学家、思想家。
⑫ Giulio Evola（1898—1974），意大利哲学家。
⑬ 一九九三年二月，意大利"净手运动"期间，刚刚踏入政界的贝卢斯科尼曾在其位于米兰阿尔科莱镇的别墅中召集其菲尼维斯特集团中的记者，对该运动的继续进行表示威胁。
⑭ Inno di Mameli，意大利国歌。
⑮ Armando Cossutta（1926—2015），意大利共产主义者，于一九九一年创建共产主义重生党，并担任主席。

主义好，经济自由主义更好，而温和主义则简直是至善至美了，除了一个例外——就是那个生性自相矛盾的蒙塔内利[1]，他俨然成了一个"富农的屠杀者"。

似乎没有人记得早在几十年前，德·迈斯特的名字就已经出现在许多优秀的翻译作品中，一位名叫欧莫德的自由历史学家还写了一本关于他的十分精彩的专著（记得一九五四年，我曾就相关内容进行了考试，考官是一位名叫马图利的民主派历史学者）；卡尔迪尼在非天主教圈子中早已成为备受尊敬的学者；关于旺代的专著早已有相当的数量，只消到图书馆里去转一转，就一定能找到想要的资料；容格尔和施本格勒早就成为被人崇敬和研究的对象；而几乎所有的共产主义者都是通过阅读詹蒂莱学生的书籍成长起来的；似乎没有人想起克罗齐从来就不曾被划归为"红色旅"的成员；那张洛莱托广场的照片在每年的四月二十五日都会准时出现在报纸上；至少从一九四六年起，就不再有人认为那个加油站是民主的丰碑；而乔塞·里曼内利[2]也是在几十年前就展示出了自己对于萨洛战士的崇拜之情。

不，宣扬一种新的文化就必须抛开所有原先的书籍，要从右派的角度重新看待一切，要发现墨索里尼原来建立了如此辉煌的殖民地，发现葛兰西和墨索里尼居然作出了最好的选择，才避免让意大利落入斯大林的魔掌（就好似那些基督教的殉道者应该对尼禄感恩戴德，因为如果是苏莱曼大帝[3]对他们动刑，他们遭受的将不是猛狮的袭击，而是被棍子捅破屁股……）。

总之，大众这种跟风的热情让我们不禁思考，在最近这场大选

---

[1] Indro Montanelli（1909—2001），意大利新闻记者、历史学家、作家，曾担任《晚邮报》主编。一九九四年，为了自由发表对贝卢斯科尼政府的反对意见，他离开了《晚邮报》并创建了《声音报》。
[2] Giose Rimanelli（1926—2018），意大利作家。
[3] Suleiman I（1494—1566），奥斯曼帝国的铁腕君主。

的结果公布之后,《啊,朋友再见》这首歌也许会出现摇滚版,韦尔特罗尼①和杰拉多·比安科②领导下的疯狂民众会在迪厅里欢唱《喀秋莎》,而罗西·宾迪③则会在罗马贵妇的阳台上手舞足蹈,耳边将响起四八年《共产党宣言》的说唱版(一个幽灵在欧洲上空游荡——哦耶!)

去吧,小伙子们!赶紧跟大选中的获胜者一起凑凑热闹吧!

一九九五年

---

① Walter Veltroni(1955—),曾任意大利左派民主党书记。
② Gerardo Bianco(1931—),曾任意大利人民党书记。
③ Rosy Bindi(1951—),意大利女政治家、意大利橄榄党创始人之一。

柯尔多*究竟是哪派

民族联盟的那帮年轻人似乎是决定要把柯尔多·马特塞划归右派英雄之列了。老天开开眼，放过柯尔多吧。

我明白许多人都害怕布拉特会像托尔金[1]那样，立刻把自己圈在霍比特人[2]的世界里，以至于其他人都羞于阅读其作品——那样可就太可惜了。然而我们却完全没必要担心。要知道，那个戴着耳环的无政府主义者[3]常年四海漂泊，谁也没法把他囚禁在萨洛共和国里某片湖泊的岸边。

按照一种很偷懒的方式，我们可以将我国的几大思想派别界定为法西斯派、马克思派和天主教派，那么在历史上，这些派别分别是以怎样的态度来对待文化的呢？天主教派和马克思派都十分善于对大人物进行批判。我还记得年轻时那些还算开放的教士给我的忠告，他们在没有翻阅禁书目录，甚至也没有提及罪孽深重的莫拉维亚的情况下就列出了一大堆作者的姓名——从巴尔扎克到蒙塔莱，甚至凡尔纳（太过唯物主义）和塞格里（复仇和凶残杀戮的爱好者）——说他们扭曲了世界的真面目。在一番筛选之后，适合所谓"优秀青年"阅读的作品就只剩下乌格·米奥尼[4]的作品及《青年指南》[5]了。

马克思主义就更是有过之而无不及。我们且不谈苏联的马克思主义——因为按照苏维埃共产主义来说,除了那本《静静的顿河》就不需要再读其他任何作品了——即使是在我们国家,除了普拉托利尼⑥以外的所有作家也都被看做是资本主义思想的传播者;电影界只有新现实主义派吃香,但在电影《情欲》之后,连维斯康蒂⑦也遭到了摒弃,至于卢卡契、福楼拜、乔伊斯、卡夫卡等,总之是除巴尔扎克之外的所有人,则统统都是肮脏的堕落分子。

右派倒是表现得很平静,因为他们不去唾弃,而采取束之高阁、不看不读的态度——他们只读一些什么都不避讳的古怪思想,比如埃沃拉和格农⑧。有的时候,他们也会光顾一下已经日薄西山、深居简出的布雷佐里尼⑨。另外,一旦左派势力(实际地或象征性地)将某人物排除在外(而再次去追捧布拉西亚克⑩、德里厄·拉罗谢勒或其他任何一位维希政权的合作者——哪怕只写过一本从未出版的日记也行),右派就会拉拢这些被左派驱逐的人物。但他们却从来都不会天才式地突发奇想,说:"但丁是我们的人!"他们拉到了塞利纳⑪,因为其他几派都不看好他。后来,就连那些"红色人士"也开始说:"的确,在犹太人问题上,他的脑子有些不对劲,这是什么作家啊……"右派不能拉拢庞德——他曾因疯狂的电台广播而受审,但早已获释,并被尊为具有颠覆性的激进

---

* Corto Maltese,意大利漫画家雨果·布拉特(Hugo Pratt,1927—1995)创作的一个充满冒险色彩的海员形象。
① John Tolkien(1892—1973),英国作家、奇幻小说《魔戒》的作者。
② Hobbit,托尔金在《魔戒》中所创造出的一个生活在地洞中的矮人族。
③ 指柯尔多。
④ Ugo Mioni(1870—1935),意大利通俗作家、天主教神父。
⑤ Il Giovane Provveduto,由天主教神父鲍斯高撰写的教导青年人的小册子。
⑥ Vasco Pratolini(1913—1991),意大利新现实主义作家。
⑦ Luchino Visconti(1906—1976),意大利新现实主义电影导演。
⑧ René Guénon(1886—1951),法国哲学家。
⑨ Giuseppe Prezzolini(1882—1982),意大利记者、作家、编辑。
⑩ Robert Brasillach(1909—1945),法国编剧、政论家。
⑪ Louis-Ferdinand Céline(1894—1961),法国作家,信奉排犹主义。

先锋派代表。

后来，慢慢发生了一场转折。天主派早就明白那些危险作家的作品是不能读的，那只是些在临终卧榻上才忏悔，以便在炼狱中得到救赎的灵魂。然而通过这场转折，这些作家的作品也得到了拯救。众所周知，作为一名作家，如果他写的不是菜谱，那么他必定要谈到人生、死亡及善恶（如果不写这些，他们还能写些什么呢）。一个作家越是持怀疑态度，那么他在面对这些问题时就会越发焦躁；一个作家越是不信仰上帝，就越发容易被神秘主义困扰。而只要他用上帝填补这个黑洞，来填补这紫色的银河，那么任何一个作家（少数堕落之徒除外）就都变成了教徒。

左派的情况就不用说了。只要在伊诺弟出版社发表过作品的作家都可以算成左派人士。左派重新拉拢了所有人，包括塞利纳。他们的理念越是土崩瓦解，就越要朝各处渗透。是不是要把施本格勒也拉进来呢？不拉白不拉啊！

右派也开始与左派赛跑，他们开始贴近葛兰西、帕索里尼，就连马克思也不能抛开——说到底也是一家人；莫拉维亚有一位法西斯舅舅，我想他们不久还会给斯大林平反，归根结底他也曾在神学院学习过，曾实行过独裁，曾如德·迈斯特一样严肃地对待活人祭祀，曾善待第三世界并写下过"语言与经济结构是相互独立的"。

这些林林总总的人物究竟是哪派的呢？我们糊涂了。不过这也是一件幸事。归根结底，公众在表面上习惯于跟从官方的分类，然而私下却是一股脑儿什么都读。年轻的马克思主义者会偷偷地传阅海德格尔的作品，就像他们偷偷传阅《花花公子》杂志一样。而卡尔迪尼也告诉我们说那些加入社会运动党[1]的小伙子居然也会在酒吧里相互交换印有切·格瓦拉的像章。

---

[1] 意大利右派政治势力，成立于一九四六年。

安心地去吧，柯尔多·马特塞！美好的故事（甚至是那些哲学故事）都有这样一个优点：它们的丰富性和多义性是那些按派别制定书目的人所永远无法理解的。

一九九六年

羞耻啊，我们居然没有敌人！

我曾经在这个专栏中谈到过我与的士司机之间的趣事。与其他城市相比，这种经历以发生在纽约最为有趣。原因有三：第一，纽约的的士司机来自世界各地，语言、肤色各不相同；每个人都配有一张小牌子，上头写着自己的名字。因此，每次上车后，辨认他们究竟是土耳其人、马来西亚人、希腊人、犹太人还是俄罗斯人就成了一件很有意思的事情。他们中的很多人总是通过"他们"自己的电台相互联系，电台里说着他们的语言，播放他们的歌曲，因此，有时打的去中央公园就好像是打的在加德满都旅行。

第二，在纽约没有人把的士司机作为终生职业，而只是一份临时工作；因此，坐在的士方向盘前方的有可能是一名学生、一位失业的银行员工，或是一个刚来不久的移民。第三，纽约的的士司机总是成群结队地出现。在某个时期内，大部分司机都是希腊人，过一段时间后又变成了巴基斯坦人，之后又是波多黎各人，诸如此类。通过这一点我们可以观察到移民的浪潮起伏，以及各个种族的胜利：当某一群的士司机从这个行业消失时，就意味着他们碰到了好运气，声势壮大了，说明他们可能转移到烟草店、蔬菜店里工作，转移到城市的另一个区域生活，登上了一个新的社会台阶。

因此，除了能够观察的士司机个体的心理差异（有的歇斯底里，有的古道热肠，有的投身政治，有的反对某主义）之外，出租车更是一个观察社会现象的绝好场所。

上个星期，我碰到了这样一个司机：他是有色人种，名字很难拼，后来他告诉我他是巴基斯坦人。聊到这儿的时候，他问我是哪国人（纽约的外来人口相当多），我说我是意大利人，于是他就开始问我问题。看上去他似乎对意大利相当感兴趣，后来我才明白，他之所以有这么多问题，是因为他对意大利一无所知，既不知道意大利在哪儿，也不知道那里说什么语言（通常，当你告诉的士司机在意大利人们讲意大利语时，他们都会感到很震惊，因为他们已经习惯性地认为全世界都在讲英语了）。

我快速向他描绘了一下，说意大利是一个半岛，中部是绵延的山脉，而周围则被一圈海岸线包围，那里有许多美丽的城市。当聊到意大利的人口时，他惊讶于意大利的人口居然那么少。随后他又问我意大利人是否都是白种人，还是多种族混杂。我向他大致解释说，起初，所有的意大利人都是白种人，但现在也有一些黑人，不过数量总比美国要少。他当然也想了解意大利有多少巴基斯坦人。我回答说，可能有一些，但比菲律宾人和非洲人少。听了我的回答，他显得不太高兴，或许在想为什么他的同胞不愿意去意大利这个国家。

我又傻乎乎地告诉他意大利也有一些印度人，他立刻怒视着我：我不该把两个如此不同的民族相提并论，不该提起这个在他心目中如此低等的民族。

最后，他问起谁是我们的敌人。我问："什么？"于是他耐心地向我解释说他想知道意大利人目前正和哪个民族打仗，不管是为了领土争端、种族仇恨，还是边界侵略等其他原因。我说我们没有和任何民族打仗。他继续耐心地问我谁是我们的宿敌，也就是那些曾经和意大利人相互残杀的民族。我再次重申我们没有这样的敌人。

最近的一场战争发生在五十多年前，即使是在那场战争里，我们也没有搞清楚过究竟谁是敌人，谁又是盟友。他对我的回答很不满意，并坦白地告诉我说他认为我在撒谎。一个民族怎么可能没有敌人呢？

那件事就到此结束了，我为本民族这种麻木的和平主义而多给了他两美金的小费。但我一下车就忽然想起了刚才本应该告诉他，但却一时没有想起的正确答案。这种现象被法国人称为esprit d'escalier①。

我应该告诉那个司机意大利人是有敌人的，但却不是外来的敌人。他们也根本无法确定谁是自己的敌人，因为他们总是在内部持续地争斗。意大利人之间总是在斗争：城市跟城市斗，邪教与正教斗，阶级跟阶级斗，政党与政党斗，同一政党中的成员相互斗，大区跟大区争，政府跟司法部门争，司法部门又与经济部门争，国家电视台与私人电视台争，联合政府之间的成员互相争，部门与部门争，报纸与报纸争。

我不知道那个司机是否能听懂我这样的回答，但如果我刚才这样回答他，至少不会丢脸，做一个没有敌人的国家的公民。

一九九六年

---

① 法文，马后炮。

海岛度假小记

今年夏天，为了参加一个无聊的竞赛，我并没有享受到真正的假期。很抱歉我得描述一下我的个人生活——尽管没有人对此感兴趣——因为我想向大家声明，尽管我不是一位富豪，但却有幸到大开曼岛一游。在这几个星期里，我一直来往于南北两个美洲，期间我又惊又喜地获得了五个跨周末的自由日。在这几天里，我发现了第一座不需要进行复杂的盘旋就能直接降落的加勒比海岛，并在此安顿下来。这是三座开曼群岛之一，位于古巴南面，离牙买加不远，属于英联邦。在这里，人们使用开曼元作为货币，这一点令我觉得似乎置身于迪斯尼童话世界里。

开曼群岛有三大特征：首先，这里是一个免税天堂，这一点我接下来还会讲到；其次，这里的海水非常平静、清澈、温和，有时，人们会在游泳时遇到速度极快的海龟，或者是鳐鱼——它们虽然有着超乎我们想象的庞大身躯，但却十分友善，因此我打算进行一次保护鳐鱼的宣传；最后，当地的旅游业在很大程度上是建立在海盗神话的基础上的。

以前，这些岛屿曾是海盗群体的目的地和中转基地，这倒并不是因为哥伦布到达此地时将其命名为"海龟岛"——因为正宗的海龟岛（托尔图加岛）位于更东北面的地方，而是因为它们的地理位置得天独厚，且在当时是一块荒芜之地。当地旅游局非常聪明地利用这一传奇神话，在岛上设置了许多超市，人们可以在那里购买海盗用品（这往往是小游客的最爱），还可以组织海盗狂欢节：一艘规模有限的仿真四桅帆船在港口靠岸，一群蒙着黑色眼罩、手持钩子和刀剑的海盗走出船舱，掠走了身着传统服装的少女，演员即兴表演决斗，演出的最后是焰火和露天海盗舞蹈表演，以及一顿煨海龟肉或炸海螺肉做的大餐。海螺肉就像口香糖一般有韧劲，富含蛋白质，而当地人会用多种方式烹调。所有这一切都是为前来旅游的家庭安排的，因为真正的海盗（要知道对于热爱和平的开曼人来说海盗业是他们收入的源泉）在抢劫时是连啤酒也喝不上的。

如今，我们都知道（真正意义上的）海盗都是些无视法律和道德的流氓，他们随时可以为抢劫一枚戒指而砍掉别人的手，他们肆意奸淫掳掠，最大的乐趣就是把某个倒霉鬼倒吊在船舷旁或扔进海里；他们就是一些恶棍，穿着邋遢，散发出大蒜和朗姆酒的气味，总之是一群不知羞耻的女人的儿子、丈夫或父亲。但时间抹平了一切创伤，在好莱坞的宣传之下，这些可悲的人居然变成了冒险生活的典范呈现在前来旅游的家庭面前。

现在，我们回过头来说开曼群岛是一个近海免税天堂，即一个不存在税务壁垒的地方。因此，正如我们曾在报纸的法制专栏中读到的那样，许多财务造假高手、受贿大户、腐败分子、军火商人——总之所有在现行道德范畴中被我们认为是从事歪门邪道的人都会把他们的财产转运到这里来。试想，两三百年后这里会是一片怎样的情形呢？

时间将会抹平一切创伤。当我待在岛上的时候，我就在想象这些生活在海岸小别墅里的黑帮人士正在编排一出由投机钻营者、腐败者和洗钱者上演的节目。我也想象到两百年后，当地的旅游部门可以组织一次戏剧化的表演，从一艘停有直升机的快艇上走下一群我们这个时代的流氓、欺侮孤儿寡母的无赖、新一代海盗、偷税漏税者和陪伴在他们左右的婀娜多姿的女明星和模特——当然，这些人都是假扮的，因为真人早已去世了，不过这些演员会按今天的方式穿着，来扮演昧良心的律师、制造假破产的专家，和精心剃须、散发着名贵洗发水气味并在胸口佩戴金项链的强盗。

将来的旅游者将会掏钱观看这些今天被我们称为混蛋的人。如今的我们还可以报得出一些"著名"海盗的名字，如：摩根、德雷克、罗诺亚、弗林特船长和西尔弗。那么将来的人会记住哪些人的名字呢？这可不能信口开河。因为目前这些人仅仅是受到了警告，还没有被最终判定有罪呢。

一九九六年

这些凯尔特人曾是谁

分裂主义最令人担忧的地方并不在于博西在文化上的无知①（事实上，有许多人比他更加无知，且不具备他那不容置疑的想象力天赋），而在于大量生活在经济发达地区的民众十分盲目地接受了他的理论，丝毫没有察觉那些言论有悖于他们在学校里所学到的常理。

哪怕是再无知的人，只要凭着对于中学知识的模糊记忆，也明白凯尔特人（也就是我们所学到的高卢人）是一个定居在亚平宁半岛北部的民族，但该民族的势力范围西止于波河沿线，因为当时利古里亚人——一个不屈不挠的蛮族——已经在抵御亚历山大帝国了；它的东部边缘则位于威尼托地区之外，因为那里生活着伊利里亚人的祖先；在东南面，凯尔特人一直扩张至臭名昭著的卢比孔地区（只要注意一下高速公路上的指示牌，就能看出该民族曾生活在里米尼地区）；而在西南面，伊特鲁里亚人已经占领了利古里亚人的地盘，吞噬了整个托斯卡纳地区和一小部分拉齐奥地区，并向北渗入到凯尔特人的领土范围中。

从马尔凯往南就是古意大利族的区域了（当然，普利亚地区还生活着部分伊利里亚的居民），直到半岛南端的海岸线才是希腊王国的领土——各个民族都在那里通婚。不管怎么说，无论是土生土长的巴门尼德还是后来移居至此的毕达哥拉斯在法律上都属于意大利公民，这一点没有什么不好。那么大家不妨选择一下，到底四处宣传自己是毕达哥拉斯的老乡还是弗尔曼蒂尼②的老乡呢？

因此，如果分裂主义者是按照严格的种族标准来进行划分（同时要保证该地区在罗马帝国时期和蛮族时期没有形成任何其他民族混杂体），那么一个真正意义上的"凯尔特"王国至多只能包括艾米利亚地区，而不能囊括蒙费拉托的北部（以及后来的南部地区）、利古里亚、威尼托等地；如果说这些分裂主义者按照地理标准来划分（仅限于波河河谷地区），那么就需要重新绘制整个凯尔特族范围，将其局限于科马乔地区，而把亚平宁山脉的摩德纳排除在外了。

总之，我们无论如何也无法理解这个所谓的"北意大利王国"如何能覆盖托斯卡纳、马尔凯和翁布里亚大区。即使我们撇开那些已经分散于各地，仅凭某些生理特征才能辨识出来的伊特鲁里亚人不谈，这些地区也是古意大利族的区域。因此我们可以认为即使古意大利族从未在所谓的北意大利地区定居，但那里的相当一部分居民更接近于古意大利族，而与凯尔特族毫不相干。

如果要从血统或人种上来划分，则必须要考虑以下这些情况：在亚平宁半岛的最南端曾生活过阿拉伯人、诺曼人和法国人，而古罗马帝国的军团则早已在半岛北端定居，这些兵团中肯定包括一些今天被我们称作那不勒斯人或卡拉布里亚人的祖先。如此一来，一个长着蓝眼睛的西西里人（这样的人可比比皆是）就很可

---

① 意大利北方联盟主张在意大利成立联邦制国家，把全国分为南、北、中三个共和国，反对政府支援南方的政策，认为南方在经济发展上拖了北方的后腿。博西是该党书记。
② Marco Formentini（1930— ），意大利北方联盟成员。

能拥有比博西更加纯正的北方血统——因为博西很可能是某个来自西古拉①的十字军士兵，在贝加莫养伤期间与一名随军的卢卡那②妇女所生的后裔；而我的一位利古里亚的祖先则可能与法国一位名叫阿斯特里克斯③的男子婚配，如此一来，我倒成了比博西更加正宗的凯尔特人了。

如果真要重新确立所谓的凯尔特种族，就必须让北意王国与小亚细亚的加拉提亚联姻，且要让博西知道当时的凯尔特人曾经到达伊斯坦布尔。如此一来，为了甩掉西西里人，不如去吃土耳其人的奶水！当然，我这么说有点儿像一个过于古板的种族主义者，因为我实在不明白为什么不干脆把那些操流利德语和地中海混合语的土耳其人也接纳到北意王国里来。

那么究竟是什么才把所谓的"意大利"各民族拼成一块马赛克拼图的呢？即使是要重新绘制那幅奇妙的凯尔特民族画卷（不过，如果是真心仰慕凯尔特文化——我亦是如此——那么最好到爱尔兰一游），也不需要以"托斯卡纳人"或"翁布里亚人"作为身份的标签。"意大利"是一个纯粹的文化概念，而非种族概念。它是古罗马文化的继承者，其公民都操着源自切罗·达尔卡莫④和邦韦辛⑤的统一语言（至少是统一的书面文字），信奉天主教，依仗阿尔卑斯山这一天然屏障，拥有但丁、彼特拉克、马基雅弗利所建立的政治体系和一百四十年的统一历史，形成了较为一致的行为及善恶标准（从詹蒂莱的改革到崇洋媚外思潮的泛滥、从圣方济各沙雷氏的演讲到"净手运动"、从歌剧表演到圣雷莫音乐节等等）。

---

① Sicula，位于意大利南端西西里岛的城市。
② Lucana，位于意大利南部巴西里卡塔大区的城市。
③ Astérix，法国漫画中的人物。
④ Cielo d'Alcamo（公元十三世纪），意大利通俗诗歌诗人。
⑤ Bonvesin de la Riva（1240—1313），意大利作家、古意大利语语法学家。

或许在今天，学校已经不再向绿衫党①的成员讲述这些曾教授给我们的常识了。正因如此，事态才真正开始变得严重起来。

一九九六年

---

① 指主张意大利北部地区独立的意大利北方联盟。

博西不如我,不是高卢人

近几年来,我一直在与一群来自不同国家的朋友筹划一本小册子,旨在教育全世界的孩子学会包容。其中的首要问题就是要教会孩子应该以及如何容忍差异的存在。为什么一开始就要提到差异的存在呢?因为尽管所有人都拥有同样的心脏和循环系统,但却有着不同的肤色,甚至连肤色相同的人之间也会存在由于不同的习惯、风俗而造成的行为差异。

在去年于锡耶纳①召开的一次研讨会上,以色列特拉维夫大学的古代史教授兹维·亚韦茨先生曾谈到向孩子隐瞒人种之间的差异是一件十分危险的事情(因为孩子将会发现我们大人撒了谎)。在此前提下,亚韦茨教授阐述了解决该问题的方式,并在西塞罗(或者是希罗多德)身上进行了一回种族定位分析,以说明这种分类是长期存在的,但通常只用于理论范畴(如在西塞罗身上,这种定位只是为了在一场官司中说服法官),不会造成特别的敌意。另外,教授还提到了公元前四至五世纪高卢诗人鲁提利乌斯·纳马提安努斯②。鲁提利乌斯在描述从罗马回到高卢的旅途中,提到了法莱西亚的一个旅馆老板。由于这个犹太老板对鲁提利乌斯态度粗暴,把低劣的食物以高价卖给他,因此,鲁提利乌斯后来怒不可遏地把犹太人痛骂了一番。

亚韦茨强调说鲁提利乌斯的确是遭到了虐待和欺诈,因此他完全有理由抱怨,并按照那个年代非常普遍的想法把该事件归咎于种族特性。即使那个旅店老板不是犹太人,而是撒丁岛人或希腊人,鲁提利乌斯也会有同样的反应;因此,那些就此认定鲁提利乌斯是排犹主义者的以色列学者的观点是不妥的。鲁提利乌斯的所作所为只是一种出于"本能"的拒绝忍受对方的行为。

亚韦茨是犹太人,因此他有权替鲁提利乌斯开脱。我把鲁提利乌斯所写的哀歌又重新读了一遍《归途记事》第一部,第三八一至第三八九页,我说"重新读一遍"并不是虚伪的卖弄,因为一九五一年我就曾在某场考试中引用过这一段,考官是奥古斯都·罗斯塔尼先生),坦白地说,鲁提利乌斯的行为的确不止"泄愤"这么简单;如果有人胆敢在现如今写下这些文字,那么那个犹太法学家托弗③博士一定会得理不饶人,没完没了地要追究到底。好了,鲁提利乌斯的事就谈到这里吧。

亚韦茨教授还谈到人类有一种生理倾向,总是在试图构建一些"自己人"和"其他人"的圈子。这所谓的"其他人"不必是吉卜赛人或塞内加尔人,那些出生在距离我们城市几十公里以外的人都会被我们看成是"其他人"。我时常把童年的朋友或小兄弟咒骂成"该死的阿斯蒂人""该死的库内奥人"或"该死的热那亚人",因为他们没有我这么好的运气,出生在亚历山德里亚省④。可是当我开着一辆挂有米兰牌照的汽车行驶在高速公路上时,如果有一辆同为米兰牌照的汽车以粗鲁的方式超了我的车,我也许不会骂:"看这个该死的米兰蠢货!"相反,如果那辆车挂的是亚历山德里亚省

---

① Siena,位于意大利托斯卡纳大区的城市。
② Rutilius Claudius Namatianus(约公元5世纪),古罗马诗人。
③ Ariel Toaff(1942—),出生在意大利的以色列历史学家,对中世纪生活在意大利的犹太人有深入的研究。
④ Alessandria,位于意大利皮埃蒙特大区的城市。

的牌照，我反而会骂："看那个亚历山德里亚的蠢货！"事实上，在后一种情况下，作为一个司机，我会把自己划入同为米兰牌照的圈子里，而其他的人，包括我的老乡则都会被我认为是"其他人"。

我们所有人都会按照不同的环境感觉到自己属于某一个圈子（如爱书的人、出生于一九三二年的人、会吹奏奥卡利那埙的人、穿四十二码鞋的人），并从这种特殊的视角出发，感觉到其他人都与自己不同（不爱惜书的人、老气横秋或乳臭未干的人、弹吉他的人、大脚板的人）。只有当我们很开放地意识到吉他手也是人，吉他手也可能穿着四十二码的鞋子，可能出生在我们的城市，可能也叫金格·莱因哈特时，我们才能够做到包容。

所以说，博西在我国传播的言论是一种慢性毒药，它将归属感与狭隘主义混为一谈。这种言论旨在混淆视听，它强迫人们认为一个巴勒莫人和一个都灵人之间没有区别——然而事实上，他们之间存在相当多的差异；它强迫人们放下与生俱来的光荣的种族归属感，以便不成为种族主义者；它强迫我们唯心地把意大利定义为一个不存在民族差异的国家——然而实际情况自埃涅阿斯时代起就并非如此；它强迫我们无视差异的存在——然而差异（以及差异的共存）是件美好的事情，只有嫁接的苗木才能产出好果子。

由此看来，在今天这样一个弘扬多元文化（有时甚至多得有些过头了）共存的时代里，博西的思想居然比鲁提利乌斯·纳马提安努斯还要落后一大截呢（亲爱的博西，鲁提利乌斯至少还像我，是个非常开化的高卢人，而不像你，是个原始粗俗的伦巴第人）。

一九九六年

最新消息：布雷佐里尼逃亡国外

很抱歉这篇文章写得迟了。但我仍然觉得我有义务将一条特别的消息告诉读者。这条消息几乎占据了一月五日《日报》的整个第一版、第二版和第三版。在第一版的开篇语标题（占据了八栏位置）中赫然写着"普罗迪政府导致意大利知识分子外流"。

几十年来，我们一直在谈论知识分子外流，这已成为一个众所周知的现象。但要说这种现象在新政府就任的这十个月内有愈演愈烈之势，甚至成了报纸上的专版消息，这一点倒促使我开始"贪婪"地阅读起这些文章来。事实上，开篇语中讲述了大量历史学界、文学界、科学界和物理界的知识分子是如何像疯狂的老鼠或反向行进的阿尔巴尼亚人[①]一般搭乘快艇、摩托艇、滑翔机或把自己塞进远洋货轮里，从而逃离意大利去追寻自由的。

如许多严肃的报纸一样，该报在接下来的几版里列出了大量论据，包括许多外流知识分子的生平。比如，文章中提到一名女学者选择到爱尔兰去治疗马匹，因为那里的兽医科学要比我国先进二十年。可据说这名女学者还在那里安了家，并育有一女。从技术角度来说，在十个月内解决这一切是有可能的，但她分身无术，在这十个月内，她要么去照顾孩子，要么去给马匹治病。另外，文章还谈到了艾米里奥·斯贝恰莱，说他是被我"派遣"到了美国并在那里获得了"救赎"——先在耶鲁大学获得了博士学位,随后前往芝加哥当教授,目前在苏黎世定居。我可以证明,斯贝恰莱的确是一名非常优秀的学者,从这一点上说,报道是真实的,但他也不可能在最近这十个月里闪电般地取得了这些成就。事实上,他早在七十年代就已经跟随我完成本科学业了。

在新近外流的知识分子中,我发现了一名研究集成光学的学者。他本科毕业于巴勒莫大学,随后前往亚利桑那深造,如今在尼斯工作。如果这一切是他在十个月内"闪电"完成的话,我对他的敬意可真要超过对于莫扎特的景仰了。不仅如此,文章中还称普罗迪政府引起了演艺界人士的外流,其中提到的著名外流演员包括:马斯特罗亚尼、克劳迪娅·卡迪纳尔、索菲娅·罗兰和丽娜塔·苔巴尔迪。另外,还有一些放弃意大利的年轻人(我想他们可能是在被橄榄党的克格勃抓住以前,背着双肩旅行包逃离国界线的),如弗兰科·莫迪里亚尼[2]、乔·萨托利[3]、卡罗·卢比亚[4],以及最年轻的朱丽亚·西萨[5]——然而就算是她,也已经旅居国外许多年了。我不确定报纸有没有把这些具体情况交代清楚,但这显然令那些对情况不甚了解的读者生疑。另外,在这些漂泊海外的著名人物中,也出现了布雷佐里尼的名字。

事实上,从某种程度上说,该报想表述的观点已经混乱了,或者说扩展了(三版的篇幅的确也很难填满)。这些文章谈论的不仅仅是由普罗迪政府引起的知识分子外流,还谈论到了其他类型的情

---

① 近年来,有许多阿尔巴尼亚移民涌入意大利境内。因此作者把逃离意大利的知识分子称为反向行进的阿尔巴尼亚人。
② Franco Modigliani(1918—2003),美籍意大利裔经济学家和金融学家,于一九八五年获得诺贝尔经济学奖。
③ Giovanni Sartori(1924—2017),意大利人文科学家,任哥伦比亚大学人文科学教授。
④ Carlo Rubbia(1934—),意大利物理学家,曾在哥伦比亚大学和哈佛大学任教。
⑤ Giulia Sissa,意大利古典文学和人类学教授,在美国加利福尼亚大学洛杉矶分校任教。

况。其一，有人认为与国内大学的种种弊病（显然，这是一个值得深入思考的问题，而且近几十年来，人们已经在就此反省了）相比，国外的研究条件更加优越，因此选择出国发展；其二，有人认为受普罗迪政府控制的国内大学埋没人才，因此选择前往国外——彼得安杰罗·布达弗科那篇评论卡罗·金斯伯格的文章就属于此类。因为金斯伯格觉得自己在那所完全处于左派控制之下的大学里"没有用武之地"。

由此，我了解到金斯伯格是右派知识分子的典型代表，他长期受到左派橄榄党的排挤，因而不得不逃往国外。因为他在意大利吃不开，如果不去国外，他或许连个勤杂工的差事也谋不到。然而，如果我放下《日报》，转而拿起《快报》周刊读一读，我又不得不想起金斯伯格曾在意大利（伊诺弟出版社）出版过不少真正的畅销作品，一直以来都享有很高的评价。他毕业后很快就凭自己的才华当上了教授（至今，博洛尼亚大学还为他保留该职位）。至于他几年前决定在美国度过大部分时光则是另外一回事了。就算我们想上纲上线地说点什么，也顶多只能说他想逃离贝卢斯科尼领导下的政府，跟橄榄党扯不上任何关系。

综上所述，该报整整三页文章虽然从内容上说是真实的，但由于作了不当解读，所以变成了虚假消息。知识分子外流是一个严肃的话题。要知道，除了外流，还存在着另一种现象（一种既存在于我国也存在于其他国家的积极现象），即常规性的人才"输出"。至于外流，如果我没有记错的话，这种现象应该始于费密及其同事，也就是说其源头要上溯到《日报》编辑十分怀念的久远时代了。

一九九七年

忆金吉·罗杰斯[*]

金吉·罗杰斯走了。我想这个消息会让与我同时代的朋友以及各个年龄阶段的电影爱好者都黯然神伤，因为我们一次又一次地看着她与令人无法忘怀的弗莱德·阿斯泰尔[①]在荧幕上翩然起舞。我们凭着理智（或者目光）就能发觉阿斯泰尔曾经还有过一些更具天赋的舞伴；另外，当金吉不在舞台上跳舞时，他的步伐是那样沉重，略似德·西卡的电影《面包、爱情和梦想》中那位患前列腺病的宪兵队长。

可这又有何妨呢？他们是如此经典的一对儿，是他们那轻柔的华尔兹和无忧无虑的踢踏舞步创造了这样一个神话，几十年后，他们仍让影片《金吉与弗莱德》的导演费里尼痴迷不已。

我如此评价并非出于对逝者的追忆，而是因为金吉和弗莱德本人创造了一种人生如戏、戏如人生的生活模式，而这种模式已成为当今社会的主流。尽管他们只是在表演音乐剧，从未意识到会带来如此这般的影响。

众所周知，音乐剧起初是舞台表演，后来又搬上了银幕。其中的人物既要念白，又要歌唱。单这一点就已经充分说明音乐剧不是现实生活，但它也不是歌剧或轻歌剧。

美国式的音乐剧还有另一大特点：由于歌剧中的人物以唱代

说，因此允许一位身患肺结核的少女凭借其孱弱的肺部发出尖利的歌声；但音乐剧中则不允许这样的怪事出现。因此，音乐剧所讲述的故事通常就是舞台上的演员自己的故事。

因此，音乐剧总是在着重讲述自身的故事，这是一种被文学评论家称为后现代现象的"元小说"模式。在这种模式下，讲述者往往会安排一个正在写故事的人物，他写的故事也就是作者本人要讲述的情节。

从这个意义上来说，音乐剧已经具备了人生如戏的特点，因为演员之所以要经历各种波折，就是为了完成要上演一出戏剧这一伟大而光荣的任务。对于金吉和弗莱德来说，成功地完成首场演出就好像阿喀琉斯要打败赫克托耳、奥德修斯要征服特洛伊一样理所当然。演员不自觉地长期生活在戏剧与人生之间，他们从来不知道自己何时在生活，又是何时在念白。

金吉与弗莱德的伟大与优雅之处就在于他们一方面微笑着向观众讲述人生如戏的道理，另一方面却始终保持在演戏的状态中，从未越过雷池，踏入真实的生活。我的意思是，弗莱德·阿斯泰尔从来都没有因为自己的踢踏舞步无人能及而动过竞选美国总统的念头。

然而，金吉和弗莱德的这种典范却被利用到了其他方面，当然，这可不是这对明星的本意。比如今天被我们称为"政治戏剧"的现象无非就是一种对音乐剧基本原则的缓慢改造。我们只要稍微想一想，就会发现如今即使是在最激烈的电视政治论坛节目上，讨论的主题也不再是"如何治理国家"，而是"如何上演一出优秀的政治论坛节目"。于是，上节目的人物讨论的是"讨论"本身的规

---

* Ginger Rogers（1911—1995），美国电影女演员。
① Fred Astaire（1899—1987），美国电影演员。

则以及双方的平衡。

以前，人们正常地生活，上班搞政治，下班去剧场、电影院看舞台、银幕上的演员互相扇耳光。而如今，搞政治的人自己在扇耳光，从而希望获取观众的支持，而观众则通过观看他们在电视屏幕上互扇耳光来参与政治。

由此，我们可以理解为什么如今政客的"表演剧目"只剩下寥寥几句简单的台词和那些一成不变的指导思想，因为游戏和误会是音乐剧的主导模式。金吉一直认为弗莱德是另一个人，而弗莱德则认为金吉爱着另一个男人；双方都极尽制造误会之能事，直到演出结束时才把误会化解。这一点似乎与当今的政治游戏别无两样。

最后，还有一种令人始料未及的现象：观众也决定参与到表演中来。正因为如此，他们才会在所谓的"投票后民意调查"中谎话连篇。就这样，那个自以为是的胜出者才会迈着踢踢踏踏的舞步，倾倒在另有所爱的"金吉"的怀中。

一九九七年

归来吧，萨伏依家族！

当民众仍在讨论是不是应该让萨伏依王室家族回归意大利时，议会已经作出了自己的选择。此时此刻，我们需要的不是抱怨，而是冷静的思考。人们常说，父辈的过错不应牵连到子孙身上。二战结束时，对王室家族的流放是不得已而为之（包括翁贝托[①]本人也表示理解），五十年过去了，共和国已经稳固下来（即使还不算稳固，那显然也不是萨伏依家族的过错）。如果说所有不支持共和制度的人都应该被流放的话，那么博西也应该去葡萄牙待上好一阵子。

我们必须学会区分对整个历史的评判与对单个事件的理解。事实上，我们对萨洛共和国就是这样处理的：一方面，我们可以认为大部分"萨洛"的追随者都是纯粹为忠实地追寻某种"理想"而加入社会共和国的，但另一方面，这并不能否定我们对社会共和国所作出的历史评价。这就好比我们可以根据某条特殊的法律规定，对某个因毁坏玻璃橱窗而入狱的罪犯宽大处理，但却不能因此免除对某个杀人犯的刑罚。

人们对于萨伏依王室的历史评价是清晰无疑的。在这里，我们并不是要再次审视萨伏依家族从翁贝托一世[②]开始至今的是非功过，否则任何一个王室家族都无法在这世界上生存——但有一点很明显，如果说亨利八世③滥杀自己的妻子，谁都不会认为那是伊丽莎白二世的过错。同样毋庸置疑的是，当年是维多里奥·埃玛努埃尔三世④在担任军队最高指挥官的情况下严重背叛了自己的部队，将他们抛弃，使其落入敌人手中。我本是个坚定的反对死刑者，但当国家处于战争时期，严重叛国的人是断然应该被枪毙的。再说萨伏依家族对待拉莫里诺将军⑤（其罪行要轻得多）的态度也相当冷酷无情。

维多里奥·埃玛努埃尔已经摆脱了困境，算是独善其身。但如果萨伏依家族重归意大利后提出要埋葬在万神庙的话，我会请缨当某个爱国主义委员会的宣传员，要求把所有长眠在那里的意大利名人的骨灰都迁走，以免他们和一个被当年的报纸称为"飞毛腿"⑥（并配以一个脚底生风，引得烟尘飞扬的形象——这是我在萨洛共和国的报刊中所保存下来的唯一有趣的记忆）的家伙待在一起。

如果萨伏依家族回国，我们应该明白他们是可以表达政治观点，甚至与某些支持君主专制的组织联合的，因为这一点受我国宪法保护，他们应该享有这样的权利；我们可以解除他们的某些义务，如免除年轻的家族成员（如果还存在的话）服兵役的义务；我们应该确保他们所有人透明化纳税，包括申报合法的国外存款。另外，他们不能从自己游艇的甲板上射击，在离开迪厅的时候不能把车速开到每小时两百公里，不能在观看尤文图斯队比赛时朝赛场里扔酒瓶子，仅此而已。

---

① Umberto Ⅱ（1904—1983），意大利王国第四任国王。
② Umberto Ⅰ Biancamano（1003—约1047），意大利萨伏依王朝的创建者。
③ Henry Ⅷ（1491—1547），英国国王，先后曾娶过六个妻子，其中四个被处死。
④ Vittorio Emanuele Ⅲ（1869—1947），意大利王国第三任国王。
⑤ Girolamo Ramorino（1792—1849），意大利将军，为萨伏依王室服务，因不服从命令而被处以死刑。
⑥ 二战后期，维多里奥·埃玛努埃尔三世向同盟国投降时，萨洛共和国对他的评价。

当某位萨伏依家族的成员遇见意大利总理时，他最好称呼"总理先生"，而不要像翁贝托当年那样叫"佩尔蒂尼参议员"——对于他这样一位讲究的人来说，那一刻里所表现出的低下品位着实让人吃惊，不过人们经常会成为自身过去行为的受害者。他如果不这样称呼，那么他就会被看成是没有教养的联盟主义者——一类比乡巴佬儿更难以容忍的人。

还有关于宣誓的问题。似乎没有理由要求他们宣誓忠诚于共和国，因为政府也并没有如此要求其他公民。但萨伏依家族至今还不是意大利公民——为了让他们回国，还必须要取消《宪法》中的一条过渡性法规。目前，他们之所以仍然流亡国外正是因为他们不是普通的意大利公民，这一点他们自己也非常清楚。或许，正是为了抹去这种区别、摘掉这个不正常的标签，他们应该为议会的通过票而表示点什么。我认为他们不必举行某种宣誓仪式，但我想至少可以这样操作：当他们踏上意大利的领土时，将由一位海关官员授予他们意大利护照（别忘了他们现在还是非欧盟成员国居民），他们在接受护照时应表示他们将尊重意大利共和国的《宪法》。这并不会妨碍他们（就像不会妨碍任何一个公民一样）继续认为和宣扬君主制是比共和制更加合理的制度。事实上，议会里不乏持这种观点的议员，他们并不会因此而被认为是颠覆分子。

出于良好的教养，我们最好不要再向维多里奥·埃玛努埃尔询问他对于祖父的看法，就好比不要去问"盐之路杀人狂"的后代（如果有的话）同样的问题。关于他爷爷的作为，史书自会作出评价。倘若担心孙子没有把那些历史书都读全的话，任何一位公民都可以免费给他寄去几本，并对他重归故土表示欢迎。

一九九七年

伟大的八十年代

这些日子，人们没有一天不会在报纸上读到批判八十年代的文章，说那是一个愚蠢且令人无法忍受的年代。似乎我们今天所有的不幸都是当年造成的恶果，又似乎如果我们直接从七十年代跳到九十年代，就会变聪明许多。

事实上，把历史机械地划分为年代、世纪，或者以更加不可理喻的方式划分为千年是不合理的，至少是一种粗糙的划分方式。但这种方式却具有一定的标志意义，能够引起民众的联想，因此我们必须接受它。学校的教材内容也是以世纪为单位划分的，因此，师生们不得不去面对诸如"拿破仑到底属于十八世纪还是十九世纪"这一类令人头疼的问题。这似乎与服兵役有点类似，如果你出生于十二月三十一日，那么你将"必死无疑"，而如果你出生于一月一日，则可以"幸免于难"。另外，针对某个年代作出带有感情色彩的评价也决非易事，对于那些在一九四三年找到自己伟大初恋的人来说，即使那个血肉横飞的年代也是无比辉煌，令人激动的。

但我们还是得按照固定的年代区间规则来划分。对于现代意大利甚至整个世界来说，最重要的年代应该是五十年代（当然，许多现象早在四十年代末期就已初露端倪）。那是一个在各方面都迈出崭新步伐的历史时期。意大利开始向世界开放，并取得了骄人的科技成果。欧洲一分为二，冷战亦拉开帷幕。当人们走入六十年代时，新的一代开始漂洋过海，就如同以前人们坐着慢车四处旅行；经济迅速发展；文学艺术欣欣向荣；约翰二十三世担任教皇并召开了第二次梵蒂冈会议；发生在世界其他地区的战争也成为了一个唤醒民众政治意识的契机；最后，肯尼迪发出了"征服宇宙"的号召，为整个六十年代定下了光辉的色彩基调，尽管他本人不久后就遇刺身亡，但在六十年代末，人们终于实现了登月梦想；在世界范围内，六八年是有着非凡意义的一年，它孕育了下一个十年中所有正面和负面的后果，给整个社会（从工作领域到文化领域，从政治领域到生活领域）带来了极大的震撼。总之，六十年代绝不是乏味的十年。

七十年代（如今的电视节目都在像回顾不可思议的二十年代一样来回顾这十年）是极其黑暗的十年——至少对于我们来说是如此。它以六九年的"喷泉广场惨案"为开端，以莫洛①遇害结束。整个社会都笼罩在恐怖主义的阴霾之下，人们甚至不敢在晚上出门去餐厅吃饭。连那些头脑最精明的人也像弄丢了指南针一样辨不清方向，既不愿意支持政府也不愿意支持"红色旅"。那么应该站在哪个阵营里呢？为了抵抗大众传媒这一新生事物的恐怖能量，麦克卢汉——这个"地球村"的使徒——建议实行"漆黑"政策，即严格的审查制度。

继续按照年代划分，我们来到了八十年代。如今，我们眼中的八十年代似乎仅仅充斥着雄心勃勃的雅痞主义、政治腐败以及思想倒退。然而，五十年之后，我们将会把这十年看成二十世纪最重要的十年。在这十年中，无论是乌托邦式的集权大国还是冷战，所有

---

① Aldo Moro（1916—1978），意大利政治家，曾任意大利总理。一九七八年三月十六日被意大利恐怖组织"红色旅"绑架，经过五十五天的囚禁之后，于当年五月九日惨遭杀害。

二战后期那些曾压迫或吸引我们的情结都（痛苦地，却也是无法挽回地）逐一消解。超级大国开始解体，欧洲的政治版图发生变化。尽管矛盾重重，但许多少数民族得到了正式承认；那些统治政局多年的大型党派开始审视自身；左派与右派的界限被重新划定（不光马克思主义陷入危机，连那些极右党派也在那十年里自我反省，另外，左右两派的极端党派又组建了新的激进团体）；诞生了许多跨界团体（从生态领域到志愿者活动）。从八十年代开始，第三世界国家的居民开始大规模朝富裕国家迁徙，导致欧洲的人种出现变化的征兆（当然，这并非一个平静的过程）。柏林墙的倒塌成为极具象征意义的事件，代表了这十年转变的高潮。最后，还有一种让人欢喜让人忧的现象，自八十年代初起，爆发了一场让我们隐约看到未来的巨大革命——个人电脑登上历史舞台。

或许八十年代恰恰就是从二十世纪过渡到二十一世纪的关键十年，我们难道可以仅用一个无奈的微笑就把如此重要的年代彻底否定吗？难道我们可以只看到那个年代的表面现象及短暂潮流，而对其他一切都视而不见吗？这就好比我们无视五十年代的甜蜜生活，只看见六十年代里女人穿着"睡衣晚礼服"[①]无休止地疯狂舞蹈，而对于恐怖的七十年代，我们也只记得那是第一批"红灯区"开张的年代了。

一九九七年

[①] 流行于二十世纪六十年代的女性晚礼服，由宽松的上衣和肥大的裤子组成。

读懂历史年表

在过去的几个星期里,那场我认为已经告一段落的争论再度成为公众谈论的议题,即许多战后的著名左派人物是否都曾经是法西斯主义者。这个问题就其本身来说已经没有什么可挖掘的,因为答案十分清楚:是的,他们中很多人都曾是法西斯主义者,这一点不值得多费唇舌。这就好比许多共产主义者后来放弃了自己的立场,变成了反共产主义者,同样,许多法西斯主义者后来成为反法西斯主义者,这也不值得大惊小怪。

然而,人们在讨论的过程中却忽略了历史的距离,即历史事件的年代,也就是那个只要翻翻《加尔赞蒂百科全书》就能明白的东西。

我还是说得更明白些吧。最近人们再次提起发生在一九三一年的那件事情,当年的法西斯政府要求所有大学教授都宣誓效忠法西斯政权,只有十二名教授(我印象中是十一名,但具体数字无关紧要)拒绝宣誓,另谋出路。毫无疑问,无论从任何角度去评价,这都是一桩不光彩的事情。但人们还从这个痛苦的话题中得出了许多别的结论(有的相当明确,有的则站不住脚,或很武断),说许多知名人士,如维多里尼①、帕韦泽②、甚至是博比奥③都曾取悦过法西斯政权。人们正是在这些问题上忘记了历史事件的年代问题。

如果说当年的政府是于一九三一年要求教授们宣誓，而在那个年代通常只有四五十岁的老师才能当上教授，且由于法西斯政府的统治，抵制宣誓者也无法获得教授职位，那么我们应该考虑到无论是那些拒绝还是接受宣誓的教授，当时的年龄都应在五十岁上下，甚至更大一些。因此，他们都曾生活在法西斯统治之前的意大利，应该了解翁贝托在任以及下台后的国情，尽管那时的意大利存在各种弊病，但至少是处于一个议会制政权的统治之下。这些人都应该能够明白民主政权和独裁政权的区别。

可现在让我们来看一看另外一些数据，维多里尼和帕韦泽出生于一九〇八年，皮奥维内④、布兰卡蒂⑤和莫拉维亚出生于一九〇七年，博比奥出生于一九〇九年，而乔万尼·斯帕多利尼⑥出生于一九二五年（他曾因为青年时代一些较为尴尬的文章而遭到指责）。这么说来，这些人在法西斯势力当政时的年龄还在十三到十五岁之间。至于斯帕多利尼，他甚至还没有出生呢。可能有人会说，一个十五到十七岁（马泰奥蒂是于一九二四年遇害的）的年轻人已经能够对周围发生的一切有清醒的意识，但这种说法针对的是如今的青年——他们可以通过电台、数十个电视频道以及互联网获取多种信息。可大家不妨尝试一下生活在一九二四年的西西里。在正常情况下，人们只能看到一份经过严格审查的报纸，整日笼罩在一战后的激昂氛围和二战前甚嚣尘上的纳粹主义言论中。那时的学校只谈法西斯主义，孩子们在那里上学，在一种日渐与当时的欧洲文化隔绝

---

① Elio Vittorini（1908—1966），意大利小说家、翻译家。
② Cesare Pavese（1908—1950），意大利诗人、小说家、文艺批评家、翻译家。
③ Norberto Bobbio（1909—2004），意大利哲学家、法学家、政治学家。
④ Guido Piovene（1907—1974），意大利诗人、作家。
⑤ Vitaliano Brancati（1907—1954），意大利作家。
⑥ Giovanni Spadolini（1925—1994），意大利作家、编辑、主张自由主义的政治家，曾任意大利总理。

的环境中成长(尽管对法西斯上台前的情况还略有记忆)。久而久之,他们就等于生活在一个绝对与世隔绝,只拥护唯一的政权,只提倡唯一的文化的国家里了。

事实上,后来某些人逐渐向博塔伊[1]靠拢,而远离了法里纳奇[2],开始在大学法西斯青年团内部组织反对派——我们注意了,是在法西斯内部,而不是在外部(还有一些人,他们甚至与那些为反法西斯流亡者说话的地下组织有过接触)——这已经是他们所能做到的一切了。他们能有如此行动,已然值得嘉奖。至于一部分人能在二战前、二战期间甚至是二战结束以后弃暗投明,那简直就是批判主义的奇迹。后来,有的人坚决地改变了自己的理念,有的人痛苦地反思内心的愧疚,有的人则致力于讲述自己在法西斯的茫茫大海中漫长的旅程。

因此,我们不能把他们笼统地称为"在法西斯政权面前屈膝投降的意大利知识分子",仿佛这些知识分子从不曾有过自己的身份。意大利人啊,别出洋相了,即使我们不学历史,也要读懂历史年表啊!

一九九七年

---

[1] Giuesppe Bottai(1895—1959),意大利知识分子、诗人、记者,曾是狂热的法西斯主义者。后来成为法西斯内部的温和派,反对极端法西斯主义。
[2] Roberto Farinacci(1892—1945),意大利极端法西斯主义者。

迪·贝拉*、科学与多数派

鉴于我并不是一位癌症治疗专家，我无法判定迪·贝拉的治疗法究竟是否可行。但我认为，面对舆论及众多病患所带来的压力，有关部门完全可以邀请业内专家对此进行一次严肃的实验，以解决大家的疑问。因为一件有分量的事情是完全值得让我们再次反思以前所作出的结论的。所有人都有可能犯错，反复多思量几次并没有坏处。我们之所以相信科学，原因之一就在于科学家对于科学问题的思考绝不仅仅是一两次，而是无数次。一位严谨的科学家始终会开放性地认为自己的观点有对和错两种可能。

如果发现迪·贝拉的理论至少有一部分是正确的，那么科学界就应承认之前没有对这一理论给予足够的重视，并就其轻率而认错。如果发现迪·贝拉的理论是完全错误的，那么这个结果虽然会给那些对该理论寄予厚望的人带来巨大的痛苦和失望，但对于整个人类群体来说，绝不是浪费时间。也许人们并没有想过这一点，但是科学工作的意义并不仅仅在于开辟一条崭新的道路。有时，科学家研究了好几年，却只是为了证明某条道路其实是死路一条。

这么说，这只是一种常规现象啰？非也。目前发生的一切正体现了当今这个"新新时代"的一种典型趋势——对于某些神秘的现象进行探究。因此，即使迪·贝拉最终能证明自己是正确的，同样的问题也将依然存在。

事实上,一方面,人们心急如焚地把迪·贝拉的家门口围个水泄不通,他们翻山越岭,不惜一切代价就是为了找到这位神奇的药师。这些人之所以这么做并不是因为他们"肯定"迪·贝拉的疗法有效,他们只是相信自己听到的消息,并希望事实的确如此。另一方面,媒体的报道中弥漫着一股激动人心的味道,似乎认为大众舆论的压力可以战胜某些学术流氓。然而,所谓的学术流氓是否存在是一个问题,而认为科学是民主的——一个健康的多数派团体能打败一个流氓团体,就像打败"大腐败"或"黑手党"那样,这又是另一个问题。

科学并不是民主的,至少不是政治意义上的民主。科学研究并不看重大多数人的意见。当年,所有人都反对伽利略的观点,然而他却是正确的。塞麦尔维斯①医生提倡助产士在术前洗手,以避免产妇因感染死亡,大部分医生都把他当成疯子,然而犯错的也正是这大多数人。民众随时可以改变主意,第二天就把迪·贝拉医生的家包围起来,用火刑将他烧死,但这样的举动并不能说明迪·贝拉医生的疗法是错误的。

只有从长期的角度来看,科学才是民主的,即经过许多年,甚至许多个世纪的验证,最终胜出的一定是整个科学界的判断,也就是那些写在可靠的教材中的结论。这些结论之所以可靠,是因为它们经过了反复验证,是群体作出的结论。

在地球上生活的五十亿居民中,很可能有三十亿人(在那些遥远的人口大国里)仍然坚信太阳绕着地球转。然而在那些国家的小

---

* Luigi Di Bella(1912—2003),意大利医生,曾创造了一种应用多种药物和维生素处方来治疗癌症的迪·贝拉疗法(又称 MDB 疗法)。但许多专家认为这种疗法并不成功,不能取代传统疗法。
① Ignaz Philipp Semmelweis(1818—1865),匈牙利医生,提倡用消毒手术室地板和术前洗手法来降低产妇的感染率。

学课本里却写着伽利略的"日心说"。在此种情况下,"日心说"倒是以一种完全不同的方式站稳了脚跟,且没有受到多数人意见的影响(尽管这是一个人人都该相信的真理,除非发现了反面证据)。

或许人们会觉得这个比方有些奇怪,但我觉得迪·贝拉的遭遇在某种程度上与当年关于"商店自由化"的争论颇有些相似。大家还记得当年要开辟第一批步行商业街区时商家声嘶力竭的呐喊吗?当时,商家认为如果汽车不能开进街区,商店就会无人问津。但现在我们看到了,步行商业街区是商业最为繁华的区域。也许,因为市中心步行商业区的开辟,轮胎商不得不搬迁到一个允许汽车通行的地方,但步行区在给某些行业带来不便的同时却给其他行业带来了便利。从统计数据来看(即从经过长时间验证的科学角度来看),我们发现当年大多数商人的意见是没有道理的。当然,这个结论也很有可能被颠覆,因为过多的商户有可能会破坏老城区的秀美风光。

我明白,这两件事情并不具备可比性,但这两个例子都告诉我们,在面对需要进行假设的长时期性事件时,公众的意见并不一定可靠,因为他们的结论往往都下得过于匆忙。

一九九八年

注意：本文纯属无稽之谈

面对任何恐怖主义活动的迹象，舆论的反应总显得过于紧张，甚至有些神经质。这也难怪，恐怖主义是潜藏在暗处的敌人，人们永远弄不明白谁将会是他们的下一个目标，而恐怖分子则很有可能就坐在隔壁的餐馆里。因此，这种局面促使人们产生了不安及动荡的感觉，恐怖分子也就达到了他们的目的——让整个社会惶惶不安。

那些曾经历过"铅年代"①的人都明白"惶恐"会导致一些奇特的禁忌和言语上的忌讳。首先，人们不愿意承认四个狂热的毛头小伙子会酝酿出如"法尼路惨案"②般完美的恐怖计划，否则人们的恐惧感将达到无以复加的地步；人们认为，在那些"红色旅"成员的背后一定还有幕后黑手（追根溯源，链条的另一端就是幕后老大）。第二，如果人们认为恐怖主义是一种与吸毒或杀人狂类似的社会畸形现象，那么最终将会接受它，从而禁止去追查恐怖事件发生的缘由；同时，但凡提到恐怖分子的声明，人们就必须在前头加上"疯狂"这个形容词。

对于第一点，谁也没有考虑到如果说那些与"法尼路惨案"的四个制造者同龄的年轻人都已从博可尼大学毕业，并在华尔街赚钱、在波利尼西亚开发旅游度假村，或成为"狂风战斗机"的飞行员的话，那么那些三十岁上下的人——只要他们毕业于函授学校——有能力绑架莫洛也就不足为奇了。

至于第二点，事实上，"红色旅"成员的声明中对政治局势的分析有相当一部分并非胡言乱语（比如他们对成立国际政府对跨国公司进行管理的分析）；或许其中有些观点值得商榷，但也应该在图书馆里那些极为严肃的书籍中加以评论。倒是他们从这些分析中所得到的结论的确有些疯狂（或者说幼稚），即认为通过刺杀一个早晨从家里出门的倒霉蛋就可以摧毁跨国公司的权力；而更幼稚的则是他们居然认为由此可以击中一个国家的要害。那些年轻人应该读过巴兰③和斯威齐④的作品，但他们却没有读过福柯的书，不明白权力是没有中心的，因此也就没有一个类似于心脏的"要害"。

二十年后，我们再次遭遇了类似的情形。"红色旅"的声明是无稽之谈，贝尔蒂诺蒂说这声明不完全是荒谬之言，于是差点儿被人指为幕后老大——然而他只是个什么都做不好的家伙，他甚至都不明白良好的政治素养要求他必须首先认定该声明的"荒谬性"，否则一切都无法继续讨论下去。好在所有的报纸都说那二十八页内容全都是些只有专家、部长及工会领导人才能看明白的东西，因此不能完全算是胡言乱语。事实上，我猜想那份文件（看起来具有精确而疯狂的科学性）应该与以前的声明是类似的：从尚可商榷的分析出发，得出一个极为幼稚的政治结论。正如他们的前辈一样，新一代的"红色旅"成员并不疯癫，而只是表现出他们在政治上及文化上的不成熟。

这一次，人们还是在寻找外部原因，因为大家都认为恐怖分子

---

① 指意大利的七十年代。当时恐怖主义暴力事件接连发生，社会动荡不安，社会运动及极端左派组织十分活跃。
② 指在一九七八年，四名年轻的恐怖分子将天民党领袖阿尔多·莫洛挟持并最终杀害。
③ Paul Baran（1910—1964），美国马克思主义经济学研究者。
④ Paul Sweezy（1910—2004），美国经济学家。

不可能再次突然诞生。大家清醒清醒吧，这二十年来，我们在报纸上读到过多少小伙子在邪教仪式上杀人的恶性事件；有多少人为了财产继承问题朝父母的头部开枪；多少人站在立交桥上扔石块，却只是为了消磨夜晚时光；这一切都说明了现代生活之空虚，难道我们就无法想象一些人为了给自己空虚的生活寻找些许意义而凑成一个恐怖团伙吗？如果年轻人认为可以号召组织一个恶魔兵团，为什么就不能够组织世界无产阶级起来反抗呢？

或许有人会说，如果政治恐怖主义是社会暴力的发泄渠道之一，那么它应该是长时间和平时期的产物，不应该出现在战争年代，因为战争已经为暴力提供了合法的发泄渠道。我们如何能把恐怖主义与巴尔干战争联系起来呢？别忘了，曾经的"铅年代"正是在越南战争的恐怖氛围中开始的。恐怖主义并不会在一个处于战争中的国家里产生，但如果在某个遥远的地方正在发生一场说不清道不明的战争，那么那场战争所带来的压力会让一个处于和平状态的社会产生恐怖主义。正如巴尔干战争一样，地理上很近，心理上却十分遥远。新的恐怖主义浪潮就是这种反常现象所体现的征兆或带来的副产品之一。

一九九九年

映照肺腑之言的绝顶好镜

言与行

庸俗之词何以脱口而出

《新闻报》的"读书"副刊在读者中进行了一次投票调查,想要挑选出一些最受欢迎以及最令人反感的词汇。这次调查从某些作家开始。应该说我对于最先公布的那批答案还是十分认同的,尤其是那些令人反感的词汇(我也十分厌恶"一小会儿""最优化""享用者"等词语)。

然而,关于最受欢迎词汇的投票结果,我却感到有些迷茫。不错,我的确很喜欢英文中的"flabbergasted"[①]、"discombobulated"[②]、"preposterous"[③]和"jeopardize"[④],德文中的"gemütlich"[⑤],西班牙文中的"desarrollo"[⑥]及法文中的"à savoir"[⑦],但它们都只是对于"外来语汇"(这个也是个不错的词)的一种把玩而已。至于我最喜爱的意大利文词语,我一时还说不上来。因为只有当某个词凑巧在某个特定的语境中精辟地表达了自己的想法时,才能称得上是"妙语"。"naufragar"[⑧]在莱奥帕尔迪的诗歌[⑨]中堪称绝妙,但如果用来指某项计划失败就有些平庸,而当它用来形容某种爱情关系的破灭时,则显得极为可憎了。卡蒙[⑩]先生在《新闻报》上说他认为"情人"一词很美,而"妻子"一词却十分庸俗。可出生于小资产阶级家庭的我却始终都无法摆脱童年对于"某某的情人"这一说法的印象:一位身着裘皮大衣、浓妆艳抹的女士与身材臃肿的"老相好"在郊外一家偏僻的酒吧里约会,面前摆着一大盘酒心巧克力……

既然我们无法在脱离语境的条件下找到所谓最美的词,那么所谓的庸俗词汇是否也有着同样的情况呢?当一位母亲想让自己的小宝宝等一会儿时,从她嘴里说出的"一小会儿"听起来是如此优雅。同样,当我最讨厌的那个词汇——"coniugare"⑪也许第一次被人使用时,就如同一个大胆的暗喻修辞法。我喜欢说"是的",而不喜欢说"正确"。可当后者出现在最初的几期电视综艺节目《放弃或成功》中时,它仿佛是一声胜利的欢呼,淋漓尽致地表达出了对选手那天衣无缝的记忆力的赞赏之情。

一个词语在何种情况下才会令人生厌呢?卡蒙受不了"享用者"一词(因为该词会让他想起一头野猪在腐烂的尸体上拱来拱去的场景)。但我记得在五十年代末期,继吉洛·多尔弗莱斯⑫率先使用该词之后,许多人都曾对它备加青睐。因为有了它,人们在谈论综合艺术时,就不用费心在"读者""观众"和"听众"这些词语中艰难地选择了。"享用者"是一个中性词,美是一种财富,欣赏的方式也各有不同。对于皮耶罗·德拉·弗兰切斯卡⑬的一幅画

---

① 英文,目瞪口呆的。
② 英文,困惑的,泄气的。
③ 英文,荒谬的。
④ 英文,危害。
⑤ 德文,舒适的,惬意的。
⑥ 西班牙文,发展,扩张。
⑦ 法文,即,就是。
⑧ 意大利文,遇难、失事,转意为"沉醉,沉没"或"失败,毁灭"。
⑨ 指贾科莫·莱奥帕尔迪的诗歌代表作《无限》。在该诗中,"naufragar"一词应理解为"沉醉,沉浸"。
⑩ Ferdinando Camon(1935—),意大利作家。
⑪ 意大利文,动词变位(意大利文中,动词应随着人称的变化而相应改变形式),转意为"结合,结婚"。
⑫ Gillo Dorfles(1910—2018),意大利画家、艺术家。
⑬ Piero della Francesca(约 1416—1492),意大利文艺复兴早期艺术家。

作，隆吉①投入了毕生的精力来研究；某些人会时常前往观赏（有可能是复制品），每次花上一刻钟时间来享受其中的美感；其他人则是在穿过博物馆大厅时匆匆扫上一眼，但无论采用的是何种欣赏方式，人们都明白那是一幅精美的杰作。而"享用者"一词则恰好能够用来描述以上各类欣赏艺术品的人。

那么究竟是什么让这个词变得庸俗了呢？"摆酷"及"赶时髦"的心理是罪魁祸首。出于这样的心理，人们常常在不必要的情况下滥用它。比如，我们明明可以说博物馆里有许多"参观者"，却偏要说有许多"享用者"。因此，这个词之所以会变得可恶，是因为大众随着自己的性子见缝插针地胡乱使用它。当被不恰当地使用在装有无线电话的出租车标志上时，即使是"贝多芬"一词也会令人反感的。

大家不妨设想某次在楼道里偶然遇见了一位邻居，他邀请你到酒吧里喝了一杯，还讲了一个并不十分好笑却也不难听的笑话。此时你会认为他是个热情的好人。但假如你天天在楼道里遇见这位邻居（甚至一天遇到三次），而且他每次都强迫你喝一杯咖啡，并听他讲一则笑话，用不了多久你就会产生卡住他喉咙把他掐死的冲动。同样，一个词语的命运又何尝不是如此呢？

当人们出于懒惰情绪频繁使用某一个词，从而扼杀其他许多美好的词的时候，这个词语就变得尤为可憎了。大家想一想，除了"一小会儿"，还有多少种其他的说法可以表达"在短时间内做某事"的含义：立刻、片刻后、一眨眼的工夫、一分钟以内、一闪电的工夫、转瞬之间、呼地一下、霎时、永恒中的那一刹那……

天生可恶的词汇是不存在的。即使那个音节极不和谐的"protrudere"②（及在各种时态、语态中的变位形式）在合适的语境

---

① Pietro Longhi（1702—1785），意大利画家。
② 意大利文，突出。

下也会显得十分雅致。词语本身是无辜的。只有当我们使用不当时才会让它们变得庸俗。

一九九二年

专业水准

话题一:"教皇在美国之行期间成功地发表了大量鼓舞美国教徒的言论,而在那些有可能激怒他们的问题上没有明确表态,同时他还十分机警地避免让克林顿陷入尴尬境地。"评论要点:"天主教的最高领袖在履行自己的使命时表现出了极为出色的专业水准。"话题二:"管道工泰米斯托克莱把饮用水管与厕所马桶的下水管道接在了一起。罗西娜太太因此拒绝付款。"评论要点:"罗西娜太太投诉泰米斯托克莱专业水准低下;而泰米斯托克莱则回应说自己的专业水准毋庸置疑,并宣称要向管道工协会申诉,以维护该行业的职业声望。"

话题三:"某青年菲利贝尔托将自己的双亲用乱棍打死之后被警方发现,因为他居然带着死者的残留脑部组织直接去了迪斯科舞厅。"这一回,我们却不建议作如下评论:"菲利贝尔托以罕见的高专业水准剥夺了(赐予自己生命的)父母的生存权利,但在掩盖犯罪证据方面却显得极不专业。"

人们曾一度评价约翰·保罗二世相当称职,泰米斯托克莱是个白痴,而菲利贝尔托则既无知又可怜。时至今日,人们似乎已经无法在不提及"专业水准"的情况下表达政见、进行争辩甚至谈论某事件了。这是一种颇为怪异的恶习,尽管早已有人指出,但却未见效,于是,好好谈一谈"专业水准"这个名词就显得十分必要了。

众所周知，如果某人开口闭口就说："您瞧，我可是个值得信赖的人，我想什么就说什么，对我来说，诚实是最重要的。"那么此时，站在我们面前的很可能是一个谎话连篇的骗子。同样，这种疯狂地强调自己或者他人的"专业水准"的行为无异于让人们接受"占着茅坑不拉屎"是一种极为正常的现象；不仅如此，人们甚至还会为某人能够"在其位，司其职"而感到惊讶。于是，人们会对抓住小偷的警察大加赞赏，称赞其高度的"专业水准"；而如果一名医生在面对一位患有胆道绞痛的病人时，决定朝他的括约肌注射一针解痉灵，而不是贸然将病人的扁桃体摘除的话，也会被人们誉为是妙手回春的神医了。

的确，如今在世界的每个角落都存在着一些拿着薪金，却干不好自己分内事的人。这也是著名的"彼得原理"所阐述的内容：假使泰米斯托克莱是个优秀的管道安装工人，那么他将晋升为销售主管。但之后就很有可能出现以下情况，即这个表现极为优秀的管道安装工在商业管理中却十分无能。因此，"彼得原理"认为，企业管理中的规则是每个人都在做自己力所不能及的工作。由此一来，我们也不难理解为什么大多数美国大使都显得对外交一窍不通了，因为美国总统常会任命在自己竞选期间曾立下汗马功劳的功臣为驻外使节。

这种对于所谓"专业水准"的误解之所以能在意大利如此流行，是因为"净手运动"在意大利留下了一种"后遗症"，即如果要表彰某人，或要排挤他，那么不妨让他挪挪位置，安排他去做一项他力有未逮（但却能获得更加丰厚的薪水）的工作。因此，如果像传闻所说，基耶萨[①]没有将特里乌齐奥福利院[②]管理得一塌糊涂，

[①] Mario Chiesa（1938— ），意大利政治家，曾任特里乌齐奥宾馆经理。一九九二年在"净手运动"中因受贿被捕。
[②] Pio Albergo Trivulzio，位于米兰市中心，主要为老年人提供服务。

这反倒令人感到蹊跷，因为他是在对老年人生活一无所知的情况下被安排到这个职位上的。同样，当一位国家电视台的高管被免职时，他很有可能被派去接管煤炭能源机构；而当某人将其所属政党的月刊搞得一团糟时，则很有可能改头换面，成为该党党报的负责人。

如果说正宗的（国际版）"彼得原理"认为"一个在较低职位上游刃有余的员工会在较高的职位上显得力不从心"，那么该原理在意大利则被改造为"一个在较低职位上尚且力不从心的员工反而有机会获得较高的职位，并在该岗位上表现得同样一无是处"。

也许读者已经注意到了，为了表明我是在描述过去的事情，本文中我一直在使用动词的未完成过去时[1]。然而，时至今日，"专业水准"一词仍在四处泛滥。这种现象实在堪忧啊。

一九九三年

---

[1] 意大利语中的一种动词时态，用于描述过去发生的事实。

姑娘们，不在其位，不谋其政

我们要尽量理解教皇的难处。尽管他为了反对让女性担任祭司而列举出的种种理由很难令人信服，但我们不能忘记作为教皇，他必须尊重传统。

我们从《创世记》谈起吧。"上帝"一词在意大利语中通常译作"Dio"[①]，至于该人物的名称在原文版的《圣经》中是否也是一个阳性名词，在此我并不想过多纠缠。但造物主创造的第一个人类个体则肯定是男性。不仅如此，上帝还向这第一个男人（亚当）传授了第一条训诫——不能偷食智慧树上的果子。我们很难判定上帝究竟是用哪种语言与亚当交谈的。很久以来，教父们一直大胆地推测上帝和亚当之间的交流是一种心与心之间的纯思维沟通，或者说他们之间是通过雷电风雨等天气现象来交流的。事实上，人类语言的创造者毫无疑问应该是亚当，因为上帝在对亚当进行告诫之后就把他带到了所有飞禽走兽面前，让他为动物起合适的名字。亚当在当时究竟发明了怎样的一种语言，这个问题引发了一场绵延许多个世纪的争论，并非所有人都同意是希伯来语。另外，还有许多人对亚当为什么没有在当时给鱼类动物起名而感到颇为不解（根据圣奥古斯丁在《〈创世记〉字解》中的解释，或许亚当是在他学会捕鱼"并把它们放在锅里煎"的时候才想起来给它们起名的，当然了，油锅一说纯属玩笑)。

  直到这以后，夏娃才诞生。由于她来自男人身体的一部分，亚当把她称为"ishshà"②，即"ish"③的阴性形式——该说法取自于加比亚蒂版的《圣经》注解。当然，对于"女人"一词，还有其他不同的翻译版本，比如普及版的《圣经》中就将"女人"一词译作"virago"，尽管该词在现代意大利语中的含义已发生了变化——指身材魁梧的剽悍女人——但其词形仍然来源于阳性词缀"vir"④。没办法，谁叫女人来得晚呢？事实上，当夏娃进行第一次对话时，她的交谈对象就是那条蛇。她，一个女人，就像一只成熟的苹果落地一般来到了这个世界。大家不妨想一想，你们如何能够把举行圣礼这样重要的职责交给这个刚刚获得自由之身就与黑暗之王⑤搅在一块儿的不检点的女人呢？

  《圣经》中的这段故事给后来的基督教教徒带来了深远的影响，不信我们可以看一看但丁（我们对于他的智慧从未产生过怀疑）——这位因塑造了一个圣洁的女性形象而名垂千古的文学巨匠——在这段文字面前究竟曾作何反应。在《俗语论》的第一卷中，但丁探讨了语言的起源。在正式讨论该问题之前，他提出了一个非常独特的观点，我在此引用一段（摘自孟加尔多版译本，第四章）："根据《创世记》一书在开头对于世界开创之初的描述，可以推断出第一个开始说话的人是一个女人，即夏娃……然而，尽管根据文字记载，是女人最先开始说话，我们仍然应当认为是男人最先开始使用语言的，这个如此高贵的行为理应始于一个男人，而不是女人的嘴唇。"

---

① 意大利文，上帝，是一个阳性名词。
② 希伯来文，女人。
③ 希伯来文，男人。
④ 意大利文中的前缀，男人的，雄性的。
⑤ 指撒旦，《圣经》中说撒旦化身为一条蛇，诱惑夏娃偷吃了智慧树上的果实。

在写下这些文字之后，但丁继续讨论亚当对造物主表达自己的喜悦及感激之情时究竟说了些什么。在这个问题上，有一点颇令人费解，但丁在面对《圣经》中的描述时，完全可以推理出亚当先于夏娃说话——因为亚当曾在夏娃诞生之前给各种动物起名。研究但丁的学者认为但丁所指的可能是第一次真正意义上的对话——显然，那是夏娃与蛇之间的交谈。但最令我感到震惊的是但丁对《创世记》中的描述进行了一番极为焦虑的解读——他是如此不愿意承认女人在男人之前开始使用语言，甚至还产生了修改《圣经》的想法。

我再次强调，产生这种想法的人并不是一个疯狂仇恨女性的神父，而是堪称模范父亲、完美丈夫及理想情人的但丁。他的态度尚且如此，更何况是其他人呢？

传统的力量是深远而巨大的。人们花了多少个世纪才忘却耶稣和他的使徒原来也属于那该死的犹太种族。大家又怎能要求教皇允许一向被视为祸水的女性来担任祭司呢？且不谈让女祭司说出"我赦免你的罪过""这是我的圣体"这样的句子，连夏娃是否曾率先说出"早上好，蛇，今天过得好吗？"这句话至今都还没有定论呢。

一九九三年

美国大学中的新霍梅尼主义

上个星期，美国哥伦比亚大学召开了一次院系会议。该会议向教授们强调要特别注意三个名词，因为它们最近已经被列入"政治正确"（或者称为 PC，如今，这个名词在美国已经使用得相当普遍了）的词典，并有可能构成对于他人权利的一种侵犯。这三个名词是"唯智能主义""唯成年主义"和"唯外表主义"。所谓唯智能主义，是要避免让你的谈话对象感受到你认为他智力低下，因为这显然会造成基于思维能力而形成的歧视。唯成年主义是指不能倚老卖老，因为这明显将造成年龄歧视。而唯外表主义则也可以称为"唯相貌主义"，是指不能让你的谈话对象感受到你认为他相貌丑陋，因为这会导致外表歧视。

关于"政治正确"道德风潮所反对的这三种主义，其表现都有严重与轻微之分。如果说（严重的）种族歧视行为是指把一个有着深色皮肤的人吊在树上，并高唱爵士乐，那么我们不需要谈论什么"政治正确"就能明白这样的行为是不对的。但如果针对一个想饰演"红毛埃里克"[①]的非洲裔美国人，人们也不能发表意见，反对他出演这样一个斯堪的纳维亚人的角色的话，那么这所谓的"政治正确"就未免有些矫枉过正了。否则，拒绝让克劳迪娅·希弗饰演"金刚"的行为也会被认为是性别歧视。

回到上述三种趋势上来。我们不妨想象一下这三种思潮的极端表现。显然，其弊端是人所共知的。如果某人对另一个人说："我从来没有见过像您这样的蠢货，您的智商简直比骆驼还低。"——那么这显然是一种唯智能主义（而且，这最后一句话还有"唯种属主义"之嫌，因为它表现出了对骆驼的歧视，认为这是一类愚蠢的动物）。如果有人说："听着，为了爬到今天这个位置，我辛苦奋斗了整整四十年，而你这个刚来没两天的毛头小伙居然敢指手画脚，待一边儿去，把口漱干净再说。"——这显然是一种唯成年主义。

如果有人说："先生，请您不要坐在我桌前，因为您那张如此恶心的脸令我作呕；您简直像只丑陋的爬行动物，令人无法忍受的怪物，无论您去哪儿，只要是在文明社会里出现，都请离我远点儿，您至少得洗个澡，用磨砂膏好好把您这些年来由于懒怠而堆积在身上的臭气熏天的污垢洗掉几层。"——那么这显然是一种唯外表主义。

可是这些道理是不言自明的，只要接受过良好的教育，人人都知道不能这样做。但如果把一些微不足道的小事也与上述行为相提并论，那就很可怕了。比如，当某位学生说直角三角形在九十度时沸腾，说朱塞佩·马志尼是一个城市规划师，修建了许多以自己名字命名的街道时，如果老师指出他的错误，这算不算是犯了"唯智能主义"的错误呢？难道老师应该这样说："对不起，是我没有解释清楚，我承认是我没有说清楚摄氏温度、几何角度及军衔级别[2]的区别，请原谅我，我们从头再讲解一次，请你原谅我没有讲解周全……"

---

[1] Erik the Red（约 940—约 1007），挪威探险家。
[2] 这三个概念在意大利语中均用"grado"一词来表示。

向一个年轻人介绍自己的职业生涯难道真的是唯成年主义吗？学生因为老师总是盯着自己鼻尖上的橡皮膏，或因为老师为了躲避唾沫星子而本能地往后退，从而认为自己被歧视，这样的事件还少吗（事实上，多得都可以写专栏了）？人们时常听说大学里的某位学生因为考分不理想而跑到院长那里控诉老师（几乎都是刚到工作岗位不久的老师）对自己的歧视。然而，学校不想惹麻烦，最终，老师被警告，因为学生支付了高昂学费，而吓破了胆的老师则会在下一次判分时手下留情。

这是一种新的政治现象，那些"政治正确"的提倡者与中国"文革"时期的"红卫兵"颇为相似。这是一种自相矛盾的行为，一方面，他们打着尊重所有人的旗号，而另一方面，却走向了新霍梅尼主义——一种极其危险的狭隘主义。

一九九三年

上演《马耳他的犹太人》

上个星期，我一直关注着《共和国报》上的一场辩论。这场辩论是由卢卡·隆科尼①引起的，他认为莎士比亚的《威尼斯商人》和马洛②的《马耳他的犹太人》虽然都被认为带有排犹主义色彩，但却截然不同；他已经把前者搬上了舞台，但决不会上演后一部作品。针对他的说法，阿尔曼西③（他本人也是犹太人）表示尽管马洛的这部戏剧的确体现出了"十分嚣张的排犹主义"思想，但却不同意因此封杀它。三天后，马里奥·皮拉尼④对他作了回应，谈到了反映种族压迫问题的文学作品与真实事件之间所存在的历史联系，安东尼·伯吉斯⑤则认为马洛并不算是排犹主义者，至多是个排外主义者。

这场争论让我想起类似的话题曾在当年（也就是那个大肆宣扬"政治正确"的年代）的美国引起了多么疯狂而"野蛮"的争论（相比之下，意大利的情况还是显得相对平静且文明的）。在美国，争辩的焦点不仅仅限于《威尼斯商人》这部戏剧的演出，人们甚至还质疑是否应该在大学里教授这部作品；众所周知，就连《包法利夫人》也成了批判对象，因为该作品中的女性是作为弱势形象出现的。由于鼓励猎杀鲸鱼，《白鲸》也差点遭到抛弃——尽管阿尔曼西只是随口说说而已。

如今，的确有不少文学作品承载着一些相当"危险"的社会或道德理念——这些理念的分量甚至超过了作品的艺术价值。于是，政府限制未成年人阅读这些作品，比如限定在初中和高中不能教授萨德⑥侯爵的文学作品。但这并不意味着封杀它们。事实上，我们完全可以在大学里开设讲授萨德文学的课程。倘若有人抱怨该作家居然会把女性的胴体和手术操作台混为一谈，我们就应该告诉他如果想要弄明白当时的历史背景、关于自然的理念以及后一个时期的文学发展状况，就必须对萨德侯爵所持有的哲学理念以及他所处的社会环境有所了解。当然，老师必须以严肃、严谨的态度来教授这门课程，决不能找一个"肌肉先生"或莫阿娜·波齐⑦到教室里来上演那些下流的片段。

因此，我们也应该以同样的态度来对待莎士比亚和马洛的这两部戏剧，从而对欧洲人思维中的一个组成部分进行分析。如果这两位作家并不是排犹主义者，那我们所做的就无异于研究两部平庸的流俗之作。这就好比我们既可以喜爱热爱和平的简·芳达，也应该了解为什么饱读《圣经》的亚哈船长⑧会视一条鲸鱼为仇人；另外，如果从生态学的角度去解读梅尔维尔，那么你将无法理解作家本人以及他所处的时代。

那么，如果有人建议我把《马耳他的犹太人》搬上舞台，我会

---

① Luca Ronconi（1933—2015），意大利戏剧导演。
② Christopher Marlowe（1564—1593），英国诗人、剧作家。
③ Guido Almansi（1931—2001），意大利作家。
④ Mario Pirani（1925—2015），意大利记者、经济学家、政治学家。
⑤ Anthony Burgess（1917—1993），英国文学家、剧作家、作曲家、文艺批评家。
⑥ Donatien Alphonse François de Sade（1740—1814），法国贵族、作家。尤其以他描写的色情幻想以及他所导致的社会丑闻而出名。
⑦ Moana Pozzi（1961—1994），意大利情色影星。
⑧ Ahab，梅尔维尔的小说《白鲸》中的独脚船长。他带领着众多心怀梦想的水手踏上了一艘捕鲸船，可他一心只想寻找夺去他一条腿的巨鲸，最终导致无辜的水手全部牺牲。

怎么做呢？也许在二十年前我会答应这个要求，至少会在某个戏剧研究实验剧场上演这部作品，因为当时的人们还能够希望这部作品中所隐藏的幽灵已经彻彻底底地烟消云散。然而在今天，面对这个要求，我却会格外谨慎，因为我身边到处都是再次被这种幽灵附体的人（不光是年轻人）。我会选择在大学课堂里讲授这部作品，但我不会把它搬上电视荧屏。出于同样的考虑，我也决不会向一个受到抑郁症困扰的少年推荐《少年维特之烦恼》。

这些日子，我正在重读丰特奈尔[①]的《关于宇宙多样性的对话》。如果要在当时那个年代寻找一个开放的灵魂，那么这位十七世纪末的作家可谓当之无愧。他不仅选择了一位女性作为探讨科学问题的交谈对象，并且能够充分承认宇宙中所有生物（无论是否为类人生物）的智慧及尊严。然而，当作者谈及一种低人一等的生物时，你猜他提到了什么？他居然说是地球上的黑色人种。这位作家能够尊重月球或木星上的生物，但却无法尊重非洲或大洋洲的居民。在对话的末尾，当那位女士饶有兴致地听完了他所有言论之后，他最终邀请她再次回到了有关女性职责，也就是所谓的世俗话题上。

此时此刻，也许在某所美国大学中，某位"奥丽亚娜"[②]正在投诉一位欣赏丰特奈尔的教授。但这显然是个糟糕之举，原因很简单：我们姑且不论作品本身的艺术价值，单单是丰特奈尔在作品中体现的种种矛盾就能让我们理解那个年代的思维方式，以及那个年代的偏见究竟给我们带来了怎样的影响。

一九九三年

[①] Bernard Le Bovier de Fontenelle（1657—1757），法国哲学家。
[②] Oleanna，美国导演大卫·麦米特（David Mamet, 1947— ）导演的同名电影中的女主角，反映了女性在社会中不再处于弱者地位。

关于足球的倒错心理

如果你在世界杯进行得如火如荼之时——尤其是在阿根廷赢球的那些日子里——身处阿根廷，那么这一定是一次难忘的经历。我就曾多次在这种情形下赴阿根廷开会或出差。有一次，我发现所有原本定好的工作统统被取消了，使我的整个下午都空了出来。那天是意大利队与挪威队对阵，作为东道主的阿根廷自然不会忽视。再说，即使我坚持在那几个小时工作，我也将是孤军奋战。因为所有人都会被吸引到电视机前，而整个布宜诺斯艾利斯万人空巷。

另外，在那些日子里，报纸媒体那些势不可挡的访问也让我难以招架。事实上我的确观看了比赛，比赛也确实相当精彩，加之当你身处那样一座城市时，你也不可能不被激动人心的氛围所感染。但是记者的问题却太难应对，让我想起当年回答关于丹麦的问题时遭遇到的尴尬情形。丹麦是一个精巧别致的国家，我曾多次造访，从安徒生笔下的美人鱼所在的哥本哈根到赫尔辛格，再到日德兰半岛，我都十分喜爱，同时也希望将来能有机会故地重游。但这种喜爱并不意味着我言必称丹麦，否则就夜不能寐；也并不意味着我每天早晨都要请人把丹麦的日报翻译给我听。这种情感只意味着对于这个国家的存在我感到十分高兴，仅此而已。

然而，当你试图向他们解释一个正常人对于足球的感觉时，他们却无法理解你。于是，一家阿根廷报社终于耐不住要以我的一句言论作为文章的标题《足球就像性欲倒错①》。事实上，我的说法比这个标题更加微妙，我也曾在其他场合提起过。不过此刻，我还是要向那些与我有同感的人解释一下我的观点。

我认为一个正常人在适龄范围内进行性生活是一种健康并且美好的行为。除此之外，有的人可能还会观看其他人发生性行为的场景。我指的并不一定是色情电影，在一些普通电影中，我们也能看到两个优雅的人在一起亲昵的温存镜头。在能够自我克制的范围内，这也是一种令人愉悦的经历。但还有一些人本身是性压抑者，却会因为某些对于他人性经历的描述（如在阿姆斯特丹看见两人做爱）而感到兴奋不已。在我看来，这最后一种情形就处于"倒错"心理的边缘（当然，不包括那些只能从别人的性经历中得到满足感的性障碍患者）。

我认为在足球方面也存在类似的情况。踢足球是件好事，只可惜我从小就是个公认的"乌龙球高手"，因此从来没能参加过重要比赛。但是，即使是技术欠佳的人也可以在小花园里略施拳脚，毕竟这是一项有益于健康的运动。至于观看其他十一个技术比你强的球员在场上拼杀，那自然也是一件令人兴奋的事情。比如我就经常会在观看球赛的时候获得身临其境的满足感。然而，一些具有"倒错"心理的人明明没有观看某场球赛，却会因终日沉迷于报纸上的球赛评论而引发心肌梗死。我认为这种情形就处于"倒错"心理的边缘（当然，那些只能从别人的踢球经历中得到满足感的残疾人士除外）。

有的人可能会反驳我说同样的情形也会发生在热衷于戏剧、歌剧或音乐会的人身上。难道我会把那些迷恋帕瓦罗蒂、加斯曼②以

---

① 又称性心理变态或性癖好异常。用来指称对某些物体或情况会产生性渴望，而那些物体或情况并不属于社会规范下的性渴望及性活动模式。
② Vittorio Gassman（1922—2000），意大利戏剧、电影演员、导演。

及意大利爱乐乐团的歌迷影迷都看成是有心理问题的患者吗？我的回答是：从某种程度上的确算是——如果这些所谓的爱好者从没有唱过歌，从没有演奏过一种乐器，也从没有参与过当地业余剧团的演出。我并不是说要像马克思描述的理想社会那样，人人都是猎手、渔夫等等。但我认为，一个人——哪怕他只吹奏过奥卡利那埙——也更有资格去欣赏波里尼①的演奏；一个人只有尝试过一边刮胡子或浇花，一边哼唱"普罗旺斯的大海和灵魂"（或《埃莉诺·里格比》②）时，才有资格去赞赏某位著名歌唱家的超凡才华。而一个从来没有弹奏过《山间顽童》的人就不太适合欣赏钢琴家的精彩演奏。人们应该在生活中尝试歌唱、演奏、朗诵，之后才能更好地欣赏比我们更为出色的艺术家的演出。

如果说有人从来不去看歌剧演出，但却成天把关于帕瓦罗蒂的评论挂在嘴边（尽管这样的人很少见），那么在我眼里，他就是个"倒错"心理患者。

对于我来说，以上这些都是浅显易懂的道理。但是对于那些宁愿把大量时间花费在讨论足球评论上，却不愿意在星期天抽出一点点时间和自己的孩子（或借别人的孩子）一起踢踢球的人来说，却很难接受这个观点。也许吧，或许我才是所谓的"倒错"心理患者。好了，就让这个问题告一段落吧，我倒是想尽快再去一趟丹麦呢。

一九九四年

---

① Maurizio Pollini（1942— ），意大利古典钢琴演奏家。
② *Eleanor Rigby*，披头士乐队演唱的一首歌曲。

爱德里克*，还是爱中庸

最近，那部关于侦探德里克的电视剧获得了相当高的收视率。从常规的文艺批评角度来看，我们似乎找不出任何理由来解释这位叫德里克的侦探何以如此大受欢迎。事实上，作为这部电视剧的主角，他目光浑浊，带着一脸与生俱来的鳏夫般的苦笑，穿着老土，总是戴着一条难看至极的领带。不光是他，连他的同事也都是这副德行；室内陈设让阿雅佐内①不忍卒睹，而外景也都是巴伐利亚最乏善可陈的（按理说，巴伐利亚如此美丽，导演应该向观众展示更为精彩的画面才对）。

那么，该剧走红的唯一原因或许只能归结为独特的警匪情节以及德里克与众不同的推理思维了。然而，与过去的警匪侦探片相比，这部片子的相当一部分情节都是《神探科伦坡》的翻版，因此只能算是新瓶装老酒，观众一眼就能看出谁是坏蛋及其犯罪过程，欣赏该剧的唯一乐趣就在于看看这位侦探是如何凭着蛛丝马迹让罪犯俯首认罪的。

与德里克相比，科伦坡探长的穿着更为糟糕，这是一个无畏地行走在加利福尼亚上流权贵社会里的角色。对于那些社会名流来说，他只是个一文不名的小人物（而他也希望这些人如此看待自己）。在他们眼里，科伦坡这个来自偏远地区的移民根本无法进入他们构筑的铜墙铁壁,也无法应对他们的趾高气扬。然而,神探科伦坡却总能凭着机警细致的心理战术将他们逼进死角,然后从袖子里掏出一张王牌(通常是"不明来源的收入"),恰恰是利用那些名流的傲慢让他们陷入万劫不复之地。于是,观众欣赏着一场场小矮人与泥足巨人之间的较量,并带着满足感安然入睡,因为从这些情节中,观众看到这个和他们一样平凡而诚实的小探长为他们出了一口恶气,让那些可恶的衣冠楚楚的权贵得到了应有的惩罚。

然而德里克探长却并非如此。几乎所有与他打交道的人都比他更加卑微,穿着也更加不修边幅,他们时常心神不定,诚惶诚恐,就如同每一个遵纪守法的德国人一般。片子中的罪犯也像是打上了烙印,明显得甚至连助手哈里(看到哈里这样的警察,我总想不通巴伐利亚警察局为何不在招募警员时对应征者进行一个基本的智力测试)也能判断出来,只要给上他们一棍子,就会立马跪地求饶。然而,这样一部片子却备受观众青睐。对此,我们不必嗤之以鼻,事实上,我们一集也没有落下。

最近刚刚出版了一本名为《电视剧之爱》的作品(新艾里出版社),其中皮埃路易·帕索、奥玛尔·卡拉布雷塞、弗朗切斯科·马尔夏尼等人探讨了如何让电视剧(如《美丽》《双峰》以及《侦探德里克》)走红的技巧。马尔夏尼恰好就《侦探德里克》一剧写了一篇三十多页的评论。我没有逐字逐句地阅读,但这篇分析确实能够回答我刚才提出的一些问题。

这部电视剧的情节毫无离奇之处,其中讲述的所有案例都可以在报纸专栏中读到,是有可能发生在我们或我们的亲友身上的事件;因此,整部片子中既没有高大全的英雄形象,也没有特别反面

---

* *Derrick*,德国公共电视台制作的电视剧《侦探德里克》中的主人公,该剧一度是德国收视率最高的电视剧。
① Aiazzone,意大利著名家具公司。

的典型。所谓正义的保卫者和破坏者都只是由于不同的爱好、对正义的渴望、个人复仇心理、错误以及常见的心理脆弱而分处不同的阵营。案件发生的地点不能太具标志性——以免被人认出，同时却也必须是所有人熟悉的环境。虽然我没有特别留意，但随着电视剧剧情的发展，我们会发现几乎所有人物都开着最新款的汽车，如此一来，观众总能感觉到一种与现实环境十分贴近的氛围（德里克侦探可决不会像神探科伦坡那样开着一辆破旧的老爷车）。

另外，侦探德里克之所以能发现真相，并不是因为他有着魔鬼般超凡的智慧，而是因为他对于自己的谈话者总是保持敏感的态度，他从不完全怀疑某人，重视他们的焦虑心理——这与怀疑一切的科伦坡简直有着天壤之别。当然，在案件的末尾，无论是科伦坡还是德里克都会因为毁掉了罪犯的生活而感到遗憾，然而原因却不尽相同：科伦坡感到遗憾是因为在一场尔虞我诈的斗争之后，那个与自己根本不是一路人的对手已经几乎成为了自己的朋友；而德里克之所以感到痛苦则是因为他自始至终都把罪犯看成自己的亲人，一直都很怜惜他们。

综合整本评论的观点，卡拉布雷塞总结说德里克是一个介乎于现实与想象中的人物形象，因为他让整个剧情显得十分合乎情理，能够唤起观众的认同感。"这是中庸的胜利，这种'不偏不倚'的方式并非平庸，反而体现出一种价值。"

如此一来，我们便能理解这部片子为何大获成功了。这是每一部电视剧的精华所在，只有那些展示比平庸的观众还要平庸的人物时，他们才是真实并且受观众喜爱的。

一九九五年

八卦曾是严肃的

前几个星期，在乌尔比诺召开了一场符号学界的夏季例行座谈会，此次会议的主题是"八卦闲谈"。记者本尼阿米诺·普拉齐多也在七月二十三日（星期日）的《共和国报》上报道了相关消息，并提到了一些观点，我待会儿也要就此谈谈自己的想法。会议期间，与会者就伊莎贝拉·佩齐尼、玛利亚·庇亚·波扎托和詹保罗·卡普雷蒂尼的报告进行了讨论，并聆听了保罗·法布里、西里·内尔高以及其他同行的演说。他们的发言让我感触良多。尽管我记不起来谁具体讲了些什么，但此次研讨会最大的成果就在于给人带来了一些新的理念，而这些理念的源头都来自于怀疑。

会议期间，大家谈到了一类特别的电视节目——"电视聊天节目"，在这些节目中，总是会有一些嘉宾向观众讲述自己的私生活。我们不妨回顾一下，当年的传统"八卦"式聊天总是在僻静的村庄、传达室或是小酒馆里进行，那（曾）是一种提高社会凝聚力的纽带。事实上，人们从来不会聊起那些过着幸福生活的健康快乐的人；相反，能让人们喋喋不休的话题总是他人的某个缺点、错误或者不幸。如此一来，闲聊者便会以某种方式参与到八卦对象的不幸生活中去（闲聊不仅会让人产生蔑视感，也会激发同情心）。不过，这样一种情形只有在八卦对象不在场（否则，那就是一种冒犯）且并不知道自己已成为别人的谈资（或者为了保留些许颜面，假装不知情）时才会发生。于是，这就给了闲聊者一种权力感（"我们知道一切，而你却以为我们一无所知"），他们坚信自己知晓一些所谓的秘密，并且乐于将这些秘密与其他人分享。然而，只要八卦对象表现出察觉了一切，那么一场争吵通常在所难免（"你这个该死的长舌妇，我就知道你会四处张扬说……"）。争吵一旦发生，流言蜚语就变成了公开话题。八卦对象在引发争吵的同时也就证实了那些八卦新闻，哪怕它们实际上只是以讹传讹的谎言。在此之后，也就不存在任何值得继续闲聊的谈资了。

然而，在电视聊天节目中，人们从来都不会背着某人说三道四，一方面是因为可能遭到起诉，另一方面也因为只有当受害者自我炒作，自述内心经历时，这类节目才显得尤为动人心弦。在这样的情境下，八卦对象是最先知道关于自己八卦新闻的人，而所有观众对此也非常清楚。节目中的主角不会成为任何风言风语的受害者，也不会有人在节目播出的第二天津津乐道于"你听说某某被人戴绿帽子了吗？"等诸如此类的话题。这种情况下，任何秘密都不复存在。另外，人们也不会对这些八卦对象产生鄙视感（因为他们至少有勇气承认一切）或同情心（因为他们通过讲述个人经历，获得了在公众面前露脸的大好机会）。

传统八卦方式的妙处在于，只要八卦对象不撕破脸面大吵大闹，相关的闲言碎语就能无休止地进行下去。一个长舌妇可以就他人的奸情嚼好几年舌根。然而，如果是在电视上曝光的八卦对象，一旦他在公众面前坦言一切，就不再值得继续追问。事实上，下一期电视节目又会找到一个新的主角，让他开始自我表白。如此一来，每天都会有一个不同的八卦话题，这些话题一旦公开，也就不再具有生命力，同时，之前的流言蜚语也就不攻自破了。从这个意义上来说，是电视扼杀了八卦——尽管它具有重要的社会意义。

普拉齐多在谈到布莱克默[1]的观点时提到神话也产生于人类的八卦闲聊，因为人们可以由此赋予神灵人格，同情他们的悲惨命运，或痛斥他们的性格缺陷（值得注意的是，一些一神教是不允许对神灵说长道短的，议论神灵是一种不忠诚的渎神行为）。

我却认为，神话既然是公开的故事，人们就不会产生知晓某种秘密的错觉。或许那些悲剧诗人在创作文艺作品时是把观众置于一种第一次听到某个秘密的心理状态之下，从而让每个身处人头攒动的剧场里的观众都异常惊讶及荣耀地感觉到独享某个秘密的兴奋。我不敢对此妄加解释，但这种现象应该归结为戏剧的"陶冶"效应。然而，我们难道应该认为电视八卦——尽管这不算是一种真正的八卦闲聊——真的与神话的产生是同一回事吗？我不敢苟同。神话描述的对象是高人一等的神灵，通过对他们的描述，最终告诉人们神灵其实有许多与人类相似的地方。然而电视八卦节目中的对象却是与我们相同的普通人，在一番讨论之后，得出的结论却是我们应把那人看成神灵。我不能排除某些低能的观众会混淆这两者之间的根本区别。但我认为，如果拿维纳斯背叛伏尔甘而红杏出墙的传奇故事[2]与最新播出的八卦对象的新闻相比，就二者的生命力而言，前者会世代流传，而后者恐怕仅仅是昙花一现吧。

一九九五年

---

[1] Richard Palmer Blackmur（1904—1965），美国文学批评家、诗人。
[2] 天神宙斯本把维纳斯许配给老实的火神兼铁神伏尔甘，但维纳斯一心只爱战神，最终红杏出墙，并生下了私生子爱神厄洛斯。可怜的伏尔甘不敢招惹强大的情敌，又气愤难当，只得终日在地下打铁，其怒火终于喷发出来，形成了壮观的火山。

拉杆箱究竟为何失衡

我们时常抱怨国内的东西令人失望。也许正是这种出于本能的自我诽谤心理,我们才会觉得外国的月亮比较圆。有时,事实的确如此,但在许多时候,"无能"却更像是整个人类的共同特点。正如笛卡儿所说,无论种族、国籍和社会地位,"愚蠢"这一特性都均匀地分布在所有人身上。几年前,商家开始生产一种专为飞机乘客设计的、带轮子和背部拉杆的旅行箱。这种旅行箱十分轻便,而且不用托运,登机以后,你会发现它的形状正好符合座位上方的行李架的规格。后来,人们发现这种行李箱也很适合火车旅行。因此,这是一项不错的发明。因为我不得不经常出差,所以立刻买了一只。

然而不久我就发现了一个令人头痛的问题。这类行李箱是平行六面体,由六个长方形面构成,相对的两个面形状相同——正如所有的行李箱一样——两个正面较宽,而另外四个侧面则窄得多。用于拖拽的手柄及两只轮子都安装在较窄的垂直面上。因此,如果把箱子装满,并在其底部或顶部放置较重的物品(如大量书籍或手提电脑),那么当你拉起箱子(尤其是跑着赶飞机或火车时),箱子就会失去平衡,倒向一侧。于是,你不得不把它扶正,再次开始奔跑,而箱子又会再次倾倒。最后,你只能慢慢地向前走,时刻注意保持箱子的平衡,这样一来,就免不了要误飞机或火车。我要强调指出,任何品牌的此类行李箱都会发生类似的情况。

(由于我不是这方面的专家,)很长时间以来,我都认为问题出在我身上,是我没有合理地放置物品。然而几个月前,我终于发现市面上出现了一种新型行李箱。这种箱子的手柄和轮子都安装在箱体较宽的那个面,而不是较窄的那个面上。奇迹发生了!无论你怎么往箱子里塞东西,箱子都不会东倒西歪,你再也不会因此而错过火车(或飞机)了。

真是一个看上去很难解决,实际却相当简单的改变。我迫不及待地把原来的旧箱子扔到一边,买了一只新行李箱(当然了,价格也比原来那只高)。但我还是忍不住问了商家一句:"为什么全世界那么多家专业生产行李箱的厂家、设计公司(及那些顶尖的工程师、设计师)花了足足两三年时间才意识到这个问题,难道他们一开始没有想到吗?"商家伸长了胳膊,摆出一副不置可否的模样,正如我现在能对你们摆出的姿势一样。唯一的解释就是人类的进化是漫长的过程,在达到完美状态以前,总要经历若干被称为"尝试"和"犯错"的过渡时期。然而,要让顾客花两三年时间来承担设计师的错误,我认为正是这一点助长了人类普遍的愚昧性。

再举个例子。在世界上任何地方,只要是稍有档次的宾馆都会在卫生间的洗手池旁摆放一系列小瓶子。这些瓶子的外形都一模一样,里面分别装有洗发水、沐浴露、润肤乳和其他用途神秘的乳霜;除了这些小瓶子,还有许多看上去一样的小盒子,分别装有小香皂、擦鞋油以及浴帽等物品。所有这些瓶瓶罐罐上都明显标有宾馆的名字或产品的商标,可其内容却只用很小的字表示,有的甚至还写在侧面。想象一下,当你们摘下眼镜,脱得精光,甚至已经被淋得湿透时,手忙脚乱地想要找到正确的瓶子时的场景;再说,那些住在高档宾馆里的宾客通常都不是年轻小伙子,而是上了年纪,免不了有些老花眼的中年人，这样的情形下，他们怎么可能分辨出哪个瓶子里装的是洗发水、润肤乳，而哪只盒子里装的又是擦鞋油和浴帽呢？

在这件事情上，没有任何借口可言。这些物品已经在宾馆中使用了许多年，我敢说即使是设计师本人也曾有过把洗脚液当成洗发水倒在头顶上的经历。然而这可悲的做法为何还一直沿用至今呢？的确令人费解。

另外，我们还注意到除了洗发水和沐浴露，几乎其他所有液体都是毫无用处的。然而，洗手池边却没有提供我们经常无法避免落在家里的两件物品（除了日本和中国的宾馆）——梳子和牙刷（中国宾馆提供的是一次性塑料制品，虽然这会花些成本，但一定低于一瓶多余的润肤乳的价格）。

愚蠢是普遍存在的，这一点无法改变。但有一件事让我觉得十分好奇，那些负责此类事务的愚蠢员工每月究竟能拿到多少薪水呢？

一九九六年

雪茄：一种标志

如今，美国社会上上下下都投身于一场规模浩大的禁烟战斗，然而雪茄却在这样的氛围中悄然成为一种时尚。前两天，我甚至还在一份礼品目录中发现了好几十种特别提供给哈瓦那雪茄烟吸食者的小物件，从特殊规格的雪茄烟缸到五花八门的雪茄套，以及其他中看不中用的小玩意儿应有尽有——它们恰恰被认为是上档次的礼品。

所有社会现象背后都有其存在的理由，其中有一些现象（尤其是潮流化的现象）则应该被解读成某种明显的标志性讯息，因为在这些现象中，人们往往通过某种行为来表达特殊的意图——在这种情况下，他们的行为就具有象征性。

如果我们否定这些行为中的象征意义，那我们就只能从功能的角度来理解这些行为，但这显然是行不通的。也许大家会说雪茄的流行无非表明了许多人仍然保留吸烟的欲望，这么说当然不无道理，但却无法说明为什么我们的社会对待雪茄吸食者要比对待普通吸烟者宽容得多。吸烟者总是聚集在公共场所外的人行道上，形成一个个临时的团体（只要你走出大门，掏出香烟盒，马上就会有另一名吸烟者突然出现在你面前，一边露出同道者的微笑，一边为你递上打火机），而其他人则对他们冷眼旁观，甚至不屑一顾；然而说到底，他们并不会给周围人带来多大麻烦（尽管在某些州，人们正讨论是否应该禁止白天在街道上吸烟）。相比之下，雪茄吸食者的境遇就要好得多了，当他们在聚会上或是在晚餐结束时，至少是在他们认为合适的场合掏出一支雪茄时，没有人会认为这是一种不礼貌的行为。更有甚者，只有在有人掏出雪茄以后，那些普通吸烟者才敢确认在场无人反对，从而尾随其后吸一根烟。这种现象该如何解释呢？显然，（如某些人那样）说雪茄对健康伤害较小并不是一个充分的理由。因为尽管吸食者不会把雪茄烟吸入肺部，但却无法避免他人被动吸烟，甚至会对环境造成更严重的污染。那么原因到底何在呢？

以下是一种我认为能够让人信服的解释。禁烟之战是以保卫健康的名义打响（并由政府机构继续推进）的。从这个意义上说，香烟就成了死亡的象征。然而关于吸烟的争论首先流传于上层社会。如此一来，人们不会在高级酒店里吸烟，只会在低档餐馆里吞云吐雾。大学教授、银行家等高收入人群不再吸烟（至少在公共场合），而黑人、底层社会的妇女、老人以及小混混则依旧照吸不误。

久而久之，这种现象就演变成了一种社会差异。香烟成了穷人，至少是少数人群的物品。同样的情形也发生在香烟取代嚼烟的年代。人们放弃嚼烟并非因为它对身体有害，而是因为它已经成为那些臭气熏天、唾沫横飞的老头儿的专属物品。你曾见过某位身着燕尾服的绅士在斯卡拉剧院门口大嚼烟叶吗？没有吧，原因就在于此。

与香烟相比，雪茄并不带有任何无产阶级的色彩（除非吸食者是那些浑身长满脓疮的托斯卡纳老头儿）。雪茄是昂贵的，吸食者需要有充裕的时间和闲适的心境。看到雪茄，我们眼前总会浮现出大亨或权贵的形象。如果有人喜得贵子，人们会赠送雪茄以表庆贺。有的人可能白要一根香烟，却不敢白拿一根雪茄。如果有人问你讨一根香烟,你可能会不假思索地给他一根,甚至还会因为自己有另外一包而把手头这包送给对方,但这样的行为并不会体现出你是多么慷慨或多么富有。然而,如果有人从自己的雪茄套里抽出四根价值不菲的雪茄送给你,那么这种慷慨之举绝不亚于从前的贵族从手指上取下一枚镶嵌着祖母绿的戒指大方地馈赠他人。

正因为如此,上层人士才会对雪茄情有独钟。这是一种有别于贫穷烟民廉价死亡的,带有"贵族式自杀色彩"的损害健康的方式。于是,我们的社会容忍并最终接受了它。

对了,我差点儿忘了提到一种在美国极为普遍,所有人都习以为常的现象。大家知道在这场艰苦卓绝的反烟斗争中,在以严格和清洁著称的美国(其卫生部率先决定在香烟包装盒上印上令人反胃的"吸烟有害健康"和"吸烟导致死亡"的标志)发生了什么样的怪事吗?香烟居然是在药店里出售的。

一九九六年

为何举行反儿童色情犯罪大游行
——一个不可忽视的信号

我在上星期的专栏稿中曾说过每一种社会行为都应合理解读，那些带有明显信号的行为尤其如此。前一阵流行的家居服风潮就是一个例子：倘若一个人穿着家居服出门，其目的显然不是为了御寒这么简单，而是为了向他人表明某种特殊的意图。同样，恐怖事件曾是人们在"铅年代"里长期谈论的焦点，最近又因为发生在法国的那几桩谋杀案而再度成为热点话题，在这样的氛围中，如果有人在某场所安放炸弹，他绝不是为了杀害几个可怜的过路人，而是为了向某些特定的人物发出警告。尽管这种以人血为墨汁来传达信息的方式令我们无法忍受，但的确起到了某种沟通作用。所幸的是，还有一些并不血腥的行为也能够传达某种信息（人们希望表达某种意见），或显示出某种征兆（人们在使用某种方式表达某种观点的同时，还反映出了一些其他问题）。

两个星期前，有人在热那亚举行了一场反儿童色情犯罪大游行。此前，比利时也发生过类似事件。该事件究竟意味着什么呢？显然，任何一个正常人都会认为儿童色情是一种丑恶现象，这一点毫无疑问。当然，这只是当代人的观点，而在古希腊时期，该行为在某种程度上被认为是合法的，不过这是另外一回事了。尽管在某些社会形态中，食人肉不仅是被允许的，甚至还受到鼓励，但当今文明却要惩治这样的行为。这一点，我想大家都没有异议。

那么，针对一种遭到千夫所指的罪行举行一场声势浩大的民众游行究竟有何意义呢？换句话说，我们有必要为反对谋杀、抢劫、弑母、弑婴等罪行游行示威吗？显然，这颇有些奇怪，因为在通常情况下，只有当某个少数群体的权利不被大多数人承认和接受时，人们才会为争取该权利而举行各种运动，如争取退休金游行、反失业游行等等。之所以举行这些运动，是因为游行者认为这些权利通常会因为大众过于宽容而遭到践踏。

比利时那次游行的目的主要是谴责政府没有承担起相应的责任，在监管方面办事不力。从这个意义上来说，那次示威活动还是有一定价值的。可据我所知，我们意大利政府一直都明确表示要严惩儿童色情犯罪，（除了那些无法控制的八卦新闻，）谁也不能污蔑我国的政治家支持该行为，在这样的政治氛围下，在意大利举行一场反儿童色情犯罪的游行究竟意义何在呢？

也许有人会说，这是一场万众一心声援受害者父母的示威活动。的确，这一点我们有目共睹，而且这也是一种十分值得赞赏的精神。可如果其意义仅限于此，我们该为多少其他丑恶行为来动员全社会发起各种各样的示威活动啊：反抢劫、反毒品、反剥削——总之是那些早已成为众矢之的的丑恶现象。

这场运动显示出了某种很有趣的征兆，我想这样来诠释它。如今，那些伟大的意识形态理念已经坍塌了（人们不再为了某场即将到来的革命或某次非正义的战争而举行示威），但整个社会却感到了一种团结一心的需要。人们要以某些斗争为契机联合起来，找到一种并肩作战之感，从而成为社会生活中的主角。因此，每当发生一件触动公众敏感神经的事件，整个社会群体就会抓住这个机会开始发表意见，并在该过程中重新回到那种众志成城的状态。与以往的政治运动不同，人们在如今这些游行活动中已经超越了意识形态和宗教的界限，为了一个共同的道德理想而团结在一起。

由此看来，一方面，这些公共的游行示威活动表明大多数人在政治生活遭到空前毒害的今天感到了一种希望与他人团结一心的迫切需要。从这个意义上说，这场反儿童色情犯罪的运动发出了这样一种信号："别再为那些鸡毛蒜皮的小事纠缠不清了，赶快为我们伟大的共同目标而齐心协力，努力奋斗吧。"另一方面，该游行也表明在这个本已人心涣散的社会中，民众感到了一种集体表达公众意愿的需要，但他们关注的并非有关于阶级、阶层、宗教方面的事件，而是早该在全社会范围取得共识的问题。

从这个意义上来说，该游行是在一时冲动之下，出于一种模糊的情感而举行的一场运动，表面看来的确无足轻重，但事实上，它却传达了民众希望在某些已取得共识的问题上集体发表看法的愿望。对于这样一种信号，政客们真应该好好反思一番啊。

一九九六年

城市心理小议

前不久,我刚从德累斯顿①回来。这座城市原本有足够的理由为其自身的不幸而哭泣。它曾是萨克森王国的首都,更曾被赫尔德②誉为"北方的佛罗伦萨"。然而,这片弥漫着浪漫主义气息的土地却在德国投降的三个月前,遭到了人类战争史上最为野蛮的轰炸袭击。德累斯顿就这样不明不白地被夷为平地:人们早已料到苏联红军即将到达,整个国家也已屈膝投降——包括英美盟军也是如此描述这座城市的遭遇,多少年来,他们的忏悔之情从未间断。

德累斯顿没有忘却那段惨痛的历史,但它却为自己举办了一场没有啼哭、没有眼泪、甚至没有怨恨的葬礼。过去的历史已心照不宣,他们会骄傲地向游客展示拔地而起的高楼大厦、翻修一新的教堂以及令人叹为观止的美术馆。他们还会自豪地告诉游客,在二〇〇六年,也就是建城八百周年之际,整个城市的面貌都将焕然一新,那些在战后匆匆修建的糟糕建筑将统统拆除,取而代之的则会是一派十八世纪的古典风貌,就好似贝洛托③在画卷中所忠实描绘的那般令人心旷神怡(尽管贝洛托不似他的叔父卡纳莱托④那样敏感于细节,却也算是十分纯粹的现实主义画家,正是由于他的功劳,人们才能够再次欣赏到华沙的古城风貌)。

在德累斯顿,人们不会问你他们的城市是否美丽,相反,他们会向你肯定这一点。这让我想到两种不同类型的城市：自信的城市与不自信的城市。关于那些自信的城市，我只能想出不多的几个，而在那些不太自信的城市中，却不乏一些国家的首都。

在那些自信的城市中，市民从来不会问外地游客对于自己城市的看法，有的甚至还极其狂妄地卖弄关于自己城市的神话（"巴黎，光明之城"，"罗马如此壮丽"，"纽约，纽约"），却从不在意你是否认同。言下之意就是你必须接受，否则你将十分难堪。除此之外，还有另外一些颇为自得的城市，如伦敦、米兰和阿姆斯特丹——尽管这些城市的宾馆都会主动为游客提供旅游景点图，但却不会过多地谈及自身，同时对于游客的看法也相当漠然。另外，布宜诺斯艾利斯的市民也对自己的城市格外自信，他们或许会在深夜时分质疑自己的阿根廷国籍，却绝不会对自己所处的城市产生任何怀疑。事实上，他们十分坚信只要说上一句"亲爱的布宜诺斯艾利斯"就能让你对它一见钟情。

在意大利，一座对自身不甚自信的城市会在公众面前把自己定义为"拥有高贵气质的城市"。显然，在我们几百年的历史中，除了那些近几十年才建立的城市之外，绝大多数城市都有其古老的渊源，只是那些不太自信的城市认为有必要强调这一点。通常来说（在全世界都是如此），当你刚刚到达一座城市时，欢迎者的一句"您觉得我们的城市怎么样"就已让这种不自信心理暴露无遗。

我曾经在某些极其变态的城市的机场里接受过记者访问。其

---

① Dresden，德国城市。
② Johann Gottfried Herder（1744—1803），德国哲学家、思想家、评论家。他在德国十八世纪的"狂飙突进运动"中扮演了极其重要的角色。
③ Bernardo Bellotto（1720—1780），意大利风景画家。一七四七年后居住于德累斯顿，曾在萨克森王国担任宫廷画师，创作了十四幅包括德累斯顿风景图在内的写实景观画作。
④ Antonio Canaletto（1697—1768），意大利风景画家，贝洛托的叔父、老师。

中，头一个问题就是："您是第一次造访我们的城市吗？您如何看待这座城市？"我告诉他们，我才刚刚到达，谈不上有任何想法，于是他们会继续追问道："那么您之前对这里有何印象，有何期待呢？"其实，他们心知肚明，只要你不是故意挑衅，那么一定会很有礼貌地回答说对这座风光迷人，同时又不乏冲突（如果你足够诚实）的城市早有耳闻。直到此刻，记者才会稍稍安静下来。但只要你待在那里，他们的问题就会无休无止地提下去。

然而在有些城市中，人们会对这种出于礼貌的回答表示反感。他们会争先恐后地告诉你，那座城市中存在着多么巨大的矛盾和多少无法解决的悲剧性问题。如果你不对他们的抱怨表示附和，他们就会勃然大怒。有时，在一个以效率和美丽著称的城市中，也会有人问你一些难以回答的问题。此时，你会发现在这座繁华之城的背后隐藏迷失自我的危机。

还有一些城市，他们再次找到了自信心。比如那不勒斯的市民就曾经对自己的城市爱恨交加，一方面，他们怀揣着一种痛苦的自豪感，而另一方面，他们又对毁谤自己的城市乐此不疲。然而最近，我的一位朋友却有了一次与众不同的经历：当他在那不勒斯乘出租车去机场，途中遭遇塞车时，他忧心忡忡地向司机抱怨有可能要迟到，但那位司机却自豪地（不是痛苦的自豪）告诉他现在那不勒斯的交通状况非常不错，所以用不着担心。那位朋友说，那是他生平第一次听到出租车司机赞扬自己城市的交通系统。

另外，还有一些原本相当自信的城市却开始对自身感到越来越多的不满。大家要小心了，当有人问你对他们的城市有何看法时，你一定要表示出足够的热情，但同时也要仔细观察四周，找到一个这座城市何以令人感到不适的理由。

一九九六年

小议民风之败坏

如今，真相已经大白了：那张展示身着内衣的戴安娜王妃骑在她的军官情人身上，用枕头打闹的照片是伪造的。说实话，一份英国晚报会通过类似的独家新闻自娱自乐，是十分正常的现象；为了获取这样的独家新闻，不拘泥于细节，甚至不惜成为骗局的受害者，这也不值得大惊小怪；至于英国读者会疯狂地热衷于王室的花边新闻，这更是一个自古就有的传统民俗。

尽管普通的桃色新闻已经能够引起关注，但也少不了某些放荡细节的点缀。仅仅知道人物A与人物B发生奸情，显然是不够的，最好还能把他们如何穿着高跟靴和猎豹皮互相抽打的情景描述一番。假如其中某一方是总理，而另一方是主教，则这条信息就不再是简单的八卦消息，而成了重要的新闻报道。

然而，面对这样一种不可逆转、日趋败坏的民风，我却感到十分忧虑。通过《太阳报》的描述，读者流着口水读到并看到了戴安娜穿着内衣、骑坐（该词并非调侃，而是专业的马术术语）在她英俊的军官情人身上（或是相反的姿势）、用枕头相互攻击的情形。

这一点不禁令人挠头。人们的罪恶感去了哪里？那种刻意营造出的，掺杂少许暴力色彩的唯美情色品味又去了哪里？——这种品味曾赋予萨德侯爵的格言一种血腥的魅力，却不以性虐待而告终，而是像本世纪初那些疯狂的享乐者那样把香槟酒倒在舞女的鞋子里一饮而尽，或将它喷洒在（裸露的！）乳房上，然后再一滴一滴地吮吸。那些令人不安的两性人、致命的处子、无情的美女、搔首弄姿的女郎、卧铺车厢里的妓女、肉欲、死亡，还有恶魔，这些东西都去了哪里？

我所说的民风败坏并不在于戴安娜与她的情人在缠绵高潮之时的行为——即使他们做出了如疯狂的辅祭者偷喝圣器室里酒浆那样大逆不道之事，也不会激怒圣路易吉·贡萨加[①]——而在于居然有两百万英国读者会花钱去打听这些八卦消息。

在此，我倒想问问那些曾经有过出轨行为的正常的男女读者，当你们和某位称得上是情人的朋友建立了某种亲密的关系，你们会在激情达到巅峰之时把拇指顶在鼻尖或蒙上眼睛玩捉迷藏的游戏吗？至于枕头大战，难道你们从来不曾在适当的时机，在某个开心的时刻与你们的孩子在学校里、营地上、青年旅馆里及宗教退省期间做类似的游戏吗？你们会仅仅为了玩猜拳游戏、夺旗游戏、抽彩游戏、拼字游戏或躲在一起（一起！）为芭比娃娃换衣服而寻找一个情人吗？

当你们找到一个情人（尤其是王室情人），难道只是为了看看她穿着内衣的样子？就算是一个方济各会的三级修士也不会做出类似的事情！民众为了打听到类似于"某个人物带着情人去某座山间小屋里幽会，只为一睹她身穿内衣的芳容（事实上，只要去一趟公共游泳池，就能一览无余）"的八卦消息而议论纷纷，这样做值得吗？

有人会说，八卦的作用就在于此，在于知道他们俩（关于他们的情爱已经谈得太多了）最终并没有发生关系，而只是进行了一场

---

① San Luigi Gonzaga（1568—1591），意大利天主教圣人。

面对面的运动——或许他们在童年时代就没见过羽毛枕头,也没有骑过摇摆木马,于是只能在经历过多年的磨难之后才实现心底里那个极为私密而甜美的梦想。这个解释看起来的确合情合理,那么这些英国读者为何不像规矩的意大利读者那样买一本家庭杂志,观赏普罗迪在亚得里亚海滩上朝太太弗拉维亚喷水的场景呢?

不,不,这些英国读者宁愿去购买《太阳报》,先欣赏两个如亚瑟王的骑士一般相互交缠着的人物,然后陷入求雌狂症所带来的痛苦之中。这个民族曾拥有一个亨利八世国王,他每个季节都要更换妻子,并让刽子手来执行离婚手续;还有一位深爱着"黑夫人"(或许是个黑男子)的著名诗人①,他讲述了一位"浪子的历程",并激发了法国人的 vice anglais②;这个民族曾赞赏过吸食鸦片者,曾钟爱过奥兰多③的双性同体,曾看过某猎场守护人在树林里与某女士交媾,曾将布卢姆斯伯里的同性恋区奉为文化典范,还拥有一名勇敢地拿妇科名词比喻自己爱情的王子;如今,这个民族难道要为两只出现在不合适场所的蓬松枕头而兴奋不已吗?这真是帝国的衰亡啊!

一九九六年

---

① 指威廉·莎士比亚,他曾发表过一系列献给情人"黑夫人"的十四行诗。
② 法文,英式恶癖。
③ Orlando,英国女作家弗吉尼亚·伍尔夫(Virginia Woolf,1882—1941)的小说《奥兰多》中的双性人物。

星期天去做弥撒……

最近两周以来，有关"三K党"仪式、渎神性交行为及各种形式的撒旦主义等内容充斥许多报纸的版面。当我们再次听到有人唱起民谣"星期天去做弥撒，崇拜者将我环绕……"时，一定会认为歌中唱的是所谓的"黑弥撒"。人们之所以会觉得这是一种新近产生的现象，只不过是因为最近报刊界对此比较关注而已（或许是因为这些邪教组织的成员不惜一切代价引起大众注意，希望成为报纸上的头条新闻）。事实上，大家都清楚，在过去的好几百年里，一直都不乏参与巫魔夜会及观看活人祭祀的无知民众和知识分子。不错，的确有许多无辜妇女只因为采集草药就被当成女巫判处火刑，但生活中确实存在着不少撒旦的崇拜者，这也是不争的事实。

人们为什么要去参加这种通常与性有关的撒旦的仪式呢？因为从对他人的羞辱之中获得快感是人类出于本能的心理偏好。但我们的社会和天主教会却总是（从小开始）教育我们不能放纵这种嗜好。因此，找到一个能够宽容甚至是纵容这种行为的神灵，比如撒旦——他不但允许，甚至还鼓励我们做违禁之事——就意味着只要签署一份约定，就能够调和内心的两种欲望：把自己交付给一个超人性的神灵，一方面得到他的庇护，另一方面又可以随心所欲，为所欲为。另外，当人们独自做某些事情时，不免感到良心不安，若是在某些仪式上做，内心则会轻松许多。再说了，即使人们按照上帝的教导循规蹈矩，也不一定能守望到来世的奖赏，然而，只要遵循撒旦的意图，人们对于今生的愿望通常就立刻能够得到满足。

按理说，在宗教信仰一度淡漠的今天，不断扩张的自我纵容主义已经允许人们自由进行撒旦仪式中的几乎所有行为，可撒旦仪式为何还能呈现出繁荣的态势呢？因为正如切斯特顿①的名言："当人们不再信仰上帝时，并不意味着他们什么也不相信，反而意味着他们相信一切。"事实上，我们一方面看到法律正在尽力阻止所谓的巫师和预言家大批量发展，但在另一方面，也必须承认当今的人们有一种强烈的回归宗教的渴望。这种渴望相当强烈，但却有许多不同的实现渠道，因此并不一定与天主教会提供的渠道相吻合，有人在东方宗教中寻求神圣的灵魂，有人献身于对地球母亲的崇拜，还有人则致力于巫术或撒旦主义。

很长时间以来，电视和电影就一直在不断教导人们如何崇拜魔鬼。这些节目中所展示的暴力行为导致了一系列后果，尽管正常人不一定会受到这些节目的驱使，但心志不坚定或心理不成熟的人则一定会受其影响，产生暴力倾向。过去的世界曾经充满血腥和暴力，但我们对此只是有所耳闻，却没有亲眼见过。那些否定主义者甚至还能一口咬定，在犹太人集中营中丧生的六百万受害者从来就不曾存在过。在我们这一代人眼里，在第一次世界大战中死去的六十万人已然是一个巨大的数目。而我们每天晚上都能看到萨拉热窝的嶙峋尸骨。除了真正的尸体之外，我们还能在那类被称作"splatter film"②的恐怖电影中看到许多脑浆迸溅，肠穿肚烂的场景。对于一些人来说，这些因素足以让他们去参加某个与鲜血有关

---

① Gilbert Keith Chesterton（1874—1936），英国作家、文学评论家。
② 英文，凶杀影片。

的宗教仪式了，否则他们就会患上精神疾病。另外，有许多宗教派别在致力于实现最大享乐的同时，在另一方面又会最终走上集体自杀的绝路——这一点也并非自相矛盾，要知道，在疯狂追求快感的表面下，常常隐藏着寻死的冲动。

还有其他的原因吗？我们已经说过，几百年来，人们一直认为巫术能够提供一条掌控自然的"捷径"。在正常渠道下，人们要历经许多磨难才能拓展事业，获取财富及征服爱人的芳心，但巫术却能让人们只通过一杯有魔力的液体、一块点金石或一个从神灯嘴里走出来的神仙就能获得想要的一切。至于撒旦及其追随者，他们宣扬的也是同样的信条：只要与魔鬼签约，一切便唾手可得。相比之下，现代媒体社会又在向我们重复怎样的许诺呢？——只要通过电话参与一个高收视率的电视节目，就可在一瞬间变得如内奥米·坎贝尔一般富有而美丽了。

一九九六年

拍名人照片，有必要吗

如今，专门给作家、哲学家、记者等名人拍照成了一种时髦的职业。任何人，哪怕只写过几本烹饪手册，也会在每个星期收到不同摄影师的邀请，他们个个都自称想到了一项宏伟的计划——制作一部当代作家相册。以往，要拥有一张出自达·芬奇或委拉斯开兹之手的画像，得花费不少金钱。现在可好，只要你有闲工夫，便可一文不花，就让人给你拍照。

我们见识过不少出色的肖像画，如《戴手套的男人》，但我们关心画中的男子究竟是谁吗？我们在意"蒙娜丽莎"究竟是谁吗？不，他们只是人物形象。即使那位女子从来不曾真实存在，达·芬奇的这幅肖像依然是空前绝后的佳作。

在摄影史上，的确出现过一些上乘的肖像作品。但在那些照片中，即使摄影师拍摄的不是家喻户晓的 X 先生，而是怀揣着同样的激情，给邻居拍了张照片，那么那张肖像照也一样会神采奕奕。我们难道真的相信照片能展示出人物的灵魂吗？有时的确可以，但在许多情况下，照片上展示出的却是我们早已了解的人物形象。比如，在所有的爱因斯坦肖像照上（除了伸出舌头的那张——对于知道他的人来说，还挺有趣），我们看到的都是一个土里土气、留着与年龄不太相称的长胡子、对巴贝拉红酒①情有独钟的教授。如果我们抛开他的相对论,仅仅看着这些照片,你还会有激情去收藏这个人开过的汽车吗?

有一些肖像照看似"真实",但只有当你见到主人公本人时,才会明白它们是多么具有欺骗性。以前,我只看过毕加索为斯特拉文斯基绘制的肖像画,在画中,这位美籍俄罗斯作曲家显得高大伟岸。后来,朋友在威尼斯的某条街道上介绍我们认识,直到亲眼面对这位身材矮小的先生时,我方才体会到作为肖像画家的毕加索是多么伟大——当然了,我仍然认为这位先生是作曲领域中的巨人。

在许多由伊诺弟出版社出版的书籍中,吉洛·多尔弗莱斯都出现在一幅精美绝伦的肖像照中,照片半明半暗,人物轮廓简约而高贵。然而,这幅肖像是否能体现出他那毋庸置疑的学术天赋呢?非常有限。图片上的人物既像正在思考存在问题的亚里士多德,又像密谋给路易十四的兄弟戴上铁面具的富凯,也颇似正在研究最后一条定理的费马,甚至还有点像约瑟夫·罗特[2]小说里的那位拉德茨基上校(最后一个回答才是正确答案)。

我们真的需要名人肖像吗?许多教科书里都印有盖尤斯·马略[3]的肖像——他的眉毛上方长着一个几乎病态的大肉瘤,这幅肖像能说明什么呢?仅仅为了说明这就是他比不上那个毫无情趣的奥古斯都大帝的原因吗?

我手头恰好有一本古老的名人肖像照目录,其中的照片价格不菲。演员的照片就不谈了,因为他们的真实形象早已印入我们的脑海。唯一让我感到震惊的是一张莎拉·贝因哈特[4]大笑的照片(啊,多么迷人呀)。显然,我为这个女人感到痴迷不已。可即使她

---

① Barbera,一种产自意大利阿斯蒂地区的红酒。
② Joseph Roth(1894—1939),奥地利作家,著有小说《拉德茨基进行曲》。
③ Gaius Marius(前157—前86),古罗马统帅、执政官。
④ Sarah Bernhardt(1844—1923),法国戏剧女演员。

不是莎拉·贝因哈特，而只是某位富商的妻子，我难道就不会有同感了吗？

照片上身穿制服的皮埃尔·洛蒂①看上去就像卡罗琳·因韦尔尼齐奥②的丈夫——一位军队面包房的负责人。面对托马斯·曼的肖像照，我不知道其中的人物究竟更像是一位银行家，还是汉堡某进出口公司的代表。肖像照上的李斯特的确有着四四方方的轮廓，可看着照片上的他，我更期待他能如巴赫那样谱写出动人的曲子（至于巴赫的肖像，则像是一个懒汉）。穆哈那张名为《自由》的侧身照相当有名，但他看上去却好似一位比耶拉③的希腊语教授。与幼女合照的巴斯德貌似皮亚琴察地区某银行的雇员。皮卡比阿④看上去像是马斯卡尼⑤的学生。照片上的扎赫尔-马佐赫⑥——史上最恐怖的人物——与年轻时的毛里齐奥·费拉里斯⑦有点相似，这个人物的一切都很可疑，唯一确定的一点就是他是个受虐狂（除非说一个爱好在诽谤者的唾沫星子下写作的人还算不上变态）。照片上与爱妻和三个孩子在一起的托洛茨基⑧好似圣彼得堡地籍登记办公室的主任。德雷福斯则活脱脱是个退休大校。照片中的左拉好似费迪南多·阿多那托⑨的祖父。雨果则像个自费撰稿人。福楼拜像是女性用品仓储商城的经理。弗朗西斯·雅姆⑩则与诺瓦拉地区戴小帽的神父有几分相似。德彪西好似萨卢佐⑪的保险公司职员。雷塞

---

① Pierre Loti（1850—1923），法国小说家。
② Carolina Invernizio（1851—1916），意大利女性通俗小说家。
③ Biella，意大利皮埃蒙特地区的小镇。
④ Francis Picabia（1879—1953），法国未来主义画家。
⑤ Pietro Mascagni（1863—1945），意大利作曲家。
⑥ Leopold von Sacher-Masoch（1836—1895），奥地利作家，有些作品中描写性受虐狂。
⑦ Maurizio Ferraris（1956—   ），意大利哲学家。
⑧ Leon Trotsky（1879—1940），俄国政治家、革命家。
⑨ Ferdinando Adornato（1954—   ），意大利右派政治家。
⑩ Francis Jammes（1868—1938），法国诗人。
⑪ Saluzzo，意大利皮埃蒙特地区的小镇。

布①仿佛是沃盖拉②的床垫推销员。马尔罗③则活像四十岁时的库恰④。

唯一一张能说明问题的是秀兰·邓波儿七岁时的一张照片，因为这张照片与她七岁时的其他肖像照的确是太像了。

一九九八年

---

① Ferdinand de Lesseps（1805—1894），法国外交官，苏伊士运河的创建者。
② Voghera，意大利伦巴第地区的小镇。
③ André Malraux（1901—1976），法国作家。
④ Enrico Cuccia（1907—2000），意大利银行家。

一场成功的海难

前两天，有人问我《泰坦尼克号》为何会成为一部备受追捧的电影，以及为何那些小姑娘会宣称自己把这部片子看了至少三十遍。我迅速想到了以下原因。首先，这是一部典型的海难片。自荷马时代开始，海难就被认为是夺走人类生命的灾难性事件。它体现了我们人类与大自然之间的关系，体现了人类作为造物的脆弱，以及大海令人畏惧的能量。另外，《泰坦尼克号》以较慢的速度实时展现了海难发生的过程，这一点也增加了观众的"痛感"。

其次，该片反映了人类科技的不完备。事实上，真实发生在本世纪初的"泰坦尼克号"悲剧对上世纪人类的乌托邦梦想构成了沉重的一击。该片所表现出的理念似乎特地迎合了人们在这个千年结束，新时代即将来临之际的心理状态。因此，它不仅展现出人们对于死亡的恐惧，也表现了人们对于科技的不信任。

第三，该片采取了所谓"大都会"式的表现手法，描写了各种各样来来往往的人物。然而本片在该模式基础上略作变化。表面看来，"泰坦尼克号"这艘远洋游轮是一座结构复杂、装修奢侈的大酒店。在观看电影以前，观众都期待着在其中看到形形色色的人物：准备离婚的夫妇，携款潜逃的银行雇员，蜜月旅行的小两口，风度翩翩却垂头丧气的赌场老千，千里迢迢寻找失散多年的儿子的老年夫妇等等——所有这些人的故事将相互交织，直到最后，骗子为新婚的小两口作出牺牲，狡猾的银行雇员得到了应有的惩罚，而即将离婚的夫妇则会突然意识到彼此之间爱意有多么浓厚。

然而，把观众的这种心理揣摩得一清二楚的卡梅隆[①]却只把焦点集中到其中一个故事上，让其他角色都成为背景人物——在把这两个青年男女的故事放大的同时，赋予整个事件一种宇宙层面上的恢宏感。不仅如此，他还十分大胆地安排主角死去，让可恶的富人得到救赎，而把老年人的生死置之度外。这样的情节设置给观众带来了一种愉悦的惊喜，使他们在此类老掉牙的灾难片中获得了享受，感到耳目一新。

利用同样的技巧，导演还让片中的"灰姑娘"有了全新的命运安排。故事的女主角是个被宠坏的富家千金，她无法忍受那位和"英俊"沾不上边的王子，于是她抛开了水晶鞋，却偶遇"小飞侠"，在爱情的力量下，她如所有人一样放弃了财富。对于观众来说，这一招也十分奏效。片头部分亦是可圈可点。对于人们纷纷追逐所谓海底宝藏和黄金的描写虽然不长，但也为整部片子增添了不少光彩。

最后，我们再来看看两位男女主角。鉴于该片的大部分影迷是小姑娘，作为性感男星的典范，迪卡普里奥[②]的加盟自然是功劳不小。但女主角的作用（在这部电影中）也不可小觑。该片女主角的形象略胖，时常冒汗，妆面稍显沉重，性格上也有些神经质。我们不仅不喜欢她在汽车后座上与男主角翻云覆雨（至少我很不喜欢，相信不少男性观众也有同感），也不希望某个闷热的日子里在电影

[①] James Cameron（1954— ），美国导演，曾执导《泰坦尼克号》。
[②] Leonardo DiCaprio（1974— ），美国演员，饰演《泰坦尼克号》的男主角。

院里看见她坐在自己身边大嚼爆米花。

事实上,凯特·温斯莱特[1]与坐在影院里观看《泰坦尼克号》的女观众颇为相似。这些"麦当劳女孩"永远不可能拥有莎朗·斯通般的外貌,而只可能拥有温斯莱特的身材——莫妮卡·莱温斯基[2]便可算是典型代表——事实上,我们都不明白为什么克林顿会栽在这么一个浑身赘肉、幼稚可笑的小妮子身上。这些姑娘每天都在镜子前徘徊,不知道如何才能拥有莎朗·斯通的骄人身姿;可是,在看过《泰坦尼克号》之后,她们却相信只要保持现状,同样也能赢得迪卡普里奥(或克林顿)的青睐。话说至此,大家或许明白为什么这些姑娘要把这部影片看上至少三十遍了——因为她们可以实现三十次类似的梦想。或许当女主演凯特还是个拿着汉堡包狼吞虎咽的小女孩时,这部影片就已注定会获得成功。

差一点儿忘了,这部片子的制作技术也十分精良,这一点不容忽视。但作为一部成功的电影,优良的制作技术只能算一个必要非充分条件而已。

一九九八年

---

[1] Kate Winslet(1975—),美国演员,饰演《泰坦尼克号》的女主角。
[2] Monica Lewinsky(1973—),原美国白宫实习生、一九九七年克林顿性丑闻案的女主角。

克林顿上过哪所教堂

关于所谓的"性丑闻",能说的都已经说过了。在所有相关文章中,最为独特的是我在互联网上发现的一篇评论。该文章就保拉·琼斯[①]刚刚做完鼻子整形手术的消息评论说:"她以后该如何开啤酒瓶呢?"——这是一个看似不着边际,实则一语中的的问题,因为它揭露了整个事件中最为畸形的一面。

然而,我对该事件始终心存疑惑,既然没有人问我,那么我不妨自己说出来好了。我认为让整桩事件沸沸扬扬的原因并不在于一位美国总统遭遇了桃色事件,也不在于这些事件破坏了总统先生的成熟形象,如今,许多传记作家纷纷爆料那些最著名的科学家、作家及艺术家在卧室里其实都如同禽兽一般,有人甚至每周都把自己的儿子鸡奸一次;然而,在公众面前,他们却依然是衣冠楚楚的统计学家、精力充沛的物理学家或神采奕奕的低音提琴演奏家。

我也并不为总统说谎而感到羞耻。政治本身就是一种靠说谎生存的职业,说谎是政客的义务;相反,如果他们把自己的所想所为都一五一十地告诉所有人,那他们早就被开除出局了。在必要情况下,他们还必须向本国公民撒谎。大家不妨回忆一下加富尔[②]当年遭遇的情形:当都灵人审问他为何要把卡斯蒂利奥内伯爵夫人送到巴黎时,难道他能召开一场媒体发布会,把他的打算向所有人公开吗？别犯糊涂了。

真正让我感到惊愕的是总统先生的一番言论。他对大家说，他认为口交不属于性行为（而且听他的口气，我们也必须认同他的观点）。这么说来，一个修女和一个主教完全可以随意进行这种行为，且绝对不破坏任何一方的贞洁了。当然，我们不奢望一个美国的新教徒会与欧洲的天主教徒一样接受（或曾经接受）"十诫"教育。事实上，神父会在第七诫中告诉我们，淫亵行为是不存在形式差别的——也就是说，不管是让人接触你的阴茎，还是去强暴玛丽亚·葛莱蒂[3]，都要被罚下地狱，至多只是层数不同而已。然而，作为一个获得过博士学位的人，总统先生居然从未听说过"半处女"——即那些认为自己没有进行过阴道性行为，便声称是处女的浪荡女子——的说法，这一点却着实让人感到不安。

同样令人感到不安的是整个美国都仅仅限于批判克林顿在诡辩。我翻开字典，找到了这样的解释——"诡辩：一种微妙的理由，表面上有所根据，但在实质上却站不住脚；诡辩法"。如此说来，克林顿的行为根本就算不上是诡辩，因为他连表面上的依据也没有。如果这番言论出自其他人，恐怕只有傻子才会接受他的狡辩。至于所谓的"诡辩法"就更不用提了，那是一种十分复杂，令人难以辩驳的推理过程。我希望大家把真相看清楚：总统先生找到了一个理由为自己辩解，并希望全国人民都相信这个理由，而全国人民虽然都清楚地知道总统先生的言论根本算不上是个理由，却仍然把它当做一个理由来煞有介事地加以讨论。

---

① Paula Jones（1966— ），美国前阿肯色州政府雇员，于一九九四年五月控告克林顿（时任阿肯色州州长）曾于九十年代初对其进行过性骚扰行为（要求其为自己进行口交），该控告直接导致了莫妮卡·莱温斯基与克林顿的性丑闻案的爆发。
② Conte di Cavour（1810—1861），意大利王国首任首相。
③ Maria Goretti（1890—1902），意大利天主教徒。一九〇二年七月五日，她因拒绝青年亚历山大的非礼要求而遭到杀害。

我不想说更多反动言论。但一位负责任的十九世纪的神父一定会说，这就是新教改革所倡导的"自由理解圣经"所带来的恶果。自从撇开了那个动辄训诫教徒祸从口出的教皇，人们早已习惯自由地理解和诠释信仰和道德。从"政治正确"的角度来看，任何一种观点都应该得到同等的尊重。可是，我看似乎没有一个天主教徒敢作出这样的解读："《圣经》里从来没有明确禁止在华盛顿特区进行口交。"

最后，我在为美国公民这些不可理喻的行为而感到羞耻的同时，想到我们国家也不乏政客通过诡辩为自己开脱，说罪不在自己，而在揭发他们的法官，说法不责众等等。然而大家要注意了：我们可是堂堂的天主教徒，是反对宗教改革的啊。

一九九八年

隐私权教育

如今,"privacy"成了一个时髦的名词——它的原意是指"秘密、隐私",但后来经常被用于描述"保守隐私的权利"。虽然这是一种不规范用法,但这个技术层面上的含义已经被大众广泛地接受和使用。今天,"隐私权"成为了一个亟待解决的问题,因为在这样一个信息时代里,任何人的一举一动都有可能被监控,无论你是在划信用卡购买蔬菜沙拉或色情杂志,还是在用银行借记卡支付高速公路的过桥过路费,一切都可能被记录在案。不仅如此,当你从互联网上免费下载某个程序时,也必须提供一些个人信息,这些信息看起来似乎无关紧要,但却往往迫于各种形式的压力被无端公开。正是这些原因催生了相关的法律,其目的就是要保障个人隐私权,即保护公民有权不让媒体将自己的私人信息(包括疾病、性爱好及保险箱密码等)公之于众。

然而奇怪的是,这场轰轰烈烈的隐私权保卫战却似乎是在一个无人喝彩的世界中展开的。以前,但凡是个正常人就一定会对自己的私人生活守口如瓶,害怕遭到旁人的议论。为了让自己的不幸免遭他人非议,貌合神离的夫妇会默默承受各自的痛苦,身患恶疾的病人会千方百计掩盖病情,谁也不会在工作单位里提及自己的薪水,总之,人人都奉行着"家丑不可外扬(有时连好事也不能声张)"的原则。

那时，只有一种人会张扬那些平常人不愿公开的话题——权贵阶层。可怜的君主要在宫廷招待会上当着众亲贵的面完成那件每天早晨普通人都更乐意自己完成的事情。有的时候，亲贵还要过目君主婚礼上的具体花销；如果国王有个情人，那简直就是国家大事。在近代，权贵会通过展示某些物品来体现自己的高贵身份，如一艘长五十米的游艇，一块劳力士手表，一顶皮制礼帽或是一条皮草毛领等等。

随着"展示型社会"的到来，情况似乎调了个头。亿万富翁穿着休闲，不再乘坐航空公司的头等舱，而改驾私人直升机旅行；如果家财万贯，他们则会把财产都谨慎地藏在加勒比海的某个小岛上。当然了，媒体对他们穷追猛打，时常会热情洋溢地出现在某家餐厅里来个突然袭击，窃听他们的激情电话，或使尽浑身解数要爆料某名人与某位实习生之间不可告人的秘密。然而这些有权有势的人恨透了媒体，对他们能躲则躲。相反，倒是那些"假权贵"、渴望出名的平庸之辈，以及成天通知摄影记者说自己将在某家餐厅与某位人物会面的二流女演员对媒体显得颇为热情。于是，我们看到了硬币的另一面，即那些为自己的平庸而感到万分痛苦的人。

如今的普通人都不重视所谓的隐私权。被戴绿帽子的男人会跑到电视台，当着数百万观众的面与出轨的伴侣大吵一架；身患顽疾的病人会举着牌子在人群中为其他不幸的同伴维护权利；他们刻意使用手机，巴不得自己的秘密被旁人听见，好让所有人都知道有一个情人称自己为"小可爱"，或是在日落以前要兑现一张巨额票据等等；甚至连"悔过主义"都成了一种炫耀自己放弃保守秘密的方式。

尽管隐私权保护部门正在努力确保公民的个人资料只会被合理收集，而不会被无理公开，公众却不放弃任何机会向猫猫狗狗诉说自己的私人生活。他们会填写大量保证书，然而其中的信息却得不到任何保护；他们会要求被告知某种产品的最新消息，哪怕对这种产品根本不感兴趣；他们会填写大量问卷；会寻找各种机会参与公开调查，表示在某个夜晚，他们更爱看言情片，而不是政治辩论（或相反的情况）等等；他们还热衷于在被采访者身后疯狂地挥舞双手，以确凿地证明当晚自己曾出现在镜头之中……另外，过去，服装的用途在于遮蔽身体的形态（优美的身姿只能让亲密的人看到），而如今的服装却要刻意露出肚脐、臀部曲线、多毛胸部上的项链、凸起的阴囊、乳头，就差没有暴露阴蒂了。

因此，相关部门（许多国家的政府都在全力保护隐私权）的工作重点并不在于向那些注重隐私权的人士（在所有公民中，他们只是很小的一个部分）提供保障，而在于教育那些自愿放弃它的人，让他们懂得去珍惜这种相当宝贵的权利——隐私权。

一九九八年

民主如何摧毁民主

几年前,汉斯·马格努斯·思岑斯伯格①写过一篇相当具有说服力的文章,其中谈论到政客(或者说达官显贵)注定琢磨不透那些以杀害他们为职业的人。职位越是显赫的人物遭到暗杀的概率(至少是其私生活遭到侵犯的危险性)就越大,因此,越是这样的人物就越需要在保镖保护下登上防弹汽车、直升机、私人喷气式飞机,越需要藏身于戒备森严的住所,在公海上度假。如此一来,那些对世界负有重大责任的人物往往对于现实世界一无所知。

当然,同样的情景也会发生在古埃及法老或是专制君主的身上,但我们想象中的民主政治家则似乎应该展现出不同的形象,扮演不同的角色。在我们看来,他们应该在大街上亲切地抚摸着儿童。然而,作为一名政要,即使是在抚摸儿童的时候,他们也被保护在一个隐形的"气泡"之中。而在这保护罩的边缘则遍布着全副武装的"打手"。我们且不讨论这些政要是否乐意去抚摸儿童或是二十来岁妙龄少女的脸庞,至少能够发觉那些大人物只能在往返于洗手间与办公室的路上,当保镖转过身去时,用短短的几秒钟来完成这些动作。相比之下,图坦卡蒙和太阳王反倒自由些,至少他们还经常有机会喘口气。

由此,我想到了几个星期前马里奥·巴尔加斯·略萨②写的另外一篇评论。他在文中赞扬"性丑闻"是民主的积极表现。概括说来，在一个民主国家里，那些位高权重的人物不必如神灵一样被人崇拜，更不是民众议论的禁区；相反，他们可以被批评，也应该被批评，这样的人物越是声名狼藉，就意味着民众的监督越是有效。

仔细想想，这并不是一个新鲜的理论，事实上，在近代历史上，随着民众开始针对政要进行政治讽刺时，这样的理论就诞生了。在古罗马帝国（就更别提古埃及的法老王国），类似的政治讽刺是绝对禁止的；即使在骑士时代，士兵也只有在凯旋时才能获得唯一的机会发泄性地口出狂言。然而，这与当今严厉而持续的舆论批评、毫不留情的漫画讽刺、日复一日的抨击，以及对其缺陷的残酷揭露完全是两回事。在古代，这些方法往往是对抗敌人的武器（比如罗马教廷与宗教改革势力之间那场疯狂的漫画讽刺战），而不是监控上司或主人的正常手段。

后来，出现了最初的政治漫画雏形，接下来是十八世纪的英国漫画，法国大革命时期不同革命派别之间的相互抨击，直到上个世纪，政治漫画才获得最终的胜利。我之所以将它称为"政治漫画"而不是"讽刺画"，是因为后者更像是对权力的调侃，而前者却涵盖了一切将政治权力置于日常监控下的形式。这种揭露通常都带有恶意，其对象往往是病痛和缺陷、过度瘦削的身材、不光彩的家事、不文明的行为举止等等。不仅如此，这种监控越来越无孔不入，甚至渗透到精神及物质上极其私密的方面。

常人对此或许不以为然。但如果你每天都听到（或看到）其他人对你身体上的缺陷或你的某个荒谬之举指手画脚，说你性无能，说你是个小偷等等，你都会感到一种伤害。无论这些议论是事实还

---

① Hans Magnus Enzensberger（1929—　），德国诗人、作家。
② Mario Vargas Llosa（1936—　），秘鲁-西班牙作家、诗人。

是恶意中伤，无论你的意志多么坚定，你都将无法容忍。于是，你会怎样做呢？你会让自己躲藏在忠诚于你的那个小圈子里，这个小圈子里的人会安慰你，让你别去理会可恶的造谣者，同时再次向你表示他们对你的忠诚及爱戴。自然而然地，你会认为这个忠诚的圈子构成了你政治生命的心理依靠，同时把重要的职位交给这个圈子里的人，从而形成一个极为坚固的互助圈。

一个圈子就这样闭合了。一方面，舆论要通过诽谤来对你进行监控，而另一方面，为了应对这些诽谤，你不得不在自己的周围构筑起一个看不见的堡垒，让各种监控都遥不可及。

一九九八年

隐私权与监外服刑

如果问一个正常人"将一把利器插入他人的腹部，该行为是否合法"，他一定会给予否定的回答，因为无论是法律还是《十诫》中的第六条都不允许该行为发生。然而，倘若我们说明这个将利器插入他人腹部的人是手术室里的外科医生，那么一个正常人一定会对此举作另一种评判。具体情况具体分析——尽管这看起来是世界上最浅显不过的道理，但却仍然有人无法理解。

对于那些在监外服刑，却依然不知悔改的犯人，有人建议在他们身上安装一个电子仪器，以监视他们的行踪。但该建议却立刻遭到了某些人在道德层面上的反对，在他们看来，此举是对个人隐私权的侵犯。然而，在这种情况下，究竟是什么人的隐私权遭到了侵犯呢？是像我一样清白无辜的公民（他们当然不愿意被他人监视）吗？显然不是，他们是囚犯，是全社会公认的必须放弃隐私权及人身自由的一类人。按照常理，他们本应该蹲在牢房里，不但要在邻监舍囚犯的眼皮底下上厕所，就连晚上睡觉时也不能关灯。

因此，假如法律允许这样的囚犯在自己家里服刑，那么就意味着他们除了要在脚踝上佩戴一只在逃跑情况下会发出警报声的电子玩意儿，至少可以在不被人监视的情况下大小便。从这一点上看，他的隐私权不仅没有被剥夺，反而还得到了一定程度的保护。这些道理连小孩子也能明白，可是不仅报刊界在胡搅蛮缠，居然还有人以所谓的"隐私权"为理由提出反对——可见这些人真是不懂得具体情况具体分析的道理。

不过，说到具体情况具体分析，我倒想邀请读者从另一个角度思考。假如政府出于缓解监狱拥挤状况的考虑而安排一些囚犯在监外服刑，那么毫无疑问，我们要考虑的是该制度是否可行——假如那些罪犯一获得自由就旧病复发，跑去刺杀某金器匠人，那么政府就必须提出其他解决之道。总之，在这种情况下，公众一定会认为监外服刑是针对囚犯的一种优待政策，不是吗？

在此，不妨想象一下，假如我不幸遭到牢狱之灾，在几个月的监禁生活（在别人的眼皮底下大小便，以及开着灯睡觉）之后，终于获得监外服刑权时，会发生什么样的状况。我想，我一定会十分高兴（当然，为了获得这项优待，我也一定会将一大笔钱财支付给某位有名望的律师）。在我的家里，有藏书丰富的图书室、装满美食的冰箱、安放着跑步机的大露台、三个可供我观看人来人往的小阳台、电视机、聆听甚至演奏音乐的必要设备、电脑等等。当他人打扰到我时，我可以跑到书房里躲清净或坐在舒适的长沙发上一边与家人聊天，一边品尝美味的加冰马提尼酒。当然，我不能喝太多，以免在刑满之前长得太胖。不过无论如何，这样的监外服刑生活还是颇为舒心的。

问题在于有许多家庭生活不尽如人意的人也会被判处在监外服刑。他们很可能住在一个长宽各为四米的小房间里，窗外只有一个小院；可能四个人挤在同一张床上睡觉；可能不知如何才能躲开令人生厌的丈母娘，还有她煮的难以下咽的菜汤（要知道，监外服刑人员是没有收入的）——与这菜汤相比，监狱里的饭菜简直就是出自埃斯科菲耶①之手的美味佳肴。这些被判处监外服刑的人之所以

---

① Auguste Escoffier（1846—1935），法国著名厨师、作家。

会犯罪，很可能只是想赚点小钱，以逃避自己的悍妻或恶夫，逃避扇自己耳光的吸毒子女，逃避那些在家门口朝自己扔粪便以示羞辱的邻居，或逃离那个屋顶漏雨、墙体渗水、饱受地下铁噪声困扰及恶臭污染、还时常遭到老鼠及蟑螂光顾的家。

我们就那么肯定对于这类人群来说，在监外服刑是一种恩惠吗？我们能确定他们不会更愿意待在监牢里服刑吗？我们就能肯定这样的人不会冒着各种危险（甚至是再次犯罪的危险）再次逃离自己的家，盼望早日回到监狱里吗？

按照某种学院派的说法，当今的媒体手段让世界的距离越来越近，让我们终于可以感受到曾经一无所知的其他民族的痛苦，了解到科索沃人民、波斯尼亚人民、阿尔巴尼亚人民甚至是塞尔维亚人民的种种苦难——尽管传统的教育告诉我们那些人都是宇宙的渣滓。于是，我们会为受苦受难的民众慷慨解囊，因为内心的歉疚（包括一种群体性的良知）会让我们无法安心地享用桌上的大餐及四个车轮上的美好假期。然而，一旦出现这种类似于"监外服刑"之类的好听的说法，我们便无法真正感受到我们身边的人的痛苦所在了。

一九九九年

有谁貌似杰拉尔·菲利普[*]

詹弗兰科·马洛尼为伊诺弟出版社收集并出版了一系列罗兰·巴特的文章。此前，这些作品从未译成意大利语出版。所有文章都可圈可点，阅读起来也绝非浪费时间。当然了，其中一些作品的价值也的确有限，正因为如此，巴特才没有把它们收录到其他更为重要的作品集中去。比如，有一篇极为精彩的分析法国疯狂脱衣秀的文章，我曾在一九五三年的《精神》杂志上读到过。然而，巴特很可能认为这篇文章过于冗长且有些重复，因此没有收录到《神话》中。注意，尽管任何人都会以创作此文而自豪，但在巴特看来，它不如那篇分析雪铁龙 DS 系列汽车的文章来得犀利激昂。

在这本新出版的集子中，我们能读到许多颇有见地的观点（巴特也正是以独特的见解而闻名）。在《脸庞与面容》一文（发表于一九五三年）中，作者指出大街上貌似达尼埃尔·热兰[①]和杰拉尔·菲利普的青年越来越多。由此看来，时尚界的影响已在人们的形象体貌上刻下了烙印，而大众也出于一种懒惰心理直接在时尚人士中"挑选"自己的形象定位，并把责任推到了媒体身上。在该书的前言中，詹弗兰科·马洛尼再次谈到了这个话题，并提到如今的大街小巷充斥着许多酷似安柏拉·安乔里尼[②]的脸庞。继而，詹弗兰科·马洛尼又将巴特的观点作了进一步十分精彩的深化："我们大家都认为安柏拉是当今年轻女性言谈举止的标准典型。然而事实却正好相反，恰恰是那些我们在大街上遇到的女孩子才是电视媒体所遵循的典范（然而她们对此却浑然不觉）。"

尽管该文集刚刚出版，其版本记录却是一九九八年七月，这不禁让人猜想到马洛尼交稿于一九九七年年中，并在交稿前不久就完成了那篇前言。事实上，在如今的大街上，已经看不见与安柏拉相似的脸庞了，因为她的形象早已成为媒体界的古董。然而，问题的关键并不在于一个模特究竟能走红多久，而在于民众是否的确以偶像的形象来决定自己的形象。我们姑且不谈那些昙花一现的媒体红人，来看看走红将近十年的碧姬·芭铎③吧。毫无疑问，五六十年代的街道和舞厅里到处都是相貌与碧姬·芭铎颇为相似的年轻女郎。究竟是何种原因导致了该现象的产生呢？

我认为，在此例及其他类似的现象中，有四点关键因素。首先，最明显的一点自然是当年的女孩子都在刻意模仿碧姬的妆容和发式。其次，对于生活在某个群体中的人来说，他们的容貌特征及举止也都会与周围环境中的典范逐渐接近。正因为如此，我们才会说神学院的学生都长着一张神学院学生的脸，而在弗拉托基耶学习过的共产主义者也都带有一副弗拉托基耶派共产主义者的面相。电视屏幕及新闻报刊构成了一个类似于修道院的相对封闭的圈子。由于我们每天都与圈子里的人四目相对，因此我们的面部肌肉便会获得与圈子里其他人相似的特征。

然而，只有在找到一张合适的典范脸庞的前提下，这种双向的适应行为才会发生。假如大多数人都长着一张类似于费南代尔④的

---

* Gérard Philipe（1922—1959），法国电影、戏剧演员。
① Daniel Gélin（1921—2002），法国电影演员、导演。
② Ambra Angiolini（1977—   ），意大利女歌手、封面女郎。
③ Brigitte Bardot（1934—   ），法国女模特、影星。
④ Fernandel（1903—1971），法国喜剧演员。

脸，就不会有那么多人去模仿碧姬·芭铎。因此，只有当大众拥有些许与 X 明星相似的特点之时，才能对 X 明星进行模仿。假如没有呢？那么 X 明星就根本不会成为时尚的典范。这一点说明在碧姬·芭铎走红的年代里，那些长得像弗兰切斯卡·贝尔蒂尼①或克洛代特·柯尔贝尔②的女性不会被认为是性感靓女（同样的情况也适用于那些长得像艾米里奥·基奥内③，而不像杰拉尔·菲利普的男人）。

从这个意义上说，所谓的形象典范几乎就成了种族主义的挑选人。他在褒扬某一类人时势必会贬低其他人——而这些其他人在另外一个时代则很有可能占据上风。我们可以认为这是一种正弦曲线或螺旋形的达尔文进化现象——在这个过程中，进化选择并不是按照直线方向进行的。那些在今天被排除的对象很有可能成为耀眼的明日之星，反之亦然。如今那些长着弗兰切斯卡·贝尔蒂尼脸的女性很有可能在未来成为美女的典范，可惜这不是个立竿见影的过程，等到那时，这些女孩子也许早已变成了半老徐娘。

另外一个因素在于眼光的选择性。在五十年代，既有不少貌似碧姬·芭铎的女子，也有许多人仍然保留着与克洛代特·柯尔贝尔相似的容貌打扮。但人们的目光往往会停留在前者身上，却不会在意那些长得像克洛代特·柯尔贝尔的早熟处女（或许二十年前的情况恰好相反）。从这个角度说，那些生不逢时的男男女女就十分不幸。这听起来有些残酷，但事实确实如此。这样的现象只会发生在媒体时代。在上几个世纪里，根本不存在统一的形象典范。不同的人会出于不同的原因喜欢或讨厌蓬巴杜式发型，或卡林西亚式女用

---

① Francesca Bertini（1892—1985），意大利默片女影星。
② Claudette Colbert（1903—1996），法裔美国女影星。
③ Emilio Ghione（1872—1930），意大利默片影星。

草帽——但无论是受到欢迎还是遭到排斥,都与电视及报纸上的明星形象无关。在那个时代,典范形象的确立标准更为自由,而个人对于喜好偏爱的选择也更为民主。

一九九九年

飘散在宇宙间的万物
从书籍到网络超文本

德·毛罗*，你疯了！

亲爱的图里奥·德·毛罗，请允许我以同事的身份坦诚地告诉你，你是一个轻率鲁莽的冒失鬼。坎特伯雷大学的某位教授出版了一本调查报告，其中针对三十一个国家的学生的读书状况进行了调查。该调查究竟得出了什么结论呢？恕我直言，无论是你、我，还是其他人，只要计算一下全球范围内出版及销售的图书数量，并到读者比较集中的大型书店里逛上一逛（如意大利的费尔特里尼书店、巴黎的FNAC书店及德国的某些大型书店），就能得出同样的统计结果。

通过一系列统计数据，这位教授发现读者中大部分都是年轻人。也就是说，假如有七十名老年人不读书，那么不阅读的年轻人只有二十五名。由此，该教授得出结论：如今的年轻人要比他们的父辈更热衷于阅读。而你，亲爱的图里奥，你又干了些什么好事呢？你居然摆出一副自命不凡、老生常谈的架子，在十一月七日星期六的《共和国报》上畅谈了一番。当然，我不是让你像共济会"P2组织"的成员那样故弄玄虚，但我们至少应保留一种最起码的神秘感。再说，托尔夸托·阿切托[①]也曾教导我们，如果要在弱肉强食的"丛林世界"中生存，适当的掩饰也不算是罪过，因为"掩饰"并不意味着颠倒黑白，只是放弃坦白真相的权利。当今的年轻人果真热爱阅读吗？你大可以一个人偷着乐，至多与那些年轻人、我（如果你愿意的话）和坎特伯雷大学的艾利教授分享欣喜之情。但你绝对不该四处张扬，尤其是在报纸上大放厥词。因为一旦上了报纸，那可就是众人皆知了。你明明知道，一篇宣扬年轻人热爱阅读的文章根本无法成为当天的头条新闻，倒是你的违心之言会遭到千夫所指。

难道你从没读过那些讨论阅读之风日渐衰落的忧心忡忡的长篇大论吗？难道你从没注意过文字作品正被视觉文明所取代吗？难道你从没意识到电脑的出现已经给书籍判了死刑吗？难道你从未发觉报刊杂志中的文化副刊已经不再谈论书籍，却转而关注起众多作家的私生活了吗？难道你从没有了解过那些比你更加明智的人物的经历吗？——当他们不小心误入一家年轻人爆满的书店时，曾暗自祈求卡夫卡的不朽之作能"不幸"落入某位高中学生（及女性）的眼帘，然而他们最终会"略感安慰"地发现原来满脸粉刺的孩子只会对那类书瞟上一眼，至多记下封面，最终也不会正经地阅读它们。

图里奥，你是个有家庭的人。你从大学中领取的薪水虽然体面，却并不丰厚，时常发表些文章一定能使你的收入更为殷实。你是否考虑过当你开始赞扬当今的年轻人热衷于阅读时，所有报刊版面都将对你紧锁大门，而你的那些曾经的追随者也将纷纷发表文章，表达他们在面对日趋严重的蒙昧主义、文学衰败、名著衰败、哲学衰败、宗教衰败等一系列问题时的痛苦情绪吗？你是否意识到那些曾经待业的企业员工会指责你与资本主义有染；那些热衷于虚拟现实的神秘主义者将把你看做敌人；另外，某些人——鉴于你如此看重所谓的统计数据——会让你数出蒙塔莱究竟写下了多少个

---

* Tullio De Mauro（1962— ），意大利语言学家，曾任教于罗马第一大学语言系。
① Torquato Accetto（约1590—1640），意大利哲学家、作家，著有《诚实的掩饰》。

"马",甚至会让你数出他曾多少次如孔蒂尼一样,在写下"海马"之后又改成了"马"吗?

你是一名知识分子(不是吗),而不是政治家。人们会要求政治家去发现谁在做什么,但对于知识分子,人们则希望他能够体现一个时代的希望、爱好及一些神秘的激情。然而,当一个民族正如饥似渴地等待着有关文学与科学日渐衰败的报道时,你却在宣扬如今的年轻人甚至比以往更热爱读书——尽管他们都痴迷于摇滚乐,而把电视上播出的那些文盲之间的辩论留给了父母。假如你还想亡羊补牢,那么就应该重拾你在文章中留下的那个活口(这几乎成了你的风格):说到底,与教授的意愿相比,当今年轻人的阅读量还是远远不够的。

在十六至十八岁的青年中,有多少人读过马塞纳①的《宇宙和谐》?又有多少人读过由丽达·斯图莱塞评注的布鲁诺的《概念的影子》(奥尔斯基出版社,一九九一年)呢?相信你与我同样希望这些长着青春痘的年轻人读过普鲁斯特,其中某些人读过平装版的穆齐尔②的书,或者说有人愿意花上一千里拉去购买一本伊壁鸠鲁的作品。可是这些孩子宁可去买一双添柏岚牌③的球鞋,也不愿买上一本他们眼中的古版书。把这些实情说出来吧!或许报刊还会让你继续发表文章的。

一九九二年

---

① Marin Mersenne(1588—1668),法国神学家、数学家、音乐理论家。
② Robert Musil(1880—1942),奥地利小说家。
③ Timberland,美国运动服装品牌。

查的书与读的书

不久前的一天,我拿着遥控器漫无目的地搜寻电视节目,无意中找到了一个充斥着广告、公告及节目预告的频道。我隐约记得那是四频道或五频道,但实在无法肯定(这一点充分说明与报纸读者相比,电视观众在心理上毫不设防,因为前者通常会十分清楚地知道某言论来自于哪份报纸)。当时,屏幕上正在播出一则鼓吹光盘奇迹的广告,宣扬那些防水光盘所包含的内容相当于一部百科全书。不仅如此,它还具有声光效果,并可以随时实现超级链接。我对这方面有一定的了解,于是便心不在焉地继续听着这个我还算熟悉的话题。然而,听着听着,我居然听到了自己的名字:这则广告说我曾断言光盘最终必将取代传统书籍。

任何人——只要不是偏执狂——都不可能奢望自己的所有文字都被人阅读,但他至少可以期望别人不会南辕北辙地误解自己,尤其是当别人私自把自己的言论当成"论据"时。事实上,我曾无数次地表示光盘永远"不"可能取代书本。

图书分为两种,一种用来查阅,另一种用来品读。头一种(最典型的代表就是电话黄页,除此之外,字典和百科全书也属于此列)往往占据家中不少地方。它们价格昂贵,使用起来也相当费劲。这类书完全可以被多媒体光盘取代,如此一来,我们能在家中或图书馆等公共场所里腾出不少空间来存放用来品读的书籍（从但丁的《神曲》到最新的侦探小说都属于这一类）。

这些用来品读的书是任何电子玩意儿都无法取代的。它们自诞生以来就是为了让人们可以随意地拿在手里，躺在床上读，坐在船上读，在没有电源插头的地方读，以及在所有电池都耗尽的时候读。它们可以被随意地划上横线、折角，插入书签；它们可以在你昏昏欲睡之际被信手丢弃在地板上、搁在胸脯或膝盖上。它们可以方便地插入口袋，可以根据我们不同的阅读强度及频率拥有各异的外形，并会提醒我们还没读过它（如果它们太新或还未被切边）。阅读书本的时候，我们可以随意改变头部的姿势，不用紧张地盯着看似"友好"，却常常造成颈椎劳损的电脑屏幕。如果你不信，可以尝试着在电脑上阅读《神曲》，只要坚持一小时，就一定会明白我这番话的含义。

用来品读的书属于一种永不过时的科技奇迹。同类发明还有轮子、刀、勺子、锤子、锅和自行车。刀子发明得很早，而自行车则发明得较迟。然而，无论设计师如何努力，作出怎样细微的修改，刀的精髓部分却始终没有改变。有许多机器取代了锤子，然而在很多情况下，我们却仍然需要使用那种类似于地球上第一把锤子的工具。设计师尽可以发明出极其精妙的变挡系统，但自行车的外形却始终如一——两只轮子、一个坐垫和两只踏脚板。否则它就不再是自行车，而完全变成另外一件物品，要改叫摩托车了。

许多世纪以来，人类一直在不断进步，最初在石头上，后来又在木板、卷轴上书写，那是一项十分艰苦的劳动。因此，当人类发现可以把纸张组装起来时——尽管还是一些手写稿——他们终于露出了欣慰的微笑，并再也不愿放弃这种奇迹般的工具了。

书籍的形式是由我们的生理特点决定的。它们可以被做得很大，但主要功能毕竟是资料或是装饰；一本标准的书不应小于香烟盒，也不应大于《快报》周刊。这取决于我们的手掌。就目前来说，我们的手掌大小没有发生任何变化——这一点就连比尔·盖茨也必须同意。

的确，高科技给我们带来了许多先进的机器，让我们能够利用电脑在全世界各个图书馆进行搜索，选择我们感兴趣的文章，花上几秒钟就能在家里打印出来，并根据个人眼睛的老花程度及美学品位将它们编辑成我们喜爱的字体。另外，除了打印，那台机器还能把纸张装订起来。这样一来，人人都可以制作出个性化的书籍。可这一切能改变什么呢？或许传统的排字工、印刷厂、装订厂会逐渐消失，然而握在我们手中的，却始终是书。

一九九四年

用指腹读书

家庭藏书室并不仅仅是一个收藏图书的房间，也是可以让人随心阅读的场所。说得更明白些，我相信所有拥有一定藏书量的人，都会因为始终没有读过某些藏书而常年心怀悔恨，觉得那些图书一直在高高的书架上盯着我们，时时提醒我们不该将它们遗忘。

可能某一天，我们会偶然拿起这样一本常年被忽略的书籍开始阅读，却惊讶地发现其中的内容我们居然都已了解。针对这种许多人都经历过的奇特现象，我认为可以给出三种合理的解释。第一种解释：长期以来，我们曾多次接触过这本书——挪动一下，擦擦灰尘，甚至只是把它往旁边挤了挤，以便取出另一本书。但就是在这样的过程中，书中的若干内容却已通过我们的指腹传达到了大脑，而我们就像识别盲文字母那样凭着触觉阅读了这本书。我是CICAP[①]的追随者，不相信所谓的超常现象，但我却相信这样的读书经历，这或许是因为我压根没有把它当成一种异常状况：这是一种得到日常经验证实的极为普通的现象。

第二种解释：我们并非没有读过那本书。每当我们挪动它，把表面的灰尘擦净时，我们都会瞅上一眼，看看封面上的标题，偶尔还会翻上几页。由于每一次的阅读量都十分有限，因此大部分读过的内容都能被我们吸收。第三种解释：多年以来，我们阅读了许多其他涉及相关内容的书籍，因此在无意中已经对其内容有所了解（无论它是一本聚焦众人目光的名著，还是一本观点平庸的流俗之作）。

事实上，我认为这三种解释都十分合理，并会共同发生作用。我们在阅读其他书籍的同时也会不知不觉地了解这本书的内容。或许我们仅仅是触摸了它的文字、纸张和颜料，而这本书就已经向我们讲述了一个时代、一个空间中的故事。当所有这些元素奇迹般地"聚集"在一起时，就会让我们对这本并没有正经读过的书产生一种莫名的亲切感。

如果说一间家庭藏书室还有这种功能——让我们了解那些从未读过的书本的内容，那么我们倒不必担心某本图书消失，而是要担心这样一种家庭藏书室的消失了。

一九九八年

---

① Comitato Italiano per il Controllo delle Affermazioni sul Paranormale，意大利特异现象监督委员会。

Betzeller

在许多谈论书籍的文章中，我们经常会读到一个词"best seller"①（通常被读成"betzeller"）。据我所知，这个名词诞生于美国，最初用来形容各类畅销商品，后来又变成了"畅销书"的代名词。然而我却认为，在文学界，使用该名词至少有两点不妥。首先，这是一个商业层面上的定义，与作品本身的特点并无关联，比如，《圣经》和《木偶奇遇记》绝对都算得上是畅销书（鉴于其每年的销售量都十分可观），而卡罗琳·因韦尔尼齐奥在很长一段时期里也是无可争议的畅销书作家，但这几种图书的风格显然相去甚远。其次，"best seller"一词混淆了四种不同类型的畅销书。

我更愿意称第一类为"曾经畅销的书"——指那些在某一段历史时期曾经受到广泛欢迎的作品，如《法国王室》和《汤姆叔叔的小屋》。第二类是一些文坛"常青树"，指那些几十年甚至几百年来一直在不断销售的书籍，《圣经》显然属于此列，但除此之外，《约婚夫妇》以及近代的《小王子》和《悉达多》②也是经久不衰的优秀作品。真正的"经典之作"并不是指那些在市中心的书店里日销售量上百的书籍，而是指在任何一家书店都能找到，并且每天都能卖出一部的好作品。

我把第三类畅销书称作"正在畅销的书籍"，指那些新近出版的大受追捧的图书——可这种"火爆"状态究竟能持续多久却尚未可知。由于这些作品的销售量令人垂涎三尺,于是作家、编辑和书商便会以此为蓝本,刻意炮制出第四类作品——"即将畅销的书籍",即那些为了热卖而被精心包装的图书。此类书通常都是些有着固定模式的小说,要么是性、金钱加贵族生活描写的组合,要么是出现在每个章节里的对于性器官勃起过程细致入微的描绘,或者是一种精心调配的死亡与恐惧的混合物,如此等等。从古至今,这类为了商业利益而问世的作品不断出现,但偶尔也不乏一些佳作,体现了某种在我看来颇为神奇的品质——大仲马的作品可谓最典型的例子了。总之,这最后一种"即将畅销的书籍"算是对"best seller"一词的贬义诠释。

人们似乎已经忘却了但丁、阿里奥斯托③、塔索④曾取得的辉煌成就,也不记得曼佐尼为了对抗盗版狂潮曾分期出版第二版《约婚夫妇》,并特地定制了插图。他没有从读者身上挣到一分钱,但这部小说却是毋庸置疑的畅销书。在确保作品品质的同时(众所周知,他曾为此倾心尽力),他也希望这部小说能在读者中广泛流传。事实上,除了个别先锋派作家,没有人会不希望自己的作品出类拔萃,为众人传阅。然而,写一本好书与写一本每章都含有勃起描写的"即将畅销的书"却是大相径庭的两回事。

最近詹卡罗·费雷蒂的《文字市场》刚刚由试金者出版社推出面世(其中一部分一九七九年就已出版,另一部分则一直未被整理)。费雷蒂是第一个对"高质量畅销书"(如卡尔维诺的后期作品)表示关注的人。令人惊讶的是,这些成功的作品中并没有使用

---

① 英文,畅销书。
② *Siddhartha*,德国作家赫曼·黑塞(Hermann Hesse,1877—1962)写于一九〇二年的作品。
③ Ludovico Ariosto(1474—1553),意大利诗人。
④ Torquato Tasso(1544—1595),意大利诗人。

那些通常能讨读者欢心的元素。在新发表的文章中，费雷蒂指出好作品应该具有雅俗共赏的品质。

那我们就谈谈那些首先能满足初级读者，继而能满足高素质读者"深度挖掘"需求的作品。我们把这类作品称之为"金字形神塔①式作品"。其模式十分有效，类似于我们对于中世纪基督教或犹太教作品的注释。这些作品除了文学含义本身，还有一些需要逐步发掘的隐含意义。从这个角度上说，最近几年来的成功作品都是建立在这种阶梯模式之上的（无论是吉布森②的科幻小说还是品钦③的实验派文学）。事实上，所有"常青"的文学作品都无意识地体现了这一点。更不用说但丁这样的作家了——他是如此爱好这样的手法，甚至四处宣传自己的作品应该被如此解读。

一九九四年

---

① Ziggurat，古代亚述和巴比伦的多层建筑，往上逐层缩小，有梯可登，顶设神龛。
② William Gibson（1948— ），加拿大科幻小说家。
③ Thomas Pynchon（1937— ），美国后现代主义作家。

何须惧怕超文本

我的一位作家朋友参加了一次以"超文本"为主题的学术会议。会后,颇有些惶恐的他与我聊了起来。超文本是一种神奇的"坏"东西,它让我们可以借助电脑,在一篇文稿中随心"畅游"。我们可以同时阅读一篇文章中的许多部分,可以在不同的段落间建立联系、画叉、画线、画圈等等。在许多领域,尤其是在查询和教学工作中,超文本都是一种十分有用的工具。然而我的这位朋友谈到的却是超文本与文学创作之间的联系。

"据说阅读的方式将发生巨大变化。每个人都可以按照自己的想法在作品中跳来跳去。一个新的艺术时代要诞生了。"显然,这位朋友很害怕自己赶不上潮流,于是我尽力打消他的顾虑。如果有一种好的超文本文件,读者的确能把《神曲》中所有以"rispuose"①一词结尾的诗句(一共有十四句)都搜索出来,甚至还可以打印出这些句子,编成一首单一韵脚的儿歌。但若要平心静气地读上一遍《神曲》,那么电脑屏幕就太费眼睛了,不如传统的文字书稿来得舒适。

"可他们还告诉我如果使用超文本,读者就可以针对一部小说创造出多种结尾,每个人都可以将各自的版本打印出来……""别担心,"我对他说,"首先,要做到这一点,并不一定要使用超文本，人们早就可以通过 Basic 程序进行这样的操作了。第二，读者并不希望这样做。""为什么?"他问道。天啊，这些可恶的文人!他们唯一热衷的运动就是为了书籍的命运杞人忧天——自从楔形文字诞生之日起就是如此。"听着,"我对他说,"我这里有一本洛特曼[②]新近出版的名为《文化与爆炸》的书（由费特里尼出版社出版），一部新作的最新译本，首先在俄罗斯出版发行。这本书内容庞杂，没法儿用三言两语概括。但在第四章的某处，作者却提到了契诃夫那句关于'步枪'的著名言论。""可那不是普希金说的吗?"我的朋友质问道。我回答说我也不清楚，有的人认为是契诃夫说的，也有人认为是普希金的言论。但既然洛特曼认为是契诃夫的观点，那我也就姑且信之了。

在这段著名的话中，契诃夫强调如果在故事的开头或剧本的第一幕描写道"墙上挂着一支步枪"，那么在剧情结束之前，这支步枪就必定要用来射击。针对这一言论，洛特曼阐述了不同的观点，他认为:"契诃夫的模式只适合某一类特定的作品。而在如今，这类作品已经显得过于僵化了。事实上，正是那种不知道步枪是否会用于射击，即使开枪，是会夺取一条人命，还是只会浪费一发子弹的神秘感才使交织的情节更加富有吸引力。"

另外，洛特曼还在之前的文字中提到:"读者身临其境地处在由文字所营造的氛围中（比如，在特定的时刻面对着特定的画面），似乎把目光投向了如锥子般插入现在的'过去的时空'。而对于将来，读者却身陷在一束尚未可知的可能性当中。"

"你明白了吗?"我对我的朋友说,"你认为读者会以放弃这种紧张感和揪心感为代价，去追求什么自己决定结局的权利吗? 人

---

① 古意大利文，回答，答复。
② Yuri Lotman（1922—1993），俄罗斯符号学家、塔图学派创始人。

们之所以要阅读小说，就是要享受这种命运变化带来的战栗感。如果真的由我来决定作品中人物的结局，就好比站在一家旅行社的柜台前，听到'请问您想在哪里发现鲸鱼呢，是在萨摩亚还是在阿留申群岛？不过，只要有一张环游世界的机票，无论去哪里，价格都是一样的……'"

一部小说囊括了许多纷繁的内容，甚至还会向读者细细描述一片云彩是怎样飘过天空，一只蜥蜴又是怎样在岩石间爬来爬去的。洛特曼认为："正是对于将来的不可知性才赋予整部作品以魅力。"这句话说得太对了。在阅读中找到重点，却又保持着模糊神秘的状态。也许，在读完整部作品之后，你会发现某个部分应该仔细阅读（甚至是多看几遍）——有的时候，你甚至还意识不到哪里是重点，此时，你就需要再读一遍，在这个过程中，你或许会对整个故事有一种全新的认识。但如果你刚开始阅读，或在读到一半时就已经对下文内容了如指掌的话，那显然就是作者的问题了。

我继续说："你难道认为读者是因为想决定伦佐是否会与鲁齐娅①结婚而花钱买《约婚夫妇》这本书的吗？也许他们会玩上一次这样的游戏，但读小说却是另外一码事。"

"这么说我真的不用为将来担心吗？"我的朋友仍不安地问道。"从某种意义上来说，的确需要担心。但不是担心超文本，而是担心你那些糟糕的作品。——这也是另外一码事。"（按：事实上，与我交谈的这位朋友是位非常优秀的作家，他写的小说十分精彩，之所以说他的作品很"糟糕"，只不过是因为在结束这篇随笔之时，我需要寻找一只替罪羊罢了。）

一九九三年

---

① 意大利作家亚历山大·曼佐尼的小说《约婚夫妇》中的男女主人公。

如何甩掉WINDOWS

在美国，很少会有人与你谈论关于电视的问题（除非是在一场极为专业的研讨会上）。不会有任何一家刊物就"电视在当代人生活中的统治地位"而采访你，也不会有任何一家报社就此话题撰写文章表示丝毫担忧之情。电视与冰箱一样，都只是普通的家用电器。美国人认为，无论是冰箱还是电视，都应该装满各种各样不同的东西。然而，正常人只会在每天早晨打开冰箱，取出鸡蛋和咸猪肉来做早餐，而不正常的人却会夜以继日地将其敞开，大吃大喝，直到自己的体型赶上博特罗①作品中的形象——这种人只在那个大陆才能见到。

与冰箱的使用情况类似，形形色色的信息已经在美国达到了一种令人难以置信的普及和完善的程度。如今，所有人都在使用电子邮件，传统的信件已无人问津。然而，在信息学课堂上，老师却很少组织学生针对这种高度的信息普及情况展开反思性的讨论。信息存在于我们的生活，仅此而已。

在拉丁美洲，尽管信息的普及程度也相当高（但我认为其普及状况更类似于欧洲，而不是美国），人们却对信息通讯问题极为热衷。如果你到了那里，会发现人们三句话不离此话题。甚至连理科院系都会开设信息通讯课程。另外，是那些拉美人最先发明了

"communicador"这一术语。该词的意思是"通讯者",但我却弄不清楚它究竟是指进行信息通讯的人(如果是这样,那么全球就有五十亿"通讯者"),还是研究信息通讯的人,又或是比常人更擅长信息通讯的人。

这种疯狂的讨论究竟缘何而生,我不得而知。或许这是由于拉美人对于美国的信息通讯模式感到了一种无法避免的依赖,或许只是因为拉美人像对足球那样对信息也变得敏感起来(如果是那样的话,就应该说除棒球领域之外,拉美人不仅热衷于实际的信息通讯行为,也十分关注信息通讯理论)。

当然,对于信息传播的疯狂心理并不会阻碍人们提出一些相当有见地的意见。比如,在拉丁美洲,人们会(在采访、讨论中,在研讨会上,甚至在一堂讲授中国针灸技法的课程里)不断地扪心自问如何从过于丰富的资源中选取有用的信息。倘若你打如下的比方来作答,他们将会非常满意:以前,如果某人想做一项研究,会去图书馆找到十来本相关主题的书,然后开始阅读;如今,只要轻轻一点鼠标,电脑屏幕上就会跳出一万多条索引,面对浩如烟海的资料,人们反而只能就此放弃。

前几天我曾就另外一个话题与许多人交谈,我想这个话题也会引起本专栏读者的兴趣。我常常在机场买些电脑杂志来读,因为其内容丰富,适合在飞机上翻阅。在七月号的《PC世界》(上面有丹·米勒的签名)上,我找到了八十条——我是说足足八十条——如何删除WINDOWS3.1系统中大量程序的建议。这些程序通常没有多大用处,但却占据了相当大的空间,从而大大影响了其他程序的运行速度。

在这些建议中,有一些十分简单易行,而另外一些就需要采取

---

① Fernando Botero(1932—),哥伦比亚画家,创作的人物以丰满圆润闻名。

颇为复杂的操作，弄得不好还会引起无法挽回的程序混乱。但你只要选择采纳其中二十条建议，就的确可以使你电脑中的程序变得更为快捷。我发现 WINDOWS 系统不仅能够进行一些我完全不懂，也丝毫不感兴趣的操作，还能在电脑上装载无数存在于 DOS 系统的指令，你可以决定只保留包含在你的目录中的批处理文件（只有较专业的人士才能明白）。

大家经常不惜花费大量金钱去购买那些信息过于丰富的程序，继而再花一笔钱去购买杂志学习如何删除它们的方法（或许还要再花上一笔资金去掌握如何用最合适的方式删除）。

拥有大量信息资源本来是一件好事情。但我们要知道如何筛选，以免被它们淹没。首先，我们要学会使用信息；其次，我们要学会有节制地使用。毫无疑问，这一点将成为即将到来的新世纪中十分重要的教育问题，而"十里挑一"的艺术也将成为哲学、神学以及伦理学的重要分支学科。

一九九四年

"苹果"与"DOS"的较量

人们对于各宗教教派之间的斗争从来都没有作过深入的反思，然而这些新兴的斗争却在不知不觉中悄然改变着当代世界。

我注意到一种现象，当今世界上的电脑用户已经分成了两大派别，一派使用苹果电脑，另一派则使用带 MS-DOS 操作系统的电脑。就我个人而言，我坚定地认为苹果系统是天主教文化的代表，而 DOS 系统代表的则是新教文化。说得具体一点，苹果系统象征着反宗教改革的天主教派，令人联想到耶稣会士的《教学计划》[1]。这种系统的内容是如此友好、温和、令人愉悦，指引"信徒"一步一步地走向——当然不是天国——最终的打印步骤。这是一种问答式的系统，清晰的解释及精美的图标是它的精髓所在。如此一来，所有的"信徒"都有获得"拯救"的权利。

与之相比，DOS 系统象征着新教派，甚至是加尔文教派。它鼓励使用者自由地解读系统运行，采取个性化的操作以及承受个性化的麻烦，使用者必须像古文注释学家那样各自推断操作方式，简而言之，并非所有的"信徒"都能获得"救赎"。

有人会反对说自从有了 WINDOWS 系统之后，DOS 系统已经与象征反宗教改革的苹果系统越来越接近了。的确，WINDOWS 系统代表了一种类似于英国圣公会的宗教分支。与天主教类似，该教派也会举行盛大的宗教仪式，但在某种意义上，该教派又在天主教的基础上作出了许多古怪的改变，从而更接近 DOS 系统所代表的新教。无论如何，这种教派允许女性及同性恋者担任牧师。

当然了，以上这两种系统所代表的天主教文化和新教文化与使用者本人的宗教及文化立场并没有必然联系。我就曾发现严肃而忧郁的弗尔蒂尼②居然使用苹果系统——真是一件不可思议的事情。然而，长期选择使用其中的一种系统究竟会不会对人的内心世界产生影响呢？一个使用 DOS 系统的人真的会支持"旺代"吗？另外，塞利纳会使用 WORD，WORD PERFECT 或 WORDSTAR 系统来写作吗？而笛卡儿又是否会用帕斯卡语言编程呢？

难道是机器语言在这两种操作系统或环境的命运背后决定着人们的性格好恶吗？呃，这就未免有点旧约主义、犹太教法典主义及希伯来神秘主义的味道了。哎，犹太教的游说又来了……③

一九九四年

---

① 天主教耶稣会为管理本会所办学校而制订的规章。
② Franco Fortini（1917—1994），意大利诗人、现代主义批评家。
③ 本文写于六年前。随着这几年电脑业的发展，情况也发生了变化。经过许多版本的完善，WINDOWS95 和 WINDOWS98 操作系统已经与苹果系统十分接近，变成了一种类似于天主教—特伦托派文化的象征，而 LINUX 系统则成为新教文化的新兴代表。尽管两种文化的代表发生了变化，二者之间的对立却依然存在（一九九九年）。——原注

罪恶一夜纪事

如今，只要一连上互联网，几乎所有人都会迫不及待地访问"花花公子"和"阁楼"这两个网站①。可一旦登陆，并以全屏方式点击开近两三个月来某位火爆兔女郎的裸照之后，他们的兴趣便会大打折扣，因为无论是从屏幕大小还是图片的清晰度来看，都会让人们觉得还是在报刊亭里买本杂志爽得多。然而，一群朋友聚在一起，总免不了谈起曾在网络上看到过的那些妙不可言的图片，于是聊天之后，总有人会去如法炮制，其实也只是为了显示自己不是网络菜鸟而已。

有一天晚上，我在网上疲于搜寻资料：关于暗喻的书目、制作超文本文件的程序以及一个老得超过版权期限的《纯粹理性批判》的英文译本等。百无聊赖之际，我打开了 www.crawler.com 这个搜索引擎，并在搜索栏里输入了"性"这个关键词。这个网站迅速找到了两千零八十八个相关网址，经过过滤之后，剩下了一百个。网络管理的无政府状态让上网者无法鉴别出哪些是正经的网站，而哪些网站只是一派胡言。我在网页上读到了不少诱人的网站名，诸如"情欲花园""X级成人图片""啊啊啊，全裸女人！""西半球性感女神"等等，但我却发现在大部分网站上，除非花钱预订，否则那些惹火的图片是不会显示出来的。

一连串的点击之后，我登陆到一个名为"克拉莫·科纳尔——情色搜索"的色情图片搜索网站上。从这里我可以进一步链接到"超级名模""超热门链接"及"阁楼""花花公子"等地址。我选择了"超级名模"链接，在这里，所谓的克拉莫先生提供了一系列他喜爱的女模特的照片（非裸照）和资料。我打开了有关辛迪·克劳馥的文件，于是，所有关于她的信息都呈现在我面前，但读过之后，我发现其内容居然与《天主教之家》这本杂志上的介绍相差无几。

沮丧之余，我又访问了"超热门链接"网，这个网站再次把我推向了"花花公子"网站和"加拿大西部男女同性恋杂志"网站（该网站倒显示了不提供任何色情图片的提示）。于是，我又转战至"网络宝贝"站点，它提供了大约五十名"宝贝"（这个词似乎也能指洋娃娃）的网址，通过点击这些地址，就可以登陆到相关主页上，有的主页名还颇为惹眼。好了，就让我来看看这些"宝贝"到底在自己的主页上登了些什么吧。

我十分不经意地点击了詹妮弗·阿蒙的链接地址。于是，一张带有她照片（仅有头部）的页面跳了出来。她长得不难看，但也谈不上美艳绝伦。她只是个普通女性，是个程序分析员，在美国俄亥俄州的奥伯林学院从事一项极为严肃的工作；她还告诉我许多关于她职业生涯的详细信息；她谈到她养的暹罗猫于八月十五日十二点二十八分刚刚去世；最后她问我是否是通过 UD 连接到她的主页，还有是否与一个名叫乔·朗的人打过招呼等等。关于性，她只字未提。这个詹妮弗要么只是在为自己的职业生涯做广告，要么就是因为感到寂寞，希望与人交流。

那么这个克拉莫究竟想玩什么把戏呢？我回到关于他的网页

---

① 上述两个网站上会提供大量的色情图片。

上，看到了他的简介。我了解到他是个二十八岁的小伙子，毕业于波士顿大学，在泽西市的一家银行工作。工作之余，他为别人提供设计网页的咨询服务——也就是说，我眼前所看到的这些网页都是他的作品。为了吸引更多的访问者，他提供了一些色情网站的链接以及若干美女的正规生活照，这样，登陆者就会被吸引到那些"宝贝"的主页上。然而这些"宝贝"并非火爆辣妹，事实上，她们都是些严肃的女性。

我垂头丧气地回到了最初的一百个地址列表重新搜索，居然发现了一件让我跳脚的事情。有一个名为丹·莫丁的人告诉我如果我要在电脑屏幕上看到乳房、外阴及其他女性私处，或是大量超清晰的色情图片，那么就必须请他帮忙。然而，就在我急不可耐地点击链接地址之后，屏幕上却出现了一条信息，说我是个十足的流氓，应该感到自惭形秽。

原来，这个丹·莫丁是犹他州的一名极其严肃的道德主义者（有可能是摩门[①]教徒）。他给我写了一段很长的文字：起初，他责备我在网上四处搜寻和传播色情图片会堵塞网络线路；之后又对我进行了一番教导，说我有心理疾患，没有朋友（更别说女性朋友），才会在网络上寻找色情图片来发泄情绪；他问我有没有挚爱的亲人，还说如果我的祖母知道我的所作所为，一定会因为动脉瘤发作而被我活活气死；最后（在鼓励我去找神父忏悔之后），他给我列了一张网络地址清单，说我在那里可以寻求到道德援助，包括针对我这样的色情狂的康复援助（http：//www.stolaf.edu/people/bierlein/noxxx/noxxx.html）。

在那段话的末尾，他写道："与我保持联系（dmoulding@eng.utah.edu），我会让你看到那些'曾与你同样愚蠢而坠入我的陷阱

[①] Mormonism，美国基督新教的一个教派。

的人'给我写的邮件。"

此刻已是凌晨三点了。整夜的色情大餐把我折磨得疲惫不堪。我终于睡下,并梦见了成群的绵羊、天使和温顺的独角兽。

一九九五年

X先生的结肠

最近，好几家专业杂志都已经报道了这条消息。大家如果在网上仔细搜索，就会找到某位先生的个人主页，上面居然有他自己的结肠照片。或许有的读者还不明白怎样才能拥有自己结肠的照片。事实上，早在几年前，人们就可以去诊所（正规的或不正规的）作一种检查。在检查中，医生会把一根末端装有摄像头的探管插入被检者的直肠。其痛苦程度（或者说尴尬程度）与普通的灌肠术大致相仿。当探管在肠道里迂回前进时，一位助手（或一位心理极端倒错的修女！）会轻柔地抚摩被检者的腹部，从而保证探管能在不给被检者带来痛苦的前提下沿着那九曲十八弯顺利前行。

啊，太美妙了！如果你不太介意检查时的那些动作，且拥有丰富的想象力，你就可以在彩色显示屏上观察那根探管在你身体最深处探险。在通读过从圣奥古斯丁到儒勒·凡尔纳的所有作品之后，你会发现你是几千年来全世界第一个（至少是第一批）在屏幕上跟踪观测自己内脏通道的人。

在自己体内那些深浅不一的肉红色器官间旅行，这是一种相当吸引人的经历（只要你能忍受身体上那小小的不适）。唯一的痛苦可能就是当医生看到某块颜色或质感特殊的部位时，大声惊呼："啊，是癌症！"如果医生没说诸如此类的话，那么检查之后，你就可以高枕无忧地回家，十分确定自己的身体从最下端的入口到胃部的出口（当然，我的用语可能不太精确）都非常健康。即便结果相反，也是越早知情越好，或许还来得及挽救。因此，既然科技条件允许，我们所有人都应该每两年接受一次这样的检查。

　　检查完毕后，医生会在几日内把那张结肠彩照交给你。只要你愿意，你完全可以把它镶嵌在镜框里，挂在家族祖先的照片旁边，也可以和你出生时在一块猎豹皮上拍摄的照片（按照习俗，每个人都会有这样一张婴儿照）摆放在一起。

　　唯一的问题在于，在正常情况下，几乎所有人的结肠看上去都是一样的——这也正是大自然的优势所在，物种的演变总是缓慢而持续地进行，虽说有些单调，但却让我们能够从许多特例中总结出普遍规律（尽管有时是过于大胆的归纳）。所以说，尽管你的结肠彩照与别人的结肠彩照相差无几，但你仍然可以为它感到骄傲（自恋的方式是无穷无尽的）。这一点，我认为很人性化，也很正常。为什么非要对希拉克或克林顿的结肠感兴趣呢？在莎朗·斯通身上，有许多部位比结肠更让人关注，否则导演保罗·维尔霍文就不会拍摄《本能》，而改拍一部皮耶罗·安杰拉①式的纪录片好了。

　　我们回到正题。文中提到的那位 X 先生在互联网上（花钱）购买了一个主页空间，其目的就是展示自己的结肠照片。我们似乎可以隐约了解到他作此决定的心理动机。他是一个平庸的人，生活没有给他提供任何出人头地的机会，无法使他名垂千古，甚至无法被同时代的人记住——于是，他干脆破罐子破摔——即使不能流芳百世，也要在当代激起千重浪。就这样，他把自己的结肠照片呈现在数以百万计的网民面前，尽管这照片与其他任何人的结肠照片没什么区别。为了出名，有人残杀自己的父母，有人上脱口秀节目来

---

① Piero Angela（1928—　），意大利记者、作家、纪录片导演。

表现自己一无是处。与所有这些出名手段相比，或许上传自己的结肠照片已经是一种对社会危害最小的方式了。

这也正体现出了网络无政府状态的好处。每个人都有权展示自己的平庸。然而，从统计学的角度来说，无数的平庸者总会做出点不平凡的事情，有关专家总算找到了慰藉。他们拿这张快照说事，总结出许多源自孤独和无名的当代悲剧。然而，与为了出名而火烧以弗所月神殿[1]的希洛斯特拉图斯[2]（正如莱茨[3]所说——此举给人类造成了巨大的损失，但在惩处希洛斯特拉图斯之前，我希望自己能有幸一睹以弗所月神殿的风采）相比，把自己的内脏照片拿到网络上传播算不了什么。毕竟，这样的行为最多只会耗费少量的网络连接费而已。

一九九五年

---

[1] 古希腊神庙，约于公元前五五〇年修建于希腊城邦以弗所，供奉月神。
[2] Herostratus，古希腊以弗所人，于公元前三五六年有计划地烧毁月神殿。
[3] Stanislaw Jerzy Lec（1909—1966），波兰诗人。

小议电脑图标

"绘画是俗人的文学"——这是流传于中世纪的一种说法，意思是与文盲（在当时，大多数民众都属于此列）只能通过画面交流。后来，随着印刷术的发明，情况发生了变化，当然，这种变化与文盲并无多大关系。慢慢地，人们发现"谷登堡星云"[①]时代也逐渐结束，取而代之的则是新一轮的读图时代，——一个只会看电视的"文盲群体"也随之产生。最终，电脑的诞生又让局面发生了颠覆性的变化，若要使用电脑，就必须识字，并且能够进行快速阅读。

然而，以图画作为媒介的沟通仍然是必不可少的，比如，当操着不同语言的乘客在机场里穿梭时，就十分有必要用男人和女人的图案来标识出卫生间，并用交叉的刀叉图案标识出餐厅的位置——因为这是被所有人认可的标志（或图标）。但如果要表示"意航""法航""汉莎"等航空公司，或是"巴黎""阿尔盖罗""比萨"等城市，我们究竟应该使用图标还是文字呢？或许用图标表示"比萨"并不难，只要画上斜塔，大家都认识，可"代奇莫曼努"[②]又该如何表示呢？在一片茫然中，本应前往巴勒莫的乘客最后很有可能误打误撞到了南非的开普敦。

如今，类似的情况也会在电脑上发生。设计者力图使各种软件变得尽可能"友好",这种"友好"就意味着即使是傻瓜也会使用。设计者认定傻瓜一定看得懂图标,却看不懂文字。事实上,这是一种错误的想法,一个能够使用电脑的人(我所指的是那些用电脑来书写、计算、制作清单、绘制表格、发送邮件以及和一群恋童癖爱好者网络聊天的使用者,而不是那些仅仅玩电脑游戏的人),无论他有多傻,都一定识字。

然而,现在的软件却要求傻瓜用户将许许多多图标一一记住,其中相当一部分根本谈不上直观。比如,我目前使用 Winword 6 来操作文档,对于某些图标我已颇为熟悉,如"关闭窗口""打开窗口""保存文档"以及"打印文档"等。但页面上还有其他图标。其中之一是个中间带虚线的小方框。使用者很难猜到这个图标表示"拆分窗口",因为它与另一个表示"插入表格"的图标十分相似,甚至还会让人以为是表示"页边距"的标志。由于我经常使用到"拆分窗口"这一指令,于是我找到了另一个相当"傻瓜"的解决办法。页面上方有一个写有"窗口"的选项,我点击一下,就会下拉出一个标有一系列操作的清单,依次是"创建窗口""并列窗口"和"拆分窗口"。

我登陆"意大利在线"网站时,在网页上方找到了一个心形图标。我顿时心生疑惑:这难道是在线色情聊天的标志?然而这个标志代表的却是"服务项目"清单(现在,大家应该明白这个天才的设计理念了吧:点击这个图标能帮助你找到需要的服务,因此让你感觉很贴心)。可如果一个人要在"意大利在线"网上寻找某种服务,那么他一定不是野蛮人,因此一定能读懂网页上方的"服务"字样,并找到相应的服务——这是显而易见的。至

---

① *The Gutenberg Galaxy*,美国原创媒介理论家和思想家麦克卢汉于一九六二年发表的作品,论述了拼音文字和印刷术在感官和文化上的影响。
② Decimomannu,位于意大利撒丁岛上的小城。

于各种系统里五花八门的"回收站"图标就更让人摸不着头脑了。最初的图标设计十分出色，只要看上一眼，所有人就都能明白该如何丢弃一份"文件"。但如今，每个系统都有各自的"回收站"，由于不能无耻地抄袭前辈设计的"柳条筐"图标，回收站的外观形象也不断变化，有时是一只金属小箱子，有时是一个蜜糖罐。在有的程序中，回收站的图标居然是一扇敞开的大门，让你不禁猜想有东西会出来。但又是从哪里出来呢？是从"文件"里，还是从系统里？

在许多交互式光盘、超文本光盘及多媒体光盘中时常会出现类似于"脚板""手掌""地球仪""书页""放大镜""福尔摩斯式的帽子"以及"成串箭头"等种类繁多的图标。每一张光盘都有自己的标志系统（其中的图文就更加繁杂了）。在这样混乱的情形中，倘若某个程序能提供文字说明，告诉使用者该如何回到上一页，或如何找到先前的路径，那我简直要感天谢地。或许有人会提出反对意见：同一个程序可能在不同的国家使用，而并非每个国家的用户都懂英语。针对这样的意见，我可以作出以下回答（我们姑且不谈现在的软件都已经可以本土化了）：为了了解各种图标的含义，用户必须阅读大约两百页的图例说明——即使是用本国语言书写，也未必能弄得明白。既然如此，还不如看上薄薄几页相关词汇的《英语—母语对照表》来得方便呢。

我重申一下我的观点：针对某些主要操作而设计的少量图标的确十分有用，然而过多的图标则会让人脑膜发炎，并再次制造出"文盲现象"。然而，在电脑软件的不断发展过程中，图标的数量也在不断增加。这种现象与家用轿车仪表盘上的仿木饰颇有些相似：木头越假，车卖得越好。最终，我们将使用一些用象形文字标识的极为"友好"的程序，或许有一天，我写的文章也会以一连串令人费解的图形出现在电脑屏幕上:阿努比斯神①、猫头鹰、上方带锯齿形条纹的嘴……到那时,也许只有找到商博良②才能破译出这些图标暗码吧。

一九九六年

---

① Anubis,埃及神话中豺头人身的引导亡灵之神。
② Jean-François Champollion(1790—1832),法国考古学家、埃及学家、语言学家。

实话，只有实话

大选期间，许多人都说了不少谎话。有人为简化某种观点而撒谎，有人因着急而没有说出实情，有人出于自信而欺骗（这是最可悲的情况，此时，说谎者的本意未必是欺骗大家，但却由于缺乏信息而导致自己说了谎），也有人是早已染上了谎话连篇的恶习。好了，这个话题点到为止，总之生活就是这样，处处都是谎言。因此，人们自然而然就会怀念起那些说实话、只说实话、除了实话什么都不说的人。

幸运的是，生活中还存在着两类人可以满足大众这种对于简明扼要和清晰事实的深刻需求，让他们体会到福音书中的戒律——"你们的话，是，就说是，不是，就说不是。若再多说，就是出于那恶者。"①——在现实生活中是具有可行性的。第一类是负责在药品的包装盒上标注使用说明的人，第二类则是负责编辑电脑在线指导程序（即所谓的"帮助"选项）的作者。

这些说明的编写者大概从小就学过一条准则：知道多少就说多少，有一说一，既不少说，也决不多言。因此，我们才会经常读到以下这样描述"禁忌症"的文字："有可能引起过敏。"这句话意味着假如你服用该药物之后立刻出现倒地不起、嘴角流出绿色口水的症状，且脑造影照片呈扁平型的话，就必须立刻停药。

由于话说一半也是一种欺骗,因此,某些药品的注释可谓面面俱到:"测试表明,该药物有可能在某些个体上引起咽喉干燥、头痛、呕吐、眩晕、关节痛、腹泻、结膜炎、红疹、结肠炎、肾结石、早老性痴呆病、黄热病、急性腹膜炎、失语症、白内障、带状疱疹、老年粉刺、男性周例假、克劳斯-埃德曼综合征、轭式搭配及逻辑倒置等症状。"

现在,我们来看看在线指导程序的作者都是怎么说话的。当电脑出现问题时,尤其是当你刚刚开始使用某种新程序时,谁也不会去查询那本供应商提供的使用手册——因为没有一位努比亚仆人会负责把那本册子送到你桌前。即使那本手册已经摆在眼前,你也弄不懂为什么第 A115 页会出现在第 W18 页之后。至于那些由专业人士编写的高价使用指南则常常会出现以下两种状况。第一种:当你翻开那部版面巨大的手册时,会惊讶地发现足足十页的篇幅都被用来解释一个再简单不过的程序——"当你按下电源开关时,整个屏幕就会'奇迹'般地出现彩色的画面"——当然,对于那些习惯使用钢笔的人来说,这的确是个奇迹;第二种情况:当你翻开一本足有八百页的册子,仔细阅读完每一个细小条目的索引时,却发现没有你要找的那一项。

于是你只好选择在线指导程序,也就是当你点击屏幕右上方的某个图标(通常是一个问号)之后跳到你眼前的那个画面。假定你正在使用的那个程序显示出某个下拉菜单,其中有一条为"插入对象"。也许你会犯嘀咕,既不知道什么叫对象,也不知该如何插入(尤其是在哪里插入)。别着急,你可以启动在线指导程序,不过你将得到如下回答:"该命令表示在文件中插入对象。"倘若你认为该指导程序的作者是在欺骗用户,那我可要为他辩解:他说的的确是

---

① 见《圣经·马太福音》第 5 章,第 37 节。

实话，不过他似乎没有回答你的问题，而是把你的问题又重复了一遍，只不过把问号去掉了而已。

再举几个有意思的指导程序用语吧。提问："什么叫创建链接？"回答："使用该命令可以创建链接。参见打开链接选项。"于是，你又在帮助目录中找到了打开链接选项，却发现针对该选项的解释为"使用该命令可以打开已建立链接的文件（参见'创建链接选项'）。那些紧急提示——如"错误 125"——倒是十分有用。帮助程序会立刻告诉你程序出现第 125 号错误，必须将文件删除。

我想，要培养出合格的帮助程序作者和药品说明书作者，就必须让他们接受特殊学校的训练，从娃娃抓起。教师要鼓励他们从儿童时期就开始学习下这样的论断："所有的单身汉都是单身汉"（然后给一块糖果以资鼓励），"埃帕米门尼德要么在奔跑，要么不奔跑"，"所有的动物都是动物"，"苏格拉底是苏格拉底"，"要么下雨，要么不下雨"，"如果科尔布里德提出了排中律，那么科尔布里德就提出了排中律"，还有"因为人人都有一死——且人人都有一死——所以人人都有一死"。

一九九六年

电子邮件、无意识与超我

E-mail可以算是电子通讯领域的一个新鲜玩意儿。有了它，我们就可以在短短几秒钟内往遥远的澳大利亚发送许多页文件，而费用却只与打一通市内电话相当。不仅如此，收到邮件的人也只需在页面底部添加几句话，便可以通过这种方式迅速回复。有时候，我们只要写上"我同意"即可，无须为繁文缛节劳心费力，写下类似于"尊敬的某某先生，我收到了您的来信"这样的句子。轻轻地点击"回复"键，收件人和发件人会自动对调，几秒钟之后，邮件就这样快捷地到达澳大利亚了。除此之外，互联网还鼓励人们向素昧平生的人发送邮件来传达或咨询信息。当然，在使用电子邮件时，也要遵循特定的礼仪规则。比如，电子邮件也有自己的"表情"——一系列通过敲击键盘而制造出的小图像，如"：）"就是由冒号和右侧括号构成的表情符号。如果你稍微歪歪头（或者把电脑掉转一个方向）就会看到一张微笑的脸。这个符号表示"我在开玩笑"。为什么要使用这些表情符号呢？因为在面对面的交谈中，人们可以通过眼神告诉对方自己在开玩笑，而在传统的信件来往中，我们只会写给彼此熟知的人。但是通过电子邮件我们却可以与陌生人联系，也许我们并不了解他们所属的文化中的幽默，因此，我们可以谨慎地使用这些表情符号来帮助表达。

然而，电子邮件交往中的无距离感和高速度也会引发一些心理问题。比如，在传统的信件沟通中，寄信者会安静地等候对方回信，有了电子邮件，人们就可能会变得十分不知趣，一连写上十几封催促函，要求对方回复。关于电子邮件的高速度，我想举一个最近发生的真实事件来说明其缺点。有一个人（我们姑且把他叫做帕斯卡莱）已经在某家企业工作了若干年，其热情有礼、有求必应的态度深受领导器重与同事欢迎。虽然他有时也会心存不满，但却从来都不露声色。

有一次，帕斯卡莱被派往国外处理一件关系重大的事务，于是便使用电子邮件与同事保持联络（当时，他刚刚学会如何使用电子邮件）。某天，一个朋友（通过 E-mail）告诉他遭到了不公允的对待：帕斯卡莱在出国前留下的一个项目没有被单位认可，并已经转交给另一个同事负责。看到这封邮件，帕斯卡莱立刻觉得遭到了莫大的侮辱，顿时火冒三丈。在我看来，无论公司的决策正确与否，帕斯卡莱的这种反应都是可以理解的。

当我们认定自己受到不公正对待时，如果当时正在气头上，就一定会认为那个怪罪我们的人是个白痴，"那些人"根本不明白我们的想法，只会听信那些马屁精的话，所有人都该去见鬼。然而当怒气慢慢退却以后，我们通常都会选择与对方冷静地沟通，寻求某种解释。如果双方相距遥远，则可以写信交流。在发出信件以前，我们通常会读上几遍，作若干修改，使自己的语气更为得体。

然而帕斯卡莱收到信件以后，却立刻就给那位"假定"冤枉了自己的领导写了封邮件，在信中骂他是个大混蛋，对他的专业水准含沙射影，说他为了满足自己对于男女下属的双性恋需求而出卖企业利益。随后，当他的上司愤怒地回信，质问他是否疯了时，帕斯卡莱再次变本加厉，威胁说如果不是因为身处国外，一定要把他打成残疾。由于一封电子邮件可以同时发送给多个收件者，帕斯卡莱还给公司老板抄送了一份,并声称他坚定地认为那家公司与垃圾场无异。

这难道是一种独特的辞职方式吗?显然不是。所有人都知道帕斯卡莱渴望继续工作。事实上,他遭受的批评并不严重,或许只是通知他的人夸大其词了。然而帕斯卡莱就这样毁掉了自己的职业生涯。为什么会这样呢?帕斯卡莱收到了一个令他愤怒的消息,而电子邮件的形式又促使他迅速作出回应,并闹得沸沸扬扬,众人皆知。在一个与他人隔绝的封闭世界里,帕斯卡莱和他的愤怒情绪都只是面对着一台电脑,而这台电脑又激发了他灵魂深处最阴暗的部分。帕斯卡莱收到的这封邮件使他的"无意识"短路,甚至没有如往常一样问一问内心的"超我"。面前的这台机器让他与外界的距离缩短到零,同时把"高速度"的原则强加给他,让他忘记了许多个世纪以来,社会契约要求人们必须留出一定的时间来作出反应和回馈。

这件事情告诉我们电子邮件(这个至少与洲际喷气式飞机同样伟大的发明)也会给我们带来种种"邮件紊乱"的麻烦,因此,我们要从心理上慢慢适应。当然,就目前的情况来说,我们还是用不上褪黑素[①]的。

一九九六年

[①] 一种夜晚分泌的激素,可抵抗节律紊乱,即所谓的"时差"。

你能记住七个小矮人吗

我们经常玩一种集体游戏,考验某个人能否在一瞬间迅速回忆起七个小矮人的名字。从我的经验来看(如果说的是《白雪公主》中的七个人物),人们通常都能顺利地说出前六个人的名字,偏偏却会在第七个名字上卡壳——至于具体是哪一个名字,则会因人而异。同样的游戏,大家也可以把主题换成是罗马的七丘之王,要么是塞尔维乌斯·图利乌斯,要么是图卢斯·霍斯提利乌斯,总之,七个名字中总有一个挂在嘴边却说不上来。

如果你也有类似的经历,不妨尝试一种记忆小窍门。你可以想象一幅十分简单的场景:一个患感冒的博士睡在小狗窝里,不停地抱怨,而他的母亲则在微笑着。如此一来,这七个小矮人便会立刻浮现在你眼前:万事通、害羞鬼、瞌睡虫、喷嚏精、爱生气、开心果和糊涂蛋。

至于罗马的七丘之王,记忆的方式可能要更复杂些,但的确有人能够解决这个难题。那些编写记忆法手册的作者建议读者在脑海中构建起一座复杂的"建筑",在这座建筑的各个角落都"安放"一幅特定的画面(可能是一些相当令人震惊或恐惧的形象),由于这些画面与我们需要记忆的内容相似或相反,我们就可由此记住某个单词、概念、科学定理、现象或某个天使的品级。

要知道，许多世纪以前，人们并没有特殊的记录工具，因而信息的延续和传递（尤其是在瓷片或蜡块上记录的方式）成了一种相当辛苦的工作。人们必须把知识储存在大脑里才能继续传播。于是，一些有关记忆的技巧便应运而生——对于教师、教士、学者、讼师来说，这些技巧尤为重要。从事上述职业的人也的确能够在没有图书馆和电脑的情况下将大量信息储存在自己的大脑里，由此看来，这些所谓的记忆法的功效确实名不虚传。

另外，我们还注意到，即使当印刷书籍出现以后，这些有关于记忆的技巧非但没有消失，反而继续发扬光大，并转变成一种协调宇宙中各种知识，建立"世界大舞台"的工具。有了它，人的大脑不仅能够温故，而且还能（如那些神奇的超前机器一般）创新。

某些关于记忆技巧的书籍（很久以前，保罗·罗西[1]和弗朗西斯·耶茨[2]就曾写过相关作品），大家可以在圣马力诺展出的奇妙的超现实版画中看到。上个星期，杨氏收藏协会[3]的开幕式就在当地的一所大学里举行。该收藏协会致力于收集所有关于记忆法的文字资料，既有关于记忆技巧的珍稀藏书，也有当代的记忆科学作品。

然而，仅凭介绍一些展览及古老的书籍资料是远远不能全面地表述记忆这一概念的。记忆是一种重要的能力，有了它，人类的个体和群体才能不断确认自己的身份（那些健忘者往往不知道自己究竟是谁）。不幸的是，在这个千年即将结束之际，却流传着一种灰暗的预测：人类的记忆能力呈现出逐渐萎缩的趋势。由于已经有越来越多的设备帮助我们保存那些需要记忆的信息，我们的大脑反而

---

[1] Paolo Rossi（1923—   ），意大利哲学家、科学史专家，对记忆法有深入研究。
[2] Frances Yates（1899—1981），英国历史学家、记忆法专家。
[3] 由美国收藏家莫里斯·内森·杨（Morris Nathan Young, 1909—2002）创立，致力于收集各个时代关于记忆法的文章和书籍。

变得日趋懒惰了。

诚然，有了电子计算器，我们就不必辛苦地记忆繁琐的口诀表了；但有的时候，背诵口诀表并不仅仅是为了算账，更是为了锻炼我们的大脑。这种发生在大脑方面的变化与发生在腿脚方面的变化是类似的，有了火车、汽车和飞机，我们的确可以减少步行，但如果我们一天到晚完全不迈步子——哪怕是为了活动活动身体——那么事情就会变得很糟糕。这是因为行走不单是为了从一个地方移动到另一个地方，更是为了健康长寿。同样的道理，如果一个人在一生中每天都能背上几句诗，那么八十岁的他将会比另外一个只知道在书本或光盘里查询这些诗句的人年轻得多。

有的人会说电脑并没有使我们的记忆变得迟钝，因为单是记住所有的程序及其操作规则就足以让大脑得到充分的锻炼。但我认为人们还是应该进行更多的记忆"慢跑"训练，尤其是在学校学习的过程中。当然了，背诵诗歌或历史日期仅仅是文学或历史学习中的一个方面，但倘若能把《灰白色的小母马》[①] 背诵下来，还能预防老年痴呆症呢。

一九九八年

[①] La cavallina storna，意大利诗人乔万尼·帕斯科里（Giovanni Pascoli，1855—1912）的一首长诗。

我们的发明真的如此之多吗

前些日子，我在互联网上看到了一则启事。由于那是一封没有署名的电子邮件，所以具体的网址我并不清楚，其目的是宣传一种"按顺序构建起来的系统化知识"（Built-in Orderly Organized Knowledge），如果我们把这几个英文单词的首字母组合起来，就得到了一个缩写"BOOK"，即"书籍"。

"无需电线，不耗电池，没有电路、开关和按钮，该产品结构紧凑，方便携带，甚至可在壁炉前使用。该产品由一系列标明序号的纸张（可再生纸张）构成，每页都包含成千上万字节的信息。另外，该产品还附带一副精美的装订保护封套，以保证内部页面的顺序正确。"

"应使用双眼浏览该产品的每一页，其中的信息会直接载入大脑。使用者可通过'浏览'这一命令利用手指的运动向前或向后翻阅。一种名为'食指'的工具将帮助使用者翻到正确的页面阅读感兴趣的内容。另外，当关闭该产品（BOOK）时，使用者还可选择使用'书签'标明此次阅读的位置。"

之后，这封商业广告对这种极具"创新性"的产品作了其他详尽的描述，同时宣称他们还准备将另一种名为"可携带、可擦除的笔尖形隐秘语言交流工具"（Portable Erasable-Nib Cryptic Intercommunication Language Stylus，简写为"PENCIL"——"铅笔")的产品投放市场。仔细想来，该启事不仅仅是一则有趣的幽默笑话，而且还回答了一个令许多人忧心忡忡的问题：面对电脑的飞速发展，书籍究竟会不会退出历史舞台。

事实上，有许多发明自诞生之日起就没有经过任何飞跃性的改变，如杯子、勺子、锤子等。当菲利浦·斯塔克[1]尝试改变榨汁机的形状时，他设计出了一个相当别致的装置，但这个新设计却会让水果的果核落入果汁杯中，而传统的榨汁机却能保证将果核与果肉一块儿过滤出来。

当二十世纪即将落幕之际，我们不由要扪心自问，在这整整一百年当中，我们的新发明真的如此之多吗？实际上，我们在日常生活中使用的几乎所有物品都是在十九世纪发明的。这样的例子不胜枚举：火车（其中的蒸汽机车还是在十八世纪发明的），汽车（以及作为其发展前提的石油工业），由螺旋桨推进的蒸汽轮船，钢筋混凝土结构的建筑，摩天大厦，潜水艇，地铁，直流发电机，涡轮，柴油发动机，飞机（当然，怀特兄弟最具决定意义的飞行体验发生于十九世纪结束后的第三年），打字机，留声机，电话答录机，缝纫机，电冰箱，保鲜食品，巴氏消毒奶，打火机（和香烟），耶鲁安全锁[2]，电梯，洗衣机，电熨斗，自来水笔，橡皮擦，吸水纸，邮票，气压传送邮件[3]，抽水马桶，电铃，电风扇，吸尘器（一九〇一年），刮胡刀片，折叠床，理发椅，办公转椅，摩擦火柴和安全火柴，雨衣，拉链，别针，碳酸饮料，带外胎、气室、钢制飞轮和链条的自行车，铁路慢车，有轨电车，架高铁路，玻璃纸，

---

[1] Philippe Starck (1949—)，法国产品设计师。
[2] 十九世纪六十年代由美国人莱那斯·耶鲁（Linus Yale, 1821—1868）发明。
[3] 一种通过气压传输装置发送的信件。人们可以将电报、紧急信件或小包裹装在一个袋子里，放进气压管道，在空气压力的作用下将信件传递到城市的任何一个地方，再由邮差送到收件人手里。

塞璐珞，人造纤维，以及出售上述所有商品的仓储商场等等。如果还不够，我们还可以列出其他许多物品，如电气照明，电话，电报，无线电，照片和电影等。另外，巴贝齐①还于一八二二年研制出了一台每分钟进行六十六次加法运算的计算器——从那时起，我们便已开始朝着电脑时代迈进了。

毫无疑问，本世纪的新发明也相当令人瞩目，如电子科学，青霉素以及其他各种延长人类生命的药物，塑料，核反应，电视和太空航行等。但同时我们也惊讶地发现如今最昂贵的自来水笔和钟表却在模仿一百年前的经典款式。另外，我在以前的专栏文章里也曾提到在通讯领域最新的一场革命中，有线的互联网居然超越了马可尼发明的无线电报，从某种意义上来说，这一点也意味着从无线电向有线电话的回归（倒退）。

至于本世纪最具代表性的两种发明：塑料和核反应，人们正尝试着将其毁灭——因为它们正在吞噬着我们的星球。要知道，"进步"并不等于要不惜一切代价地奋勇向前。

一九九八年

---

① Charles Babbage（1792—1871），英国数学家。

在互联网上旅行

曾几何时，有多少人慨叹火车扼杀了人们在徒步穿越森林，或策马奔驰在尘土飞扬的古道上时大发诗兴的机会。可不久之后，火车居然又成为了某些著名诗人——包括托尔斯泰、桑德拉尔、布托和蒙塔莱——的创作题材（尽管有些作品实在恶劣）。没办法，哪怕是在一艘宇宙飞船上，人们也可以展开想象的翅膀，沉醉于爱情、乡情之中，抒发自己的恐惧或激动之情。再说，普鲁斯特在读过奈瓦尔的诗作之后，也曾向我们描述他是如何在阅读大巴黎区的列车时刻表时感受到盎然诗意的。

直到昨天为止，我一直都被一个问题所困扰，即寻找一个关于火车系统的网络程序。或许所有人都认为这是一件再简单不过的事情：的确，我们可以在网络上找到许多关于全国火车系统及地方火车系统的网站。这些网站大都能够正常运行，但却有局限。比如，意大利的网站通常只能告诉我们在意大利境内乘坐火车的方式，却无法告诉我们如何乘火车从南锡①前往里尔②。

终于，我在无意间发现了一个名为"德国铁路网"的神奇程序（没办法，德国人在技术方面始终高人一筹）。只要在网上输入链接地址就可以找到它："http：//bahn. hafas. de/bin/db. w97/detect. exe/bin/db. w97/query. exe/e？"。

这个程序可以提供整个欧洲范围内的铁路信息，我想它应该也能提供一些跨大陆甚至是跨海洋的列车搭乘方案（正如我们所见，该程序居然已经把那条新修的横穿英吉利海峡的海底铁路也考虑在内了）。

该网站不仅可以在一眨眼间就告诉你在一天中的特定时段里或全天范围内有多少趟列车在米兰与巴勒莫、巴勒莫与伦敦或伦敦与法兰克福之间运行，还可以为你提供其他一切有用的信息，如某趟车次的运行时间、列车上是否配有餐车及卧铺车厢等。不过，当一个程序完备到了这样的程度时，人们便往往会进行一些无聊的操作。比如说我就提交了一个申请，询问如何乘火车从法兰克福去巴蒂帕利亚③，并立刻获得了满意的答案——根据所选择的不同车次，大约需要十八至二十个小时的时间。

于是，我再次询问如何从伦敦出发，途经那不勒斯，到达格罗塞托④。该程序推荐的第一条路线需要花费二十九小时，这也是最为普遍的方案。第二条路线则需花费三十四小时，因为我必须在巴黎的两座不同的火车站倒车。第三条路线可谓相当不错：只需二十六小时。但假如我选择这个方案，则不得不经停巴多内基亚⑤、亚历山德里亚、诺维⑥、维亚雷焦，接着于凌晨一点途经格罗塞托（但火车不在此停留），到达那不勒斯的坎皮·弗雷格雷车站，然后调头北上，驶往罗马的奥斯迪安塞车站，并于大约九个小时之后最终到达格罗塞托——真是一个令人兴奋的选择，看来我得为这样一趟行程准备不少书籍来消磨时光，或许还要带上暖水瓶等其他

---

① Nancy，位于法国东部洛林大区。
② Lille，位于法国北部-加莱海峡大区。
③ Battipaglia，位于意大利南部坎帕尼亚大区。
④ Grosseto，位于意大利中部托斯卡纳大区。
⑤ Bardonecchia，位于意大利北部的皮埃蒙特大区。
⑥ Novi，位于意大利北部的皮埃蒙特大区。

物品呢。

现在让我们来试试不可能的事。我输入了一条申请，询问如何从巴蒂帕利亚出发，途经马德里到达罗斯科夫①。该程序建议的路线为：巴蒂帕利亚经米兰至尚贝里，随后经巴黎、马德里、普瓦蒂埃②、南特、雷恩、莫尔莱，最终到达罗斯科夫。足足六十六个小时的美妙辗转过程！还有一条从巴蒂帕利亚经马德里到圣彼得堡维捷布斯克火车站的推荐路线也相当精彩。一开始自然要先从巴蒂帕利亚到巴黎，再从巴黎到马德里，但接下来的旅程就十分有趣了：从马德里到布鲁塞尔，再到奥尔沙中央火车站，最后达到圣彼得堡。全程一共一百一十小时三十四分钟。

还有一条从马德里经华沙到罗马的线路也挺有意思，因为在该线路上出现的众多带意第绪语风情的车站名让人不禁浮想联翩——华沙东、比亚韦斯托克、切雷姆哈、谢德尔采、华沙市中心、维也纳东、维也纳南——但最终似乎是在刹那间就到达了罗马中央火车站（忽略了我们亚平宁半岛上其他的小站站名）。

另一条从莫斯科经法国利雪到伊斯坦布尔的线路（一下覆盖了三个神秘之都）也不错，不过似乎没有想象的那样令人心驰神往。

显然，我对此已经上瘾了。早在童年阶段，我就常常在数学课上将世界地图藏在课桌下幻想着各种冒险旅程，如今的我则可以跟随着这些带有魔幻色彩的声响在山区与平原尽情驰骋。这是一种虚拟的现实。为了能够夜以继日地待在电脑前，我得根据不同的参观地点预备好各地的烈酒，或许还要准备烟斗（甚至是水烟筒）、皮草大衣和暖手炉。在这些虚幻的旅途中，没准儿还会冒出一个"东方快车"上的杀手。

---

① Roscoff，位于法国布列塔尼大区。
② Poitiers，法国中西部城市，位于普瓦图-夏朗德大区。

或许，我还能在两站之间发现一位面色苍白、鼻孔微颤、嘴唇鲜红（如某位尽情吮吸着俄罗斯香烟的受伤女子一般）的"卧铺列车上的圣母"[①]呢。

一九九七年

[①] 法国小说家莫里斯·德科布拉（Maurice Dekobra，1885—1973）曾著有小说《卧铺列车的圣母》。

写好的故事和待写的故事

"我们已进入超文本时代。"一张小小的光盘，其信息容量就相当于一部百科全书，或某位多产作家（如圣师托马斯）的所有作品，甚至是众多作家的作品全集。然而，这项技术的真正优势却并不在于能够把大量信息压缩进一张光盘，而在于当人们寻找某条信息时，不必像线球中的毛衣针一般把所有内容都"翻阅"一遍。在一座看不见的图书馆里，人们从一个单词，一个句子能够迅速跳跃到其他内容；在不穿越经线和纬线的情况下就能发现遥远地域之间的联系。

从另一个方面来说，万维网也是所有超文本之母。人们只要轻轻点击某个单词，就可以从保存在多伦多大学图书馆里的一本书籍迅速链接到一本教导如何制作肉酱调料的菜谱，随之又可以浏览到马克·吐温的作品全集。有时，这种链接方式会让人毫无目的地在网络上漫游，但也让人有了数不清的新发现。在互联网上，人们还可以找到一些集体创作小说的程序，从而参与修改故事发展的进程，得到无数不同的结果。正因为如此，许多人都认为当代文学正经历着一场革命。

如果你正满怀热情地阅读《战争与和平》，你也许会问娜塔莎是否真的接受了阿那托里的献媚，还是继续忠诚于安德烈公爵；这个英雄人物是否真的离开了人世（这显然是读者所不希望看到的）；而皮埃尔又是否真的朝拿破仑开枪射击。每个人都可以想象一个不同的结局，但无论如何，托尔斯泰最终会告诉你故事的真正情节，读者完全无法修改。然而，如果你阅读的是超文本版本的《战争与和平》，你就可以在每一个重要的转折点修改人物的命运。不仅如此，你还可以重新创作一个《战争与和平》的开头，让其他人续写下去……如此一来，你就能够摆脱两种令人感到压抑的限制：其一，面对一部既成的小说，其二，无法超越小说创作者与阅读者之间的鸿沟。毋庸置疑，使用超文本有创意地进行游戏，修改原有的情节，创造出有特色的故事，这的确是个有意思的活动，值得在学校里推广练习。它与爵士乐中的"即兴演奏会"十分类似，每一曲的风格都互不相同，任何人都可以参与演出，即兴表演，随意变化。

但值得注意的是，爵士乐并没有使人们抛弃其他由乐谱规定好的音乐形式；同样，这种崭新的文学创作形式也与传统的"写好的故事"毫不相干，更不能取而代之。

大家不妨想一想雨果在《悲惨世界》中是如何描绘滑铁卢战役的场面的。如果说司汤达是从法布里斯的视角出发，描绘了一个迷茫的局内人的感受，那么雨果则是以上帝的眼光从高处审视着这场战争：他明白，如果拿破仑事先得知在圣约翰山高地有一道悬崖峭壁（但他的向导并没有告诉他这一点），那么米约的骑兵决不会在山脚下被英军击溃；如果那个当向导的牧童向他建议另外一条通道，普鲁士的军队也无法及时赶到，决定战争的胜负。

在超文本版本的作品中，我们就可以让格鲁希带领的法军而不是布鲁歇尔带领的德军及时赶到，从而重新描写这场滑铁卢战役。除此之外，我们还可以通过那些"战争游戏"来进行类似的修改，并从中获得乐趣。但雨果所创造出的震撼性的悲剧效果就在于故事

（不以读者的意志为转移）只能按照原本的走向发展。同样，《战争与和平》的魅力也恰恰在于无论读者有多么遗憾，安德烈公爵的内心纷扰都只能以死亡的形式终结。当我们每一次重读这些感天动地的悲剧时，都能体会到一种痛苦的美感，这正是因为作品中的英雄本应该逃过种种磨难，但由于性格的弱点或对于未来的盲目，却最终落入自己掘出的深渊。另外，雨果在列举完种种本可以改变拿破仑在滑铁卢失败命运的机会之后，又写下了这样一段话："拿破仑这次要获胜，可能吗？我们说不可能。为什么？由于威灵顿的缘故吗？由于布吕歇尔的缘故吗？都不是。是上帝的意志使然。"

这一点是所有伟大作品告诉我们的道理，或许他们使用的不是"上帝"一词，而是"命运"或"生活中不可违背的法则"等等。那些"无法修改"的作品的妙处就在于此：它们不遵从任何读者想改变命运的愿望，我们能触摸到的只是那个无法更改的结局。如此一来，这些作品无论描述怎样的事件，都是在描述我们的真实生活。正因如此，我们才会爱不释手地一遍又一遍地阅读，因为读者需要感受主人公这种令人"压抑"的经历。超文本小说能教会我们自由和创意，这样很好，但却不能满足读者的全部需求——因为那些既成的故事还能教会我们如何走向死亡。

一九九五年

纵使是白费口舌
小议多种信息传播渠道

报纸：你们已沦为电视的奴隶

"意大利女人是傻瓜吗？"假如有人在两个月前宣称继法尔科内和博尔塞利诺谋杀案①之后，意大利文化界的议论焦点将转移至上述问题的话，大家一定会认为他在说一个低级趣味的笑话。然而，真实的情况却被安德烈·巴尔巴托②不幸言中了（参见第三十三期《快报》周刊）："不久，我们就将讨论究竟是左派更愚蠢还是右派更愚蠢。既然我们很有可能被排除在欧洲之外，那么不妨探讨一下女人是否都是傻瓜。"

一切都源自费德里科·泽里③的一时兴起（参见第三十一期《快报》周刊）。然而，仅凭一时兴起就可以引发一场"社会学—生物学—哲学"大讨论吗？这便是报刊界自给自足的典型示例。如今，该现象不仅发生在夏季，而且也蔓延到了冬季。在那个电视审批制度过于严苛的年代，电视界曾发明了一种名为"循环笑料"的节目形式：首先，一家电视台播出一个愚蠢的节目，接着，第二家电视台播出另一个节目来取笑之前的节目（如此一来，电视节目便可以两耳不闻窗外事，也不用遭受各方指责了）。然而报刊界的情况则更加糟糕，各家报纸不但在自娱自乐，而且还成了电视节目的傀儡。自从某一家报纸引发了上述针对女人是否是傻瓜的讨论，来自各方的议论就已在其他报纸的内页部分铺天盖地；倘若这场议论源自某个电视栏目,恐怕相关的讨论就要登上各大报纸的头版了。

需要注意的是,如果这是一场事关电视台转让或意大利国家电视台高层变动的讨论,那么当然值得在头版刊发。假如贝卢斯科尼与富纳里④分道扬镳,那么这条新闻也显然带有政治色彩。然而,即使是如此正规的新闻,其价值也只够在头版待上一天,只有发生了以下任何一种情况,才值得再次成为头版新闻:其一,贝卢斯科尼收回成命,其二,富纳里成为新闻一台的总编。然而,现实情况却是除了几个月前刊登的若干篇论文之外,其他所有充斥在《撒马尔罕报》头版的关于电视的新闻都只配出现在娱乐版中。

如今,报纸的内容安排已经唯电视节目马首是瞻。任何人,只要他能穿着内裤出现在皮波·弗兰科⑤的访谈节目中,就完全能够决定次日报纸的头条新闻内容。

相对于电视新闻来说,日报已经在时效性方面处于劣势。可为了弥补这种令人遗憾的不足,报社居然还决定跟在电视节目后面走。似乎整个意大利报刊界都希望成为《歌声与微笑》⑥的附属刊物。有必要重申的是,这在世界范围内是绝无仅有的现象。哪怕在第三世界国家也不会出现类似的情形,因为那里的报纸没有如此多的页数。

或许正是因此,意大利的报刊才会沦落到跟着电视及一些内部

---

① Giovanni Falcone(1939—1992),Paolo Borsellino(1940—1992),意大利法官,常年致力于与意大利黑手党势力作斗争。一九九二年,两人先后在当地黑手党制造的爆炸案中丧生,被视为意大利的英雄。
② Andrea Barbato(1934—1996),意大利新闻工作者。
③ Federico Zeri(1921—1998),意大利艺术史学家。
④ Gianfranco Funari(1932—2008),意大利电视节目主持人,曾常年在意大利国家电视台就职。
⑤ Pippo Franco(1940—   ),意大利演员、歌手、电视节目主持人。
⑥ *Sorrisi e canzoni*,意大利娱乐周刊。

循环消息转悠的地步。报纸的页数太多了。它们之所以需要这么多页，是因为要招揽足够的广告，这一点我十分了解。但与我们有必要了解的信息量相比，页数实在是太多了。因此，编辑就得想办法把它们都填满。如果某一天，没有人去谋杀美国总统，那么报纸编辑就只好劳神费力地寻找某个人物，来探讨意大利女人究竟是不是傻瓜。

假如某一天确实什么也没有发生呢？那也不必假装发生了什么重要的事情。这将成为一个戏剧性的时刻，值得用三栏篇幅刊登主编的一篇社论。假如每当相安无事时都会出现主编的文章，然而某一天人们期待有什么事发生时，就会以更加关注的态度来阅读报纸。举个例子，倘若天民党一直没有选出新任书记，而福拉尼①又一直在不断地递交与撤回辞呈，那么虽然什么事也没有发生，却也值得为此大造声势，占据报纸的头版位置。

自然，记者的能力就体现在他是否可以让没有新闻的时刻变得戏剧化，从而调动读者的兴趣。从这一点来看，报纸体现出了它纯洁而英勇的一面，尤其是当它们成功地让没有新闻的时刻变得富有戏剧性，甚至带来超过危地马拉革命的新闻效应时。

不过，假如没有新闻就举手投降，仅仅通过炒作弗兰基与英格拉西亚②之间的种种不和来粉饰太平的话，这就有欺骗之嫌了。

一九九二年

---

① Arnaldo Forlani（1925— ），时任意大利天民党书记。
② Franchi, Ingrassia，意大利喜剧《弗兰基与英格拉西亚》中的人物。

庭审直播是破坏宪法

我怀着十分不悦的心情收看了针对前任政府官员瓦特·阿尔马尼尼①的庭审直播节目，心中充满了忧虑。作为一个有着起码道德良知的人和尊重宪法的公民，我为阿尔马尼尼感到不平。我之所以这么说并非认为他无罪（事实上我没有理由质疑判决），而是因为我看到了一张在众目睽睽之下的脸庞。他嘴角的每一条皱纹以及下颌的每一次收缩都成为数以百万计的观众嘲弄的对象。在我看来，这种嘲弄就好比无期徒刑一样令人难以忍受。不错，在历史上，我们的确曾在广场上当众执行过处决，但这种处决形式的废止恰恰说明现代人的文明程度要高于我们祖先。另外，那些在广场上被当众处决的人全都是罪犯，而审判中的被告还没有被最终定罪呢。

庭审直播的悲哀之处在于这种形式将毁掉一个无辜者的一生。正如大家所知道的，被告通常要回答一些关于个人生活的尴尬问题。在阿尔马尼尼的庭审直播前几天，电视台播放了一部由芭芭拉·史翠珊主演的电影（改编自真实事件）。剧中，女被告（后来被释放）必须承认自己是个妓女。而另一个被诬陷的男人只有说明自己已经被阉割的事实，才能将强奸的罪名洗刷干净。作为观众，我们难道忍心看着这个已经遭遇不幸的男人还要在直播的庭审中成为全国人民的笑柄吗？

庭审是不是公开的？当然是。但我们要弄清公开的尺度。大学里的考试也是公开的，也就是说任何人都可以进行监督，以掌握考场规则的执行情况。然而在监考的过程中，我却经常遇到一些令应考者感到羞辱的情形，比如，催促他及时退场，指明他对某处的误解，斥责他不适合参加理论考试或通过一些十分"弱智"的提示，告诉他该如何读题，如何标注，并重复向他解释没有明白的部分。这些考生通常要当着十多名同学的面经受这种难堪的场面，对于这一点我感到十分遗憾，但考生仍然会积极参加考试，因为他们能从这种经历中吸取某些教训。

然而，假如知道这个场景要在数百万观众的眼皮底下进行，我想那个人是绝对没有勇气再次面对家乡父老的。再举一个例子，税务申报是公开的，每个公民都有权进行审查。但宪法规定，全民审查的对象只能是那些公众人物，比如一位自愿接受公众监督的议员。可是，没有哪个被告是自愿走上被告席的。

一定有人会反对说只有在被认定有罪之后，其庭审过程才会在电视上直播。对于这种说法，我不敢苟同。即使是一名罪犯，由于他已经以某种形式为自己的罪行付出了代价，那么他的尊严同样应该受到保护。有人问，在一间能容纳百名听众的法庭里接受审判与在电视上面对几百万名观众接受审判难道有什么区别吗？当然有。如果有人在我家里当着三个人的面诽谤我，我或许只会把他赶出门去；但倘若他在广场上当着两百人做出同样的举动，我定会追究他的法律和道德责任。同样，当一个被告在一间大屋子里面对着两百名对案件感兴趣的听众接受审判时，其羞辱感会随着庭审的结束而消失；但如果要面对成千上万的电视观众，即使案件结束，阴影也

---

① Walter Armanini（1937—1999），意大利米兰前政府官员，因在米兰公墓工程中贪污三千五百亿里拉成为意大利"净手运动"中第一位受到制裁的官员。

会挥之不去。哪怕罪犯已经为自己的罪行付出了应有的代价,这种抹不去的心理压力也将如影随形,伴他一生。不仅如此,由于电视节目是经过剪接的,观众看到的根本不是完整的审判过程,而是一些经过编导随意筛选的画面(这一点路易吉·马可尼也在《新闻报》上提过了)。所以说,我们看到的不是真正的审判过程,而是经过电视诠释的审判场面。

如今,我们还无法清晰地阐述媒体如何能够改变人们对于自由、隐私、公开等概念的界定,但我们应尽快从宪法的角度予以说明。另外,我还认为当政府部门、法官、律师和被告面对摄像机时,他们的举动一定会与身处那间普通的审判大厅中时有所不同——尽管他们自己可能并没有察觉。那么如果要实现真正的电视时代的庭审,坐在电视机前就不仅仅是观众,而是所有参与审判的人,比如法官在米兰、政府部门在巴勒莫,被告在佛罗伦萨,所有人都身处不同的地域,却都通过以太网连接起来。

倘若有一天,我也被卷入一场通过电视直播的审判中(哪怕只是作为证人出庭),我一定会声明自己是个政治犯,拒绝回答庭审中的任何问题。不仅如此,我还会出于公民的义务,不惜一切代价也要毫不客气地指出庭审直播是破坏宪法的行为。

一九九三年

即使被告同意，谁能保障证人的权利

下笔写这篇文章时，我正在国外出差。因此我并不清楚国内关于电视直播庭审的争论有何新进展。不过我恰好读到了一篇文章，说有人提出庭审直播并非新生事物，但为什么当政治人物遭遇审判时，人们的反应就如此激烈呢？毫无疑问，这是一个十分有趣的问题。但我要说明的是，早在庭审直播刚刚兴起时（当时的审判对象还仅仅限于小偷、窝藏者及伪造空头支票的签署者），我个人就已经提出了异议。当时，我对这种做法感到十分遗憾，并表示反对。因为在我看来，那些直播的庭审节目就好比一部令人感慨的"人间喜剧"。如今，通过电视屏幕看到法庭上的迪·皮耶特罗①当然是一件令人颇感兴趣且富有教育意义的事情，然而，我想大家都会认为无论多么富有教育意义，我们也不能通过解剖活人来教授解剖学。

对于我的观点，大多数反对者都会说庭审直播是经过被告同意的。然而，即使被告出于无知、傲慢或自我惩罚的心理选择承受这种折磨，法律也应该制止他的自虐行为。假如被告拒绝为自己辩护，法律也应强行为他配备一位官方律师。再者说，即使被告同意，又有谁能保障证人的权利呢？要知道，许多审判过程中都不乏一些有损证人名誉的尴尬问题。

不仅如此，有的时候还会发生以下情形：一方面，被告因为被控罪行并不严重，且过分相信能够证明自己的清白，从而选择接受直播庭审过程。而另一方面，起诉方和公诉律师都众志成城地要拆穿被告的辩护之词，为了说明被告的言辞不可信，他们甚至还会将一桩二十年前的丑事重新抖搂出来。如此一来，即使被告最终被赦免，或仅仅被判处三个月监禁加缓期执行，他也将被迫蒙受那份他不应承受的羞辱。

庭审直播不仅事关被告的种种权利。这种做法也不恰当地放大了审判的公开尺度，因为媒体的传播与面对面的交流完全是两回事。在使用媒体传播时，观众是无法进行反馈的，也就是说观众无法表达自己的反馈意见，而说话者也无法得知观众的反应。然而，审判应该采取一种面对面的形式，法庭中的观众也应是这种关系的组成部分。当然，法官要对观众的举止加以控制，以确保他们的掌声及抗议不会影响到审判各方的心理状态。相反，倘若知道自己的一举一动将被好几百万观众看在眼里，谁的行为都会受其左右的。基于审判是一种面对面的关系，其公开的形式也应与之相适应。

这是否说明连报纸也不能对审判的情况加以报道了呢？当然不是。当人们在报纸上阅读一篇审判评论时，会清楚地意识到这只是第三方的所见所闻，在心理上也会有所保留。与阅读报纸不同，坐在电视机前的观众会有一种身临其境、见证一切的感受。可事实上，这些电视观众根本就无法见证完整的审判过程。或许当被告进行陈述时，你看到的是公诉律师那张写满怀疑的脸，在同一个瞬间，你无法看到辩护律师或法官的表情。你看在眼里的并非"事实本身"，而是"经别人描述的事实"，在这个过程中，那个描述者在

---

① Antonio Di Pietro（1950— ），意大利政治家，曾担任"净手运动"的主要审判法官。

按照自己的好恶剪接出在他看来最重要的画面。

另外，假如我身处法庭，我不会在审判过程中高声与他人交谈或看报纸，法庭的庄严气氛会让我全神贯注地关注审判过程。然而，倘若我坐在电视机前，就很有可能会分心，在最关键的陈述时刻走神，之后再漫不经心地听上十分钟，顺便翻翻电视报，浏览一番晚上的电视节目。因此，电视机前的我并没有履行法庭中听众的责任，那么也就不应该享有针对案件的发言权，而只能享有"瞟上一眼"的权利。这样一种观看庭审的方式与观看电影的方式相差无几，观众感觉与事件中的"坏蛋"无关，而对那些"怪人"则会产生一种居高临下的感觉。这就好比自称好人却不缴税。假如我讨厌那个法官，我甚至还可以在电视机前把他大骂一通，然而，倘若是在法庭里，我一定会为此遭到惩罚。观众在电视前收看庭审时的上述种种行为难道不是对法律严肃性的玷污吗？

在这一点上，教会就要明智得多。神父早就告诉过我们，跟着电视直播做弥撒是不足以贯彻天主教教规的。

一九九三年

旧式斯大林主义

自从我发表文章反对电视直播法庭审判之后，收到了许多来信。可惜似乎没有一位读者真正理解我的意图。事实上，我是以最近的一场审判（被告是阿尔马尼尼）为契机，就问题本身进行讨论。正如我多年以来不断重申的，这是一个关乎所有人的问题，无论被告是因为偷了一个苹果还是因为制造了一起惨案才被起诉。然而，在读者之中却弥漫着一股钻牛角尖的风气。假如我说（注意，我只不过是举个例子）"不要偷盗，哪怕是从妈妈那里偷吃一瓶果酱"，我一定会收到许多读者来信，拐弯抹角地与我争辩说偷吃果酱不算违法。

这些来信的第二大特征在于一种出离理智的愤怒。一位愤愤不平的学生来信质问我："对于阿尔马尼尼的无耻行径，您难道无动于衷吗？"怎么会呢？我不仅不会对阿尔马尼尼无动于衷，也会为里伊纳①的罪行感到愤怒。然而，我始终认为即使是里伊纳的审判过程也不应该在电视上直播。除此之外，我还坚持认为包括里娜·弗特、罗马盐之路上的变态杀人狂以及莱昂纳达·钱秋利——那个用尸体做肥皂的女人在内的所有人的审判过程都不应该在电视上直播。难道要把个人情感与纯粹的正义区分开来就这么困难吗？我明白这并非易事。否则就不会有那么多人支持死刑了。可难道某个杀害儿童的罪犯真的应该在广场上被碎尸万段吗？的确，面对如此残暴的行径，每个人都会出于本能地产生类似的想法，可如果我们是文明人，就必须学会控制自己的愤怒，告诉自己不能以暴制暴。否则，我们将与那个残忍的罪犯无异。

一位十分平和的读者来信说他同意我的观点，但他认为倘若接受审判的是由公众选举出来的政治人物，则应算作例外情况，因为他们必须对公众有所交代。我想他还是没有明白我的意思，我并不是说这些政界人物不用为自己的罪行对公众有所交代，而是说这个过程不应该通过电视来公开。我认为一场在电视上直播的审判将丧失许多本应具有的典型要素。事实上，许多意大利公民在某政界人物走上法庭前就已在了解和评论他们的罪过。如果说人们可以抱怨当今社会的种种弊病，他们唯一无法指责的就是透明度。

对于某些触犯法律的罪犯，我们当然应该以他为典型严加惩治。但至于具体如何惩治，我们则应该把决定权交给法律，而不是交给一群无知而愤怒的民众。在我看来（请原谅我过于鲁莽的言辞），这些反对我的读者似乎是失去理智，有些盲目愤怒了。当然了，通过电视直播审判过程是否就意味着将被告的命运交到愤怒的民众手里，这一点还有待商榷，或许我的这个观点也有失偏颇。但我所收到的大量（并非所有）信件似乎都包含着这样一种要求："把这些人通过以太网交给我们，让我们来主持正义吧。"产生这种想法尽管在所难免，但却是不正确的。

在所有用语粗暴的信件中，我看到了一封用萨利维尔切莱塞市[②]市长办公室的公文纸书写的来信（希望当地的市民会认为这封信只是某个爱凑热闹的人开的玩笑，但我要建议市长先生在离开办

---

① Salvatore Riina（1930—2017），意大利黑手党首领。
② Sali Vercellese，位于意大利皮埃蒙特大区。

公室时一定要锁好门)。信中说:"古老的斯大林主义思想已在您心中扎根并占据了上风。您喜欢一切隐藏着的东西,比如卢比扬卡①的克格勃审判或神不知鬼不觉的背后黑枪。别忘了,您的《玫瑰的名字》可是因为电视才走红的。唉,你这个不长记性的资产阶级分子。"以前,人们曾把各种罪名扣在我的头上,但还从没人说过我是旧式斯大林主义分子。算了,我不会与这位先生赌气,但他的确混淆了"尊重审判形式"与"偷偷摸摸"这两个不同的概念,也没有弄清楚尊重被告权利与在背后打黑枪之间的区别。幸亏我们不是在美国,否则,这样的人可能还会去竞选法官呢。

这位假借市长之名写信的先生的逻辑是这样的:既然你曾经从电视直播节目中获得了好处,那么就必须接受电视台也播放一些毒害他人的节目。否则你就是个肮脏的资产阶级分子和老套的斯大林主义者(他居然能把这两个风马牛不相及的概念奇迹般地组合到一起)。亲爱的朋友啊(??),假设您有权让电视台就萨利维尔切莱塞市的问题对您进行电视采访,当电视台(出于卫生教育的目的)要播出您的痔疮切除手术时,您还会同样乐意接受直播吗?

一九九三年

---

① Lubyanka,苏联特务组织克格勃所在地,现为俄联邦安全局总部所在地。

报纸越来越幼稚

通常来说，作家或报章撰稿人都经常会受邀接受采访。细想起来，这事还真是有些奇怪。按理说，既然这些人已经拥有足够多的机会来表达自己的思想，那么就没有必要请他们一而再，再而三地重复自己的观点了。相反，倒是应该给那些由于职业关系而没有机会通过媒体发表自己观点的人一些机会，比如医生、政治家、演员、撑竿跳高运动员、伊斯兰教苦行者、法官、被告等等。大家不妨想一想：如果《快报》周刊屡屡刊登对于《全景》或《欧洲》杂志主编的采访——或是后者频频访问前者，这难道是一种正常的现象吗？采访英德罗·蒙塔内利——这我可以理解，因为他离开了原来的那家报社去创建另一份报纸。但倘若欧金尼奥·斯卡尔法利每天早晨都要采访保罗·米耶利①，保罗·米耶利去采访埃齐奥·毛罗②，而埃其奥·毛罗又去采访维多里奥·费特里，读者又会作何感想呢？可这样的事情却时有发生，总有一些甲作家去采访乙笔者。

当然了，我们并不否认一些著名的访问的确揭示了某些人物不为人知的一面，但那通常是两个惺惺相惜之人促膝长谈之后的结晶。如果同一天接受好几次采访，那么这样的长谈是不可能发生的。尽管如此，我们的日报和周报还是排满了采访日程，以至于作家开始抱怨说没有人针对自己的作品撰写评论,因为报社更乐意通过采访让作家自我点评。

如果通过采访某位公众人物能让他把那些还未曾公开的想法公之于众,那么这可以算是一次有意义的采访,可如果让某位作家介绍自己新书的内容,这样的采访则可谓无聊至极。原因有二:其一,读者还没来得及了解书中的内容,因此当他们读到这样的采访稿时,并不清楚其中所涉及的话题;其二,作家在创作时,曾投入极大的精力来阐述自己的观点,而在采访的过程中,他们说的却只是未经深思熟虑的只言片语,这对于阐明自己的观点有害无利。可是尽管如此,报社总觉得约不成采访是件丢脸的事情,他们甚至还认为如果没有进行采访,甚至连写书评的兴趣都没有(然而,报社有时却会因为采访成功而高兴过度,以至于把书评抛到了九霄云外)。

为了让读者更好地了解这一系列步骤是如何进行的,我们不妨假设某日报在听说亚历山大·曼佐尼刚刚出版《约婚夫妇》一书之后所采取的行动。首先,该报文化版的编辑会马上向主编报告:鉴于竞争对手已向莱奥帕尔迪提出采访邀请,让他谈谈对该作品的看法,因此,就同样的题材访问德·桑提斯教授[3]将不失为一个应对妙招。然而主编听了却勃然大怒道:"采访德·桑提斯,见鬼去吧。他会甩给我们满满十页的资料,鬼才会去看呢,最好别提他!要采访就直接采访那个曼佐尼!采访那些未公开的秘密!要让他谈谈读者关心的问题,比如他为什么要写作,他是否认为小说是一种已经死亡的文学体裁等等!记住,一定要短小精悍,最多不超过一页!"

接着,一篇独家采访报道就应运而生了。

---

① Paolo Mieli(1949—),意大利新闻记者,时任《晚邮报》主编。
② Ezio Mauro(1948—),意大利新闻记者,时任《新闻报》主编。
③ Francesco de Sanctis(1817—1883),意大利语言学家、文学批评家。

曼佐尼先生，您能用十个字来概括您这部小说吗？

我试试看吧：两个情人，他们想结婚，起初有缘无分，后来终成眷属……

已经超过十个字了，不过没关系，一会儿我再提炼一下。这么说，这是一部爱情小说啰？

不完全是。也有其他内容，如天命、善恶、瘟疫……

您为什么安排了一场瘟疫的情节，而不是其他灾难，比如说梗死之类？

因为梗死之类的情节只需要一页篇幅就够了。

好的，您能谈谈您为什么要写作吗？

如果不写作，我能干什么呢？您看我像个举重运动员吗？

我们谈些更深层次的问题吧。为什么这个故事发生在科莫湖①畔而不是的的喀喀湖②畔呢？

您也知道，我们作家是随着心灵的冲动写作的。心灵自有它的一套理由，这是理智所理解不了的。

太美妙了，您稍等，我把这句话记下来。我重复一下："心灵是不受理智指挥的……"

不，我的意思是理智无法理解心灵的想法。

就这样了，我记下来了。现在，您能跟我说说您什么时候会对自己的作品进行反思呢？

嗯，这很难说……我经常在思考。思考就意味着生存，当我思考的时候，我就能感觉到自己的生命……

太棒了！您能说得更简练些吗？

我思故我在。

---

① Como，位于意大利米兰附近的湖泊。
② Titicaca，位于玻利维亚和秘鲁两国交界的科亚奥高原上，是世界上最高的淡水湖。

非常有意思。对了，您还写过一些颂歌，比如说圣诞颂之类……这部小说的主题为什么是两个相爱的年轻人，而不是圣灵降临节①呢？

因为我已经就圣灵降临节写过一首颂歌了。

说得没错。您已经在筹划另一部小说了吗？

我才刚刚完成这一部。您得让我喘口气啊！

您该不是在卖关子吧？最后一个问题：您对这部作品有何期待呢？

怎么说呢，当然是希望有许多读者，希望他们喜欢了……

看过采访稿之后，主编评价道："这倒是篇像样的独家采访稿！打上一个占四栏的大标题，要突出最敏感的细节，尤其是关于最后一个问题：'曼佐尼倾吐心声：不再写圣灵降临节。'我保证一定火爆！"

正如大家所见，这种采访之风在如今的报刊界已十分盛行（注意，不仅仅是在意大利）。正是出于这样的原因，从事我们这种职业的人的书桌上常常会堆满无数预约采访的传真信件。好在电话答录机已经帮我们过滤掉了一部分不真诚的采访——他们经常要求你就这个世界上的任何一件事情把你已说过千百遍的话再重复一次。诚然，每一个人都对这个世界负有责任，也都应该对周围发生的一切有自己的见解（哪怕是苍白的见解），但是对某件事情有看法并不意味着他的看法就一定非常独特。比如，我坚信杀害儿童是犯罪，但如果有人打电话给我，问我对于希律王屠杀婴孩②有何看法，我会认为他找错了人。在我看来，不仅屠杀儿童有罪，屠杀成

---

① Pentecost，天主教传统节日，是纪念耶稣复活后第五十天圣灵降临的日子，又称五旬节。

② Massacre of the Innocents，耶稣诞生后希律王屠杀伯利恒的婴孩。

年人也是罪恶的行为。但如果我这么说,他们一定会把我的观点强行归纳为:说到底,我们不必为儿童过度担心。

回到传真的话题上来。我曾说过,作为一名作家,通常每个星期都会在书桌上看到一叠数量相仿的采访邀请。但有一种情况例外,即这个作家最近接受过一次采访——在这种情况下,采访邀约会比平时翻上好几倍。举个例子,两个星期前,我的一位作家朋友接受了某张日报关于竞选的长篇专访。如平时一样,他发表了一些独到的个人见解,也说了不少平庸的大众化观点。那么这几天他遭遇了怎样的情况呢?无数报刊(其中还有一家荷兰报刊)要求就同一话题对他再次进行采访。

一份优秀报刊的工作目标本应是抢在其他报刊之前,或至少与其他报刊同时报道最新的消息;至于评论,则应致力于发表新鲜的观点。如果我有机会上一堂新闻采访课,我会告诉学生,如果甲已经在《甲小报》上发表了一篇文章,那么《乙日报》就不应该转载甲的文章,而应该发表一篇与之观点完全不同的乙言论。然而实际情况并非如此。如今,报社的工作似乎是不惜一切代价转载其他报纸上的文章。正因为如此,伊诺弟出版社才会出于疯狂的嫉妒迅速再版了纳尼·巴勒斯特里尼[1]新近在邦皮亚尼出版社出版的小说,仅仅换了一个封面而已。

我明白,这一切与阿基列·坎帕尼莱[2]的观点非常相似,然而现实状况就是如此。因此,报社总是紧追着那些刚刚接受过采访的人物进行访问,其动机仅仅是因为许多其他的报社也在如此操作。另外,采访的内容始终是围绕同一个话题,即使被采访者漏嘴说了些别的,他们也会把这些不相关的内容删除。

---

[1] Nanni Balestrini(1935—2019),意大利诗人、小说家。
[2] Achille Campanile(1899—1977),意大利作家、剧作家、电视评论家。

以前，如果两位社会名流身着同样品牌、同样款式、同样颜色的服装在某个聚会上相遇，那将是非常尴尬的场景——出色的幽默作家和喜剧作家还会对此大做文章。然而如果同样的事情发生在孩子身上，情况则会恰恰相反。如果某个同学拥有一件印有小恐龙图案的毛衣或记事本，那么其他孩子也会出于面子要求一件同样的物品。如今的报纸不正是跟这些孩子越来越相似吗？就让它们继续幼稚下去吧。

一九九四年

洛罗、克拉克西*及门房的角色

关于费尔迪南多·马克·迪·帕尔姆斯汀①被捕一事，在十月三十一日（星期一）的某份著名日报上，读者读到了以下相关消息："他的最后一处住所位于巴黎圣日耳曼大街上一幢五层高的带密码门禁系统的大厦里。"鉴于这是一次极为惊心动魄的抓捕行动（这一点报纸上并没有明说，但几乎所有专栏文章都进行了诸如此类的猜测），读者的眼前立刻浮现出被捕者当时所处的环境：他藏匿在一座电子碉堡之内——天啊——这个地方居然还装有带密码的门禁系统。

然而，这条消息只不过说明马克居住在一所公寓中，并通过该公寓的密码锁系统与外界隔绝。假如他是在米兰被捕，那么就应该住在一座带门铃的房子里，外人要进门时都必须按门铃，接着，会有人通过内部电话问他是谁，随后再按下被博洛尼亚人称为"Tiro"②的开门键。因此，这算不上是什么新闻，也无法说明他在避难时的独特生活方式。任何一位游客都明白在巴黎，所有居民楼（注意，我说的是所有）入口处安装的都不是"Tiro"，而是密码式门禁系统。不幸的是，这种所谓的密码只不过是个摆设，因为清洁工会把它告诉肉店老板，而肉店老板又会告诉他的朋友，继而再传到电气工人的耳朵里。最终，就连街角的流浪汉也能知晓。于是，他们会到楼厅里过夜，甚至还会在那里大小便。所以，每隔六个月，公寓楼的密码就必须更新，然而过不了多久，便会再次形同虚设。

我认为，马克被捕（可究竟为何会被捕呢，这才是问题的关键所在！）的消息还不具备足够的吸引力，因此必须添加一些更为戏剧性的元素。自然，报刊界也发现所谓的密码事件并没有引起足够的反响，于是他们又找来了他的漂亮女友；可不久之后，各报章又不得不承认那个女孩并非马克的情人。假如被捕者没有住在情人家里，又怎么能引起读者的兴趣呢？于是，报刊又开始寻找另外的情人。可她如果不是马克的情人呢？没关系，只要是个情人，并把这条消息放在同一个版面就行（不信你们自己去翻翻报纸）。正是出于这样的考虑，有关克拉克西的情人洛罗的消息才会出现在大众眼前。

毫无疑问，马克与克拉克西之间肯定有来往。但克拉克西与洛罗之间的爱情对我们了解马克并没有帮助，不仅如此，它甚至对我们了解克拉克西也毫无益处。自从人们知道克拉克西并非是那种坐怀不乱的人之后（这一点人们早就明白了），多一个或少一个女友就不再是新闻（除非是他把一只装着一千亿里拉的钱匣子交给了这个女人——但这听上去似乎不太可能）。总之，倘若洛罗是拉青格主教③，而非克拉克西的情人，或许倒能引发些许新闻效应。

无论如何，各大报纸（几乎是所有报纸）都刊登了发现克拉克西新情人的消息。大家不妨说说看，这些报纸都做了些什么？他们

---

* Bettino Craxi（1934—1999），意大利政治家，曾任意大利总理。他在"净手运动"中被查出多项贪污罪行，先后被判处四年半和五年半监禁。
① Ferdinando Mach di Palmstein（1947—　），意大利社会党的主要赞助者及该党领导人贝蒂诺·克拉克西的朋友，于一九九四年被捕。
② 意大利文，弹簧、弓。
③ Joseph Ratzinger（1927—　），当时任罗马教廷的信理部部长。

是派出了机敏的密探追寻流亡者的足迹，是通过南美恐怖主义分子找到了某神秘女士的住址，还是冒着生命危险使用长焦镜头拍下了那个女人的照片……不是，都不是。这些报纸所做的无非是在向读者预告第二天的《人物》周刊将刊登洛罗的自白。

如今的《人物》周刊十分热衷于刊登知名或不知名人物的自白。在同一期杂志上，读者可以读到安妮娅·皮耶罗尼①的父亲、圣帕特里尼亚诺惨案受害者的亲属、海瑟·帕里西②、贾尼·里维拉③的妻子、玛利亚·特蕾莎·卢塔④、轻度异常的桑德拉·蒙达伊尼⑤、圣庇奥神父的朋友、帕恰尼的妻子等人的自述。该杂志遵循的是以下原则：既然能够引起读者兴趣的是被采访人物的讲述欲望，那么我们就应该确保让他们说话（顺便再附加上洛罗与杂志社特派记者交谈的照片）；至于被采访人物所说的是真是假，那就不是我们该考虑的范围了。事实上，该杂志刊发的采访稿中的确充满了类似于"她声称"等字样。

我们姑且认为《人物》周刊是在做自己的分内之事，可那些日报却没有尽到自己的本分。读者希望从日报上读到的是切实可靠的消息。因此，日报的职责在于派出密探（正如上文中所提到的），去调查洛罗是否确实是克拉克西的情人。然而，这些日报却把"据《人物》周刊说，洛罗曾表示如此如此……"当成了新闻进行报道。在我看来，这样的消息根本就不是新闻，顶多算是引用的文字。

如今的报纸正在变成引用其他报纸文字的书目清单，一种类似于《读者文摘》的刊物。不仅如此，晚间的电视新闻会提前预报次日报纸的文章标题，而第二天的报纸又会回过头来谈论前一天的晚

---

① Ania Pieroni（1957— ），意大利女影星，曾是贝蒂诺·克拉克西的情人。
② Heather Parisi（1960— ），美国女歌手、舞者、演员。
③ Gianni Rivera（1943— ），意大利足球运动员。
④ Maria Teresa Ruta（1960— ），意大利电视节目女主持人。
⑤ Sandra Mondaini（1931—2010），意大利女演员、电视主持人。

间新闻。这样一来，谁才能向读者提供可靠的消息呢？只有门房了。

只要一天不被密码式门禁系统所取代，那么门房的消息就还是值得相信的。

一九九四年

电视荧屏前：只需证明控方非法，不必证明被告无辜

关于奥·詹·辛普森案件的审判，大家已经发表过不少意见了。在美国，网络上甚至还流传着成百上千条关于该案件的幽默笑话。我举几个例子。某法官对辛普森说："辛普森先生，您被释放了，您自由了。您可以离开，我们随后将归还您的个人物品。"而辛普森则回答说："您会把我的刀也归还给我吗？"另外一则关于辛普森地址的笑话只有使用电子邮件的人才会明白，这个地址首先应被写下来，然后被高声念出："O. J. @\\\/Esc"，后半段的意思是"slash，slash，slash，backslash，escape（我砍、砍、砍、再砍、逃跑）"①。这些无情的讽刺恰恰反映了民众的不悦之情。

大部分美国人之所以感到气愤是因为他们认为辛普森有罪，而审判过程中所遵循的政治机会主义的标准或种族偏向的原则却导致了不公允的判决。但我认为，假如（正如我所希望的）辛普森的确没有犯罪，那么这样的判决结果同样也会让人感到遗憾。要知道，他并非因为证明自己无罪而被释放，辩方也没能有力地否定控方证据的有效性（至少没能完全证明）。辛普森之所以能够脱罪，只是因为辩方成功地证明控方存在非法行为，表明调查此案的警察是种族主义者、骗子和腐败分子，而总检察长对被告有偏见。

现在请大家注意了，在一场审判过程中，能够提出控方行为的

非法之处——这本身充分体现了民主权利。而且无论是在什么样的政府统治之下，只要通过电视直播，在许多庭审中似乎都有可能做到这一点。然而这种辩护方式不应广泛提倡。如果在一个社会里，对于控方甚至是陪审团非法行为的指控总是被放在首位，那么意味着这个社会一定存在相当严重的弊病。

不幸的是，这种现象并非初露苗头，它不仅仅存在于美国，也存在于意大利（不知大家是否已注意到）。在审判过程中，被告的第一要务不再是证明自己无罪或表明证据存在漏洞，而是向公众展示控方行为的合法性并不像"恺撒之妻"[②]那样可以听之信之，而应遭到质疑。如果被告成功地做到了这一点，那么审判的过程反倒会退居其次。因为在现场直播的庭审中，起决定作用的是公众舆论，而公众舆论往往对审判法官心存疑虑，从而引导陪审团反对其判决。如此一来，电视荧屏前的审判过程不再是辩方与控方、证据与反证之间的争辩，却演变成了一场发生在开庭以前的，在未来被告与未来审判者（或法官）之间的舆论支持对决，从而让被告有机会剥夺法官对自己的审判权。同时，判定控方与辩方之间的胜负的权力也不再属于陪审团（他们应在申辩后发表意见），而落到了公众舆论的手里（他们在审判前就常常妄下结论）。

一九九三年，当意大利电视台开始直播一系列"净手运动"期间的审判时（当时，电视台直播法庭审判已蔚然成风），我就曾撰文抨击对瓦特·阿尔马尼尼进行公审，结果被众人称为腐败分子的

[①] 英文双关语。slash 在电脑用语中意为"斜杠"，在日常用语中意为"砍"，backslash 在电脑用语中意为"反斜杠"，在日常用语中意为"朝反方向砍"，escape 在电脑用语中意为"退出"，在日常用语中意为"逃跑"。
[②] 意为"不容置疑"。古罗马皇帝尤利乌斯·恺撒的妻子庞贝娅曾举办只允许女宾出席的宴会，贵族克洛狄乌斯·普尔略装扮成女乐手混入会场。事情败露后，他被赶离现场并被送上法庭。恺撒作为证人出庭时，向法官证明妻子从来不认识克洛狄乌斯，对他的卑劣行径也一无所知，并称"恺撒的妻子是不容置疑的"。

保护伞，淹没在一片民主主义者的谩骂声中，我由此变成了克拉克西的同谋。现在我们来重新看看这些审判的结果。对于库萨尼[1]的审判取得了应有的结果，因为控方（迪·皮耶特罗）成功地利用了媒体，获得了公众舆论的支持（值得注意的是，辩方律师斯帕扎里并没有在审判前及其过程中使用"证明控方行为非法"这一招）。但大家立刻明白了其中的奥妙。斯帕扎里之所以输了官司，是因为他在电视机前的绅士面前过于循规蹈矩，老老实实地在证据与反证之间纠缠。简直是太幼稚了！必须得改变战术。在直播的庭审中，胜利的秘诀就在于证明控方（甚至是法官）有罪。

如今，这条经验已成为众人皆知的秘密。倘若你能证明控告你的人是奸夫淫妇，或是十恶不赦——即使他所犯的罪行与审判毫不相干——那么你就已经赢得了这场较量。因为早在庭审开始之前，这个结局已经由公众舆论定好了。审判，这种维护正义的仪式就这样沦为一种保护公众舆论的仪式。

电视观众们啊，是你们自己选择将电视搬进审判大厅里的。那么现在你们就必须接受由公众舆论来判定正义的现实。你们要牢记，下一次，当有人将你们抓个人赃俱获时，当你们妄图把斧子砍向祖母的脑袋却被警察发现时，你们不必急于清洗血迹或为自己寻找不在场证明（说自己当时正向神父告解）。你们只要证明那个抓住你们的人曾经隐瞒十年前某次来自于情人的礼品收入。此举一出，你们便会立刻翻身，成为备受公众尊敬的人物了。

一九九五年

---

[1] Sergio Cusani（1949— ），意大利某企业领导。在"净手运动"中，因多项贪污渎职罪被判处八年监禁及一千六百八十亿里拉的经济处罚。

针对民调的民调

辞旧迎新之夜，人们通常会做些无聊之事来打发时光，期待新年子夜的到来：自诩为名流者会玩抽奖游戏，头脑简单者会用奥卡利那埙和鼓演奏巴赫的《哥德堡变奏曲》。去年十二月三十一日的夜晚，我的一些朋友居然上演了一出允许观众自由参与的木偶戏。在演出过程中，当扮演哈姆雷特的木偶说出那句著名的"生存还是毁灭"时，观众开始大声要求进行一次民意调查。由于大家有意要修改剧情，民调的结果最终显示如下：百分之二点多的观众支持哈姆雷特继续生存，百分之三的观众觉得他应该灭亡，而百分之九十四的人则选择了弃权。于是，观众开始了一场激烈的辩论，一些热心肠的人甚至还扮演起了各种角色，有图宾根神学院的特奥巴德·格隆茨神父（他为人类的"生存危机"感到十分担忧，而这一点也正是这个思想荒芜的年代里最典型的特征之一），有麻省理工大学的皮罗·比昂克彭特博士（他时常会说出一些莫名其妙的数学公式），以及一位日本专家（后来，我们发现他是一个能剧演员，不断发出一些单音节的装饰音）。

这件事情说明如今的民意调查已失去了原有的严肃性。然而这又是谁之过呢？

民调的进行过程有合理与不合理之分。作为合理的民调，一项基本要求就在于它所提出的问题不能具有偏向性。举个例子，如果让某位具有普遍代表性的被采访者选择"是立刻参加大选投票，还是死于艾滋病的痛苦折磨"，那么所有接受调查的人都将为即将卸任的政府的政策投上一张赞成票。不仅如此，仅仅做到向公正的被调查者提出公正的问题，这也是不够的。比如，某一次类似的电视节目就曾让观众感到震惊不已。在讨论之初，所有人都认为前卫生部长弗朗切斯科·德·洛伦佐该去蹲监狱，结果到了节目末尾，许多人又改变了主意，认为他不应被监禁。但这其实是一种再正常不过的现象。一群朋友在一起议论，刚聚在一起时是一种说法，但两个小时以后，他们的观点完全可能倒向另一边；并且不排除第二天早晨又再次反悔的可能。如果有人在星期三晚上九点问我们认为某位刚刚接受采访的政要是否值得信赖，我们完全可以对他大加赞许，但这却丝毫不意味着我们会在选举时刻把选票投给他。因此，那些只针对民众一时想法的民调的价值是非常有限的。

在某些人的蓄意操纵下，民调成了一种简便的宣传武器。科学价值比那些普通的广告（比如说十位明星中有九位青睐某种香皂）高不了多少。媒体也曾指责贝卢斯科尼及其同僚过于随意地使用民调作为宣传手段。目前，我手头恰好有一份由意大利投资研究中心撰写的关于一九九四年意大利社会状况的报告，真是不读不知道，一读吓一跳。

报告指出，在最近两年中，用于进行政治选举及征询民意的民调活动经费总额由二十五点四亿增长至五十六亿，对于这个数字，我不以为意。可让我感到出乎意料的是在这些民调活动中，有百分之七十三的调查并不是由各个政治党派组织的，而是由新闻界进行的。他们将百分之六十九点四的调查结果放到了头版的位置，取代了新闻和评论。的确，媒体可以回应说民调的目的就在于用科学的数字取代有失偏颇的调查。然而，我又发现了另一个惊人的情况。

在所有的民调中，百分之八十四点八的调查（这其中包括大量的由报社组织的民调）从来没有对调查手段（如受访人数、分析手段等）进行过说明。

即使是我们这些并不精通统计调查的人也明白，如果民意调查不把调查的标准及方式公之于众，那么这样的调查就不值分文。换言之，这样的民调就如同宣传某种洗衣粉能把衣物洗得更加白净的广告一样是虚假的调查。民众要么相信表面的数据，要么就根本不信。

因此，一方面，民调是一种直接的民主方式，是一种"实时"的全民公决，它能够取代那些传统的检验公众认同度的方式；但另一个方面，这种方式却不能保证自身的客观性，它甚至回避了这个问题。正如我们所看到的，这些民调最终只能反映出民众的一些转瞬即逝的想法。然而我们希望真正的民意调查能够测量出较为稳定的公众脉搏。同样，我们也希望公民能够谨慎地思量自己在整个漫长的选举过程中所酝酿的种种想法，权衡利弊之后再投出自己神圣的一票。

一九九五年

议员阁下的屁股

如今，和所有的意大利公民一样，我也了解到卡西尼①阁下的屁股形状了。我想说这样的新闻并没有让我大开眼界。卡西尼阁下是一个标准的普通人，从外表上看不出任何变形之处，因此，他的屁股也应该与常人无异。我之所以要谈论这个话题，不仅仅因为它至今仍然是报刊关注的焦点，更是因为前几天的晚间电视节目也提到了该话题。在那档电视节目中，记者采访了某位摄影师，并将他奉为当代英雄人物吹捧了一番，因为那位摄影师在千方百计且乐此不疲地偷窥之后，成功地拍摄到了普罗迪先生洗澡的场景。照片上的普罗迪是待在自家的浴缸里，光着身子，露着小鸡鸡吗？不是，那只不过是一张在海边拍摄的照片，人们只能看着人物的头部去猜测他下身穿着什么样的内裤。

在这样一些关于沐浴的"风流韵事"中，究竟存在什么不妥之处呢？卡西尼阁下并没有做什么出格的事情。他只是如其他所有人一样，在露天场所当众更衣。至于普罗迪，则更没有什么过错了。既然如此，难道是那位四处跟踪，并从锁孔里偷窥的摄影师犯了错？但我们也得为那个可怜的摄影师考虑考虑，他不像罗伯特·卡帕、卡蒂埃·布列松、艾夫登及托斯卡尼等人能够一举成名，却发现只要能拍摄到那些不是出于演出目的而暴露在外的乳房或臀部就能获得大笔酬金,甚至还能得到电视台的访问……无论如何,如果他去做男妓,那么生活将更加艰辛,社会地位也会愈发低下。

这么说来,问题是出在那些淫秽杂志的购买者(因此也是资助者)身上啰?在此我并不想在道德层面上过多指责这些读者。该问题与窥淫癖无关(这种癖好简直是一种运动,因为它需要进行长时间的偷窥,从而获得一种独享某幅场景的自豪感),也与色情业消费扯不上任何联系。事实上,色情业是一种能够刺激感官的好东西。当然了,或许有人在面对卡西尼阁下的屁股时的确会产生性兴奋,但我实在无法想象有人会面对齐颈深的地中海海水,看着普罗迪的脑袋产生任何遐想。人们之所以会去购买这样无聊的周刊只是为了满足一种极为普通的揭露欲。当看到共和国总理从歌剧院包厢里的椅子上跌倒时,任何人都会产生类似的想法(大家还记得格隆基②吗?)。所有喜剧中都有这样的情节:当一个普通的老太太在街上滑倒时,人们会感到心痛,但假如某位将军(在六月二日③的庆典期间)在走下耶曼鲁纪念堂的台阶时失足摔了个嘴啃泥,即使是圣人也会笑掉大牙。

对于这样的事情,普通人只会在偶尔遇到的时候付之一笑,但若是每个星期都去埋头寻找别人的臀部,那或许就应该去看看心理医生了。在七月二十八日的《快报》周刊上,卡罗·利帕·迪·曼纳④(针对卡西尼屁股事件)表示展示政治家裸露的一面是有好处的,因为"政治领袖也有人性化的一面,而这一面是应该为选民所了解的"。可这所谓的"人性化"指的又是什么呢?我承认,牵强地说,揭露某位政界人士与肚皮舞舞娘发生关系的确能展示出他人

---

① Pier Ferdinando Casini(1955—),意大利政治家,曾任意大利众议院议长。
② Giovanni Gronchi(1887—1978),意大利政治家,曾任意大利总统。
③ 意大利国庆日。
④ Carlo Ripa di Meana(1929—2018),意大利政治家,曾任意大利环境部部长。

性的某个特殊侧面。但倘若是拍摄一张他在家中卫生间大便的照片，这样的做法除了能告诉我们此人属于人类，什么新信息也提供不了。除非这张照片能展示出他是从耳朵眼里排泄的，才能算独家新闻。我始终认为那些为了知道利帕·迪·曼纳是否与常人一样大便而购买周刊的人哪怕谈不上有毛病，在生活中也一定不太正常。

当然了，即使是窥淫癖患者也有生存的权利，类似的周刊杂志在许多国家也都存在。问题不在于此，而在于这张卡西尼阁下屁股的照片并非刊登在《夏娃三千》[①]上，而出现在包括七月二十八日的《快报》周刊在内的意大利众多主流日报和刊物上。正是这些所谓的"严肃"报刊让卡西尼阁下的臀部照片在民众中广泛流传，甚至能与米勒的《晚祷》并驾齐驱（统计数据表明，后者是世界上被复制最多的画面，甚至超过了《蒙娜丽莎》及《米洛的维纳斯》）。

当那些道貌岸然的君子在妓院里被捉奸在床时，他们通常会说自己去那样的场所是为了体会世间的丑态。同样，那些大肆宣扬卡西尼臀部照片的报刊也都摆出了一副斥责偷拍可耻的态度。然而这些报刊却在心底暗自享受这种感觉，因为在他们看来，报刊中已经充斥着太多沉重的严肃消息了，总得为读者找点乐子吧。

一九九五年

[①] *Eva Tremila*，意大利情色杂志。

转载之风何时休

我在许多文章中都曾提到过如今在新闻界颇为盛行的一种风气,即刊登一些以介绍其他报刊发表过或即将发表的内容为目的的文章。果不其然,《快报》周刊就针对我下一期的专栏内容撰写了一篇新闻稿预先向读者宣传。其实,将下一期的内容摘要或重要文章提前透露给读者,这是一种惯常的做法,而读者也确实乐意通过甲报上一篇简讯了解到乙报的大致内容。然而实际情况却是这样的:在那一期《快报》周刊出版的前一天,还有另一家报社打电话给我,希望我能就那篇在(即将出版的)《快报》周刊上发表的文章谈谈看法。事实上,该文章的主要内容恰恰就是斥责这种疯狂转载其他报纸内容的行为。

自然,我回答说我十分痛恨这种转载恶习,因此决不会跟风。另外,让我对自己写的一篇文章发表评论,是一件非常奇怪的事情,原因有三:其一,在电话里把自己所写的内容重复一遍是一种愚蠢的行为(然而这正是采访者暗中期待的);其二,我不可能接受某位记者的独家采访,跟他说我之前所写的都是连篇废话;其三,如果我过度赞扬自己的文章,那无疑太恶俗了。于是,那位记者问我既然那么讨厌报刊界的转载行为,为什么还要在报刊上发表文章。为了尽快结束对话,我告诉他任何人都是会犯错的。然而此事却让我受到了某种触动，让我觉得有必要澄清一些看似简单，但却并不是每个人都清楚的要点。事实上，人们经常混淆"评论""转载"，以及针对某些重大消息不能不写的"回应性文章"。什么叫"回应性文章"呢？举个例子，如果甲报的特派记者发出消息，说已确定栋戈[①]宝藏的埋藏位置，那么乙报就不可能对该消息闭口不提，他们甚至还会派出自己的记者再次探访，挖掘出被甲报遗漏的疑点，从而夺回主动权。至于黑先生在甲报上发表一篇言论，来品评白先生在乙报上发表的某篇文章，这就算是一种"评论"。

那么我所指的"转载"又是什么呢？我们不妨再举个例子。假设黑先生在蒙达多利出版社出版了一部非常吸引人的小说《被诅咒的城堡》，讲述了一系列神秘的谋杀案，最后发现城堡的管家才是真凶。作品出版之后，如果白先生在利佐里出版社出版了一部《黑先生的悬疑小说》，对该小说的内容进行概述并加以赞扬，或是对该小说的创作风格、叙事结构及创作理念等进行分析，那么这可以算是一部文学评论。但如果白先生也紧随黑先生的脚步，出版了另一本《被诅咒的城堡》，开头写道："根据黑先生新近出版的小说……"之后就把黑先生的小说一字不差（或稍作改动）地照搬下来，那么这不是文学批评，不是小说创作，也不算是抄袭（因为一开头就说明了其来源），而只能算是"转载"。

换个例子，蒙塔莱发表了一首诗歌，其中写道："我常遭遇生活之困/那是小溪的呜咽之声……"，不久，另一位诗人发表了一首这样的诗："昨日，蒙塔莱伫立门边/向我吟出以下诗篇……"接着，把蒙塔莱的诗原原本本地摘录下来。我们说，这样的作品既不是诗歌，也不是诗歌评论，而是一种借助他人的劳动成果来维持生计的手段。

[①] Dongo，意大利皮埃蒙特大区内的一座小城。

那么"转载"行为何时有错，又何错之有呢？我们假设《坎特卢普之声》收到了一封来自于会计师范托齐先生的辟谣信，信中说："贵报的专栏编辑说我曾骂'会计师费里尼先生是个白痴'。我要澄清我从不认识贵报的专栏编辑，也从未发表过上述言论。"于是，该报的专栏编辑在这封质询信下方回复（并勇敢地签下了自己的名字）道："我们十分重视会计师范托齐先生的辟谣，但我可以向您保证，这句针对费里尼先生的评价摘自于《蒙特格罗索快报》，您曾在那份报纸上公开评论说'费里尼先生在胡言乱语'。"

我们姑且不去讨论《蒙特格罗索快报》是否确实采访过范托齐先生，以及报刊界如何以讹传讹。我只想说，我们期待的是编辑、记者能英勇地（甚至不惜付出生命的代价）去收集最新的一手资料，然而他们刊登的却是坐在桌前，从上周的报纸中摘录出来的内容！可能这份带有铜版纸副刊的《坎特卢普之声》的价格是《蒙特格罗索快报》的两倍。既然如此，我将改订《蒙特格罗索快报》，再也不去买那份所谓的《坎特卢普之声》了。

然而，评论其他报纸刊登的内容与直接转载其他报纸上的"旧闻"——这二者的区别已经越来越模糊了。在我看来，这是新闻界的弊病。曾有一位业内权威人士告诉我说报社的这种行为能让报纸更加畅销（而且还能降低成本）。如果这就是新闻界要遵循的准则，那我真的是无话可说了。

一九九五年

上演犹豫戏法

我们常常弄不明白为什么新一代政客看上去总像鲁莽冒失、朝秦暮楚的门外汉，在不同的电视新闻中反复不定地改变自己的观点和立场。从这个意义上来说，我们倒有些怀念安德雷奥蒂那令人捉摸不透的微笑、莫洛的缄默不语、议会大厅走廊里的秘密谈话以及共和国元勋那些拐弯抹角的杰作了。由于在如今的政客中，有许多人如第一代共和国政界人士那样不曾接受各党派或当地政府的严格训练就直接进入议会，人们很轻易就能发觉这种颇受非议的新兴政治作风似乎还得到了接受过良好教育的人士的追捧。由此看来，这种陋习就不再是简单的个人缺陷，而变成了某种环境和氛围的产物。

我们所有人（无论是管道工、医生还是银行家）在事业上的成功都基于他人对我们的信任，相信我们能够持有清晰的观点，并有能力作出果断而周全的决策。但许多人都会遇到以下类似的情况：为了决定究竟买一辆什么样的新车，他们会查阅许多专业杂志，参观汽车展厅，关注大街上的各款新车，甚至在楼下不断徘徊，只为从各个角度把一辆停在人行道上的汽车仔细观察个够。周一已打定主意要买一辆蓝旗亚，周二又考虑买最新款的沃尔沃，周三晚上决定要买菲亚特，周四清晨又深信雪铁龙才是最好的选择。早餐时还在向妻子细数最新款雷诺车的种种优点,晚餐时,听了朋友一番热情洋溢的演说之后,又被萨博所征服。

有的时候,我们会如墙头草一般在好几天或好几个星期内摇摆不定,而我们周围的人也会时时拿我们寻开心。但我们最终会下定决心,作出一个抉择。之后,人们将评判我们的最终选择——至于我们在作出这个不可收回的选择之前内心曾经受到怎样的纷扰,旁人是不会考虑的。

如果买车的例子还不够明显,我们不妨想象一下,某个星期天的早晨,我们躺在床上,心里迷迷糊糊地盘算着要不要立刻起床去乡间郊游——不过回城时有可能遭遇交通堵塞;或者到市中心转一圈,在酒吧里喝上一杯开胃酒——又害怕遇上某个关不住话匣子的朋友;或者干脆再睡一会儿,然后穿着睡衣把杂物间或书柜整理一番。然而,起床之后,我们只会在种种犹豫不决的设想中挑选其中一件去完成。科学研究中的情况同样也会发生在生活中。

任何一项严肃的科学研究都会经历一个漫长的"试错"过程,但最终是否能获得诺贝尔奖却取决于该项研究的科学价值。

但假如我们这些举棋不定的行为被一台远程摄像机时时刻刻全程监控,并通过电视新闻告知所有认识我们的人,他们一定会认为我们是十足的神经病,或至少情感脆弱、缺乏为人准则,谁也不会再信任我们。要么他们就会说我们是伍迪·艾伦那样的人。

同样的情形也发生在如今这个被媒体分分秒秒监控着的政治界里。以前,政界人士会花费足够的时间咨询、商议、权衡某项决策的利弊——在这个不被公开的过程中,他们会不止一次地改变自己的想法。然而如今,他们在媒体的压力之下不得不将自己在"试错"过程中的每一个最细小的环节都公之于众。倘若他们不在电视屏幕或报章上露脸,就会处于相对劣势。于是,他们选择不惜犯小错(天长日久,在他们已经发昏的头脑中,甚至还会认为这是一大优点），一有机会就说出闪过脑海的某个念头。要知道，出现闪念是正常的，也是符合生理特征的，但若一出现闪念，就迫不及待地将它公布，这就是病态的现象了。

这种新兴政治风气的最大弊病并不在于政界人士会被误认为不可信赖，这只是问题的次要方面。其最严重的后果在于由于该行为受到了媒体的追捧，人们会逐渐习惯性地认为这种优柔寡断的表现正是他们所期待的，从而忘记最终的决定才是真正的结果。如此一来，由于这种举棋不定的行为会受到赞扬，真正有意义的最终决策反而被无限期地推迟了。

一九九六年

主业会*辟谣，说我不是敌基督！

二月的第一周，我正在巴黎向法国国家图书馆推荐一张多媒体光盘。在这期间，我接到了不少意大利记者的电话，他们纷纷向我询问超文本百科全书和敌基督之间存在何种关系。不仅如此，有的问题甚至还关乎互联网与敌基督、互联网与《启示录》、《启示录》与我正在推荐的超文本光盘，以及敌基督与法国国家图书馆之间的关系。

记者之所以会产生这样一种歇斯底里的好奇心，是因为《天主教研究》杂志上刊登了一篇文章，文中称我是敌基督。

记者向我解释说，由于这本杂志与天主教主业会存在密切联系（在此我也请求主业会不要再继续辟谣了，我只是在转述记者的话），因此舆论界一片哗然，其他重要的报纸和刊物竞相转载该消息。据说某些疯狂的记者甚至还就此电话采访了一位德高望重的耶稣会士，而这位被人搅扰了晨梦的耶稣会士则斩钉截铁地回答说我不是敌基督，随后又再次进入了梦乡。

我正想把这些采访者统统打发走——因为从以往的经验来看，那些拿撒旦和敌基督说事的人通常都是些文化层次低下、社会身份危险且精神错乱的家伙——但这些记者却都是来向我道歉的，说之前那些乱七八糟的问题全都是头脑发热的编辑强迫他们向我提出的。第二天，他们就发表了不少严肃的文章，说超文本与敌基督之间并不存在必然联系。可是尽管如此，我还是认为这其中问题不少。

对于《天主教研究》杂志上的那篇文章，我从来都没有放在心上。因为早有一位名为布隆代的作者在该杂志上发表过文章，诽谤阿德尔菲出版社是亲犹太—共济会—撒旦派团体。而我由于经常读到一些关于国际阴谋主义的书籍——从巴吕埃尔神父到《锡安长老会纪要》——因此对于此类诽谤文章的畅销感到十分理解。鉴于读者中有不少神秘主义者、新纳粹主义者及狂热分子，这类文章通常能带来不错的经济效益。

回到意大利后的整整一个星期里，我接到了无数亲朋好友的来电，他们纷纷向我表示支持，坚信我不是敌基督。这一点令我感到十分安慰。要知道，一个人真的很有可能在不知不觉中变成敌基督呢。

几天前，我终于收到了一本《天主教研究》，其中还附上了里诺·卡米莱利（那篇引发事端的文章的作者）的一封短信。他在信里说他只是在那篇文章里开了个玩笑，没想到其他报纸居然加以歪曲，大做文章，因此请我正确看待这些事件。在此，我要为卡米莱利说上两句，因为他在那篇文章里的确只是说了两句带科幻神秘色彩的玩笑话（我本人也写过不少类似的文章）。我们至多只能怪他将文章发表在那一期杂志上，因为恰恰在后几页就刊发了一篇卡尔杜齐的关于撒旦主义的文章，作者批判了流行于十九世纪的关于秘密组织制造阴谋的理论，认为该理论是从法国大革命到联合国教科文组织成立期间所有社会弊病的始作俑者，并颠覆了皇权与教权的

---

* Opus Dei，全称"圣十字架及主业社团"，天主教自治社团，于一九二八年十月二日成立于西班牙。

关系。诚然，该杂志有权发表反对世俗主义的文章，否则就不存在所谓的天主教研究了。然而，如果他们要玩阴谋诡计（浑然不知这些行为都暴露在阳光之下），那么他们与他们所反对的"诺斯替—共济会"等秘密组织的做法又有什么分别呢？近朱者赤，近墨者黑，在这样一种舆论氛围中，就连一个普通的玩笑也染上了火药味。

当然了，除了那些喜欢逛异类书店，买一些关于巫术、犹太教占卜术、纳粹排犹主义、共济会和新圣殿骑士团（这简直是各种神秘主义完美结合的奇迹）书籍的人，谁都能明白卡米莱利的话只是一句卖弄学问的玩笑。问题出在新闻界本身，他们虽然宣称不带任何宗教派性，却故意把这句玩笑夸大其词了一番。

这显然不是由愚蠢造成的错误，那么唯一可能的原因只能是"炒作"了。这种自毁形象的做法源于这样一种理念：我们并不认为读者会轻信所有报道，可恰恰是因为他们已经对报刊文章不抱任何信任感，我们何不耍他们一回呢？

难道说以恶意中伤为乐的新闻界才是真正的敌基督（已经出现在我们中间了）吗？

一九九七年

一桩趣闻：尤利乌斯·恺撒在元老院遇刺

在达莱马就任的当天，我从许多报纸上读到了以下消息：根据《新威尼斯报》的调查（其中提到了许多由卡罗·马斯特罗尼法官收集的数据），内政部前秘密事务办公室曾掌握达莱马年轻时初入政界的许多情况。在我看来，这没什么值得大惊小怪的。作为情报机构，他们理应掌握政界人士上台、在位、下台等各种资料。尤其当他们掌握了某些骇人听闻的机密情报时，还可以以此来威胁当局。这些我们都可以从间谍小说中了解到，因此根本不值得遮遮掩掩或为此愤愤不平。

那么这个办公室究竟发现了什么秘密，并把它小心翼翼地放进了机密文件夹里呢？原来，他们发现在一九七六年的《国际政治观察》杂志（主编为卡尔米内·皮科勒里）上提到了一份绝密文件，文件中称贝林格[①]曾出于"对青年团成员大量流失的担忧"而任命达莱马为意大利共产主义青年团全国书记。

报纸上读到的消息至此戛然而止。或许有人会认为一份绝密文件应该还包括更深入的内容，但就我对于人类，尤其是对于那些情报人员的了解，所谓的绝密文件是不可能给我们带来更多惊喜的。事实上，每位读者都能从"007"的情报中发现某些可以直接从《快报》周刊或其他报纸上了解到的新闻。在共产党总书记任命某人担任共青团总书记这件事情上，的确没有任何不可告人的秘密。换句话说，报纸上曝光的所谓"秘闻"无非都是些众人皆知的秘密。

所有这些把戏只能证明一点——或许在间谍电影中并没有得到反映，但却是我们应该了解的。不仅如此，国际范围内的间谍行为都在不断地证明着这个事实。通常说来，所有间谍和特工都是饭桶。他们通过订阅《新闻回声报》或用整个下午来翻阅过期报纸，从中收集若干信息，然后把它们传送给自己的老板。而那些老板通常也根本察觉不到那群饭桶正用一些公开的信息充当秘密情报来糊弄自己。

可他们为什么会对此浑然不觉呢？说他们愚蠢并不是一个充分的理由。真正的原因在于无论多么精明的人都无法抗拒匿名信的诱惑。匿名信通常不会对某个事件进行详细描述，如"尊敬的先生，您的太太已经背叛了您，她每天早晨五点都会与邻居在一起鬼混"。因为任何人收到这样一封信都会一面咒骂无聊的匿名信作者，一面把它搓成团扔掉。匿名信的真正威力在于让一些我们平时再熟悉不过的事件变得暗影重重，从而令人心生不安："尊敬的先生，您或许已经注意到了，您的太太有一位来自贝加莫的堂姐，她曾于今年复活节来拜访你们。明人不必细言……"看过这么一封信后，收信人自然会心生疑虑，想知道写信人究竟要告诉他什么秘密。于是，他便会产生种种妄想，疑神疑鬼，说不定最后还会把自己的太太活活勒死。

大家不妨设想一封这样的来信："尊敬的《快报》周刊主编先生，您可能已经注意到了，几个月以来，贵报的特约撰稿人翁贝托·埃科先生的供稿频率由每周一篇变成了每半个月一篇。您可能

---

① Enrico Berlinguer（1922—1984），意大利政治家，曾任意大利共产党总书记。

还会注意到，在几个星期之后，相同的稿件也会发送至欧金尼奥·斯卡尔法利——请您注意了，那些稿件的题目发生了变化！难道您从来没有想过他们两方面是如何建立起这样一种关系的吗？"

  好心的读者会说我是在开玩笑。但如果略加注意，就会发现这样的例子在报刊中比比皆是。最近，我就读到了一篇关于贾尼·利奥塔就任《新闻报》副主编的评论文章，其中的语气就与上述"明人不必细言"的匿名信颇为相似。事实上，假如利奥塔要写一部自传，他会很爽快地将报纸上的这些信息明确地告诉读者：他曾与哪些报刊合作，谁是他的朋友，评论界如何评论他写的作品等等。我要强调的是由于这些消息的确是千真万确的，因此自然可以让公众知道。问题在于发布这些消息的方式会让人产生猜测和怀疑。我想，当某个情报组织看到上述这条消息的时候，一定会迫不及待地将它剪下，随后塞进某个绝密文件夹里的。

一九九八年

等等等等，等等等等
——你们没看错：就是等等等等

如今这年景真是一片萧条啊！《快报》周刊正等着我的《密涅瓦火柴盒》专栏，而我却无话可说，或者说我没有欲望谈论任何话题。说实话，让我在这儿大谈下笔无言的苦闷来占据整个版面，比让我就某一篇专栏文章随意说上几句还要辛苦。然而，我却感到十分有必要在此颂扬一下"失语症"的好处。

我明白一定会有人反问我："为什么不拒绝向杂志社供稿呢？"我之所以不能这么做，是因为我从事的是写作，而报社也有自己的工作节奏。印刷厂已为我留出了空白的版面，如果我不发稿，就会让大量工作人员陷入窘境，导致周刊无法按时发行。所以我决不能在此时此刻掉链子。

那为何不干脆放弃这一行呢？因为我已为这家报社写了三十多年文章，继续为他们供稿是出于一种忠诚，同时也因为我已经与读者建立了一种交流互动的关系，而逃避则意味着怯懦。其实，与所有人一样，我也并非如此不可或缺。但当报社命令我如哨兵一般必须出现在每期杂志的最后一页时，无论是出于坚持、忠诚，还是习惯，我的文章都必须如期而至。另外，当某个星期我真的想说些什么时，如果没有版面，我也会因无处发表见解而感到十分遗憾。所以说，为了随时拥有这片激扬文字的阵地,我必须长期占领它。这就好比凡尔纳戏剧作品中的米歇尔·斯特罗戈夫,为了自始至终控制发报机,保持信息流的畅通,他每天都要用那台机器发上好几段《圣经》内容。

退一万步来说,哪怕在报纸中写上一句:"今天没有什么重要新闻,我们能够谈论的都是一些再平凡不过的日常小事。"——这也算是尽了一名报刊工作者的义务。如果连这一句也不说,那就是他们的罪过了。即使什么事情也没有发生,也要按上帝的意思在每日或每周按时刊发一定数目的文章。以前,曾有报社如此解决这个问题:如果圣母升天节①这天一切风平浪静,那么就得制造出一些新闻。在那段时间里,尼斯湖的水怪可谓是"时刻准备着"。它是众多记者的宠儿——作用就在于打破没有新闻的平静。

如今,这个传统的怪物不再那么吃香了,其他各种各样的怪兽已张开了大嘴,今日造谣,明日辟谣。反正它们的话语会淹没在一片嘈杂声中,读者早上读到消息,可能在太阳落山前就早已忘得一干二净。

由于读者的健忘,报纸才可以无所顾忌地胡说八道,可也正因为大部分消息都无足轻重,读者才会养成了健忘的习惯。再说,读者自己也无法忍受一张空白的版面。即使心里明明知道没有任何重要的新闻,他们也希望看到满满一页文字。如此一来,为了表明没有任何新闻,报社只能写下如此声明:"某某先生还没有完成他的新书。"没有新闻也成了一种新闻。

如果不这么做,又该怎么办呢?报刊界必须保持自己的沟通渠道处于活跃的状态——就好比灯塔上的守卫。这条通畅的渠道是用于发表见解的,让它沉寂就是一种罪过。

有时简直像是在做梦,连大名鼎鼎的《时代》周刊的头版都充斥着广告。如果今天什么也没有发生,那我们就以在头版安排小启

---

① Assumption of Mary,每年八月十五日,天主教、东正教节日。

事的方式告知读者；我们尽自己的义务，只要说点什么就行。今天我们要告诉大家的就是没有发生任何重要事件。可连《时代》周刊也不再遵循这条黄金定律了。

以前（读者肯定都还记忆犹新），当我找不到任何重要的话题时，就会刊登一些"文字游戏"。然而此刻，我却不愿意用类似的游戏来填充版面。如今大家都在玩游戏，尤其是"俄罗斯轮盘赌"。

坦白地说，今天，我真的不知道该写些什么。没有任何新鲜的话题，所有的都已经说过了——这就是我有义务要传达给读者的消息。有的时候，沉寂确实就是唯一的新闻。但我不能沉默，否则读者会认为我是知而不言。好吧，这就是我要爆料的内容："我的确没有任何保留，或许是你们自己有什么秘闻，那么不如由你们来写上一篇重要的文章吧。我给你们提供一段空白的篇幅。你们按照自己的想法把所有的'等等'字样都替换成别的文字，来填补这一段空白好了。"

等等等。

如果你们觉得我这么做很懒惰，那么请原谅我。事实上，我是个勤奋又细致的人，我确实没有找到任何有意思的话题（如果你们不嫌庸俗的话，我愿意以我的人头担保），之所以出现这样的情况，很可能是由于的确没有发生任何有趣的事情。这本身也算得上一条新闻。大家不要认为自己吃了多大的亏。也许，当你们把本期杂志的价钱均摊到每一页上时，会发觉我浪费了大家的些许钱财——大约十六里拉。但我认为这是值得的（反正只此一回），因为我所说的确实是实话，全都是实话，也只有实话。

一九九四年

油煎猪蹄的酱汁

文学与艺术拾穗

文化狂人

有一类评论性文献可以被定义为"针对文化狂人的史学研究"。这是一些专门评论"疯狂"文人生活的作品,其研究对象不仅仅是文学家,也包括许多科学界人士。如德勒皮埃尔于一八六〇年出版的《狂人文学史》和一些地方性研究文献,如路易·格雷于一八六六年出版的《凯尔西①的文化狂人》。值得一提的还有大名鼎鼎的盖拉尔于一八四五年出版的《伪文学作品大揭露》,不过那部作品中列出的都是一些为我们所不齿的狂人,即抄袭者、伪经书作者及那些贻笑大方的出版商。除此之外,我还记得艾萨克·迪斯累里的几部作品以及一些年代更近的文献,如马丁·比雅尔写的那部关于一五〇〇年至一六〇〇年间西班牙文学狂人的资料、德国学者朗格-艾希鲍姆针对天才的心理疾患而进行的广泛研究,以及安德烈·布拉维尔那部鸿篇巨制的《文化狂人》(由韦里耶出版社于一九八二年出版)。在这些文献所列举的疯狂作品中,我们可以发现有一组大部头作品试图证明地球是恒定不动的,还有一位名为塔尔迪的作家试图证明地球的自转周期为四十八小时。另外,目录中还列举了一系列放荡不羁的词源学家、宇宙学家、预言家、自称救世主的人、痴心妄想者、发明家、慈善家和诗人。

最近,我还找到了一本经常被引用的小册子:由小费罗姆内斯特（古斯塔夫·布鲁内的笔名）撰写，于一八八〇年在布鲁塞尔出版的《文化狂人》。不知是出于特意安排或挑衅心理，还是由于在研究方法上有所欠缺，作者居然没有将两类截然不同的作品区分开来：一类是胡言乱语之作，另一类则是十分有价值的作品——尽管它们出自于一些身患心理疾病的作家之手。显然，在他看来，疯狂文人写出的作品一定是疯狂的，而一部疯狂的作品背后也必然有一位不正常的作家。

在该书中，布鲁内谈到了一位名为阿塔尔迪的作家，此人于一八七五年出版了一本书，说要取缔所有暴力及自然原因引起的死亡。另一位被提到的怪人叫亨利伦，他于一七一八年推出了一本讨论亚当身材的回忆录。除了这两位，布鲁内还谈到了不少神秘主义者、空想家、炼金术士及犹太教占卜者，从帕拉切尔苏斯[2]到弗卢德[3]，从西哈诺·德·贝尔热拉克[4]到萨德及傅立叶。不仅如此，这个布鲁内还绝无仅有地将弗龙斯基[5]也拉入了疯子的行列。事实上，弗龙斯基出版了不少关于数学、自然科学和政治学的书籍，还曾致信俄国沙皇及其他欧洲国家的统治者，推行人类绝对智慧改革和天体力学，并主张对抗革命派暴乱及特务组织。有一位名叫阿尔松的银行家也十分崇尚绝对智慧，并对弗龙斯基长期资助。后来，两人之间关系破裂，弗龙斯基便写了许多诋毁阿尔松的文章，甚至把他告上了法庭，以窃取哲学真理为由索要二十万法郎的赔款。我们注意到，这位弗龙斯基其实提出了不少可取的观点，就连罗曼·雅各布森也对他尊敬有加。

更令人瞠目结舌的是我们在这份狂人名单中居然还找到了苏格

---

① Quercy，旧地区名，位于法国西南部。
② Paracelsus（1493—1541），意大利炼金术士、星象学家、医生。
③ Robert Fludd（1574—1637），英国神秘主义者、炼金术士、医生。
④ Cyrano de Bergerac（1619—1655），法国剧作家。
⑤ Hoene-Wronski（1778—1853），波兰哲学家、数学家。

拉底、牛顿、爱伦·坡、惠特曼等人的名字。对此，我们只能说布鲁内有一套独特的逻辑思维方式，他仅凭一句"我让我所触及之物变得神圣"就判定惠特曼有一种自傲的反叛情结，对自己的个性孤芳自赏，并评价说："这些难道不是精神错乱的种种迹象吗？"至于苏格拉底，布鲁内首先提出了自己的质疑：苏格拉底究竟算不算是作家？因为这个可怜的老头从未写下过只言片语。另外，他还想把这个自称有恶魔征兆[①]的老头划归到疯子的行列。最后，他总结说苏格拉底无论如何都算是个偏执狂。对于牛顿，布鲁内很快给出了自己的评价："牛顿的确是个不朽的天才，但由于他占卜并妄图诠释《新约·启示录》，因此也是一个想入非非的人。"诸如此类的点评简直数不胜数。

当然，正如所有文化狂人一样，古斯塔夫·布鲁内的观点也有值得借鉴之处，比如，他认为根据时代和哲学观点的不同，对于"疯狂"的界定也会大相径庭。不到一个月前，我曾与一位数学教师进行过一次交谈，他告诉我说他惊讶地发现莱布尼茨是个疯子。"真是想不到，"他对我说，"我发现这个有着天才的逻辑学及数学思维的人物居然还凭着自己的狂热幻想写过不少关于单子[②]和前定和谐的糟粕之作呢。"

一九九〇年

[①] 苏格拉底常常依赖于一种他所听到的"恶魔征兆"声音来判断他是否犯下错误。这种征兆通常属于我们称之为"直觉"的形式，然而，苏格拉底将这种现象描述为"恶魔"，表明它起源于某种神秘且不受他自己的思想所控制的力量。
[②] 莱布尼茨认为万物由原子构成，但不是德谟克利特的物质的原子，而是精神原子。莱布尼茨称之为"单子"。

读书何以延长寿命

当读到那些担心新兴机器的发展将取代人类记忆,从而为人类智慧的未来忧心忡忡的文章时,我们一定会有一种似曾相识的感觉。其实,对事实稍有了解的人都会立刻想到相似的内容已经在柏拉图的《斐多篇》(曾无数次被人们提起)中涉及了。在那篇文章中,埃及法老曾满腹忧虑地询问发明书写的透特神,文字这种可怕的工具是否会让人类丧失记忆和思考的能力。

我想,第一个看见车轮奔跑的人也一定产生过同样的恐惧,他一定曾担心我们人类会遗忘行走的技巧。说起在沙漠或荒原里跑马拉松,或许古人会比我们现代人更有天赋,然而他们的寿命却比我们短;不仅如此,以今天的标准来看,他们的身体素质可能还达不到入伍服役的要求。我之所以这么讲并非想表明今天的人类可以高枕无忧,也不是说我们可以放心地躺在切尔诺贝利的草地上安然享受生活;我只想说,书写让我们人类变得更加聪慧,让我们明白该在何处停下脚步,如果连这一点都不清楚,那么即使我们乘坐的是四轮交通工具,也仍然只是文盲。

在每一个时代,人们都会为那些新兴的记忆工具而感到恐慌。面对问世不久的印刷书籍,许多人认为其纸张的保存期无法超越五六百年,还认为它会像路德版的《圣经》一样流传天下。于是,最初的购买者不惜花费重金让人将书中每一段开头的首字母以手工方式绘制成袖珍画,从而造成一种自己仍在阅读羊皮纸手稿的假象。如今,那些带有袖珍画的古版书籍价格不菲,但事实上完全没有必要在印刷书籍上绘制袖珍画。那么,我们究竟从中获取了哪些利益?而书写、印刷,甚至是电子存储器的发明又究竟给人类带来了哪些好处呢?

瓦伦蒂诺·邦皮亚尼曾大力宣传过他的一句名言:"一个读书人的价值胜过两个普通人。"作为一名出版商,这不过是一条成功的宣传口号,然而我却认为这句话还意味着文字(从广义的角度说,语言)延长了人类的寿命。自人类第一次发出有含义的声音开始,原始的家族和部落就产生了对族群中老者的需要。在此之前,年老的个体会因为对族群觅食的贡献有限而被遗弃。然而,当语言产生以后,老人就成了整个种族的记忆保存者,他们围坐在洞穴里的篝火旁,讲述在年轻人出生以前发生的种种事件(或可能发生的事件,于是神话便应运而生)。在群体记忆被构建起来以前,人类是没有经验可言的,并且很有可能在积累起经验之前就死于非难。随着人类的发展,以后出生的人很可能在二十岁时就好似已经生活了五千年。因为那些发生在他诞生之前的事件已通过老人的讲述成为他记忆的组成部分。

如今,书籍的作用就相当于所谓的"老者"。或许我们并没有察觉,但我们所掌握的财富远远超过一个不读书的文盲。因为文盲只拥有个人的经历,而我们却记忆着众多前辈的所见所闻。我们不仅记得自己年少时的游戏,也记得普鲁斯特的游戏;我们不仅为自己所经历的爱情感到痛并快乐着,也为皮刺摩斯和提斯柏[①]的生死

[①] Pyramus, Thisbe,希腊神话中巴比伦的一对情人。他们本想冲破家庭的阻碍,约会私奔。先期抵达约会地点的提斯柏因遭到一头狮子的袭击而逃跑,但她沾染血污的面纱却落在地上。当皮刺摩斯来到时,以为爱人已被狮子撕裂,痛苦万分而自刎。回来寻找的提斯柏发现了奄奄一息的爱人后,便躺在他的身上自尽了。

之恋而感到锥心之痛；我们学到了梭伦的智慧，也为拿破仑在圣赫勒拿岛上度过的那几个呼啸之夜而感到战栗；我们不仅向后辈重复着祖母留下的童话，也在不断讲述着《天方夜谭》里的神奇篇章。

有的人会认为如此一来，当我们出生时，我们就已经老得不可救药了。但与我们相比，那些文盲则显得更加衰老屠弱，因为他们好比从小就患有动脉硬化症的人一样不记得（因为他们根本也不知道）三月十五日①那天发生了什么。当然了，我们的记忆中也不乏有谎言，但阅读能够帮助我们辨别真假。而那些文盲，他们既不明白他人的过错，也不了解自己的权利。

所以说，书籍是生命的保证，它们提前保障了我们的永恒——尽管这种永恒趋向过去，而非趋向未来。但我们不能总是得陇望蜀，还是知足常乐吧。

一九九一年

---

① 公元前四十四年三月十五日，古罗马皇帝尤利乌斯·恺撒遇刺身亡。

勿将托托*比卓别林

在上星期一的《晚邮报》上，图里奥·凯之克①写了一篇回应伦佐·阿尔伯雷②的文章。后者称赞托托比查理·卓别林更伟大；凯之克则认为卓别林是一位十全十美的艺术家，因为他所有的电影作品都是自编、自导、自演的，而托托则只能算是一位被导演偶尔利用的"笑料"型演员。在此，我要表明我的观点：我是一个不折不扣的托托迷，尽管对他演过的各部电影情节早已烂熟于胸，但仍然觉得百看不厌。然而，每当我再次欣赏卓别林的作品时，却总有一种敬而远之的感觉。当然了，在我眼里，卓别林就如同巴尔扎克、维瓦尔第一样，绝对堪称艺术大家，但我认为在即兴喜剧的领域里，托托是一块不可超越的丰碑，因为他的表演是如此本真，就像暴雨和晚霞一样，纯粹是自然的产物。

即使看过无数次夜幕降临的过程，人们仍愿意在每个黄昏欣赏落日，但无论萨摩色雷斯的胜利女神像有多么精美，人们也不可能在它面前膜拜一辈子。同样的理由，如果我们喜欢一个女人，我们会不知疲倦地追求她、欣赏她、对她日思夜想——如果上帝允许的话——甚至与她亲密接触一番；然而，对于贝多芬的《命运交响曲》，谁都只能偶尔听上一遍，倘若它每天清晨都在耳边响起，则无异于一种折磨。

艺术作品大致可分为两类，一类是阳春白雪，蕴涵着巨大的艺术价值，而另一类则是下里巴人，受到普通大众的广泛欢迎，表现出自然流畅的风采。二者的区别何在呢？就此，我想对托托和卓别林的电影作品进行一番忠实的比较。首先，二者的普遍性不同。作为一部高艺术性的电影作品，无论它讲述的是一个怎样的故事，都能引导观众将情节映射到自己身上，并联想到人类的普遍问题。在这一点上，卓别林表现得相当成功。他所饰演的移民、淘金者、失败的恋人都是现实中的我们的真实写照。正因如此，观众在看他的电影时才会笑得合不拢嘴，直到笑出眼泪。而托托扮演的却总是那些处于社会边缘的那不勒斯土包子，观众在捧腹大笑时不会有过多的思考，因为大家都认为自己比电影中那个傻乎乎的角色要高出一等。

第二个区别在于表演风格的一致性。观众受不了一个啃鞋子的卓别林，不能接受他在《摩登时代》里插科打诨，也无法认同他在《淘金热》里表演《摩登时代》中重复的机械性动作。因为他的角色表现是与特定的作品相互配套的。与此不同的是，托托电影中那个在火车卧铺车厢中的场景却能够超越情节的限制（就如同高悬在我们头顶之上的星空），无论放在他的哪一部作品中都显得那样和谐，不管他扮演的是失意的音乐家，还是没落的贵族。他在佐佐尼奥出版社台阶前注射的神奇一幕既可以放在《逃犯托托》里，也可以放在《托托寻妻》中。

第三，二者的风格设置——即语言控制能力不同。只有在导演强制或刻意"抑制"的情况下，托托的语言风格才能显得与整部作

---

* Antonio De Curtis（1898—1967），意大利喜剧电影演员，艺名托托。尽管许多人批评他的电影缺乏艺术性，但他嬉笑怒骂、妙语如珠的风格却深受观众喜爱。
① Tullio Kezich（1928—2009），意大利影评人。
② Renzo Arbore（1937—　），意大利音乐家。

品和谐一致（这一点与帕索里尼的风格和《曼哈顿的大人物》中的经典场景颇为相似）。否则，托托的喜剧天赋将一发不可收拾，台词也不会仅限于"天啊""见鬼"等词汇。然而艺术却是用尺子和圆规设计出的结晶。卓别林在表演中会克制自己，当他毫无理智地重复着特定的步伐和尴尬的微笑，或在因数不清自己的踢踏舞步而跌倒时，观众都能感受到这一点。当然，托托的技巧也是本真而明智的，但他却故意夸张自己的表演。这样的效果安排让观众觉得他的表演并没有模仿那些著名的艺术作品，比如他的结构安排、重点情节和氛围。影片中，他让观众感受到超越常规、无法忘却的喜剧效果，每次观看都能调动神经，笑破肚皮。

类似的比较还能继续。这是一种"解剖性"的文字分析。经常有人会认为如此分析作品的结果是导致《记者米老鼠》成为与《李尔王》同样伟大的作品。持有这种观点的人一定既没有真正研究过俄罗斯的形式主义作品，也没有读过雅各布森、巴特、格雷马斯或切萨雷·塞格雷。否则，他们将明白只有采取这种形式，才能把那些无法名状的感觉清晰地解释出来，才能真正明白为什么考狄利娅[1]要比克莱尔贝拉[2]重要得多。

一九九二年

---

[1] Cordelia,《李尔王》中李尔王的小女儿。
[2] Clarabelle, 迪斯尼动画片《米老鼠》中的小母牛。

喜悦！无限宇宙照亮我心*

以下这条消息想必大家都已有所耳闻：在一场学生诗歌大赛中，某参赛选手出于恶作剧的心理将翁加雷蒂的《晴空》（选自诗集《覆舟的喜悦》中《流浪者》一章）寄到了评委会，然而这首诗却只获得了第二名。消息传出，顿时被视为丑闻，招来一片斥责之声。然而，在所有的评论中，我认为最有价值的是罗贝托·科特罗内奥在上期《快报》周刊上发表的一篇文章。他提出了一个独特的观点："即使是一位教授也没有义务必须读过翁加雷蒂的那首诗。无论如何，该诗最终获得第二名的事实也表明评委其实还是具备一定的诗歌欣赏水平的。"对于这一点，我还想补充两句。

曾经有人邀请我玩过一个小游戏，让我猜某部作品的开篇之句"Turbata libertà degli incanti"①究竟出于二十世纪哪位著名的意大利作家之手。回答五花八门（翁加雷蒂？夸齐莫多？还是卡尔达勒利……），可最终的谜底却让大家都吓了一跳，这句话居然是《洛克法典》②中关于侵犯拍卖权的某一条款的标题。仔细想想，这倒也合乎情理，在那个邓南遮颇受推崇的年代，就连法学家都更喜欢使用典雅的"incanto"来替换"asta"③一词，就更别说那些故弄玄虚的文字游戏了。对于这句话，如果有清晰的法律语境，谁都会很快明白"un incanto turbato"指的是"被侵犯的拍卖行为"，但大家在玩游戏的时候却不自觉地认为这是一句诗歌（正如提问人所误导的那样），于是对于"incanto"一词就有了各种各样不同的理解。因此，我们说文章的语境可以营造出一片空间，对于翁加雷蒂来说，这片空白的空间在整个诗歌中起着相当重要的作用。在这一点上，翁加雷蒂深受马拉美的影响，他认为只要写下"一朵花"，就足以让人从这简简单单的三个字中感受到各种花朵沁人心脾的芬芳了。

这所谓的空白空间并非是一个物理概念，而是一个思维概念，换句话说，它指的是一种接受文字作品的心境。举个例子，在翁加雷蒂的名字已经家喻户晓的今天，即使我们没有在诗集的页面上看到一块空白的空间，同样也能够欣赏他那句著名的"无限宇宙照亮我心"，因为我们已在大脑中留出了那片空白之地。

当诗人写作的时候，他所使用的都是字典里的通用词汇（除了一些新词汇）。当它们单独出现（或被我们在脱离上下文的情况下孤立地看待）时，无非是字典里的普通词，仅仅表达那些最常用的含义。我有一位朋友曾打起精神在某个深夜与几个志趣相投的同伴一起阅读罗马涅④方言版的《松林之雨》⑤。然而，与其说他是在读罗马涅方言版的《松林之雨》，还不如说他是在以一个罗马涅人的心境在读这首诗。刚看到开头的第一个词"听"，他就读不下去了。他生起气来，一边重复着这个词，一边变得愈发怒不可遏："'听'，

---

* *Allegria! M'illumino d'immenso*，出自意大利诗人朱塞佩·翁加雷蒂（Giuseppe Ungaretti, 1888—1970）的诗集《覆舟的喜悦》。
① 意大利文，其中"incanto"一词为多义词，既可以理解为"诱惑，魅力"，也可以理解为"拍卖"。因此，在没有上下文提示的情况下，该句既可以理解为"被侵犯的诱惑自由"，也可以理解为"被侵犯的拍卖自由"。
② *Codice Rocco*，意大利法西斯政府于一九三〇年颁布的一部刑法典。
③ 在意大利文中，上述两词均可以表示"拍卖"的含义。
④ Romagna，位于意大利中北部的大区。
⑤ *La pioggia nel pineto*，意大利诗人邓南遮的诗歌代表作。

听什么听？听谁？怎么可能呢？让他自己听好了……"于是，正如人们常说的，邓南遮就这样在那个夜晚滚蛋了。为什么会出现这样的情况呢？因为读者当时没有聆听诗句的心境。博尔赫斯有一句老话："要以读塞利纳作品的心境去研读《效法基督》[①]。"我曾在某篇文章中提过那场游戏最终没有成功。但事实上，如果思路正确，立刻就能想到正确答案，翻来覆去地思考反而猜不着。神秘主义者告诉我们要以聆听生命的心态去解读诗歌，这或许有些言过其实，但至少说明阅读诗歌的确是需要一定的心境的。

当翁加雷蒂的《晴空》首次出版时，其异常简短的诗句的确在文学界引起了轰动效应："浓雾/散去/星星/一颗/一颗/浮现出来……"但在如今，这种翁派诗句已经成为蹩脚诗人的典型标志（他们自认为只要把"我很高兴"写成"我/很/高兴"就可以变成诗人）。于是，当人们读到过于短小的句子时，第一反应就是认为这些诗句是对于隐逸派诗歌的单纯模仿。试想一下，当你们在一大堆看似原创，实际上却完全模仿前人的诗篇中看到了一首带有翁加雷蒂特色的诗歌时会作何反应呢？你们一定会认为这首诗出自于某个"假翁加雷蒂"之手，并评论一句"写得不错，有一定文学素养，不过模仿的痕迹太浓了"。但倘若改变一下该事件的环境，你们的态度便会大相径庭。如果有人说："在所有这些诗歌中，有一首是翁加雷蒂写的，请把它找出来。"我相信大部分人都会把手指向那篇《晴空》。因为此刻你们预备了合适的心境去聆听它，鉴别它。

由此，我们可以得出以下结论：当面对一大堆风格各异的诗篇时，没有任何一个诗歌评委会敢保证自己能以合适的心境去品味诗歌中的韵味。我们常说如果要好好读一首诗，必须如参加某个庄严

[①] *De Imitatione Christi*，基督教灵修著作。

的仪式那样抱有一份宁静的心态，心无旁骛——这已经是老生常谈了。诗歌是不能在一片嘈杂声中朗读的。然而，诗歌比赛中大量风格迥异的参赛稿本身就制造了一种噪声。那些以同样字体、同一字号打印出来的文稿就好似一堆经济新闻，让人们无法识别出其中最重要的信息。即使在文字中出现了"下雨"一词，恐怕我们也不会立刻想到那篇著名的《松林之雨》吧。

一九九二年

去卢浮宫吧，参观视觉艺术与 Blob 艺术* 的鼻祖

十月中旬，卢浮宫举办了一场关于保罗·帕尼尼（一六九一年生于皮亚琴察，一七六五年卒于罗马）的画展。当时适逢画家的三百周年诞辰纪念，卢浮宫里展出了仅有的不超过四十幅画作和一些草图。通常，我从不会因为某段时间是某位人物的百年诞辰而对他产生特别的兴趣；相反，我喜欢在罗西尼年里听贝里尼的作品；在哥伦布年里研究麦哲伦；如果媒体在大肆宣传皮耶罗·德拉·弗兰切斯卡，我反倒会钟情于萨塞塔；如果在巴黎正举办一场关于伊特鲁里亚文明的展览，那么我则会对赫梯文明产生兴趣。为什么会这样呢？因为我的爱好我做主，我决不允许任何公众媒体牵着我的鼻子走，决定我应该爱好什么以及在什么时候产生这种爱好。然而对于帕尼尼，我却破了例，因为我的确十分喜爱这位画家，而类似的机会也确实不可多得。

于是我前往卢浮宫，以为能欣赏到许多"画中画"，然而那里却只展出了两幅大型作品、一幅草图和一幅临摹图。当然，还有不少描绘废墟风光的精美画作。在观看完整个展览之后，我对这位十八世纪的画家有了全新的认识。在我看来，帕尼尼是我们当代人类的典型代表。

后人把帕尼尼定义为城市风景画家，但他是个只懂欣赏艺术作

品的城市风景画家。他绘制了一座人头攒动的剧院，我们在画面上看到密密麻麻的观众以及舞台上演奏家的身影，但画家真正关注的却是舞台的布景——然而，这一部分很显然是另一位画家的画作。帕尼尼还对描绘废墟风光情有独钟，他喜爱罗马金字塔并到处运用该元素，把它们安置在摇摇欲坠的建筑物旁——根据旅游局的看法，这些金字塔本不应出现于此。他总喜欢在废墟画里设置一些古代的场景，如布道的圣徒或是《圣经》中的事件。即使在他所绘制的那个历史时期，那些建筑还根本没有被毁灭成废墟，他也毫不在意。他热爱描绘断壁残垣，仅此而已。

接下来，我看到了他的"画中画"。画面上绘制着藏画、画廊和宏伟的收藏大厅，那大厅简直就像是一本集邮册，里面的藏品一直累积到绘有壁画的天花板。画面的中央，是坐着或来回踱步的收藏家，他正自豪地欣赏着自己的藏品，面对观赏者将自己的藏品视若珍宝时的激动神情，收藏家本人也激动起来。事实上，帕尼尼的收藏画就如同一本带插图的目录册，如果你拿着放大镜或小提灯仔细观察，就会发现画家在作品中把前几个世纪里的名作都精心绘成了袖珍画。

在卢浮宫展出的两幅大型作品中，画家分别绘制了古代罗马和现代罗马的各种雕塑和景观，堪称是当年的博拉菲①。在第一幅作品中，他几乎把所有古典文明中的著名建筑都放到了画面里；而第二幅作品的元素则包括贝尔尼尼、普罗密尼、桑迦洛、维尼奥拉等大师的五十四件杰作以及两座时代不明的建筑物。画家毫不在意画面的真实性，在第一幅作品中安放了《博尔盖塞的赫拉克勒斯》《濒死的高卢人》《拉奥孔》和《幸福泉边的狮子》；在第二幅作品

---

* 意大利有一档名为《Blob》的电视节目，专门播出其他电视节目中的精彩片段集锦。
① Bolaffi，意大利收藏世家，致力于收集全世界的各种邮票。

中安放了米开朗琪罗的《摩西》、贝尔尼尼的《大卫、阿波罗和达芙尼》，以及美第奇别墅的狮子等。整幅画面看似一个仿制品博物馆，但倘若真是如此，那么他的作品可谓是对仿制品的再次仿制（或模仿）。我从来没有注意过帕尼尼是否曾在他自己的画廊墙壁上放置一幅以画作收藏室为主题的作品，但如果有的话，我相信那一定是一幅杰作，一幅能够展示其收藏"画中画"情况的精彩画作。

我们可以将帕尼尼理解成一位抱有贪婪现代收藏主义的荒诞派诗人、一位希望拥有一切的史诗歌者；也可以把他看做后现代主义的第一人——如果这个名词还有含义的话。假定该说法还有意义，那么帕尼尼就是一位被古老年代的画作、雕塑和建筑所压迫和折磨着的画家，但他并没有通过毁灭而将它们遗忘，反而不断地提起、模仿、再现这些古老的作品，他要把整个艺术史都拼装出来。

不仅如此，帕尼尼还可以称为第一位视觉艺术家及 Blob 艺术的鼻祖。他预见到当今的信息时代会在自身呈几何级数成长的过程中陷入瘫痪。当你欣赏他的一幅"画中画"时，你可以稍稍驻足，把目光聚焦在他呈现给你的上百幅作品中的一幅上。只要盯上一小会儿，然后再把目光移开片刻，你就会发现原来的那幅画已经找不到了，你看着所有的画，接着再选定另外一幅，使用同样的方式之后，这另一幅也会逃离你的视线……面对着帕尼尼的"画中画"，我们找到了在电视机前眼花缭乱的感觉，随着遥控器疯狂地调换频道，一种妄图拥有一切的欲望也在心中悄然膨胀起来。

一九九二年

七拼八凑的书籍

在过去的几个星期里，我一直在关注对于黑塞的讨论。有人质疑，黑塞的文学才华是否与他长期以来所取得的成功相匹配？且不谈黑塞，我似乎在这些讨论中看到一种苗头：人们再次开始在这件事情上展开一场极为激烈的辩论，其主题不仅仅停留于讨论作品的艺术价值与商业成功之间的关系，甚至发展到认定二者之间必然存在着一种反比。在通俗文化蓬勃发展的年代（自十九世纪中期到今天），这种思维方式似乎有愈演愈烈之势，许多作品都在为迎合普通大众的通俗口味而故意献媚。然而，那些不被世人理解，且际遇不佳的高雅艺术家典范（包括一些浪漫派艺术家和大量二十世纪先锋派艺术家）却一直在坚持挑战世俗的品位。因此，在他们看来，遭到公众的冷遇就是作品成功的标志。对于毕加索来说，这一点确实不假，但其他一些命运不济的艺术家居然也以此为借口孤芳自赏起来，尽管自己的作品确实令人大倒胃口。

回顾一下历史，我们还是能找到一些备受统治者恩宠，又深得大众爱戴的艺术家典范的。但丁在政治上一生坎坷，但在文学上却相当幸运——传说他曾因为铁匠念错了他的诗句而发怒——这至少能够说明他在生前甚至得到了文盲阶层的仰慕。许多顶尖的艺术家（如维吉尔、乔托、莎士比亚、曼佐尼和托尔斯泰）随着作品的问世迅速走红，获得广泛成功；另外一些虽然同样伟大，却遭到贬斥，或者只被少数人青睐（如奈瓦尔和乔伊斯）；还有一些作品虽然受到追捧，其艺术价值却十分有限，比如欧仁·苏[1]的小说以及《飘》。

长期以来，人们一直致力于研究艺术价值的界定标准，却很少有人就成功作品的标准进行反思，然而一部作品之所以能获得成功，绝非出于偶然。其中，最为明显的原因无非是某部作品体现了为整个社会或某个阶层认可的情感或理念：高乃依、黑塞（至少是青年时期）、贝尔谢、曼佐尼、《马赛曲》、罗斯福新政时期的米老鼠以及黄金时代的维吉尔都属于此列。这些人物和作品的成功与其艺术价值无关，只是因为他们迎合了当时的社会期许。

另外，某些作品的成功得益于它们的"可普及性"——这一点也与其艺术价值没有关联（也就是说无论是阳春白雪的艺术杰作还是下里巴人的手工玩意儿都能具备该特点）。威尔地是雅俗共赏的，歌曲《皮波不知道》[2]人人皆可传唱；尼罗·沃尔夫[3]的故事与电视剧《侦探哥伦堡》一样广为流传，当然，最为郎朗上口的作品还要数彼特拉克的诗歌。文学史上最为璀璨的一颗明珠——奈瓦尔的《西尔薇》看上去似乎简单通俗，殊不知其和谐的结构相当复杂，让人只可诵读，却无法模仿。如果说维瓦尔第的曲子有着上口的旋律，那么德彪西的风格则不容易掌握。

前一段时间，当我尝试着解释影片《卡萨布兰卡》为何如此受追捧时，曾经猜想过或许一部作品的"多元素拼接性"也能使其获得成功，受到青睐。综观《卡萨布兰卡》的结构，我们会发现整部

---

[1] Eugène Sue（1804—1857），法国通俗小说作家，一八四二年发表小说《巴黎的秘密》，引起强烈反响。
[2] *Pippo non lo sa*，一首创作于二十世纪四十年代的意大利通俗讽刺歌曲。
[3] Nero Wolfe，美国侦探电视剧《尼罗·沃尔夫》中的侦探角色。

影片是由许多常规模块一点一点构筑起来的。如此一来，该片便成为了一部电影拍摄的范本。它的每一个"可拆卸的"单元都可以成为某种典范。除了"拼接性"，"可拆卸性"也是一个重要特征。在一篇重要的文章中，艾略特曾大胆地评论说正是该特征成就了《哈姆雷特》——最不完整的一部莎氏悲剧作品。这部悲剧在情节交织上并非十分成功，因此，是一部因有趣而精彩，而非因精彩而有趣的作品。但丁的《神曲》完全没有拼凑的痕迹，但它本身却是可以拆卸的，以至于它的爱好者还经常拿一些零散的句子玩密码文字游戏。

　　流传千百年的《圣经》也得益于这种"可拆卸性"。因为这是一部由多人创作的宗教经典（上帝啊，请原谅我的言论吧）。如果说《哈姆雷特》是一部空前绝后的巨著，那么《洛基恐怖秀》则贱如粪土。尽管二者都曾备受瞩目，但前者是可拆卸的，后者的拼凑痕迹却过于明显。当然，还有一部作品（但并不受公众欢迎）——乔伊斯的《芬尼根守灵夜》——它的成功显得颇为诡异，因为作家似乎是特意让这部小说显得可以被无穷无尽地拆卸下去的。

一九九二年

肤浅认知与基本常识

大约十天前,《新闻报》再次展开了一场对于"肤浅认知"的大讨论,该话题也又一次变得时髦起来。毫无疑问,一九六八年那场大批判以及随之而来的各种经验化的改革和调整曾试图取消任何形式的以传授基本常识为基础的教学方式,而"肤浅认知"也由此成为了一个贬义词。在我看来,这个话题虽小,却很有可能引起一场激烈的争论(至少是在学校范围内)。因此,我想在此对某些概念进行区分。首先,我们要弄清楚基本常识与肤浅认知之间的区别。无论从事何种职业,每个人都必须具备一定的基本常识;另外,当一个人在书中读到"索马里登陆"这一事件时,如果能对这个国家的地理位置有个大致的了解,这显然是一件好事情。

一个人要对索马里有多么深入而广泛的了解才能算得上是个"文化人"呢?事实上,做一个有修养的人并不需要记住所有的基础知识点,但却要知道该如何找到这些知识。假设你对于乔基诺·穆拉特[①]几乎一无所知,却突然被选为皮佐卡拉布罗[②]的市参议员,并于上午十一点被告知要于当天下午两点与市议会成员讨论组织上述人物纪念活动的相关事宜;那么你必须在三个小时之内找到足够充分的关于穆拉特的资料,以支持你在讨论会上发

表一番得体的言论。如果你是一个有修养的人，那么即使你手头没有百科全书，也应该知道去翻阅历史书籍——而不是哲学书籍——去查询关于穆拉特的基本常识，并且应该查阅第三卷——而不是第一卷。

有时，是否具备这种思维模式就是区别一个人是否进行过系统学习的标志所在。一个未经系统学习的人可能对桑给巴尔[3]了如指掌，却对索马里闻所未闻，从而完全不知道这两个地方都位于非洲东部。而一个有着完善知识系统的人虽然可能对二者都知之不详，但在查阅世界地图时，却明白要在地图的右侧——而非左侧——寻找这两个地方。

因此，我认为某些美国教育界改革派人士的做法是不妥的。他们认为美国的黑人大学生只要学习古马里帝国的历史，而不用研习柏拉图的哲学。诚然，我们西方人对于马里帝国的了解相当欠缺，但如果一个非洲裔美国人不清楚马里帝国与欧洲历史之间的关系，这难道就不算是一种知识的残缺了吗？

了解基本常识意味着占有丰富的有用信息。在我看来，大致知道桑给巴尔的地理位置绝对是一件好事——尽管你可能一辈子也没有机会来展示你知道它。这样的知识积累起来毫不费力，只要保持一定的好奇心及良好的记忆力就行。至于如何保持记忆力，你可以像许多老年人在淋浴前作屈体练习那样坚持每天背诵一首阿里奥斯托的八音节诗，就能收到不错的成效。

另外，还有一种以锻炼记忆为目的的"肤浅认知行为"也是我所赞赏的。我们只要为达到一些基本目的而做这种练习就可以了。

---

[1] Gioacchino Murat（1767—1815），曾任那不勒斯王国国王，一八一五年在皮佐卡拉布罗逝世。
[2] Pizzo Calabro，那不勒斯地区的一座小城。
[3] Zanzibar，位于坦桑尼亚。

至少我认为这类小游戏十分有趣。找两三个有着同样兴趣的好友，在晚餐时刻挑战一下《三个火枪手》的细节，如阿托斯住在哪条街道？阿拉米斯住在哪条街道？为什么大仲马在阿拉米斯的住址上犯了错？你们也不妨玩一玩，当然，千万不要写信把答案告诉我，因为我已经知道了。另外，大家也可以尝试着回忆一下历届意大利冠军杯联赛中国际米兰队后卫的名字。

从这种锻炼的角度来说，"肤浅认知主义"也就有了一层竞技的含义。当益智游戏中的冠军展示自己的零散知识点时，就好比是一头狮子在马戏团里展示自己的威武之风。尽管我们清楚电视台的综艺益智节目经常被人做手脚，但时常看看这类节目以资娱乐也是不错的选择。请注意，我所说的做手脚并不是指在节目开始几小时前把问题的答案直接告诉参赛者（当然，在美国曾经发生过类似的范多伦丑闻①），事实上，节目组织者事先都会考察选手的知识结构，继而在题目上有所偏向，通过这种方式帮助某位选手获胜，从而淘汰其他令人厌烦的选手。

当然，零碎地掌握一些肤浅认知与有文化修养是两回事，但一个有修养的人必然会在一定程度上乐于积累一些基本常识——即使这么做只是为了保持自己的记忆力。最后，我们还要学会区别"基础常识"和"知识"这两个概念——这并非一件易事。举个例子，对于一名医生来说，"让-雅克·卢梭曾就语言的起源写过一篇论文"这只是一条基本常识，这名医生只需要大致知道卢梭所生活的年代以及卢梭的地位为何如此重要就足够了。然而，对于一个研究十八世纪哲学的学者来说，这却是一个根本问题，因为学术界对该论文的写作时间一直存在争议。在这种情况下，

---

① 一九五〇年，美国电视刚刚兴起，综艺节目益智问答游戏深受观众好评。而就在时任卫冕者即将连过五关时，却在半路被相貌俊美、温文儒雅的挑战者年轻教授范多伦打败。于是他向舆论披露节目的漏洞，进而揭露了一系列内幕丑闻。

这个写作日期就不再是个不起眼的基础常识,而是深入了解卢梭思想的关键信息了。

一九九二年

古典作品赞

据说最近的图书销售情况颇为惨淡，然而古典作品却卖得不错——不仅仅是那些一千里拉一本的平装版，连包装考究的精装版也十分畅销。同时，不仅是柏拉图那样的一流大家备受青睐，西塞罗等作家的作品也受到了相当的欢迎；有人喜欢唯物主义者（如伊壁鸠鲁），也有人偏爱泛神论者（如柏罗丁）。因此，这股古典风潮既不代表右翼势力的复兴，也不能说明是左翼势力抬头。对于这样一种现象，我们只能认为是出版商敏锐地嗅到了公众的口味变化，意识到在如今这个价值观念被颠覆继而被重建的年代，读者正在寻找一些可靠的东西。古典作品何以给人以安全感呢？因为这些经典作家能够在手抄本盛行的年代里，吸引无数读者竞相传抄自己的作品，并在漫长的世纪更迭中战胜时间的惯性及人类的遗忘本能。当然，我们必须承认，在留下来的作品中不乏平庸之作（其价值甚至都配不上那张羊皮纸），而某些真正伟大的作品却永久地失传了。好在总的来说，人类社会一直保持着良好的发展状态，而一个被定义为"经典"的作家也一定在他的作品中传达了若干有价值的信息。

第二个原因在于如今的人类处于一个价值危机的时代，正面临着迷失自我的危险。一位经典作家不仅能告诉我们人类在很久以前的思维方式，还能让我们明白为什么我们在今天仍保持着同样的想法。阅读一部古典作品就如同对我们的文化现状进行一次精神剖析，读者能在其中再次找到远古的线索、记忆、模式和场景……于是，人们恍然大悟，惊呼道："我总算明白自己为什么要这么做了！"或"我总算明白某某为何如此爱我了：原来一切奥妙都在这一页书之中！"在阅读古典作品时，人们会发现至今自己仍然与亚里士多德、柏拉图或圣奥古斯丁无异，仍然在按照他们的思想来指导自己的行为——就连犯错误的方式也是相同的。

阅读古典作品就好比一次寻根之旅。许多时候，我们不会出于怀旧之情去追寻一个已经熟悉的过去，却会因为对自己的祖先没有足够清晰的了解而产生追根溯源的念头。正因如此，本土的美国人才会在突然间感到一种迫切的需要，想"回到"（虽然事实上是第一次去）那片祖父们曾生活过的土地，这便是一次由虚拟的怀乡之情促成的旅行。同样，阅读古典作品的读者就好似一个世世代代都生活在美国的美国人，突然产生了了解自己祖先的念头，希望在古典书籍的思想和描述中找到他们的影子。

除此之外，古典作品还为我们保留着另一份惊喜，那就是我们经常能从中发现当年的思想甚至比今天还要现代。通过近十年出版的书目资料，我读到了其他大陆某些思想家的作品。当我看到他们自以为是地宣称自己创立了某种新思想时（而且往往不够成熟完善），我常常惊愕得无言以对：哎，他们根本不知道早有古典思想家在一千年前就成功地提出类似的理论了（换言之，他们的所谓新理论早在一千年前就显得落伍了）。

这些天，我正在阅读由鲁斯科尼出版社出版，玛利亚·贝特蒂尼编辑、圣奥古斯丁撰写的《大师与语言》。这本书中共有四篇文章，我建议大家读一读其中的《师说》。如果说维特根斯坦的作品尚无法完全反映圣奥古斯丁的思想，那么从这几篇文章中，读者可以找到维特根斯坦思想的精髓。我们可以从中看出圣奥古斯丁是如何从一次简单的散步活动说开去，以精辟的语言向他的儿子（在成为圣人以前，他也有过一些凡尘情缘）——阿德奥达图斯阐述"说"的含义的。注意，我所说的是"从散步活动"，而非"在散步的过程中"，即圣奥古斯丁是在散步这一肢体活动的过程中使用手势、动作以及步伐的轻重缓急等等来解释"说"的含义。当我们发觉伟人距我们仅仅一书之遥时，我们真的会产生相见恨晚的感觉。

前两天，有一名研究哲学的学生找到我，希望我给他介绍几本有助于提高推理能力的书籍。我向他推荐了洛克的《人类理智论》。当他问我为什么推荐那本书时，我回答他说如果那天我的心情不一样，或许也会向他推荐一些其他的书，如柏拉图的《对话集》，或《方法论》；但鉴于那位学生的研究刚刚处于起步阶段，因此洛克的作品绝对算是推理高手的典范——他可以使用简单的言语与朋友们高谈阔论。接着，那名学生又问我那本书是否会对他正在进行的研究项目有所帮助，我对他说该书不仅有利于他的研究，即使他以后去做二手汽车的推销员，那部作品也会对他大有裨益。在我看来，通过阅读该书，那名学生只是了解了一个值得去了解的人物。这也正是阅读古典作品的意义所在吧。

一九九三年

一本《牙签论》

或许你们从未体验过查询古书目录是一件多么有滋有味的乐事。这些林林总总的书籍不光因其精美或古老的程度令收藏家爱不释手,还能充分满足读者的猎奇心理。

我手中的这本目录由巴黎安特尔西涅书局整理,名为《奇珍室》。该目录列出了五百三十五个书名,我正尝试将它们一扫而光。其中,有不少是实证主义时期一些有趣的医学出版物,如:一本研究卢梭为何发疯的册子、恩·特·阿·霍夫曼的作品、出版于一八四二年的《异化的穆罕默德》、将猴子的睾丸移植到人体的实验记录、一本关于银制睾丸假体的书籍,蒂索特关于"手淫致病论"(他认为手淫会导致失明、失聪以及早发性痴呆)的文章;一本认为梅毒疹有可能导致结核病的小手册、一部关于食尸的书籍,如此等等。上述这些书我暂且无暇拜读,只能先专注于那些不那么具有科学专业性的作品。另外,由于它们都是法语书,我还有志于将其翻译成意大利语。

以下是一些对我来说颇具吸引力的书目:安德里厄于一八六九年出版的《论牙签及其不便之处》、埃科沙尔关于多种桩刑技巧的论述,以及富尔内尔的《棍棒的功能》——其中列举了大量遭到棍棒击打的著名艺术家或作家(包括布瓦洛、伏尔泰和莫扎特)的名录、某位名为贝里永的作家在一战中创作的一部《德意志种族的巨大排便量》——作者在该书中称一个普通德国人排出的粪便量比法国人更多，且气味更加难闻。

一位名叫谢尼耶-迪谢纳的先生于一八四三年制定了一种将法语翻译成新型象形文字的系统，目的是希望该语言系统在全人类范围内发扬光大。另外一个名为沙赛尼翁的人则于一七七九年写了四部作品（我已经收藏了），我认为至少这几个标题还是值得好好玩味一番的：《想象的瀑布》《关于写作的欲望洪流》《文学呕吐》《百科全书大放血》《魔鬼的魔鬼》——真不知谁有胆量把他这一千五百页奇谈怪论统统读完？当所有的书目编纂作者都异口同声地将这个作家定义为精神错乱患者时，我们却发现这位怪异的先生居然乐于在浩瀚的文学世界里流连忘返。从大名鼎鼎的维吉尔到最边缘的不知名小作家，所有人都被拉入了他狂热的文字之中。他在作品中大量引用其他作家的言论，谈论关于他们的一些鲜为人知的事件，发表自己的看法，文章中满是注解和批语，内容极为广泛，涉及文艺批评、赞赏、以西结的预言以及洋甘草的根茎。

在这本书目中，我还找到了一个出版于一六二六年、题为《改革派绿帽子协会》的小册子。里面描述了该协会的章程和会员入会仪式等内容，另外，还把"戴绿帽子"的起源追溯到了巴别塔时代。在施赖伯整理的书目中，有一本书显得格外醒目——在一七一四年至十九世纪初这段时间里，该书居然再版了无数次。本书（我本人也已收藏，不过该作品算不上什么珍稀书籍）名为《一个陌生人的杰作》，作者是圣亚桑特，不过署的却是笔名克里索斯托梅·曼塔那修斯。

大家应该知道"派生文本"这一概念，即一部作品中，除正文以外的所有文字，包括封底上的文章、广告、评论、新闻稿等等——它们都是作品的构成部分。通常，标题作为整部作品价值的精华体现会独占一页；接下来，在正文开始之前，会有一系列由作者的朋友们撰写的溢美之词。

曼塔那修斯针对这股风气进行了一场眼花缭乱的滑稽模仿。他的这部作品有序有跋，有答读者问（有各种不同的语言版本，包括由法语翻译到希伯来语的音译版），可谓五脏俱全。其中，光是一篇序言的长度就超过了正文。不过这种模仿倒使得该书有了些大部头作品的风范。因为这些"派生文本"与那些针对一首只有四十行的流行歌曲而写的臃肿评论可不是一回事。

该书的第一版并未引起多大反响，但随着不断再版，到第八版时（当时作者还在世），由于作者那些爱开玩笑的朋友的友情文字加盟，该书的发行量已突飞猛进。我收藏的是一七一六年的版本，一共才三百页，据说一七五四年的版本已经有五百二十八页了。

我的列举就到此为止了。希望我这如数家珍的行为能给大家带来些许安慰，不再抱怨如今的作品都是废话连篇了。

一九九三年

糟糕的《第五交响曲》

"也许是我生性愚钝，但我实在无法理解这位先生怎能将长达三十页的篇幅耗费在描写自己如何辗转反侧，无法入眠的场景上。"这是欧兰多夫出版社的一位编辑针对普鲁斯特的作品《追忆逝水年华》写下的退稿评语。这段由职业编辑写下的如此严苛的评语自然不会被安德烈·伯纳德漏掉，他在手推车出版社出版了一部颇为有趣的集子——《退稿信》，专门收录文学巨著遭到出版社拒绝的评语和回信，而这句点评也收录其中。

这部集子标明了作者、标题和退稿日期，但并没有公开决定退稿的编辑的姓名。然而，在该书的开头部分，伯纳德还是列出了一长串相关出版社的名单，几乎囊括了所有出版机构，如"费伯＆费伯""双日"《纽约客》《巴黎杂志》等等。一八五一年，《白鲸》在英国遭遇退稿的命运，其评语如下："我们认为这部作品不能在儿童市场上畅销。它的篇幅太长，结构老套，似乎有些名不副实。"一八五六年，福楼拜的《包法利夫人》也被拒绝，理由如下："先生，您的整部小说都被埋葬在您设计的一堆华而不实的细节描写之下了。"一八六二年，艾米莉·狄金森的第一部诗歌手稿也被退回，评语是："真令人费解。所有的韵脚都有问题。"

类似的例子在本世纪亦是数不胜数。一九〇〇年，科莱特的

《克洛蒂娜在学校》得到了如此评价:"就连十本也卖不出去。"一九〇一年,亨利·詹姆斯的《神圣源泉》被编辑点评为:"过分刺激神经,歇斯底里到了极点,没有情节,不具可读性。"一九一一年,马克斯·比尔博姆的《朱莱卡·多布森》遭到冷遇,其评语为:"我们不感兴趣。作者自视过高,事实上,他在文学领域中从来就没有达到过应有的水准。"一九一六年,詹姆斯·乔伊斯的《一个青年艺术家的画像》所获点评如下:"在文章的末尾,一切都变成了面包渣。无论是语言还是思想都好似泛潮的碎屑般散落一地,如同潮湿的火药粉。"一九二〇年,菲茨杰拉德的《人间天堂》也遭到了恶评:"故事有头无尾。无论是主人公的性格还是经历都不足以说明结局。总之,我认为这是个没有结尾的故事。"一九三一年,福克纳的《圣殿》获得的评语居然是:"上帝啊,上帝,我们不能出版它。否则我们全都得蹲大狱。"

一九四五年,乔治·奥威尔的《动物农庄》遭到拒绝的理由是:"关于动物的故事在美国根本卖不出去。"一九五一年,某编辑评论贝克特的《莫洛伊》时写道:"出版此书毫无意义。美国读者的低下品位欣赏不了这部同样低俗的法国先锋派作品。"一九五二年,安妮·弗兰克的《安妮日记》也惨遭拒绝,编辑评价说:"这个小姑娘似乎没什么天分,甚至不知道该如何唤起读者的好奇心。"一九五四年,《蝇王》的作者威廉·戈尔丁收到了这样的退稿信:"我们认为这个故事本来很有吸引力,但您似乎心有余而力不足。"一九五五年,纳博科夫的《洛丽塔》因如下理由未被采纳:"这个故事本应该说给心理医生听。或许这原本就是医院的记录,后来才被改写成小说。书中的某些情节固然精彩,但描写太令人作呕了,即使是最著名的弗洛伊德派学者也无法忍受……记住,这本书最好被埋葬一千年。"一九四七年,马尔克姆·劳里的《在火山下》被拒,理由为:"关于人物经历的倒叙以及那些关于过去与现在的思想与激情都太过乏味了,无法令人信服……该书篇幅太长,文风过于矫揉造作。"一九六一年,编辑在读过约瑟夫·海勒的《第二十二条军规》后写下了这样的评语:"我实在不明白这个人究竟想做什么。该书的情节无非是讲述一群驻意美国士兵相互换妻,并和当地妓女上床的故事,但索然无味。显然,作者想表现出自己的幽默感,或许还想进行些讽刺。但从智力层面上来看,他的水平无法引起任何人的兴趣。故事有两个结局,但一个比一个糟糕……简直没完没了,无聊至极。"

一八九五年,威尔斯的《时间机器》遭遇退稿的理由是:"对于普通读者来说太乏味,对于科技行业的专业读者来说又太肤浅。"一八九八年,他的《世界大战》再次遭到拒绝,并被评价为:"这是一个无休止的噩梦。肯定卖不动。我觉得该给读者一句忠告,让大家千万别读这本可怕的书。"《大地》的作者赛珍珠于一九三一年得到了这样的回复:"很遗憾,美国的读者不会对任何与中国有关的内容感兴趣。"一九六三年,蓝·戴顿的《机密档案》得到了如下评价:"该书不仅半路陷入泥潭,还在一些无聊的内容上无端地浪费笔墨,看不出任何叙述的节奏感,故意舞文弄墨,让人难以接受。"一九六三年,《冷战谍魂》的作者勒卡雷得到的评价则是:"我们给他些润笔费吧。但勒卡雷是没有前途的。"

当我读到这些评论时,忽然想起了克里斯托夫·塞弗和维克多·纳瓦斯基合著的那本《专家之言》。一八九五年,该作品被翻译成意大利语,由弗拉塞里尼出版社出版。该书收罗了从政治到科技等各个领域的奇闻逸事,其中自然也包括文学、艺术、电影和戏剧。另外,该书还载录了许多出版社的评语,并注明了出处。那些退稿信我姑且不谈(反正跟伯纳德那本书中所收录的言论大同小异),我们来看看公开发表的新书介绍或书评吧。

关于奥诺雷·德·巴尔扎克的评价是:"他的小说丝毫体现不

出任何独特的想象力，无论是情节设计还是人物描写都十分平庸。巴尔扎克永远不可能在法国文学领域占一席之地。"（欧仁·布瓦都，《两世界评论》，一八五六年）关于艾米莉·勃朗特的评价是："《简·爱》（其姐夏洛特的作品）的缺点在《呼啸山庄》中被扩大了一千倍。仔细想来，唯一值得安慰的就是该书永远不会热卖的事实。"（詹姆斯·罗莉，《北不列颠评论》，一八四九年）关于艾米莉·狄金森的评价是："她的诗支离破碎，形式不完整，除了'可怕'，我不知道该用怎样的言语来评价它。"（托马斯·贝利·阿尔迪克，《大西洋月刊》，一八八二年）

评托马斯·曼："《布登勃洛克一家》不过是两本平淡无奇的书，作者用平白的笔法描写了两个平庸人物的平淡故事。"（爱德华·恩格尔，一九〇一年）评赫曼·梅尔维尔："《白鲸》是悲惨、苍白、平淡、甚至有些荒诞的作品……另外，那个疯狂的船长简直让人厌恶至极。"（《南方季度评论》，一八五一年）评惠特曼："惠特曼与艺术的关系无异于猪与数学的关系。"（《伦敦批评家杂志》，一八五五年）

下面来看看音乐领域。关于巴赫，约翰·阿道夫·萧伯在一七三七年的《音乐评论》杂志上写道："巴赫的曲风十分缺乏美感与和谐感，并且含混不清。"一八〇八年，路易斯·施波尔针对贝多芬《第五交响曲》的首演写下了这样的评论："一堆嘈杂之声与低俗之声的混合狂欢曲。"雷尔斯塔伯评价肖邦说："如果专家看到他的作品，一定把他的曲谱撕个粉碎……至少我有这样的冲动。"（《音乐女神的国度》，一八三三年）一八五三年，《巴黎音乐报》写下了这样的言论："从旋律角度看，《弄臣》显得十分贫乏。该作品不可能进入任何乐队的曲目清单。"另外，《莫扎特传》（电影）也毫不隐讳地引用了奥地利皇帝在听过《费加罗的婚礼》之后所作出的评价："音符太繁杂了。"

再看看艺术领域。一八八六年,《牧师》杂志评论说:"德加是个常年在幕布后面及更衣室里偷窥女演员的小伙子。他只观察到女性最丑陋的部分,并把它们用最怪异且最不道德的方式展示出来。"路易·布雷评价马奈说:"《草地上的午餐》是件不严肃的低级趣味的作品,是一幅不值得展出的丑陋的画作。"(《评判者与展示者》,一八六三年)当然,以上两条评论都掺杂了道德因素,因此情有可原。然而,安布洛伊斯·沃依德(以敏锐嗅觉闻名的画商)于一九一七年批判毕加索的《阿维尼翁的少女》时的言语就十分不中听了:"这是一个疯子的作品。"

另外,十九世纪初,某位叫亨特的作家曾评价伦勃朗的水平甚至不可与里平吉勒①(我可以告诉广大读者们,你们完全有理由不知道里平吉勒是何许人物②)相提并论,而另一位略比亨特及里平吉勒出名,且毫不逊色于威廉·布莱克的先生却说:"在谈论绘画时,我找不到任何理由提起提香及其他威尼斯派画家,他们是一群白痴,而不是艺术家。"在这里,我们看到了众人对于天才的不解。我们不妨再举几个例子。左拉在波德莱尔逝世之际曾说:"百年之后,《恶之花》在人们的记忆中只会是一部奇怪的作品。"而塞尚除了把波德莱尔的作品撕个粉碎,还要加上一句:"他本来有成为画家的天赋,可惜没有坚持到底的意志。"我们在弗吉尼亚·伍尔夫的日记里可以读到:"我刚刚读完《尤利西斯》,我认为这是一部失败的作品……又臭又长,让人难以忍受,不论从客观角度还是从文学角度来看,这都是部粗糙的作品。"柴可夫斯基在日记里如此评价勃拉姆斯:"我对那个家伙的音乐作品研究了很长时间。他就是

---

① Edward Villiers Rippingille(1790—1859),英国画家。
② 当然,我十分希望有某位读者写信给我,说我居然忽略了里平吉勒,并告诉我他的名字曾在哪些老掉牙的书籍中被频繁提及,这样一来,我们就能明白伦勃朗为什么一文不值了。——原注

个毫无素质可言的小流氓。"德加曾针对土鲁斯-劳特累克向某位收藏家建议："你还是去买莫林的作品吧，劳特累克已经过时了！"马奈也曾对莫奈这样谈论雷诺阿："那孩子连一点点才华也没有！"

这些不公允的评价完全不值得我放在心上。比起美学品位，他们更偏重商业嗅觉，比起艺术，他们对作秀更感兴趣。欧文·塔尔贝格——米高梅电影公司的总裁——曾于一九三六年劝说某公司不要购买《乱世佳人》的版权，因为"没有任何内战题材的电影能赚到一个子儿"；而加里·库珀在拒绝出演"白瑞德"一角后，也曾如此评价："《乱世佳人》将是好莱坞历史上最惨烈的失败。我很高兴是克拉克·盖博，而不是我加里·库珀捡到了这个烫手的山芋。"一九三〇年，克拉克·盖博结束试镜后，杰克·沃尔德评价道："我该拿这个长着大耳朵的家伙怎么办呢？"弗莱德·阿斯泰尔试镜之后，另一位米高梅公司的高层人员说："他不会念白，不会唱歌，还是个秃子。或许只有他的舞蹈还值得挖掘。"事后想想，这些评价并非完全没有道理，但确实是个错误。

另外，我认为塞缪尔·佩皮斯对于《仲夏夜之梦》的评价也十分容易理解，他说："这是我一生中所读到的最愚蠢、最荒谬的作品。"佩皮斯是个不错的习俗见证者，可惜他更热衷于抚摸女招待的臀部，而不愿去理解艺术。他这种对于艺术的木讷之感告诉我们在某些时代，即使是那些已经被认定为空前绝后的伟大作品也曾遭到过低估（如但丁在十八世纪遭到的冷遇）。

从这些集子中，我们震惊地发现那些在匆忙之中作出的评论往往有失公允。这也提醒我们品味艺术作品就如同品尝佳酿，只有经过醒酒的过程，才能闻得其香。

一九九三年

哪一夜曾漆黑一片,雨骤风狂

我手中的这本作品名为《小说日期之游戏——关于虚构时间的评论集》(由琼迪出版社出版),而该书的作者托尼·布里兹则更像是一位编者——尽管他为了收集这三百六十七页的资料花费的工夫很可能比写一部书还要多。事实上,他为一年中的每一天都找出了在小说中所提到的对应的事件。

之所以说是三百六十七页(不包括十八页精确的参考书目),是因为那是一个闰年。头一桩事件出现在纳博科夫的小说中,作者说洛丽塔将在一月一日满十三岁。二月二十九日的事件出现在雷克斯·斯托特①的作品里("我现在宣布:一九六七年二月二十九日,我用一只烟灰缸击伤了我的嫂子伊莎贝尔·克尔并将她杀害")。至于十二月三十一日,则出现了两次:第一次出现在若泽·萨拉马戈②的作品中,另一次则出现于马可·洛多里③在描述二〇〇〇年千禧夜辞旧迎新时刻的段落里。

显然,这样一部作品是不可能在几个月内完成的。在我看来,其撰写过程也不会带有很强的计划性。它的诞生要归功于作者对于时间的爱好,更准确地说,是作者对于那些在小说理论中被称为"时间要素"的标志性时间的爱好(假如在奥斯卡·王尔德笔下,十一月九日是在格罗夫纳广场度过的,那么这句话中则不仅包括时间要素，还包括地点要素）。

不知托尼·布里兹是从什么时候开始这项浩大的工程的，但他最初所做的工作应该是在阅读各种书籍的同时把所有提到过具体日期的情节记录下来。我们不妨猜想一下，当他即将大功告成，却发现某一天（比如五月二十五日）的相应事件还没有找到时，会作何感想，又会如何解决呢？难道把《巴别图书馆》再重新通读一遍吗？然而，不知道他是如何办到的，他最终发现牙买加·金凯德④曾提到过某位露西小姐出生于那一天——这真是一个令人倍感欣慰的发现呀。

布里兹所做的工作还不止于此。当他遇到某个按照东方历法计算的日期时，便会将它换算成当今通用的日期，另外，他还会将那些在格里高利历法改革之前的日期按照公元纪年法转换出来。如此一来，他便计算出《新生》中的贝雅特丽齐逝世于六月九日，而阿普列乌斯则在三月五日那一天见证了伊希思女神扬帆起航的情景。

在这部精致而疯狂的作品中，让人印象最深的就是作者那种绝对的随意性。事实上，在简短的序言中，布里兹并不想作出任何批评性的结论。他只是提到司汤达、凡尔纳、塔布其⑤、布扎蒂⑥及弗吉尼亚·伍尔夫等作家会在作品中设置大量日期，而卡夫卡、康拉德、詹姆斯·乔伊斯、帕韦泽和昆德拉则似乎对日期不那么感兴趣——不过别着急，他至少还在卡夫卡的《城堡》里找到了一个六月三日。

当然，对于日期的使用与作家或诗人的风格并没有必然联系。倒是读者——尤其是作家本身——可以进行一些反思，为什么要在作品中加入日期。对于某些人来说，这是一种使作品"真实化"的

---

① Rex Stout（1886—1975），美国侦探推理小说作家。
② José Saramago（1922—2010），葡萄牙作家、诗人，一九九八年获诺贝尔文学奖。
③ Marco Lodoli（1956— ），意大利作家、记者。
④ Jamaica Kincaid（1949— ），美国作家。
⑤ Antonio Tabucchi（1943—2012），意大利作家。
⑥ Dino Buzzati Traverso（1906—1972），意大利小说家、画家、诗人。

技巧，可以让情节显得更为逼真，仿佛是在对读者说："注意了，我是在讲述那些在这个世界上真实发生过的事情。"出于一种奇妙的情感因素，在读者眼里，那些使用精确日期来描述事件的作者显得更加具有专业性，因为读者（不是作品中的人物）很可能恰巧就在那一天里遇到了一件重要的事情。从这个意义上来说，那些偶然设定的日期的魅力绝不亚于一句新颖的爱情宣言。

有的时候，开头设定的一个日期会影响到结束时的另一个日期。作家可以通过选定日期来设置伏笔。因此，在之后的行文中就必须注意前后呼应，某些事件也就必须在某个日期或某个季节里发生。作家设定日期就好比是演奏家选定基调，或是诗人选定八音节诗或连韵等形式。我认为，这种埋下伏笔的意识是十分重要的，因为想象力就是在一环套一环的情境下才能被一层层激发。在这本文集所提到的作家中，有多少人曾为某一个日期而大伤脑筋啊，为了做到首尾呼应，他们可能还要在结束作品的最后时刻对以前设定的日期进行修改。

令人感到奇怪的是，布里兹提到了三个出现在大仲马作品中的日期，却忽略了最重要的那一个——《三个火枪手》开篇提到的一六二五年四月的第一个星期一。其实，只要使用一个灵敏的电子日历，就能轻易知道那一天是四月七日（他在那一天里列出的是达雷尔作品中的事件）。另外，达达尼昂的故事显然开始于一六二五年，这就要求黎塞留必须在一六二七年签署那份交给米拉迪的许可证。布里兹认为，该事件发生于十二月三日，事实上，作品中的第四十五章也确实是这么说的。可到了最后一章，当达达尼昂向主教大人出示那张关键的纸条时，哎，日期居然变成了一六二八年八月五日。至于孰是孰非，大家要么相信所谓的"时间要素"，要么就相信大仲马吧。

一九九四年

知识分子：别在扣眼里的一朵花？

目前，大选选票已经提交了，而关于知识分子是否应该参与各党派的选举则再次成为一个令人感兴趣的话题。首先，我们有必要弄清楚所谓的"知识分子"究竟指的是什么人？如果指的是那些凭借思考、语言及文字来工作的人，那么政府里的部长和银行里的主任都属于这类人群。但说到知识分子，人们大都会想到那些以写作、绘画、朗诵、导演、科学研究及教学等工作为职业的人。因此，若是从这个意义上来说，我们的问题就应该变为：为什么这类人要投身于政治？

注意，我们的问题并非这些人应不应该关心政治。事实上，这些人不可能与政治绝缘，即使他们自己从未察觉这一点——从另一方面说，他们还必须经常考虑政治问题，因为管理学生档案、促进欧洲电影事业的发展，以及如何实现"冷聚变"，这些都与政治息息相关。

因此，准确地说，我们要讨论的问题应该是：为什么知识分子要改行搞政治，而且还要当全职的政治家呢？从个人角度来说，毫无疑问，任何人——无论是诗人还是法官——都有权利改变自己的职业。然而，这个问题是针对整个知识分子阶层的，即为什么整个知识分子阶层都要改行搞政治。一方面，假如他们不能胜任知识分子的工作，那么他们如何能履行管理政府机构或制定法律的职责，或许他们在新的岗位上也会弄得一团糟；另一方面，假如他们是优秀的知识分子，那社会又为何不让他们在自己游刃有余的领域里继续作贡献，而要派他们去做不在行的事情呢？

为什么一个出色的教师、一位杰出的艺术评论家，一位鹤立鸡群的科学家要放弃原本的职业，加入众多搞政治的庸碌之辈中去呢？事实上，贝内代托·克罗齐在进入政界之前的二十年里所处理的政治事务要比他真正为政府工作以后多得多。

关于类似的事实，瓦蒂莫已经在二月十九日的《新闻报》上说得相当清楚了。那篇文章是针对某报对阿多那托进行的采访而作出的回应，因为瓦蒂莫从那篇采访稿中看出阿多那托在批驳知识分子懦弱、懒惰、不关心政治。在此，我不想老调重弹，回到知识分子的背叛问题（我要强调的是，对于朱里安·班达来说，知识分子投身于政治圈就是一种背叛行为）或维多里尼关于反对知识分子鼓吹革命的观点上。但倘若我们要给知识分子加上一种义务，那么其义务就应该是通过批判——尤其是对自己的同行进行批判——来见证社会的发展。假如他觉得有必要把理想化作行动，则完全可以采取阿多那托的方式——在我看来，阿多那托做得不错。但并不是因为他比其他人更加勇敢，而是因为他在按照自己的志向选择生活道路。

在二月二十日（星期天）的《共和国报》上，塞巴斯蒂亚诺·瓦萨里谈到我们的知识分子有置身于国家及社会问题之外的倾向。这一点我不敢苟同。每个人都有其关心国家大事的方式。莫拉维亚、夏夏及帕索里尼（甚至是旅居巴黎时期的卡尔维诺）都曾对国家的政治事件发表过自己的观点。即使是那句十分不中听的口号"既不支持政府，也不支持'红色旅'"也算是表明了一种政治立场。在我看来，尽管这种态度是错误的，但至少也是一种态度。瓦萨里说连新先锋派的"六三社"①也对国家政局不闻不问。这一点我也不同意。姑且不谈桑奎内蒂②（这一点瓦萨里也谈到了）或作为议会成员的阿尔巴西诺③，我们又怎能忘记巴勒斯特里尼在政治事业上的付出（甚至是太多了），还有那个虽然没有加入任何党派，却始终热衷于政治的波尔塔④呢？如果要谈论广义上的政治，难道古列密在制作电视节目时所特有的政治烙印在我国的政局中是无足轻重的吗？对于他的观点，我可以赞同，也可以反对。但我至少看见他曾花费精力去参加所谓的"蒙特齐多利奥会议"，并在会上投票赞成保护国内的葡萄酒市场。

这么说来，我们的问题应该修正为：为什么要焦急地让知识分子转行做议员（一个如此严肃而重要的职业）？为什么在老一辈政治家退休之后，人们就再也找不到有威望的接班人了呢？另外，人们凭什么能判定一个优秀或糟糕的知识分子——只要他发表过作品、观点或在某些场合露过面——就一定可以接班呢？因此，问题的症结在于政治阶层的更新换代。从另一个侧面来说，我们也看到选民们有一种不良的习惯，即凭竞选者的外表或豪言壮语来投票，而不关心具体的计划和实实在在的投入。

知识分子的义务在于要求政治阶层更新换代（或以某种方式参与这个过程），而不在于一旦局势出现空白，就忙不迭地去充当扣眼上的那朵花。

一九九四年

---

① Gruppo 63，一个于一九六三年成立于意大利巴勒莫的新先锋派知识分子批判组织。
② Edoardo Sanguineti（1930—2010），意大利诗人、六三社的领袖人物。
③ Alberto Arbasino（1930—   ），意大利作家、记者、六三社的领袖人物。
④ Antonio Porta（1935—1989），意大利诗人，原名列奥·保拉齐，六三社成员。

《高格》*

几个星期前，我曾在专栏中抱怨说如今在书店里找不到乔万尼·帕皮尼的《高格》一书。那本书我在年轻时就曾看过，后来又重新读过许多遍，因此我手头的那本已经残缺不全了。然而，就在几个月前，我居然在一个书摊上发现了这本书的第一版（一九三一年发行）——装订精良，使用的是当年的原版纸质封面，而且价格只要两万里拉。无独有偶，恩佐·西西里亚诺也正在筹划将该书再版，并收录到一部由琼迪出版社出版的《二十世纪意大利文集》中去（再版之后，该书的标价将为两万四千里拉，大家不妨说说看，我淘到的这本第一版的《高格》算不算一笔物美价廉的好买卖）。

对于我这一代的许多人来说，帕皮尼简直就是一座思想的火山，也是一位备受争议的学者。这一点，无论从他那本未来派的杂志《拉切巴》还是透着美式实用主义的《基督传》中都能看出来。但或许他在皈依天主教之前所创作的《一个没有希望的人》（成书于三十岁时）才是最为明显的见证。在该作品里，他那种泥泞的无政府主义、绝望、对于写作的热爱、超神秘主义的激情以及缺乏远见的压抑感交织在一起，让人了解到当年的意大利人在面对即将来到的世界大战及相关事件时的种种情绪。

也正是因为这一点，人们很难将帕皮尼的思想明确归类。起初，他是一个先锋派分子和尼采主义者，后来又皈依了天主教，在与朱里奥蒂共同创作《野人字典》时，又表现出法国式的反动复辟思想，随后，他成了法西斯分子，不仅如此，他既可以被界定为右派里的革命主义者，也可算是极左派里的反动者，简直是个千面文人。他的面貌引人争议，而他的写作更是异常旺盛。假使他三分之二的作品都在大火中付之一炬，人们倒愿意对他进行有方向的解读。可事实上，帕皮尼的所有作品都完好地流传至今，而他本人也被定义为一位"无法定义"的多产作家。

现在我们来谈谈这本《高格》。故事情节其实很简单，一个疯狂且有些粗暴的百万富翁经常与社会名流打交道，资助那些最为癫狂的艺术家和幻想家，修建矫揉造作的人工建筑。总之，这是一个浪迹天涯的德埃森特[①]公爵式的人物，四处建造堡垒，品尝自己的狂喜，却时常易怒不悦。对于这个人物，帕皮尼佯装批判，而高格则与周围那些狂人一道形成了那个颓废社会中的一幅活脱脱的浮世绘。正如萨德为了告诫年轻人不要过度纵欲而写作一样，帕皮尼通过《高格》所描绘的并非他所生活的真实世界，他在不知不觉中预言着未来，提前描写了许多发生在我们今天这个年代的事情。

接下来，我们来谈谈关于艺术的发展过程。的确，帕皮尼经历过那个风起云涌的未来主义时代和之后的先锋主义时代。只要看过最近在巴黎举办的施维特斯[②]画展，就会明白一位天才在世纪之初就可以预见到在当今的画展或一场前卫戏剧中会发生的事情。但我

---

* Gog，意大利作家、诗人和哲学家乔万尼·帕皮尼（Giovanni Papini，1881—1956）于一九三一年创作的一部讽刺作品。
[①] Des Esseintes，法国作家于斯曼（Joris-Karl Huysman，1843—1907）于一八八四年出版的小说《逆流》中一个颓废的人物。
[②] Kurt Schwitters（1887—1948），英国风景画家。

们居然能在《高格》中找到关于约翰·凯奇①音乐会、巴西建筑、后现代主义、后拉康主义、朝生暮死的贫瘠艺术及各种各样的演出的描述（我只是随意举例而已）。

通过与福特的那场对话，作者预言了新兴资本主义的发展和消费型社会的到来；通过对列宁的拜访，作者写下了对于苏联劳动改造营管理总局的反思；通过与爱迪生的会晤，作者又精确地预见到电脑时代的来临和基因工程的诞生。人们惊讶于这些短小的章节中居然蕴藏着如此之多的观点，更惊讶于他对于各种思想拿得起放得下的能力，要知道，换作是其他人，可能会为其中的某一种思想而耗费一生的精力。

另外，还有一些元素与他所处的时代及其文化息息相关。西西里亚诺在提到关于犹太人一章中的"过时的排犹主义"时感到十分尴尬。可是没办法，这种思想显然是在当时那个排犹主义思潮盛行的年代（在种族灭绝政策之前）中产生的。那种思潮将整个犹太文化都看做是一场针对基督教文化的全方位报复计划。因此，这部作品无可避免地成为了《议定书》的纲要，但那是一份由深受其文化吸引的人写出的《议定书》（其中的内容只在文化层面上展开）。他的设想既不可怕也不激愤，却让自己沉醉其中。对于以智慧征服英格兰人的爱尔兰人，帕皮尼也怀有同样的情感。总之，文化征服的理念一直深深吸引着他，事实上，出现在《高格》一书中的所有人物都怀揣着一个乌托邦式的改变世界的梦想。

在所有精彩篇章中，对那位永世不得解脱的圣哲曼公爵的忧郁心情的描述可以算是我的最爱了。

一九九五年

---

① John Milton Cage（1912—1992），美国作曲家。

为何诗人不能闲

在四月二十八日的《共和国报》上,我针对文化部的角色发表了许多个人意见,因为我担心该机构演变成一个主要致力于推动和鼓励新兴文化发展的部门。我在文章中说,文化部的主要任务在于保护和推动现存文化遗产的发展;制定有关公共电视网络发展的文化政策;安排所有选择参与公众服务的年轻人到博物馆或图书馆里工作,以维持那些场所的正常开放;发掘潜在的文化宝藏,并保护正在消失的文化遗产(包括传统的民间手工艺)。

(鉴于篇幅的限制)我在文章末尾写下了三行文字:在完成上述工作的基础上,一个富有创意的文化部当然也可以(在找到赞助商,不花费公共财政的前提下)修建一个波布尔区[①]或一座意大利现代艺术博物馆。但我要提醒该机构的是,这绝不应该是文化部的工作重心,充其量只能算是一些补充性的业务。事实上,鼓励新兴文化的发展只能占到文化部工作范畴的末位。因为新兴文化的发展是日新月异的,它理应处在一种无政府状态下,经历优胜劣汰的筛选过程,最终保留下来的应该是最优者,而非最受保护者。

我还提到蒙塔莱、索尔米和塞雷尼从未向国家索要过任何资助来供养自己的诗人生活。相反,他们都在从事日常工作,在报社、银行或出版社上班。由此我们可以看出,哪怕只是在业余时间从事创作,也能够成为伟大的诗人。

文章刊发后,引起了不小的争议。某先生写信到报社,提出当初如果政府能够给蒙塔莱、索尔米和塞雷尼提供一份长期而稳定的资助,让他们不用为日常生计奔忙,从而能够专心从事诗歌创作,其效果岂不会更好?

面对这样的问题,我感到十分茫然。这样一种介乎于电影与神话之间的观点以及艺术家们所谓的"理想主义"居然又在老调重弹。另外,这样的原则似乎只针对作家有效,而对建筑师、雕塑家和音乐家则不起作用。建筑师当然得进行发明和设计,但他也必须下工地挣钱;画家和雕塑家理应将所有精力都投入到手工创作中去,但正是为了维持创作,他们也得经营画廊,通过出售画作或像丢勒那样为各种书籍绘制插图来获取经济利益;而音乐家除了谱曲,还得在乐队里担任指挥或在音乐学院里任教——似乎这一切看上去都理所当然,可为什么一提到让作家也通过为报社供稿或在学校里任教来维持日常生活,大家就觉得大逆不道了呢?

显然,对于先后辗转于各个宫廷的维吉尔是否的确从未从事过任何日常工作,谁也不曾深究。但大家是否明白每天看着那些王公贵族的眼色过日子究竟意味着什么?与其这样,不如学学费诺里奥②做些进出口贸易来养活自己——那样的日子要自在得多。难道大家真的认为莱奥帕尔迪仗着自己的家业,只靠数着篱笆院墙后的野雏菊度日吗?非也。他每日疯狂地工作,进行各种研究,还将许

---

① Beaubourg,位于法国巴黎市中心的艺术中心区,也是蓬皮杜艺术中心的所在地。
② Giuseppe Fenoglio(1922—1963),意大利作家。

多作品从希腊文翻译成意大利文。只有在完成这些工作之后,他才会前往"孤寂的山岭"①去抒发自己的诗情画意(大家只要将那几本薄薄的诗集与厚重的《感想札记》②作个比较就一目了然了)。

有人会说,乔伊斯为了创作《尤利西斯》和《芬尼根守灵夜》可是投入了百分之百的精力。此话不假,但我们要知道乔伊斯在身体状况允许的前提下曾一直从事教学工作,并为报社供稿。患病之后,是许多敬重他的朋友一直为他提供经济上的支持。谁也不反对为作家提供资金及出版方面的优惠政策,我只是说这些事情并不是政府的义务。大家不妨想一想,司汤达曾创作过不少脍炙人口的佳作,但他曾经当过官员,进口过香料,做过军需官、议会助理和王室建筑及家产的巡视员。

假如当今出了一个一贫如洗的"普鲁斯特第二",文化部难道不应该为他提供些许资助,让他能喝得起香槟,住得起宾馆,买得起燕尾服参加社交活动,以及铺些软木屑来暖和暖和房间吗?不,先生们,不用。考虑这一切的应该是盖尔芒特公爵夫人③,而不是纳税公民(否则他们还不得不供养成百上千个蹩脚的"普鲁斯特")。哪怕我们会因此失去另一部如《追忆逝水年华》般伟大的鸿篇巨著,那又如何呢?反正我们已经拥有一部了。

一九九六年

---

① 意大利诗人贾科莫·莱奥帕尔迪在代表作《无限》中所描绘的场景。
② 意大利诗人贾科莫·莱奥帕尔迪在一八一七年至一八三二年期间写下的随想。
③ Duchesse de Guermantes,普鲁斯特的作品《追忆逝水年华》中的人物。

免费写作，花钱出书

在柏林召开的作协大会上，与会者就网络时代的著作权问题展开了激烈的讨论。就目前的情况来说，我们能在网络上阅读到的只有版权过期的古典作品以及一些当代作家"自愿"发布的作品。倘若哪个冒失鬼将某位知名作家刚刚出版的新书擅自上传到网上，则会遭到起诉。但要找出这个"上传者"又谈何容易呢？只要两三天时间，就已经有好几百万网民免费看到这部作品的内容了。

的确，看一部精装本《荷马史诗》与读一些打印机打出来的零张散页，是两种截然不同的阅读方式。但若只是一本通俗的枕边书，或许在床头柜放上一叠散页、看完就扔掉的方式要比购买一本平装书更为舒适。另外，新型的打印机也是人们谈论的热点话题，这种打印机能将从网上下载的文章排序和装订，如此一来，只要保证这种下载版书籍的成本低于传统的正规书籍就万事大吉了。可一旦此风盛行，销售正版书籍的书商就将在盗版业的攻击下无利可图。

一次，我了解到我在美国的出版商（一所大学的出版社，由于预算紧张，他们甚至从来不赠送我样书）正在起诉一位加州的教授，说他擅自让学生复印了三十份我的某部作品。于是我恳求他们睁一只眼闭一只眼，毕竟对于我来说，多三十个读者比多赚几美元要开心得多。然而尽管我摆出了一副绅士派头，出版商却坚持要公事公办，因为这可是影响到出版社前途的原则问题。

六十年代末，菲德尔·卡斯特罗曾批评著作权是阻碍文化自由传播的杀手。但在现代社会里，著作权之所以能和其他民主权利（在经过种种波折之后）一起得以确立，并非出于偶然。著作权恰恰是文化自由的保障。

谁会不在意著作权呢？我们首先想到的是那些年轻或年老的，一心想名扬天下，却偏偏不被赏识的作者。直到今天，他们只能在一些不太严肃的出版社有偿出版作品，或给那些极为严肃的报社无偿供稿。对于他们来说，能在网络上不受任何人限制地传播自己的文章是件再好不过的事情。同样，在科研领域，许多研究者要么花钱让出版社印刷一百本自己的研究成果，要么就是在那些发行量极为有限，且经常拖欠作者稿费的杂志上免费刊登自己的文章，——但从投稿到发稿，却往往要拖上好几年。对于这些学者来说，能在网络上及时发表（不用等上两三年）自己的成果，尽快公之于众（不是一百个读者，而是成千上万的读者）——这简直是一场及时雨。当然，这也会引发一些新问题，如怎样过滤和筛选这些文章，由谁来负责恢复被删除的作品，以何种方式引述等等——但这些问题迟早都会得到解决。

现在我们来看一看究竟有谁不能不在乎著作权。除了靠恐怖及间谍情节来赚取大笔稿费的畅销小说作者以外，从事教科书编写工作的大批严肃而卓越的专业学者也属于这一行列。这些人当然热爱写作事业，但也必须凭借自己的工作成果获取相应的经济报酬。倘若他们的成果在互联网上被免费传来传去，又怎会有工作的动力呢？倒不如找一份高收入的咨询工作，比如为某家私营企业量身定做计划书好了。反正只有那些没有"销路"的作者才会在网络上四处宣传自己的建议。

接下来，我们再看看那些最令人生疑的"艺术家"。我指的当然不是诗人——他们是无法靠写诗维持生计的——而是小说家、剧作家、杂文家和音乐家等等。假定他们的创作动机纯粹只是出于爱好，而不是为了利益，那么如果他们家境贫寒，却又想创造出好的作品，则必须有其他人为他们解决吃住的问题——这种状态倒有点像几个世纪以前的宫廷诗人了。

但即使是宫廷诗人，面对供他吃喝的王公贵族，也必须有所回报。或许在几百年前，阿里奥斯托以一曲献给"伟大的子孙"的赞美诗作为那部著名史诗[①]的开篇是一件无可非议的事情。维吉尔也拍过奥古斯都大帝的马屁。但假如今天的帕索里尼要靠歌颂贝卢斯科尼的雄性风采度日，明日的莫拉维亚要靠谈论阿涅利的烦恼维生，而十年后的帕韦泽要靠写一部讨论伊诺弟神秘家族起源的对话录来博取其"供养者"的欢心，我们还能接受吗？

就其本身来说，著作权的确是作家进行自由创作的保证。至于该如何在网络时代中保护这种权利，那又另当别论了。

一九九八年

[①] 指阿里奥斯托的代表作《疯狂的罗兰》。

知识分子的首要义务：在无能为力时闭嘴

或许我不该滥用"一个指望英雄的国家是不幸的国家"①这句引言，但我的确认为所谓英雄是一类具有神话色彩的人物，他们能够凭借某些超乎寻常的能力完成常人无法做到的事情。因此，指望英雄是无能的表现，是一种为自己做不到某事而寻找借口的行为。如果某国家的铁路系统出现了故障，人们要做的应该是去调查各个站长、调度或其他人的责任，而不是等待某个英雄拯救者的出现。本世纪最为病态的一种心理就是把所有社会危机或政治危机的根源都归咎于知识分子的背叛（我想这正是朱里安·班达惹的祸），或是指望知识分子能够解决所有社会难题。雅克·阿塔利②曾在巴黎就"知识分子与本世纪的危机"这一主题召开过一场规模浩大的研讨会。我在会议上只作了十分简短的发言。我说："请大家注意，究其根本，知识分子是一种只能制造危机，却无法解决危机的职业。"事实上，制造危机并非什么坏事。当科学家、哲学家或作家开口说话时，他们想表达的往往是如下含义："大家认为情况如此，但实际上却是雾里看花，因为真实的情况要纷繁复杂得多。"我们从学校课本上所学到的那些知识分子，如巴门尼德、爱因斯坦、康德、达尔文、马基雅弗利以及乔伊斯都曾发挥过类似的作用。

如果他们的所说所感能够得到重视，那么这些知识分子对于社会的进步还是大有裨益的。但这种益处并非立竿见影。在短时期内，知识分子只是纯粹的专业研究人员。他们可以管理一所学校、领导某政党或某企业的新闻部门、在发生革命时吹响号角，但却无法起到任何特殊的作用。之所以说他们的贡献在于长远，是因为他们只能在某事件发生的前后，却不能在事件发生的当时发挥特殊的职能。比如，当蒸汽机车第一次登上历史舞台时，一位经济学家或地理学家要么能够预见到地面交通方式即将发生变革，并就该变革对于未来生活所造成的利弊进行分析；要么则可以在一百多年以后就这项发明对我们的生活产生了何种影响进行研究。但在公共马车企业逐步破产，被最初的几台蒸汽机车渐渐取代之时，知识分子却无法提出任何具体的建议，在这个时刻，一个马车车夫或机械修理师更有发言权。相反，假如有人在此刻指望知识分子发表一番高谈阔论，就会与责怪柏拉图没有在作品中阐明治疗胃炎的处方一样滑稽可笑了。

当一栋房子着火时，一个知识分子只能如其他所有人一样采取一些常规的措施，我们不能幻想他在此时此刻发挥某种超乎常规的作用，只有那些在情急之下忘了消防队号码的人才会病急乱投医，把希望寄托在一个知识分子身上。

一位眼光长远的社会学家能够在三十年前预见到社会福利的提高，以及相伴而来的年轻人就业年龄推迟的现象将会导致当代青年的心理迷茫（于是他们吸食毒品，或站在立交桥上扔石块，从中寻求刺激），从而提出一系列预防性的建议。但在那些无聊小伙子砸石头的那一瞬间，我们唯一可以要求知识分子做到的只是别去加入那帮人的行列。如果有人在这一瞬间站出来批判砸石头的行为，这

---

① 出自德国戏剧家贝尔托特·布莱希特（Bertolt Brecht，1898—1956）。
② Jacques Attali（1943—   ），法国作家、哲学家。

并不表示他是一名知识分子,而只是一种赚取稿费,沽名钓誉之举。在这个时刻,真正能解决问题的只有警察和法院,而不是知识分子。

只有在一种情况下,知识分子才能在事件发生的过程中起到独特的作用,即当某种严重的灾难即将降临,而其他人都还浑然不觉时。只有在这种情形下,知识分子的一声呐喊才能起到警示作用。当然了,在这种危急关头,不光是知识分子,从事其他职业的人——如管道工人——也能拉响警报,但知识分子的知名度显然能让这种呐喊受到更多人的关注(如左拉的《我控诉》)。话说回来,这一切都只是在众人皆醉我独醒时才成立。倘若所有人都对某问题有了清醒的认识,那么与其白费心思地(阐述那些连看门老头都明白的道理)去填充报纸和杂志的版面,知识分子最好还是把那些空间让出来,留给其他人去讨论更为紧要的问题吧。此时此刻,知识分子需要做的,就是尽到一个普通的公民应尽的义务而已。

一九九七年

莱奥帕尔迪眼中的雷卡那提*少女

我于四月二十四日发表的一篇（关于知识分子在某些时候应该保持沉默的）专栏稿在读者中引起了不小的反响。许多读者纷纷来信，（据说）某日报还刊登了一篇文章，以嘲讽的口吻质问我为何在发表了那篇专栏稿之后，又公开支持某位市长参加竞选。面对读者的误解，我反而感到十分欣慰，因为这些误解恰恰证实了我的观点是正确的：一方面人们希望知识分子发表一些权威性的言论，而另一方面却并不明白"知识分子"一词究竟意味着什么。

关于人们过多地要求知识分子发表权威性言论的问题，我想举一个例子：四月二十五日，米兰的马里诺大厦发生了一桩爆炸案。所幸的是当时我正在外地出差，否则，各家媒体的采访一定会接踵而至，邀请我就此事件谈谈看法（我想其他知识分子一定接受了类似的采访）。如果我不得不接受这些记者的访问，我的回答不外乎以下几种：要么回答说我认为这是一个令人不安的疯狂举动（任何稍有见识的人都会这么认为）；要么说我对这种无厘头的新达达主义之举十分感兴趣（那么我就是个无耻的流氓，但这样做反而能引起民众对我的关注）；要么告诉他们我认为肇事者是某某组织的成员——总之，在警方及法院将事情调查得水落石出以前，我将利用我仅有的知名度使公众相信我这些带有偏向性的观点。

我们不妨再次讨论一下：到底什么叫知识分子？答案一，知识分子是不单纯从事手工劳动的人，如果这样理解，那么就纯粹是个劳动分工的问题。答案二（这也正是我所认为的知识分子的定义），知识分子是那些在某些时刻发挥出创造力的人。无论是纯粹从事手工创作的雕塑家还是才华出众的诗人都能够进行创造性的劳动，甚至当一名优秀的学生在课堂上发表某个独特的观点（而不是简单地回答问题）时，他也在发挥创造性。从这个角度来看，知识分子只能在某些时刻显露其才华，而在其他时间里，他只是一个普通公民、患者、餐厅里的食客、旁观者、受害者或过路人。在某些时刻，爱因斯坦是空前绝后的伟大科学家，但如果邀请他参加某座公寓楼的房东会议，讨论有关塑料清洁工具的位置摆放问题（大家很可能会因为他的口才而格外重视他的意见），那么他在这个问题上的观点则并不具有权威性。

现在我来回答那位先生为什么我要在政治选举中公开表明自己的观点。答案很简单：我是国家的公民，因此有权发表我的观点。从这个意义上来说，我跟街角那位头脑聪明且备受尊敬的杂货店老板又有什么分别呢？在任何时代、任何国家，如果希望自己的决策能获得公众认同，那么决策者当然希望征求一些名人（如足球运动员、艺术家、科学家等）的意见，以获取更为确定的信息；在此情况下，如果某位名人认为自己有权支持某事，那么他当然也会感到有义务利用自己的威望让更多的人对此表示支持。人们有时会发现，名人也会犯错误。这很正常，在选举的问题上，诗人的意见也不具有权威性。

我曾在上一篇文章中提到知识分子的作用只能体现在事件发生

---

* Recanati，意大利城市，位于马尔凯大区，是意大利诗人贾科莫·莱奥帕尔迪的故乡。

的前后，当他预见某事即将发生或总结已经发生过的事件时；相反，如果某事件正在发生，且民众都已十分清楚该事件的是非善恶时，知识分子则起不了什么作用——对于这个观点，或许有些读者产生了误解。他们问我，如果真是如此，那么帕索里尼在写下那篇著名的政府权力控诉书时又是在做些什么呢？我的回答是他恰恰是在发挥我所说的功用。早在"净手运动"爆发及一系列暗杀惨案被炒得沸沸扬扬的许多年前，帕索里尼就针对政府权力的问题进行了道德及政治上的讨论。他所发挥的这种创造性，用老一点的话说就是在针砭时弊的同时站在宇宙的高度来统观全局——我很抱歉使用了这些大话套话，但说到底，事实就是如此。

莱奥帕尔迪只用一行诗句——"人类伟大且不断前行的命运"[1]——就引起我们对他的时代以及我们的时代进行反思（并让我们自主地通过上下文揣摩这句话的含义——令人惊讶的是直到今天，读者仍在使用同样的方式来诠释它）。但假如他至今仍然健在，且被邀请针对电视综艺节目的造假现象及网络自杀现象发表意见，那么他的观点很可能并不值得称道。我们所感兴趣的是当他谈论西尔维娅[2]时所表现出的生活观，而不是他眼中的雷卡那提少女。当然了，莱奥帕尔迪完全可以在一次以此为主题的民调中发表观点，但他的回答只能算是众多答案中的一条罢了。

一九九七年

---

[1] 出自莱奥帕尔迪的诗作《鹰爪豆》。
[2] 莱奥帕尔迪曾创作过诗歌《致西尔维娅》。

有多少书我们没读

在都灵国际书展上,有人举办了一次针对知识分子的问卷调查,以了解有多少书籍是这些知识分子所没有读过的。正如调查举办方料想的,问卷的答案五花八门,但似乎所有受访者都能够抛开面子观念,如实回答。因此,我们从调查结果中可以看到有人没有读过普鲁斯特,有人没有读过亚里士多德,还有人没有读过雨果、托尔斯泰或弗吉尼亚·伍尔夫的作品。一位著名的《圣经》学专家甚至承认自己从未通读过圣托马斯的《神学总论》——事实上,这一点儿也不丢人,因为这类大部头作品通常只有从事校对的出版人员才能坚持从头读到尾。另外,有人认为自己没有读过乔伊斯的作品理所应当,还有人以从未读过《圣经》为荣,丝毫没有意识到这些阅读上的空白非但不能显出他们特立独行,反而会暴露他们平庸的一面。乔治·博卡坦言自己曾打算阅读《堂吉诃德》以及我最新出版的一部小说,但只翻了几页就没再继续读下去。说实话,能把我的作品与《堂吉诃德》相提并论我已感到十分荣幸。再说,读太多书也难免会像堂吉诃德一样脑子进水。

我认为,这次调查对于普通读者来说有着十分重要的意义。事实上,许多普通读者(我指的是那些真正的读书人,而非从不读书的文盲)经常会为自己没有读过某部公认必读的作品而感到焦虑;

而这份调查则显示许多名人也有严重的阅读空缺，这对于他们来说无疑是一种安慰。

但我心中仍然存有一丝疑虑，一种担心——普通读者会把这份调查结果看做是名人故意"扮酷"的表现（在他们看来，这些名人或许早已读过某本书，却要谎称自己没有读过）。倘若他们怀有这种心理，那么他们在阅读方面的自卑感则会有增无减——因为他们发现自己不属于那个可以毫无愧色地宣称自己没有读过邓南遮作品，且不用担心因此而被人藐视的知识分子圈子。

在此，我想告诉这些普通读者所有在调查中承认自己没有读过某些作品（及其他许多作品）的知识分子说的都是实话。如果当时我有幸参加调查，我也会老老实实地写出那些我个人因为没有兴趣而从未拜读过的世界名著。

抛开一些专门针对某作家或某人物的作品不谈，大家不妨打开那本目前来说收录最为齐全的文学作品目录——《邦皮亚尼文学作品词典》。最新版的索引共有五千四百五十页。通过大致估算，我们可以发现平均每页能介绍三部作品，即该索引收录的作品总量约为一万六千三百五十部。然而，这一万六千三百五十部作品就能代表人类所有的文学遗产了吗？显然不是。事实上，只要我们浏览一下那些古代书籍目录（或图书馆里的书目卡）就能发现那本索引中记录的作品只不过是冰山一角，否则，它的页数将远远不止五千，而是五万了。我们只能说，收录在这部索引中的作品是人类所有文学遗产中的最精华部分，它们在漫长的文学史中得以传承下来，并被认为是有修养者必须阅读的最重要的作品。而没有列入该索引的作品则只是专业学者以及"书痴"的猎奇之物了。

阅读一本书究竟需要花费多少时间呢？普通读者每天只能花费几小时用于阅读，从他们的角度来说，阅读一本中等规模的作品至少需要四天时间。诚然，阅读普鲁斯特或圣托马斯的作品需要耗费好几个月，但也有不少短小的杰作可以让我们在一天之内一口气读完。因此，我们把阅读一本书的平均时间定为四天。如此算来，假如要把《邦皮亚尼文学作品词典》中收录的作品全都读完，就得花上六万五千四百天，（按每年三百六十五天计算）也就是大约一百八十年。通过这个完美的推算，我们发现其实没有任何一个人能够读完所有这些名著。

也许有人会说，你可以有选择地阅读，至少塞万提斯的作品是不可不读的。然而我认为这是一种毫无道理的说法。我为什么一定要读塞万提斯的书呢？倘若对于某位读者来说，《天方夜谭》（所有的篇目）或《卡勒瓦拉》①更为重要，那么他为何非要优先阅读塞万提斯的作品呢？另外，我们还要考虑到某些耐心的读者会在某段时间内反复阅读同一部作品。假如某人将普鲁斯特的作品读上四遍，那么他用于阅读其他次要作品（对于他来说）的时间自然就会大大减少。

所以读者大可以放心。无论是读过十本不同的书还是把同一本书读了十遍，都不妨碍你成为一个有修养的人。只有那些从来不读书的人才真正需要感到焦虑。然而，正是由于从不读书，他们倒恰恰是唯一不会为此感到不安的人群。

一九九七年

---

① *Kalevala*，芬兰民族史诗。

道德、美学与涂鸦

最近，米兰的商人对那些在城市街道墙面上乱涂乱画的涂鸦者提出了抗议。作为回应，二月二十六日的《晚邮报》上刊登了一封致市长的公开信，来信者是说唱乐团"第31章"①的主唱歌手亚历山大·阿雷奥蒂（艺名为 J. Ax）。他在信中称自己并非要维护那些艺术破坏者在墙壁上胡乱涂写无聊的句子以及毫无价值的政治标语的行为，而是要保护"涂鸦艺术"。在他看来，涂鸦作品代表了未来壁画的发展方向，因此，那些涂鸦者是"当代的乔托、米开朗琪罗和毕加索"。另外，他在信中还请求市长不要压制这门艺术的发展，相反，要加以鼓励。

说实话，与其他所有的艺术门类一样，在我这辈子所见过的涂鸦作品中，虽然有的相当难看，但也不乏精美绝伦之作。而且我也愿意毫无保留地承认阿雷奥蒂所提到的那些涂鸦艺人的确堪称当代的乔托和毕加索。另外，人们为了反对涂鸦者——他们更乐意被称为"作者"——而列举出的那些惯常的理由其实也是站不住脚的。比如，有人就以重复性太强为由对涂鸦艺术进行攻击，他们认为所有的涂鸦作品都是千篇一律，而且依赖工具的种类过于有限，因此限制了作者发挥创造性。对于这样的观点，我们很容易反驳：在某些国家，书法是最主流的艺术，然而众多的书法作品在外行人看来却如出一辙——这显然也是由硬笔及毛笔的特性所决定的;同样,对于一个守旧的欣赏者来说,蒙德里安②的所有作品看起来也都完全一样,他甚至都分不清蒙德里安与马列维奇③之间的风格差别。还有的人批判在涂鸦这种艺术形式中行为大于作品,速度大于精致,事实大于形式——这个理由也是不成立的。事实上,上述特征是所有当代艺术形式的共有之处,我们既然可以宽容地接受某些艺术家在身体上绘制纹饰、在舌头上打孔,或者用塑料袋把自己的祖母套起来,令其窒息——通过祖母的独一无二性与该事件的不可重复性来展示某种行为艺术,为什么偏偏要与一个冒着被逮捕的危险在火车车厢上喷涂油漆的涂鸦作者过不去呢?

回答是这不仅仅是一个美学问题,更是一个道德问题。我曾在某篇专栏文章中提到过康德的一个颇为怪异的观点:"音乐不如绘画高贵,因为它会打搅到那些没有欲望聆听的人。"

以前,我总认为康德之所以这么说,是因为这位伟大的哲学家缺乏音乐细胞。然而,如果我们抛开艺术分类不谈,康德倒是表达出了一条物理—感知方面的法则:听觉上的刺激的确比视觉上的刺激更具有侵略性。举个例子,假如我们的邻居在家里悬挂了许多不符合我们美学品位的画作,我们大可以不去他家参观,如果非去不可也可以低着头,求个眼不见为净;然而,倘若他播放一首乐曲,且把音量调到最大,即使那首乐曲也是我们的最爱,但假如我们在那一刻无心聆听(也许因为我们在睡觉、工作或正忍受着偏头痛的折磨),我们也会敲墙示威,直到那位邻居不再继续把他的爱好强加到我们头上为止。

---

① Articolo 31,意大利说唱乐团。其名称来自于《爱尔兰宪法》的第三十一章,该章条款致力于维护公民的言论自由。
② Piet Mondrian(1872—1944),荷兰画家、抽象艺术运动"风格派"代表人物。
③ Kasimir Malevich(1878—1935),俄国画家、设计师。

正因为如此，在一幢公寓楼里，即使是今日的肖邦也无权在凌晨四点大声演奏《雨滴前奏曲》。否则，哪怕是挚友乔治·桑也会将他扫地出门。

那么，如果乔托和毕加索本人真的走上佛罗伦萨或巴黎的街头，在建筑物外墙上尽情挥洒一番，事情又会怎样呢？我想，所有不喜欢视觉艺术以及更喜欢契马布埃或阿尔玛-塔德玛的人都将勃然大怒。不错，我们如果能在今天欣赏到这两位艺术家的杰作，的确能从中获得极大的享受，从而忽略其他人所承受的不快，并且认为他们的痛苦在这些伟大作品的艺术价值面前是微不足道的。然而，我们不妨稍稍夸张一下，如果某位行为艺术家要在奥林匹克体育场点燃一百个涂满沥青的婴儿，从纯粹的美学角度来看，那的确将成为一场无与伦比的精彩表演，但我们的道德底线却无法容忍该行为，由此我们发现艺术的权利在某些情况下会侵犯到他人的权利。

我们认为让公民学会包容所有艺术形式，这一点是无可厚非的，但我们却不能把这种喜好强加到每个公民身上，勉强他们到布雷拉区①在《圣母的婚礼》②前欣赏整整一夜。同样的道理，我们也不能够强迫某幢楼房里的居民把自家建筑的外墙改造成一座先锋艺术博物馆，并强迫过路的行人去欣赏这些或许他们并不喜欢的艺术形式。

假如将来诞生另一种绘画艺术——在衣服上涂鸦，我们能接受那些天才艺术家在我们的衣服或裤子背后尽情地乱喷一气吗？假如某位行人喜欢阿尼戈尼③，那又该怎么办呢？

---

① Brera，意大利米兰的一个艺术区。
② *Matrimonio della Vergine*，意大利文艺复兴时期画家桑齐奥·拉斐尔（Sanzio Raffaello，1483—1520）的画作。
③ Pietro Annigoni（1910—1988），意大利画家。

话说回来，一些公共或私人的组织也采取了一些过滤措施，对涂鸦者及地点进行筛选。虽然我们无法保证被选中的一定是最优秀的涂鸦作者（说到底，谁也没法儿保证乔托的水平一定高于另一位同样伟大，却未在生前获得认可的悲惨画家），但至少能避免佛罗伦萨（或阿西西、帕多瓦）城内的墙壁成为拙劣画家的发泄之所。我们无法确保在漫漫历史长河中没有一座广场毁于糟糕透顶的雕塑，但我们至少能保证那些可怕的作品被限制在一定的区域范围内。

说到这里，某些人或许会天真地认为只要政府划出某块合适的区域，并在涂鸦者中举办一场竞赛，看谁能够创作出最为优秀的壁画作品，当行人经过这块区域时就可以决定究竟是驻足观赏还是将它们销毁。然而，我认为阿雷奥蒂是不会同意让涂鸦艺术接受任何过滤和筛选的，因为挑衅、突袭、被警方抓捕的风险（阿雷奥蒂的确十分赞赏这些涂鸦者敢于"亲身经历风险"）以及不受任何制约地畅所欲言——这本身就是涂鸦艺术的情感组成部分。

从美学及英雄主义的角度来看，阿雷奥蒂的观点的确不无道理。但既然如此，为何还要征求市长先生的意见呢？要知道，革命是不需要获得宪兵队的同意的。

一九九七年

Giovanni il Battezzatore? *

如今,所谓的"编辑"工作(即对文章反复检查,发现一些连作者也不曾察觉的内容、书写或翻译方面的疏漏,使文章尽量不出错,或把错误数量控制在允许范围内的能力)正处于一种十分糟糕的状态中。

几个月前,我的一部关于中世纪美学的作品被翻译成法语出版了。不久以后,就有一位细心的读者给我来信,说我在谈到数字"5"的象征意义时,曾提到了"埃及五难"一说。然而,众所周知,《圣经》中的说法是"埃及十大灾难"①。面对该读者的质疑,我感到十分震惊,因为我记得自己是从某原始资料上摘下这句话的。于是,我翻开了该书的意大利文版查证,结果发现我的确提过五大灾难这一说法,但却不是指"埃及五难",而是指"耶稣身上的五处圣伤"(双手、双脚、肋骨)。法文版的译者恐怕是一看到"Signore"②这个词,就想当然地加上了"埃及"二字。事实上,我在出版前也曾读过法文版的译文,但却没有发现这一错误。或许是因为当时我读得比较快,而整句话听起来倒也十分通顺,所以才忽略了这处误译,要么就是因为我在刚刚修改过上一行的一处差错之后,注意力就自动跳过了这一行,直接转到了后面的两行上。

在此,我们要明确一点:由于作者在写作及再次阅读时,其思维是跟随文章的内容运转的，因此他并不是发现文章中错误的最佳人选。就我这本书中的"埃及"一例说，只有两个人才会对这处误译产生怀疑：一个是文字校对员（但这并不是他的义务），另一个就是责任编辑。对于每一处看上去不太合乎常理的注释、引言或名称，他都应该通过百科全书加以查证。从理论上说，一个称职的责任编辑应对文章中的所有内容负责，哪怕作者在文中称意大利位于突尼斯以北，他也应该看一眼地图，以确认该说法对于莫迪卡③也合适。

如今，这种职业已陷入了危机，且该现象还不仅仅限于出版社。我手边就有两本由两家著名出版社出版的书籍。一本译自英文的著名历史普及读物说有两位阿拉伯哲学家的思想在中世纪享有统治地位，他们分别是阿维森纳和伊本·西拿④。可（许多人都知道）阿维森纳和伊本·西拿是同一个人（就好比卡修斯·克莱与穆罕默德·阿里是同一个人）。是作者在写书的时候就弄错了吗？还是译者混淆了原文中的"和"与"或"？抑或是草稿印刷有误，漏印了一个解释性的括号或破折号？我们不得而知。然而，无论如何，即使此书的责任编辑对阿维森纳一无所知，也应到百科全书中去查证一下这两个名字的拼写是否正确，从而能够发现这一处硬伤。

在另一本翻译自德语的作品中，我首先看到了这样一个奇怪的

---

* 意大利文，按字面含义应解释为"施洗约翰"。然而，在意大利文中，"施洗者"一词不应用"Battezzatore"，而应用"Battista"。
① 根据《圣经》记载，摩西在埃及曾遭遇十大灾难，灾难结束后，他带领希伯来人离开了埃及。
② 意大利文，根据不同的语境，可表达"主人""皇帝、国王""天主、上帝"等多种含义。
③ Modica，位于意大利最南部西西里岛的南端。
④ Avicenna（980—1037），伊斯兰哲学家、医学家、自然科学家。伊本·西拿是他的阿拉伯语名，阿维森纳是他的拉丁语名。

名字"Symeon Stylites"——显然，它指的是苦行者圣西门[①]。这个名字没有译对，我们姑且不去追究。然而，没过几页，我又发现了另一个名字"Giovanni il Battezzatore"。在德语中，施洗约翰的名字是"Johannes der Täufer"，但对于意大利人来说，其名称则应为"Giovanni il Battista"。很明显，这位译者虽然通晓德语，但却从没接触过福音书，甚至从没读过任何儿童版的天主教日历或读物。哪怕他从小就生活在一个信仰佛教的家庭里，他对于天主教的无知程度也令我感到惊讶。可更令人震惊的是，这本书的校对员（真令人怀疑），尤其是责任编辑似乎也是对天主教一窍不通的佛教信徒。否则，我们只能认为这本书根本就没有责任编辑，有人买下了它的德文版版权，然后找人翻译成了意大利文，接着就把翻译后的手稿直接拿去印刷出版了。

假如是在一家美国大学出版社，一部手稿要经过两年时间编辑才能交付出版。在这两年中，编辑要对稿件反复校对和修改。尽管小错仍然在所难免，但比起在我国出版的图书，谬误之处就要少得多。当然，这两年的工作需要花费相当大的成本。假如要在市场上推行那一类滥俗的热销书，出版社是花不起钱去雇佣一个名副其实的"责任编辑"的。于是，这个行业就逐渐消亡了。

假如修改好一行文字之后必定会漏掉下面的一行文字，假如作者比常人更容易犯错，假如一位编辑可以对阿维森纳一无所知，那么一部作品的初稿就必须被许多有着不同文化背景的人重新读过才能算数。或许，这种方式在某些家庭作坊式的出版社里还能用得上（所有成员在该书出版的各个阶段都要进行十分友好的研究探讨），但在以流水线方式操作的大型出版企业里则是完全行不通的。因

[①] Simeon Stylites（390—459），基督教修士，曾住在一根石柱上苦修了三十年，因此又称"柱头修士"。

此，大好的就业机会就摆在了那些出色的专业"编辑"人员面前，他们可以先去投标争取某部作品的编辑权，然后开始饶有兴趣地字斟句酌了。

一九九七年

传统作品与流态艺术

上个星期，我并非没有写专栏稿，只是由于一些复杂的原因没有将它及时发出。在那篇文章中，我提到了于二月十四日在威尼斯双年展上举行的一场会议。会议认为当今时代的典型特征之一是多种艺术门类之间混杂交融，并就此进行了讨论。我在文章中就这种说法表明了自己的观点（对此，不一定所有人都赞同）：当代艺术的特点并不在于多种艺术的相互融合——这算不上什么新鲜现象——而在于这种融合导致的并非出于本意的结果。

就此，我举了不少例子，无论是古希腊的悲剧（融合了语言、动作、表情、面具、音乐及建筑等多种艺术）还是巴罗克风格的节日，甚至连教堂里的宗教仪式都是多种艺术融合的结晶。在一场庄严肃穆的弥撒仪式上，不仅语言、歌唱、动作、祭服等元素交汇其中，信徒们也必须与仪式的组织者互动，神父凭借自己的言行举止促使教徒回应，并通过从彩色玻璃窗倾泻而下的光线、摇曳的烛火及熏香的气味来影响周围的场景变化。我这么说并非是要把迪斯科舞厅里的舞台效果（变幻莫测的灯光、舞蹈、音乐及喧哗）与宗教仪式相提并论，相反，我倒认为它与彼得·格里纳韦[①]在威尼斯双年展上所提到的用各种手段将整座城市的大街小巷都装扮起来，制造出千奇百怪的效果，并且趋向永恒的演出形式更为相似。

不错，在我看来，宗教仪式与迪厅舞台之间的根本差异就如同一部有头有尾的传统文艺作品（无论是瓦格纳的歌剧还是一部不带插图的印刷版小说）与那些无所谓开始也无所谓结束的流态艺术之间的区别。在流态艺术中，"作者"这一传统概念也陷入了危机。举个例子，威尔逊的《沙滩上的爱因斯坦》就可谓是这种艺术的先行者。在这部持续数小时的戏剧演出过程中，观众可以随意进出，或只观看其中的某一部分。因此，只要演员能一直不停地表演下去，该作品就可以无限制地继续进行。然而那部戏剧最终还是结束了。所以说，它算是一种对于流态行为的模仿，同时也宣告了这种表演形式的可能性，但却不算是流态作品的典范。因为如果它是一部真正意义上的流态作品，那么所有人都会参与其中，作者与观赏者之间的差别也将不复存在。

这种艺术概念与以往我谈过许多遍的"开放式作品"完全不同。因为无论是一首有头有尾的十四行诗，还是一本长达五百页，能引起不同诠释和解读的长篇巨著都可以成为开放式的作品。然而我经常提到的这种开放式作品（甚至是那些由演奏者随心演奏的即兴音乐旋律）都有它的特定界限，简而言之，到了某个时刻，所有这类作品都有其结束的时刻。

最为接近流态行为的艺术是那些在新奥尔良的酒吧里进行的表演，那是爵士乐即兴演奏的雏形。我所说的并非是后期录制的唱片。通常，演奏者在灌制唱片时都被要求将此前某个时刻随意演奏的作品再次表演，因此唱片中记录下来的是他们仿造"即兴演奏"所表演的曲子，而并非"即兴演奏"本身。真正的爵士乐"即兴演奏"是一种流态行为，因为所演奏的音乐与演奏者所处的场所息息相关，并能不断延续，人们可随意进出，吃东西，喝饮料，出门吸

---

① Peter Greenaway（1942— ），英国电影导演。

烟，之后再进来——这些行为也是演出的组成部分。如果有人能把这样的场景录上一个小时，灌制成磁带，刻成唱片发行，那么我们就有了一件作品（而不是一场事件），一件记录流态行为片段的作品。

毫无疑问，流态行为也属于艺术行为，它十分富有创造性，能制造出一种被称为普遍美感的效果。这种效果基于集体的贡献，因此很难界定出一名或多名作者（除非是指那个孕育出最初设想的遥远的作者）。这样的作品不要求被关注、被解读，却要求被经历。如果有人站在局外人的角度来"观赏"，那就完全无法理解这样的作品。如果说在欣赏传统的文艺作品，如小说或戏剧（不包括诗歌）时，读者或观众必须与作者事先设定好的情节对话，并对其诠释，必须面对由他人设计好的人物命运，那么这种流态艺术则与上述文艺形式毫不相干。我想，这两种大相径庭的文艺形式是完全可以共存的。

一九九八年

这"后现代"究竟是什么

"后现代"可谓是最令人感到尴尬的名词之一。一方面，不同的作者会以不同的方式使用该词；另一方面，当你告知某人被定义为后现代派人士时，他们甚至会勃然大怒（当然不是所有人，有些人还是会十分高兴的）。还有人认为许多声称后现代主义根本不存在的人本身就是一个糟糕的后现代风格的典型。

讨论"后现代"的书籍有很多（其中大部分是国外的作品），对于那些想初步了解该现象的读者，我推荐加埃塔诺·基乌拉齐的《后现代》一书。最近，该书作为"帕拉维亚当代哲学丛书"中的一部刚刚出版。

在该书的开头部分，基乌拉齐就尝试着列举出了一些被后现代潮流所否定和排斥的现代派元素。我们不妨把文艺复兴看做是现代社会的开端。现代社会崇尚无休止的进步，认为自由是不断的解放，把人看做自然的主宰，信赖量化的实验科学，相信经验，凡事依靠理智分析，并对普遍的理性深信不疑。

因此，当人们开始质疑社会的进步，开始不再坚信按照单一线索解读历史的经典哲学理论，开始重新思考人与自然之间的关系（如生态主义），开始审视所谓"强大"且普遍的理性真理、量化及形式的效果以及人性的解放和平等（美国式的"熔炉"概念和苏维埃的共产主义可谓是最后的神话）时，后现代的狂潮就已铺天盖地而来了。此时的人们更加崇尚差异化、多元论，提倡尊重差别，接受七零八碎的政治团体以及他们之间的横向联系，而各种伟大理念的坍塌就是所有这一切现象的后果。

我认为总的来说，基乌拉齐的归纳是正确的。另外，他对于哈贝马斯[①]和詹姆逊[②]等反后现代主义人士的思想也作了相当中肯的介绍。然而，该书却始终暗藏着一种想法，即把后现代风潮理解为一种有着统一特征的现象，尽管卷入该风潮的人覆盖了各行各业：哲学家、建筑学家、小说家、画家、女权主义者、同性恋者、电视观众、网民、少数民族及所谓的新新人类。然而，我认为既然差异化被视为后现代主义的典型权利之一，那么，它的另一个重要特征就是容忍至少两种不同的后现代主义思想的存在。一种是产生于建筑学领域，后来扩展到文学领域的后现代主义，而另一种则是由哲学家发明的后现代主义。查尔斯·詹克斯[③]是艺术领域中后现代主义的创始人之一，他认为虽然不能说两种后现代主义思想风马牛不相及，但至少也无法否认二者之间存在着诸多不同。在这一点上，我十分赞同他的观点。

我们不妨以这两种后现代主义对于"过去"的态度为例，来看看它们之间的差异吧。对于哲学界的后现代主义者（如利奥塔、德里达和瓦蒂莫）来说，后现代派的虚无主义根源对所有的哲学思想遗产都采取一种质疑的态度，在排斥它的同时也在进行一种痛苦的修正。然而，在艺术和文学领域里，如果说现代主义是在向极端的先锋主义不断挺进，那么后现代主义则是在回望过去，可能带有些讽刺的目光，但也不乏愉悦及崇尚之情。

---

① Jürgen Habermas（1929— ），德国哲学家、思想家。
② Fredric Jameson（1934— ），美国哲学家。
③ Charles Jencks（1939— ），美国后现代主义建筑学家。

这种后现代是对于经典的另一种解读。在文学和艺术领域，是现代主义在不断瓦解那种人人皆可读懂的叙述方式、西斯廷礼拜堂式的绘画风格以及"完整"的小说结构，从而推崇一种崭新的实验派的非叙述风格、空白画布主张以及支离破碎的结构。然而，后现代主义的典型特征则恰恰是朝着古典史诗风格的再次回归。当然，这是一种曲线式的、奇特的、带有讽刺色彩的回归，但它却能够重新赋予那种宽广的叙述风格以生命力，创造出全新的神话。

以上只是关于后现代主义中两个侧面的探讨。由于专栏篇幅的限制，我无法在此继续展开。但我想上述分析能够（在这个崇尚怀疑的时代）引起人们思考：也许哲学意义上的后现代主义与文学艺术领域中的后现代主义之间只存在名称上的巧合关系，或者说是一种误读。换句话说，我绝不相信德里达会在拉斯维加斯与文丘里[①]携手共度美好时光。

当然，这两种后现代主义之间也并非没有共同之处，这一点毋庸置疑，但这两种现象之所以能有共同之处是因为二者都反映了同样的文艺观点，还是仅仅因为二者都同属于当代的思想潮流呢？如果是后者，我们或许应该寻找一个含义更为广阔的概念来界定它们吧？

一九九九年

---

① Robert Venturi（1925—2018），美国后现代主义建筑学家。

文学批评的兴与衰

在上一篇专栏稿中,我曾提到从一九九一年至今,人们减少了许多语言上的禁忌。为了寻找我在九年前所写的一篇文章(对于那篇文章,我只存有模糊的记忆),我不得不打开那个用于保存以往专栏稿的柜子。结果,我的目光却落到了另一本写于一九八六年的集子上。在那本集子中,我就奎多·阿尔曼西所引发的话题进行了一番探讨。阿尔曼西在他的文章中抱怨说文学批评这种十分著名的文学形式在当今社会呈现稀少,甚至是消失的态势,并多少认为精彩的文学批评的缺失预示着文学风尚的下滑。

在接下来的几年中,我们经常能在各家报刊的文学版里读到文学批评文章。举个最明显的例子吧,多年以来,这份周刊就曾经委托罗贝托·科特罗内奥专门撰写此类文章——直到他不再从事文学批评为止。他之所以会金盆洗手,并不是因为不再有令他生厌的书籍出现,而是因为他个人已厌倦了这种每个星期都必须针对某部文学作品说三道四的习惯。

我认为八十至九十年代是各种文学批评百花齐放的时期,与那个时代的文学批评相比,如今在法国(在这个国家,文学批评艺术并没有受到忽略,只是人们很少撰写此类文章)出现的文学评论作品简直令人生疑,这些评论文章往往极尽吹捧之能事,通篇充斥着诸如"令人仰慕"之类的字眼。因此,读者也常常把这类评论看成是一种腐败现象,没有人会相信那些所谓的评论家是发自内心地喜爱他们所评论的作品的。

我还找到了另一篇撰写于一九八九年六月的专栏稿,在那篇文章中,我谈到许多意大利出版社编辑的工作态度出现了严重的问题。当出版社打算出版某部作品的平装版时,总是会在针对第一版的评论文章中找出一句短小的赞美语,印在平装版的封底上。尽管这都是些正面的评论,但作为含而不露的文学批评文章,一定不能把赞美的语句直接说出,而要委婉地表达。正因为如此,意大利的出版界无法像美国那样通过一些极为短小精练的溢美之词为某场演出或某本图书大做广告宣传,如"极具感官诱惑"(纽约,《时代》周刊)、"十年来最为精彩的扛鼎之作"(《费城探询者》)、"名副其实的享受"(《综艺杂志》)等等。自然,美国的批评家十分清楚,如果他们能用短于四个词的句子表达某种积极的评论,那么这些句子就将变成广告词。因此——我承认,这也是另一种腐败现象——他们会迫不及待地将类似的句子写入自己的评论文章中,然后荣幸地获得整版的广告宣传。

或许意大利的评论家已经发觉了,尽管他们不断地撰写文学批评,但却从不会出现在出版社的广告之上。在我看来,另一个导致文学批评作品缩水的原因在于报刊的文学版编辑认为与其发表一篇文学评论稿,还不如发表一篇作者采访稿,因为后者更为快捷,成本亦更加低廉,同时对于读者来说,也更加有趣。不过——由于人类内心深处的某些特殊原因——书籍的作者极少对自己的作品作任何评价。

为了满足读者对于文学评论的需要(这是他们所期待,也应该得到的),文学版的编辑开始刊登一些交互式的文学评论文章。即对多个作者进行采访,让他们互相贬低对方的作品。一方面,读者对于这类"把戏"十分感兴趣,而另一方面,那些已经习惯被同行批驳的作者也不会为此感到怒气冲天。

至于到哪里去寻找可以用于广告或印刷在封底上的溢美之词,则是一个有待解决的问题。于是,人们再次从英美文学宣传中找到了法子,即撰写一种被称为"blurb"① 的宣传词。一条 blurb 就是一段赞扬性的文字,其篇幅可以很短,也可以较长,通常都是由出版社邀请的著名人士或作家的知名推崇者来完成。从第一版开始,他们的评论就会出现在书籍的护封之上(事实上,出版社会要求这些宣传词的作者阅读作品的草稿)。也许有人会问,这些撰写"颂歌"的作者(通常是免费撰写的)为什么会愿意耗费大量时间去阅读自己根本不感兴趣的作品呢?答案是能够成为一名宣传词撰写人是一种权威的标志。再说,由于他们已经深谙这类宣传词的撰写之道,因此也用不着认真地阅读整部作品。这种文字通常只是一段客套话,而读者也十分明白它所表达的大都是一种赞扬之情(从没有见过哪段宣传词是诋毁某部作品的),从而不会过于在意。然而,正是因为有了这些不惜说谎也要吹捧某位作家的知名人士存在,人们还是会出于本能地对那些平庸的作家仰慕有加的。

一九九九年

---

① 英文,夸大的广告或宣传词。

就让我自娱自乐吧

小文章

将军和萨达姆·侯赛因

最近，我一直在反思关于贝特尔海姆①的那个事件。有病人控告该心理医生将他们误诊为精神病儿童，并在身体上和情感上对他们进行了残酷的蹂躏，致使这些病人在成年之后遭受到比儿童时期更为严重的精神困扰。对于这样的指控，我们实际面对的是一种经典的"矛盾式谎言"：一个自称有精神问题的人所说的话究竟是否可以被当成有效的证词呢？

我不禁又联想到另外一个问题：美国空军参谋部的前任负责人究竟是骗子还是疯子呢？毫无疑问，假如一位将军四处散布军方的秘密行动计划，那么他要么是个傻子，要么就是个骗子。狡猾的萨达姆·侯赛因认为他显然是个用心险恶的骗子，想让伊拉克军队上当，误认为美军将发动空中袭击而不是地面袭击。于是，侯赛因将所有力量都调集到领土边境。然而，对于该事件，美国政府居然如一个普通人般沉不住气，开除了那位将军。此举一出，伊拉克方面立刻明白原来那位将军之前所说的确实是真话：他不是骗子，而是傻子。于是，狡黠如美索不达米亚之蛇的侯赛因又立刻将防御力量调回到巴格达周围。

然而美国政府有可能这么愚蠢吗？在预先设计的绝密空袭计划被那位白痴将军泄露之后，居然如此幼稚地将他开除，让对方明白此前他所说的都是实情？按理说，美军应该假装什么也没有发生，让自作聪明的侯赛因继续蒙在鼓里，将防御力量都调集到边境地区呀。

另一方面，侯赛因的思维就如同《天方夜谭》里的主角那样缜密，面对美军的反应，他冷静地察觉到这或许是美军玩的把戏：他们先故意让一位将军散布谎言，然后又将其开除，从而让伊方相信那人说的是实话。如此一来，当侯赛因积极准备防御空袭之时，美军便可以出其不意地从地面发动攻击了。因此，侯赛因再次把兵力部署到了伊拉克边境。但我们要知道侯赛因可多长了个心眼，他并没有排除美军确实办了件蠢事的可能（反正已经不是第一次了）；倘若真是如此，那么袭击就将从空中发起，那么侯赛因就应该将兵力调集到巴格达周围。

事情还没有结束，侯赛因知道美国人对自己的性格了如指掌，明白他知道美军常常犯傻，因此，他也作好了打算，美军或许是看穿了这一点。如果真是如此，他则应该火速将部队调遣至边境。

假如侯赛因——他的头脑真比巴格达的小偷转得还快——接二连三地产生各种猜想，他就不得不让部队来回奔波，直到筋疲力尽；但假如他像阿里巴巴那样聪明，在同一瞬间就考虑到所有可能的状况，也只能在进退两难的局面中选择让部队驻扎在半路。如此看来，假如侯赛因果真如此狡猾且有着严密的逻辑思维，那么美军就已经先下一城了。

现在我们站在美军的位置来思考一番。如果那位将军是个忠诚的傻子，而政府又十分愚蠢地将他开除，让敌军明白他没有说谎，那么美军一定能推测出侯赛因也已了解到这一点，因此他们就应该立刻改变作战计划，实行地面袭击。但他们同样不能不考虑到凶残

---

① Bruno Bettelheim（1903—1990），美国心理学家，儿童自闭症经典研究的发起人。

的侯赛因是一个以诡计多端而闻名的人物，说不定他早已预测到美军将改变作战计划的打算。倘若如此，美军反而应该以不变应万变，按原计划实行空袭。当然，这一切也完全有可能是美军的设计。他们故意让某位将军编了个谎话，然后又将其开除，让人信以为真，这样他们就可以趁着侯赛因防御空袭的当儿声东击西地发动地面突袭；不过，经再三考虑，他们始终怀疑那个如沙漠骑士般狡猾的老狐狸侯赛因已经看穿了整个把戏，最终还是决定发动空袭，因为侯赛因一定在地面战场等着他们。

这样看起来，美军与侯赛因的处境其实并没有什么两样，要么向早已被炎热折磨得精神错乱的敢死队发出一连串相反的命令，要么无休止地继续设想哪一种战略才会让对方感到始料不及。如果美军如此敏感且有着严密的逻辑思维，那么侯赛因就已经占尽先机了。

既然战争如此令人伤神，那么还是不要让任何人发动战争了吧。

一九九〇年

布鲁诺

最近，阿尔贝托·索尔迪①对自己在法西斯时期安逸生活的描述在舆论界引起了轩然大波。我想或许大家的反应有些过于激烈了。在我看来，索尔迪无非是想表明当人逐渐老去时，童年的往事总会染上一层温情的色彩。的确，至今我仍然十分怀念儿时在防空洞里度过的那些日子。尽管那时的我又冷又困，但当炸弹在洞外隆隆爆炸时，我却和小伙伴在漆黑的隧道里玩探险游戏，乐此不疲。我还记得每个星期六的早晨，我总是急匆匆地将牛奶咖啡一饮而尽，因为妈妈总要花上许多时间才能帮我穿好那套复杂的法西斯童子军军服，但无论如何整理，那个金属的"M"标志却总也不服帖。

我认为，人们最多能指责索尔迪在餐桌上看到一个带玻璃球的汽水瓶②时所用的说话语气过于高傲，但却不能就此含沙射影地说他想在越来越多的政治冷漠主义者中扩大自己的声望。无论如何，我们都十分清楚这位著名的演员对政治毫不感兴趣，因此，我们也不应该将他的一些不妥的做法与政治扯上关系。不过，有一件事情索尔迪似乎的确没有记清楚。鉴于如今的年轻人对那个遥远的时代已经知之甚少，我倒想在此说上两句。其实，当年的法西斯少先队队员也并非全都一模一样，比如工人的孩子就和老板的孩子有着很大的差别。

上小学时，我和一个金发男孩是班里最富有的两名学生，换句话说，我们与老师处于同一个社会阶层。我的父亲是一名职员，每天都是西装革履，我的母亲出门时会戴上礼帽（这意味着她不是一名普通的家庭主妇，而是一位女士）；金发男孩的父亲则经营着一家商店。其他同学的社会地位逐一下降（他们与父母仍在用方言交谈，写起字来也错误百出），其中最穷的孩子名叫布鲁诺。尽管那个时候流行以姓来称呼（这个孩子的姓我至今仍然记得非常清楚），但在我看来，记住名字才是最有意义的。

由于家境贫寒，布鲁诺总是穿着一件破烂的黑色罩衣。我们很少看见他的白色衬衣领子，即使偶尔穿了一件，也显得又脏又旧，就更别提天蓝色的领结了。布鲁诺的脑袋被剃得溜光锃亮（这是他的家长由于害怕他长虱子而对他表现出的唯一关爱），但大家要知道，当富人家的孩子剃光头（他们有时会在夏季剃光头，以使头发变得更加强韧）时，一定会均匀地留有一层灰色的绒毛。只有穷人家的孩子才会把脑袋上的白色斑点暴露在外，活像是没有愈合好的疤痕。

总的来说，我们的老师还算是个好人。但他参加过"向罗马进军"，因此总是用一种大男子主义的方式来教训我们，也经常抽学生的耳光。当然，我和那个金发男生通常都能幸免于难，但布鲁诺挨的耳光却比任何人都要多，尤其是当他穿着那件窝窝囊囊的罩衣出现在教室里时。布鲁诺经常被叫到黑板后面罚站，而我却几乎从未经历过。只有一次，当坐在后排的同学欺负我时，我在一个不合适的时刻回敬了他一个纸团。此举引起了老师的愤怒，于是他罚我

---

① Alberto Sordi（1920—2003），意大利喜剧演员。
② 一种用玻璃球封口的汽水瓶，流行于法西斯年代的意大利。

站到了黑板后面，从未感受过此种羞耻的我立刻如一头小牛犊一般嚎啕大哭了起来，两分钟以后，老师让我回到了座位上并温和地安慰我，让我体会到了集体的温暖。

一天，布鲁诺无故缺席。当他第二天出现在学校时，老师立刻抓住他，差点儿没给他两耳光，布鲁诺泣不成声地说他的父亲过世了。老师顿时心生怜悯，号召全班同学给他捐款。第二天，所有学生都带了些钱或不穿的旧衣服。此刻，布鲁诺也感受到了集体的温暖。但不知是否是出于对平时所受羞辱的反抗，当大家在院子里做课间操时，他居然手脚并用地在地上爬了起来。我们所有人都认为他是个坏孩子，居然在父亲去世之后做出这样过分的举动。老师也认为他缺乏最基本的教养，低人一等。或许读者认为我是在模仿《爱的教育》中的情节，但我可以发誓我所写的全都是我亲身经历过的事实。

在一次星期六的法西斯集会上，当宣誓时刻到来时，我们所有人都应该高喊："我宣誓！"然而，我却清楚地听到站在我身旁的布鲁诺在喊："我签字！"他是在反抗了。

他是我的第一位反法西斯导师。

谢谢你，布鲁诺。

一九九一年

天使熊的故事

上个星期,我接受了一次电话采访。那位记者正在就童年的玩具撰写一篇报道,所以想问我几个相关问题。我毫不犹豫地跟他提起了天使熊的名字。然而,当他问起我这个玩具的最终命运时,我却因一时想不起来而回答他说不记得了。文章发表后,我的姐姐打电话来兴师问罪,问我是不是得了老年健忘症,居然会忘了天使熊的葬礼。是啊,我本该记得的。有了姐姐的提醒,关于天使熊的所有记忆逐渐回到了我的脑海。

天使熊是一只经典款的黄色绒毛小熊,或许是我最初收到的几份礼物之一。但当它还是一只崭新的小熊,而我和姐姐又还太小时,它并没有引起我们多大的兴趣。随着时光的推移,当它显露出些许陈旧的痕迹时,反倒有了一种秃顶老人的睿智和蹒跚慢行者的权威。慢慢地,天使熊像一位身经百战的英雄一般,在"战斗"中屡屡负伤,一开始弄瞎了眼睛,后来又弄断了胳膊(由于天使熊的双手和双脚既可以摆成站姿,也可以摆成坐姿,而且从没有人敢让他趴着,因此他看上去的确更像是个人)。

日子一天天过去,天使熊也逐渐成为家里的玩具之王。每当我把一条小板凳倒放在地上,装扮成一艘四方形的战舰,让我所有的"士兵"都逐一登船,然后横渡"走廊洋"和"卧室海"时,天使熊无论如何都会傲然坐在船头，就好似神气活现的格列佛船长，接受小喽啰的敬礼，并对它们发号施令。因为与他相比，其他玩具早已显得更加破旧，有些丢了脑袋，有些缺胳膊少腿，有的不仅外表已经褪色，连内部那些铁丝钩子也探头探脑地露了出来。

当然，天使熊也是所有洋娃娃的君主，总之他是全家所有玩具的统帅，连小火车和积木也在他的统治之下。然而时光荏苒，在历经无数磨难之后，天使熊最终弄瞎了第二只眼睛，也弄断了第二条胳膊，后来，连双腿也脱落了。因为我们家还有一个好战的小表弟，他经常拉着天使熊与牛仔娃娃和印第安娃娃混战，还常常把他绑在床头残酷地折磨。我们（包括天使熊自己）并没有表示抗议，也从来没有意识到这样的行为有损天使熊的"君威"，因为在我们看来，即使地位最高的玩具也必须经受各种磨损与破坏。

年复一年，这只小笨熊那残缺的身体上开始冒出稻草做的芯子。那时，父母们都普遍认为破损到这种程度的玩具会成为寄生虫和芽孢杆菌滋生的温床，于是不断善意地催促我们为天使熊送上最后一程。当我们看着天使熊渐渐老去，再也无法以任何姿势支撑住自己的身体，身体内部的"五脏六腑"也一天天被抽出，完全失去当年的王者威仪时，也感到痛苦不堪。

于是，在某一天的清晨，当爸爸点燃了厨房里的暖气炉，开始给全家供暖时，我组织了一支庄严肃穆的送葬队伍。家里所有的玩具都被我一字排开摆在炉子两侧，而我则手捧一只枕头朝炉子走去，枕头上躺着奄奄一息的天使熊。如果我没有记错，其他家庭成员都跟在我身后，沉浸在同样的痛苦之中。

天使熊被送进了吐着熊熊火苗的炉膛，开始燃烧，最终熄灭。随着他的逝去，我的幸福童年也告一段落了。随后，我们的城市开始遭受敌军的第一轮轰炸。接着，那种耗煤量极大的暖气炉也消失了，取而代之的是只能为厨房供暖的柴火炉。

我为什么一直对天使熊记忆犹新呢？因为他代表了一个时代的终结。那时的孩子可以在同一个玩具的陪伴下度过几乎十年的光阴，而玩具们的生活也很幸福。如今的玩具比那时便宜，却也没有那时结实。就好像现在的收音机，每个季节都有新款，当家庭解体时，也逃不过被丢弃的命运，不似当年的德勒方根和马勒里牌收音机能用上许多年。今天的孩子根本不可能将整个童年都交给唯一一个玩具，在它身上倾注自己所有的喜怒哀乐，我为他们感到遗憾。这样的童年如缺少日记的生活般乏味，也如一片没有纪念碑的土地般荒芜。

一九九二年

我生命中的第一夜

过节之前我去了趟西班牙的加利西亚省,并(像我中世纪的先祖一样)"朝拜"了圣地亚哥-德-孔波斯特拉——尽管我并非是出于宗教原因前去拜访的。圣地亚哥城附近有一个叫科鲁那的地方,那里有一座新建不久的科技博物馆。此前,我已收到了该博物馆的盛情邀请,因为他们说那里收藏着一座傅科摆[①]——不久前,我也恰好写了一部相关题材的小说。这个理由并没有让我心动,因为傅科摆有个有趣的特点:尽管世界上许多博物馆都收藏这样的装置,但每座博物馆都认为自己是世界上独一无二的拥有者。

无论如何,我还是欣然前往了,因为我要参加由西班牙符号学协会在那里组织的一场会议。我参观了那座傅科摆,我必须承认它的确比其他那些更为精美,而且还附加了一座智能教学仪器。另外,整座博物馆都十分智能化(这种先锋派的智能模式使许多仪器都变成了儿童眼中的诱人玩具),我饶有兴趣地摆弄了一阵立体模型和其他一些由孟乔·努内斯先生——该博物馆的天才馆长——发明或制作的自动化仪器,之后就被邀请去参观天文馆。

天文馆从来都是令人神往的场所。当周围的灯光一一熄灭,参观者立刻觉得自己仿佛置身于一片茫茫原野之中,仰望着繁星点点的苍穹。但在那个"夜晚",那座天文馆却为我准备了一些更为神奇的礼物。众所周知，天文学是一门严谨的学科。因此，通过对该学科的研究，人们甚至可以知道当拿破仑在他生命中的最后一夜在圣赫勒拿岛上静静沉思的时候，当时的星空究竟呈现出怎样的景象，也可以推测出二〇〇〇年的某个夜晚，我们的子孙后代将头顶一个怎样的夜空（无论如何，从理论层面上，天文学一定能推算出来。当然，如果我们把地球毁灭了，以至于以后不再有子孙后代，那也不是天文学的错）。甚至还有一种光盘，只要你把它放进电脑，用某种程序启动，那么它就能按你设定的时间、经度和纬度让你看到当时当地的星空。当然，在电脑上你只能看到一些闪烁的小点，是不能与在天文馆里的所见所闻相提并论的。

在我进入天文馆后的某一个时刻，漆黑的"夜幕"降临了。周围响起了一曲曲由法利雅[2]谱写的美妙轻柔的摇篮曲。接着，我头顶上的天空开始缓缓旋转（尽管比实际速度要快一些，因为整个过程是在一刻钟内完成的），不一会儿，一九三二年一月五日至六日期间亚历山德里亚省上方的夜空就呈现在我眼前。就这样，带着一种几乎超越现实的感受，我有幸经历了我生命中的第一夜。

鉴于几十年前当我出生时，我是面朝另一侧睡着的，所以此刻应该算是我第一次经历我降临的那个夜晚。或许由于分娩的痛苦，我筋疲力尽的母亲也没有真正仰望过那一夜的星空，而只有我的父亲，作为奇迹（至少对于他来说，我的降生是个奇迹）的见证者和制造者之一，感到兴奋不已，难以入眠，于是他曾悄悄地走到阳台上，仰望当晚的夜空。

我所描述的是一个在许多地方都可以实现的人工场景，只需花点心思，费点工夫就能办到，或许其他人早已有过类似的经历。但

---

[1] 一种证实地球自转的仪器，是法国物理学家莱昂·傅科（Jean-Bernard-Léon Foucault，1819—1868）于一八五一年发明的。
[2] Manuel de Falla（1876—1946），西班牙作曲家。

我必须要说，在那十五分钟里，我感到自己是地球上（从古至今）唯一一个能再次经历生命起点的人。这是一种难以名状的激动心情，我有一种能够、也应该在那一刻死去的感觉（甚至是欲望）——再也没有其他时刻比此时此刻更为合适了。

这是一种回归子宫的经历——不是母亲的子宫，而是整个宇宙的子宫。在这一刻，我不仅再次看到了我的降生及以前那段已逝去的生命时光，更找回了许多年前的这幕宇宙奇观。我惊喜地发现我是唯一一个可以再次度过这一刻的人。尽管有一天，也许所有人都可以拥有同样的经历，但我觉得那一刻的苍穹、繁星，以及它们的分布位置都是仅仅属于我一个人的。

有人说，当有一天我们能看到通过虚拟手段展示出的现实时，所有人都会有一种难以名状的感觉。但正如大家所见，我们完全不必等此类虚拟手段商业化后才去感受这样的时刻。有些人甚至已经能够从电视机里的世界寻找到虚拟的现实，从而得到满足。总之，我享受到了我的浮士德之梦。如所有人一样，我相信我曾永远地失去了属于我的那一刻，因为我不可以说："时间停止吧，这一刻太美了。"然而，这座天文馆把一切又还给了我，即使是短短的十五分钟。

一九九三年

设得兰群岛*的鱼鹰

我在机场的贵宾室里见到了鱼鹰先生。当时,一位热情的女士正在请求他不要弄脏那漂亮的沙发,于是我慷慨地贡献出了自己的雨衣。鱼鹰先生身上的海水和柴油渍迅速浸到雨衣上,我明白,这件可怜的雨衣很可能就此寿终正寝了,但是没关系,鉴于这次采访的独特性,我完全有信心让《快报》周刊给我报销雨衣的损失费……那位浑身长着羽毛的先生向我表示谢意,打开了话题。采访也就由此开始了。

我:"早晨好,鱼鹰先生,您这几天怎么会到这儿来呢?我还以为您一直待在设得兰群岛呢。"鱼鹰:"唉,我明天才能回去呢。您知道吗,他们给我买了头等舱的机票,让我到另一个我从没听说过的地方去做一个快速访问。听说那片海域里漂着一艘油轮,其中的原油随时可能倾覆到海水里。电视台希望能抢到第一手新闻,我又跟他们签了合同……哎,干我这行可真不容易,我向您保证。"我:"您难道从来都不休假吗?"鱼鹰:"唉,哪有时间度假啊。您也从报纸上读到了吧,这里一场战争,那里一场风暴,如今的海洋早就变成了一口黑乎乎的油井。那些摄影师只会说:'鱼鹰先生,您摆个姿势吧,别看着镜头,用嘴梳理毛发,表情痛苦一点……'"

我:"可市面上难道就没有其他鱼鹰了吗?"鱼鹰:"要找可不

是那么容易。我的父母已经撒手归西了。剩下那些勉强活下来的都迁到了森林里。这可一点儿也不夸张。那些鸟飞到了丘陵和山区地带,想适应那里的生活。可要在那些地方找到鱼类食物谈何容易,顶多只能偶尔找到些鳟鱼。反正我已经打算破罐子破摔了,您瞧瞧,我现在这个样子有多窝囊。但我不想走了,虽然那里的液体会让我觉得眼睛如火烧般刺痛。反正这么凑合着倒也能活下去。他们付给我的薪水不低,而我只要随时待命就行。您可能知道的,上个月我在加利西亚,后来又到了设得兰群岛,至于后天我也不知道会去哪里。早在海湾战争爆发之前,我就开始干这一行了。"我:"不过那些展现战争场景的照片倒是让您声名大振。"鱼鹰:"没错,人们就是从那时开始关注我的。之前虽然也有人拍摄过我,但那节目后来却没有在电视台播出。海湾战争之后我才开始走红。不过这工作真是太辛苦了,每天都要待在片场,每次都要吸入好些石油,我的身体也时常会产生不良反应。我得趁这几年赶紧攒点钱,不然长期下去,我该落下慢性病了。再等一段时间吧,没准儿我会搬到一座人迹罕至的小岛上去,在那里了此残生。"

我:"难道那些新闻记者不能拍一些海鸥、海豹或企鹅什么的吗?只要抹上点温泉泥,效果应该也不错呀!"鱼鹰:"嗯,这可不行。这是职业道德问题。他们认为如果在动物身上造假,节目就会失去效果。这就好比导演卢基诺·维斯康蒂拍电影时的原则,他认为如果演员要用到一只装满珠宝的箱子,哪怕这箱子不必被打开,其中的珠宝也必须到位,而且还必须是宝格丽[1]牌的。另外,我们鱼鹰的身材也刚好适合电视屏幕。摄影师拍我时只要使用普通的近镜头,观众就能看得一清二楚,假如要拍一头大象,就不得不使用

---

* Shetland,英国苏格兰北部群岛。
[1] Bulgari,意大利珠宝、奢侈品品牌。

远景拍摄了。"

我："使用一个人类演员，比如说一个被贩卖的小男孩，不是更方便吗？"鱼鹰："我倒希望是这样……但人类演员不如我们动物这样具有煽情效果。不信我告诉您，就连联合国儿童基金会都邀请我为他们拍摄广告。之前他们曾试着拍过一些营养不良、浑身被蚊蝇叮咬、肚子肿胀的非洲小男孩，但这样的形象令观众作呕，于是他们就会换频道。然而动物演员却往往能激发人们的恻隐之心。"

我："这么看来，您还不打算离开石油领域……"鱼鹰："我还没有想过。这个行业很能挣钱，人们也需要能源，幸运的是被污染的海域越来越多，所以我只要靠石油及钻探这两个领域就足以维生了。您是知道的，一旦上过电视，其他各种媒体都会找到你，让你为美国运通、意大利贝纳通等许多公司甚至议会拍摄广告……没完没了。明年，他们还要让我来劝说人们在圣母升天节当天放弃使用高速公路。"我："可这种公益广告只要拍几辆被撞变形的汽车和几具烧焦的尸体不就够了吗？"鱼鹰："我已经跟您解释过了，一辆烧焦的私家车引不起公众的注意。但如果拍摄一辆私家车与一辆油罐车相撞，柴油流了一地，一只鱼鹰飞过那里，弄脏了自己的羽毛——这样一幅场景才能让观众反思。拍摄这个广告既能赚钱，又能获得良好的社会效益，既然如此，我又何乐而不为呢？"

刚才那位女士再次走了进来，问鱼鹰先生需不需要来一杯威士忌，鱼鹰婉言谢绝了，他说："我还喝不太习惯，总觉得有股石油味儿。"有人来催促鱼鹰先生赶下一班飞机了。于是鱼鹰先生走出了贵宾室，他低着头，生怕在那刚刚拖过的光亮地板上滑一跤。他走过之处，留下了一道长长的油迹。他最后一次向我回头告别。"谢谢您，"我对他说，"同时也以全世界孩子的名义对您表示感谢。"

一九九三年

胡安·菲里克斯·桑切斯

在那间我们驻足喝咖啡的彩色小茅舍里，一只煮着黑豆的锅子正在火上咕嘟，让我不禁回想起塞尔乔·莱奥内①执导的某部影片中的场景。小憩片刻之后，我们继续朝拉古拉塔荒漠行进，雄伟的安第斯山脉就是途经这个地区穿过了委内瑞拉的梅里达州。起初，山地植物与热带植物交错生长，登上一定的高度之后，我们又在石子地和荆棘丛中看到了大片湖水，这里水草肥美，叶子像兔耳般长而肥厚。天气微凉，我们已经攀登到相当于勃朗峰的高度了……

当我们再次下到三千米左右的高度，来到一片郁郁葱葱的山谷时，看到了一座石头砌成的小教堂。第一眼看到它，我立刻想起了位于佩皮尼昂和加泰罗尼亚交界处的一座罗马式乡村教堂，但这座石头教堂的形式更为自由，从近处还能看到一些奇异的材质，令我想起了高迪②。整座教堂显得怪异突兀，小巧的中殿里装饰着一些由天然成形的树枝和树干打造而成的摆设，其形态活像龇牙咧嘴的怪兽。圣坛的风格令人联想到通常被称作"稚拙派艺术"的形式，但倘若其作者果真是个原始人，那么他精雕细琢的功夫一定了得。

胡安·菲里克斯·桑切斯于一九〇〇年出生在安第斯山脉脚下某个村庄中的一个农民家庭。小学毕业后开始从事农耕劳作。

年轻时，他就为邻居发明了一种水车磨坊；那时的他既不懂什么科技理论，也从不曾看过文艺复兴时期的工程设计图纸，只是就地取材发明了那些工具。不仅如此，他也从未听说过罗曼艺术及早期哥特艺术。年轻时期的他只去过马拉开波③和加拉加斯④。他天资聪颖，曾在当地当选担任一些政府职务。在圣拉斐尔，他发明了一种水轮机为当地提供电力。后来，他与艾比法妮娅·吉尔结婚。年近不惑之时，出于一种神秘的想法，他又抛下了所有名利，回到山里过起了深居简出的生活，痴迷于织布、雕塑、修建教堂等活动。他修建了一个耶稣受难处，那里的塑像摆满了整个山坡，他还修建了一个耶稣被钉上十字架的场景和一座耶稣的坟墓。在他修建的提苏莱教堂里，一座彩色的耶稣降生处被放置在圣坛当中，神龛里则供奉着一尊木制的当地圣人肖像（穿着深色外套，戴着圆顶礼帽），高处是用汽车头灯制成的上帝的惶恐不安的双眼。然而，胡安·菲里克斯·桑切斯却既不是一位手工艺者或艺术家，也不是一位自由设计的天才。他只是一个隐居山林的苦行者，一个幻想家。他六十岁时开始频繁地创造，八十岁时才将耶稣的坟墓建成。

后来，许多评论家、民间传说学者和城市里的哲学家发现了胡安·菲里克斯·桑切斯。他们将他的作品搬到各自的博物馆里展出，尽管他们十分清楚，离开了原有的那片土壤，这些作品顶多只能算是些图腾或是奇特的小玩意儿。他们无法圈禁胡安·菲里克斯·桑切斯的天才，也意识到他代表了一种超越美学及种族界限的精神现象。然而，他们却毁了他的生活。他成了许多知识分子朝拜

---

① Sergio Leone（1929—1989），意大利电影导演、制片人。
② Antoni Gaudí（1852—1926），西班牙建筑师。
③ Maracaibo，委内瑞拉第二大城市，苏利亚州首府。
④ Caracas，委内瑞拉首都。

的对象，那些社会学家弄脏了他简陋的家，也搅扰了他的生活。在他的常住地不远处，一座献给他和他太太的博物馆拔地而起，旁边还有一座儿童图书馆（十分漂亮且现代化，还可以使用电脑）。于是，他再次退避三舍，迁居到一个更为隐蔽的地方去追寻梦想，尽量避免沦为自己的创造物。

如今，他已是九十四岁高龄了。通过一位在梅里达大学教书的朋友引见，艾比法妮娅·吉尔在一间原始而阴凉的厨房里接待了我们。如今的她也已如纪念碑般古老，身穿一件《三毛钱歌剧》①里的衣服，其脸庞就好似一具长着毛发的木乃伊。看家的狗在庭院里睡着了，胡安·菲里克斯·桑切斯则将一顶阔边帽搭在脸上，靠在椅子上打盹。身患腿疾的他已经行动不便了。他醒了过来，我看到了一张长着八字胡的印第安老人的脸庞，就好似某个从莱奥内电影里走出来的人物。他的耳朵不太灵便，一开始并没有认出来访者是谁，过了一会儿才逐渐清醒过来。他同意让我们看看他那些又旧又脏的笔记本，上面记载着他一生中所产生的奇思妙想和许多古老的俗语，如"赠送的马匹不看嘴"②等，其中有许多是他自己创造的。他让我也给他留下两条，于是我举出了两句谚语，分别是"着急的母猫下瞎崽儿"③和"魔鬼只造锅，却不造锅盖"④。他听完翻译，表示赞同。然后，他担心地询问我父亲的身体状况，问我他是不是摔坏了腿，有没有恢复行走能力。我正要回答说是，却被我太太阻止了。她告诉胡安·菲里克斯·桑切斯说我的父亲至今仍然行动不便。"啊，就和我一样。"老人家宽慰地笑了笑。艾比法妮娅提醒我们该让他睡一会儿了，但在我们起身之前，他问起了他的笔记本。

---

① *Die Dreigroschenoper*，德国剧作家布莱希特的代表作。
② 由于马的年龄和优劣通常通过牙齿来判断，因此这句谚语的意思是"受礼不挑拣"。
③ 意大利谚语，意为"慢工才能出细活"。
④ 意大利谚语，意为"坏事总会被人发现"。

我们将本子还给了他,他把它们抱在胸前,还悄悄地检查了一番,以确保所有的笔记本都在。

然后,我们上了车,朝着一片蛮荒的世界踏上了归程。

一九九四年

关于时空旅行的思考

可能许多人都已在上周的报刊中读到了科学家宣称在理论层面上有可能进行时空旅行的报道。当然，该设想目前还存在某些难以逾越的困难。

对于该领域，我知之甚少，因此我并不想在此对这些报道横加评论。不过即使是站在一个门外汉的角度，我也没有对此感到十分震惊，因为我想起了汉斯·赖兴巴赫[①]。早在一九五六年，他就在那部精彩的《时间的方向》中谈到多项研究表明时间的箭头可以在亚原子层面上改变方向。诚然，某些粒子可以在时空中朝前或朝后运动这一事实并不表明我们人类也可以效仿此行为，但无论如何，我们还是从中隐约看到了些许可能性。

这个游戏的风险是显而易见的。或许人们对朝未来旅行，去看看公元三千年的情景并不太感兴趣（没准儿那时的地球已变成一片废墟，不信可以去看看威尔斯的作品）；相反，许多人倒是想回到过去，与其说是去感受往昔那些美好的日子，倒不如说回到过去意味着可以将死亡推迟。然而，回到过去却有可能发生两种不同的情况。第一种情况：我在回到过去的过程中始终保持出发时的年龄和状态，在此情况下，即使是在过去，我也是在朝着身体不断衰老的方向前进，我完全有可能遇见几十年前的自己，而这将会是一个相当尴尬的场面。第二种情况：我在回到过去的旅途中也会重新找到自己的青春年华。倘若如此，我可不能走得太远，否则我将变成我曾祖父基因细胞上的一个DNA；假定我有可能回到一九四〇年，那么我将重新变成一个小孩子，而我的思维也将回到儿童时代，可如果是这样，我将完全无法感受自己的这次时空穿梭之旅。同时，由于那个时代还没有开发时空旅行，我再也不能回到现代（更糟糕的是，我也无法真正成为一个天真无邪的孩子，因为我渴望回到旅行的出发地点，却不知道路在何方）。总之，无论发生了哪种情况，回到过去的时空旅行都将有许多不妥之处。

我曾读过某篇文章（文章的出处记不清了），彻底否定了时空之旅的可能性。该文章认为无论是在目前还是在遥远的未来，人类都无法回到过去。事实上，如果有未来人朝过去旅行，那么我们应该有所察觉，因为这些未来人很有可能就生活在我们所处的时空之中。然而这些所谓的向后旅行的时空穿梭者，我们却一个也没见着。

显然，这样的观点会引起许多反对意见。比如，我们可以假设某个生活在公元两万年的人可以朝过去进行时空旅行，但他穿越的幅度仅为一千年，那么只有生活在公元一万九千年的居民才能发现他的存在，而我们则无法知晓。除此之外，还有其他的猜想：生活在遥远未来的人类懂得（或有可能懂得）如何朝过去进行时空穿梭，或许他们早在尼安德特人②时代就已经来到了我们中间，只是由于未来政府的政策限制，他们才没有揭示自己的身份。如果是这样，那么未来人早已来到我们的时空中，只是我们没有觉察而已。

明眼人都清楚，这种假设一旦成立，那些喜欢挖掘阴谋内幕及

---

① Hans Reichenbach（1891—1953），德国哲学家。下文中《时间的方向》是他的遗著。
② 一九五六年，人们在德国尼安德特石灰岩洞穴中偶尔发现了人骨。科学家发现该人骨的许多特征都较现代人原始，因此认为这是欧洲早期居民的骸骨。

幕后新闻的政治家和记者将立刻获得一种乐观主义的灵感：原来一切罪恶都归咎于这些神秘的未来访客。可难道克拉克西和安德雷奥蒂果真是时空旅行者吗？假如他们来自未来，怎会没有在未来的报刊上读到自己的所作所为将把自己送上法庭呢？难道他们来自过去？另外，倘若果真存在来自未来的人，他们又为何在各种民意调查中总也猜不对正确结果呢？

再说，来自未来的旅行者应该致力于促进人类的发展。假如他们肆意妄为，只会（给他们自己，而不是我们）留下一个不美好的未来。因此，我们可以作一个大致的猜测：这些来自未来的时空访客早已生活在我们中间——他们正是那些智慧超群的精英分子，如石器工具的发明者、苏格拉底、哥白尼、巴斯德、爱因斯坦等等。他们之所以比我们更加聪明，是因为他们在未来的小学时代就已学过"日心说"和"$E=mc^2$"。好家伙！这种说法将平息多少学术界嫉贤妒能的现象啊！

可假如过去的人都是一文不值的傻子，所有这些天才都来自于未来，那么又是谁将这些知识传授给他们，让他们成为旷世英才的呢？

一九九五年

一九九七美国版小红帽

如今,"政治正确"原则已深入到让人不得不改写传统童话的地步,从而使这些读物不包含污蔑任何一类人群或侵犯任何一个少数群体权利的内容。就连七个小矮人也要改称为"七名非正常身高的成年人"。在此,我想以该范例为标准,将小红帽的故事也重新改写一番,保证完全尊重他人在宗教、政治和性方面的选择。为了让整个故事情节在符合"政治正确"的氛围中展开,我将故事的发生地点设置在美国,一个有着丰富森林资源及野生动物资源的国家。

好了,我们开始吧。小红帽是一个尚未进入青春期的幸福的人。在一个美丽的清晨,她来到了一片小树林,作为"环境保护联合会(APLPDA)"的成员,她此行的目的既不是为了采蘑菇也不是为了摘草莓,而是为了见大灰狼。事实上,小红帽还是"人类与动物完全与部分融合协会(APLITEPCMA)"的会员,该协会鼓励其成员进行那种前一段时间还遭到谴责的"兽交"行为。幸运的是,她将要见到的是一匹加入了"人与动物性交协会"的狼,而该组织恰好也鼓励动物与人类自由发生性行为。

于是,约会双方把见面地点定在了不远的一家汽车旅馆。大灰狼早早地来到了旅馆等待小红帽,为了这次性行为,它还特地穿上了一件豪华睡衣。此刻，小红帽的祖母正埋伏在一片阴影之中。她所参加的组织我不便明说，但我可以简单描述一下，这位祖母是恋童癖、乱伦及食人癖的支持者（另外，她可不是素食主义者）。于是，她怀着与孙女发生性关系的欲望走进了汽车旅馆，一口吞掉了大灰狼，并穿上了它的衣服。她之所以这么做，是因为她还加入了一个名为"动物扮演协会（CAI）"的组织。

小红帽终于来到了旅馆，春心萌动的她以为大灰狼正等着自己，走近了房间里的那张双人床。随后，她惊讶地发现站在面前的居然是自己的祖母，祖母三下五除二地奸污了孙女，然后将她囫囵吞下。对了，刚才忘了交代，祖母同时也是"宗教及健康饮食协会"的成员。该协会认为咀嚼肉食是罪孽深重的肮脏行为，提倡将动物食品直接吞咽（在我看来，这种制度倒不比上贞操锁及禁止输血等规矩更难让人接受）。因此，祖母在吞食小红帽时并没有咀嚼。

当小红帽被吞进祖母的肚子时，一位"非猎人"也恰好来到此地。此人是一个激进生态主义者，专门杀害以动物为食的人。另外，（出于人道主义需要）他还加入了"国家步枪协会（NRA）"——依据修订版的《宪法》，任何公民都可以自由持有武器。这名非猎人发现祖母吞噬了大灰狼，认定这是一种不尊重动物的行为，便朝祖母开枪，将她击毙，之后又将其尸体解剖（因为他同时也是另外一个鼓励器官捐献的组织的成员）。于是，小红帽从祖母的肚子里安然无恙地走了出来。我想那匹大灰狼也应该得救了，不过它在我的故事中的戏份已经结束了。

小红帽的妈妈与亲爱的女儿幸福相拥，除此之外，她还想做点什么，让女儿忘却这段恐怖的经历，从而拥有灿烂的未来。对了，那位非猎人还在电视台主持一档颇受欢迎的动物栏目。众所周知，现在的母亲都希望自己的女儿在青春期到来之前拍摄一些电视节目，与电视台的主持人建立某种暧昧关系，从而为将来嫁入豪门作好准备。

然而,坐怀不乱的非猎人却拒绝与小红帽发生性关系。另外,小红帽本人也是一个女同性恋者和异装癖者,她是"反异性性交女权协会(SFCLUE)"的成员。

遭到拒绝的母女俩勃然大怒,她们忽然想起非猎人在击毙祖母的同时正在抽烟斗。于是,她们以吸烟、教唆他人感染恶习、污染环境、散布致癌物质及蓄意谋杀为由把他告上了法庭。

由于在故事发生地仍可执行死刑,非猎人被判坐电椅。教皇闻讯立刻发出了一封言辞激烈的号召信以求免除非猎人死刑,可惜由于意大利邮政系统效率低下,这封信迟了好几个月才寄到。而另一方面,由于电椅不会造成环境污染,因此没有其他人对该处决表示反对。就这样,非猎人被处死,而其他人则继续过着幸福快乐的生活。

一九九六年

如何能够妙笔生花

我在网络上看到了许多针对写作方面的建议。在此，我也想写下我自己的一些独特的心得，因为我觉得它们会对许多人——尤其是学习写作专业的学生有所帮助。

1. 避免使用头韵①，尽管这能讨某些傻子的欢心。
2. 无需对虚拟式②避之不及，在必要的时候大胆使用这种语式。
3. 尽量不要使用俗套语：那是炒冷饭。
4. 像吃饭那样自由地表达。
5. 不要使用商业首字母缩合词及缩写词。
6. （时刻）记住括号（即使是在不得不使用的时候）会打断文章的连贯性。
7. 慎重使用……太多的省略号。
8. 尽可能少使用引号：这不是"文雅"的标志。
9. 永远不要使用概括性的语言。
10. 使用外来词汇并不会显得你很有风度。
11. 尽量少引用他人之言。正如爱默生所说："别跟我引经据典。用你自己的语言跟我说话。"
12. 比喻常常会流于俗套。

13. 不要废话连篇；不要把同一个内容重复两遍；重复是一种肤浅的行为（所谓废话连篇是指把读者已经心知肚明的内容再枉费心机地解释一遍）。

14. 只有他妈的王八蛋才会使用脏字。

15. 尽量使用精确的表述方式。

16. 曲言法③是最为精妙的表达技巧。

17. 不要使用只有一个单词的句子。把它们删掉。

18. 不要使用莫名其妙的比喻：这样的比喻就好比蛇鳞上的羽毛。

19. 把，逗号，放在合适的地方。

20. 将分号和冒号的功能区分清楚：尽管这并不容易。

21. 即使没有在普通话中找到合适的表达方式，也千万不要使用方言：peso el tacòn del buso④。

22. 不要使用那些听起来很美妙，实际上却不合逻辑的比喻：这就好比一只脱离轨道的天鹅。

23. 难道真的有必要使用反问句吗？

24. 尽力做到文笔简洁，言简意赅，避免使用长句或插入句（尤其是当插入的信息毫无价值或并非不可或缺之时）——这样会打断某些注意力容易分散的读者的思路——从而使你的文章不会造成信息污染——毫无疑问，这是媒体膨胀时代的悲剧之一。

25. 重音符号只能在必要时出现在正确的位置上，否则就是犯了语法错误。

26. 在阳性名词前不能使用带省音撇的不定冠词⑤。

---

① 一种诗歌的押韵方式。指连续几个单词的开头音节相同或相似。
② 意大利语中四种语态之一，主要用于较为正式的书面语中。
③ 一种委婉的表达方式，如用"听起来不太妙"来代替"听起来很糟糕"。
④ 意大利威尼斯方言，败事有余。
⑤ 意大利语的语法规则之一。

411

27．语气不要过分强烈！节约使用感叹号！

28．即使是最热衷使用不规范外文的"粉丝"们也不能丰富外来词汇。

29．正确地拼写外语名字，如 Beaudelaire, Roosewelt, Niezsche① 等等。

30．在谈及某作者或人物时，直接指明他的姓名，就像那位"十九世纪最伟大的伦巴第作家，《五月五日》的作者"② 所做的那样。

31．为了讨好读者，在文章的开头使用"captatio benevolentiae"③（或许愚蠢的你们根本不明白我在说些什么）。

32．谨慎行文，不要使用"措"别字。

33．跟你们说了也白搭：隐语法④实在令人作呕。

34．不要过于频繁地换行。

至少，在不必要的时候。

35．坚决不要使用 majestatis⑤ 这样的复数形式。这绝对会让人对你的印象大打折扣。

36．不要因果倒置：因为你们得到了错误的结果，所以你们做错了。

37．不要写不符合因果逻辑的句子：如果人人都这样，那么就是后果导致前提了。

38．不要随意使用古文、生僻字眼、其他已经废止的表述方式以及那些"深层结构"⑥ 语言，无论它们看上去有多么能够显示

---

① 分别是法国诗人波德莱尔、美国前总统罗斯福及德国哲学家尼采的错误拼写，正确的拼写方式应为 Baudelaire, Roosevelt, Nietzsche。
② 指意大利作家亚历山大·曼佐尼，《五月五日》是他写的一首抒情诗。
③ 拉丁文，拍马屁的话。
④ 一种口说不讲某人某事，实际上已经说出来的修辞方法。如："跟你们说了也白说，某某住院了。"
⑤ 德文，陛下。复数形式应为 Majestäten。
⑥ 语言学术语，指句子的内部形式。

你语言功力之高深——倘若这些词汇引起校对人员的反感就更糟糕了——因为它们超出了读者的认知范围。

39. 不要啰啰嗦嗦，但也不要只说一半就。
40. 无论如何，句子要完整

一九九七年

为什么

香蕉为什么长在树上？因为如果它们贴着地面生长，将会立刻成为鳄鱼的美餐。汞为什么叫"汞"而不叫"铀"？因为倘若汞叫铀，那么铀就要改称阿莫迪迪奥·布兰比拉，所有人都可以不拿它当回事。滑雪板为什么在雪地上滑行？因为若在鱼子酱上滑行，那么这项冬季运动的成本就太高了。

为什么恺撒在临死前还有时间说出"布鲁图，你也有份儿"？因为把匕首刺入他心脏的并非马塞里诺·梅纳德斯·佩拉约①。为什么我们由左向右书写？因为如果不是这样，句号将成为句子的起始点。为什么双杠不会交叉？因为假如它们交叉，在上面做练习的体操运动员就会把腿卡断。

为什么圣保罗不曾结婚？因为他一生都在旅行，倘若还要抽空给妻子写信，那么《圣经·新约》中将有相当一部分禁读内容。为什么开灯时灯泡不会因为聚集在钨丝上的巨大热量而烧坏？因为假如一亮就坏的话，就没有必要发明这玩意儿了。

为什么一只手有五根手指？因为倘若有六根，《十诫》就得变成《十二诫》。为什么上帝是完美无缺的？因为他若不完美，就不是上帝，而是我的表弟古斯塔夫了。为什么威士忌在苏格兰发明？因为它若发明于日本，那就该叫"清酒"，且不能与苏打水同饮。

为什么海洋如此广阔?因为地球上有太多鱼,总不能把它们都放在勃朗峰上。为什么小母鸡要高唱一百五②?因为它若高唱三十三,那它就是共济会的总导师③。

为什么所有的杯子都是上端开口,下端封口?因为假如上下倒置,所有的酒吧都会倒闭。为什么妈妈始终是妈妈?因为如果爸爸也能当妈妈,那么妇产科的医生将不知到哪里去谋生。为什么指甲会不断生长而牙齿不会?因为假如牙齿也不断变长,那些精神病人将把自己的牙齿也吃掉。为什么头在上面,而屁股在下面?因为如果头在下,而屁股在上,浴室的设计就太复杂了。为什么拿破仑出生在科西嘉岛?因为所以。

为什么双腿只能朝内,不能朝外弯曲?因为朝外弯曲的双腿会在飞机紧急迫降时产生极大的危险。为什么哥伦布选择朝西航行?因为他若朝东走,发现的就会是墨西拿海峡。为什么指头上长着指甲?因为长着眼睑的叫眼睛。为什么火会燃烧?因为起润湿作用的是水。为什么狗有尾巴?因为它若没有尾巴,就只能通过摇晃阴茎来表示高兴。

为什么高与低相对?因为假如高与特拉布宗④相对,则高本身也会失去意义。为什么在黑暗中看不见光亮?因为周围一片漆黑。为什么阿司匹林药片与鼹蜥不同?因为你可以设想一下,假若二者一模一样,将发生多么恐怖的情况。为什么狗会死在主人的坟墓前?因为它找不到可以面对着撒尿的树干,于是在三天后死于膀胱胀裂。

为什么人会自作自受?这是个无聊的问题,答案就在问题之

---

① Marcelino Menendez y Pelayo(1856—1912),西班牙文学评论家、历史学家。
② 意大利传统童谣,名为《母鸡高唱一百五》。
③ 共济会会员共分三十三级,最高级会员为总导师。
④ Trebizond,土耳其城市名,在意大利有一种说法"迷失特拉布宗",意为"迷失方向"。

中。为什么最优质的枕头都是羽毛做的？因为倘若不是如此，那么最优秀的鸟儿身上长的都是羊毛。地图为什么上北下南？因为若是上南下北，则为左东右西。

  为什么美人鱼长着鱼尾？因为她若长着双腿，则会变成沃盖拉的家庭主妇。为什么直角量出来是九十度？毫无意义的问题：不是它愿意呈九十度，而是别人规定它呈九十度啊。

一九九七年

废纸之疫

"废纸之疫"大约发生于二〇八〇年,这场瘟疫在收藏界引发了一场翻天覆地的巨变。一种很可能来自亚洲某遥远地区的未知病毒开始在西方世界迅速传播,所有以废布浆为原料的纸张(即从谷登堡时代起到十九世纪中叶、以纤维素为原料的纸张粉墨登场之前印刷的所有书籍)都没能逃脱灰飞烟灭的命运。这是命运开的一场玩笑,因为直到当时,人们一直认为木浆纸会在七十年内腐烂,而以废布浆为原料的纸张是不会腐烂的(这一点的确有据可查)。

很长时间以来,全世界所有的出版商都在使用"无酸纸"生产那些珍贵的书籍,而木浆纸只表现出差强人意的耐久保存性,勉强可以与近代古版书中所使用的又脆又薄的纸张相抗衡。然而自从二〇八〇年的瘟疫之后,形势就天翻地覆了。木浆纸不仅被认为是可以抵抗岁月磨损的材料,而且被看成是前几个世纪以来印刷界的荣耀发明。而在世界各地的图书馆中,这种致命的病毒则在不断地吞噬着人类的文字作品。

最先被感染的是《寻爱绮梦》[①]的所有印刷本。起初,书籍遭到了虫害的侵袭,接着所有的书页都变得如蛛网般脆弱,最后,这些宝贵的书页全都化为乌有。人们曾使用化学方法进行抢救,但收效甚微,而那可怜的凸版修复行为也开始得太晚——那时的书籍已经到了病入膏肓的状态。仅仅十年间，由阿德尔菲出版社出版的新版《寻爱绮梦》的价值就已飞涨到了一万"地球币"，相当于二十世纪的一百万美元，然而就连这价值连城的新版书也几乎是千疮百孔，文字内容已经丢失过半。

不久以后，《纽伦堡专刊》《弗莱斯蒂副刊》、塔索和阿里奥斯托的最初几版作品、一六二三年版的莎士比亚对开版书籍以及整部百科全书都纷纷化为白色的尘埃，飘散在世界各地的空荡荡的图书馆中，空空如也的书架就像是瞪大的双眼，惊愕地盯着这些粉末沿着四壁飞舞。

这场灾难造成的文化损失自不必说，而它带来的经济后果也不容忽视。正如一九二九年经济危机中最黑暗的那几个月一样，人们看到克劳斯②的后代在第五大道的街角贩卖苹果；贝尔纳·克拉夫勒伊③在塞纳河边流浪，从垃圾筒中捡橘子皮；而在伦敦最破败的贫民区内，帕穆尔④议长和夸里奇公司⑤的全体员工在夹杂着雨水、雾气和煤烟的空气中游荡，他们戴着破旧的大礼帽，身穿打满肮脏补丁的肥腿裤子，抱着一个病恹恹的孩子，在圣诞夜向匆匆过往的行人乞讨，希望获得某个"唐老鸭大叔"的怜悯。唯一一个幸免于难的人物是马里奥·斯科尼亚米里奥⑥，他卖起了那不勒斯风味的快餐甜点，由一位来自罗戈莱托⑦的面包师专门主理。

不过十年之后，无论是收藏家还是书商又都相继东山再起。前者是出于收藏古董的本能需求，而后者则是受到了一种合理的追逐

---

① *Hypnerotomachia Poliphili*，又名《波利菲洛梦中寻爱记》，第一版印刷于文艺复兴时期。
② Karl Kraus（1874—1936），奥地利作家、记者、文学家、古籍收藏爱好者。
③ Bernard Clavreuil，法国书商，出身于书商世家。
④ Parmoor，英国古籍收藏爱好者。
⑤ Quaritch，英国古籍经销商。
⑥ Mario Scognamiglio，国际爱书协会负责人。
⑦ Rogoredo，位于意大利那不勒斯的小城。

财富的心理驱使。市场重新红火了起来,其主流产品则是那些现代派的书籍,包括儒勒·凡尔纳的纸质版书籍、《苦儿流浪记》,还有一些更近期的作品——出版不到一年,这些书就会变成古董(考虑到互联网和电子书籍已经成为主要的阅读材料,印刷版的纸质书籍已成为只针对爱书人士或硅过敏读者的限量产品)。

著名的汉尼巴尔·罗西的诗集、约翰·史密斯的小说、布兰比拉的警句集、保塔索的杂文集、罗莫雷托·齐齐戈尼或萨尔瓦托莱·埃斯波西托的全集——这些作品的价值都已达到了数千万里拉,至于某位二十世纪九十年代的实验派诗人所写的书,其价值就更是不菲了,佳士得拍卖行的定价为三百万美元,最终被一家日本银行购得。

当然,这里所指的都是没有作者签名的版本。事实上,在那个年代,旧书收藏界的古老规则早已被打破了,那些"非手迹珍藏本"反而成了价值连城的抢手货。如果说对于几个世纪前的书籍来说,一本带有基歇尔①手写题词"作者赠礼"的作品和一本题有科尔代利②致贝维拉夸③的赠言的作品是"稀世之宝",那么对于近代古籍来说,情况则恰好相反。事实上,大家都清楚,自从二十世纪中期以来,如果要出版一部作品,作家就必须参与以下运作过程:一、在编辑办公室里为至少一百本书签名,其中一部分是印刷样书(留给作者自己),其他的则要赠送给评论家和所谓的"意见领袖"、每一位瑞典皇家学院的成员、斯特雷嘉奖的所有投票者、维亚雷焦奖的所有评委;另外还要准备几百本签过名的书派送给威尼斯的车工及保洁员,因为他们有可能成为康皮耶罗奖的群众评委④;二、在意大利各中心城市参加各种座谈会,并为到场读者签名;三、在

---

① Athanasius Kircher(1601—1680),德国耶稣会士。
② Franco Cordelli(1943—),意大利作家。
③ Alberto Bevilacqua(1934—),意大利作家、诗人、记者。
④ 在意大利康皮耶罗文学奖的评选过程中,会邀请一些普通公民作为群众评委。

各个书店为上千册书签名,随后,书商会私下将这些带有签名的书高价卖给作者的书迷,并信誓旦旦地告诉他们说那是唯一一本带有作者签名的书。总之,在出版的各个环节都少不了作者的签名。

当评论家、记者、评委及其朋友收到一本带有作者签名的书时,他们通常都会将它扔进废纸篓,要么就送到监狱(在那里,书页常常被用来卷大麻烟)或医院(在那里,书籍往往成为老鼠的美食)里去,总之,这种带有作者签名的书实在是泛滥成灾,其价值也一落千丈,从而被排除在珍藏版书籍的范围之外。

因此,人们的注意力就转到了那些极少量的不带作者"签名"痕迹的版本上。在二〇九一年,菲亚梅塔·索阿维古籍书店就在价目表上标明奥利维耶罗·迪利贝托[1]的未签名版诗作《致西尔维娅》的价格为五千万里拉。另一部由安东尼奥·迪·皮耶特罗创作的未签名诗作《致西尔维奥》则被梅迪奥拉努恩书店卖到了一亿里拉。而在普雷加索书店的目录上,由贝卢斯科尼出版社出版,乌托邦图书馆收藏,带有马切罗·德卢特里[2]热情洋溢序言的(不带任何签名的)博雷利[3]作品全集的价格则高达两亿里拉。

此时,马里奥·斯科尼亚米里奥也已放弃了那家那不勒斯点心店,开始重操旧业,以一本未切过边的朱里奥·安德雷奥蒂的《我的牢狱生涯》(二〇〇一年出版,售价为三亿里拉)在市场中再次独占鳌头。该书是安德雷奥蒂送给他的主教朋友的结婚礼物,只是为了不触霉头,才没有署名的。

二〇〇〇年

---

[1] Oliviero Diliberto(1956—),意大利政治家。
[2] Marcello Dell'Utri(1941—),意大利政治家。
[3] Francesco Saverio Borrelli(1930—2019),意大利足球协会调查办公室主任。

不断前行的伟大命运

遥想第三个千年

美妙的青春韶华

根据《创世记》的记载，亚当享年九百三十岁，而诺亚的寿命则只有五百年（因为他喝酒）。除了这些无法考证其可靠性的记录，我们还惊讶地发现梭伦直到八十岁时才辞世，由此我们似乎可以推断出古代社会是一种老龄社会。此话倒也不假。历史上的确出了许多睿智的老者（如执政官加图、索福克勒斯、提香、康德、威尔地、谢林及莫奈），但他们却是众人中的幸运儿。不错，柏拉图享年八十岁，但亚里士多德却在六十二岁时就与世长辞了。

我们姑且先不谈那些在暴力事件中丧生的人物——如小加图、恺撒、西塞罗、塞内加、耶稣、彼得、保罗、布鲁诺和罗伯斯庇尔——因为从生物学的角度来看，那些被希律大帝屠杀的无辜婴孩是不能作为统计数据的。谈起英年早逝的伟人，我们通常都会想到亚历山大大帝（终年三十三岁）、莫扎特（终年三十五岁）、圣路易吉·贡萨加（终年二十三岁），另外，还有兰波和莱奥帕尔迪。或许，这最后两位算不上卒于英年，因为他们分别活到了三十七和三十九岁——在当时那个年代，这已经算是善始善终了。但每当我们想到之前那几位人物，想到他们留下的那些流芳百世的丰功伟绩，不假思索地认为他们一定长寿时，这些残酷的数字却令我们感到十分震惊。

随意地翻阅历史的长卷，我们还会发现其他许多于中青年时代辞世的名人：安妮·勃朗特（终年二十九岁）、夏洛蒂·勃朗特（终年三十九岁）、艾米莉·勃朗特（终年四十岁）、贝里尼（终年三十四岁）、拜伦（终年三十六岁）、卡拉瓦乔（终年三十九岁）、锡耶纳的圣凯瑟琳（终年三十三岁）、卡图卢斯[①]（终年三十三岁）、肖邦（终年三十九岁）、特雷蒂安·德·特鲁瓦[②]（终年四十八岁）、柯莱乔（终年四十五岁）、德·缪塞（终年四十七岁）、邓斯·斯各托（终年四十三岁）、菲尔丁[③]（终年四十七岁）、"美男子"腓力四世[④]（终年四十六岁）、福斯科洛[⑤]（终年四十九岁）、加斯帕拉·斯坦帕[⑥]（终年三十一岁）、果戈理（终年四十三岁）、戈查诺[⑦]（终年三十三岁）、恩·特·阿·霍夫曼（终年四十六岁）、霍尔拜因[⑧]（终年四十六岁）、伊吉诺·乌戈·塔尔凯蒂[⑨]（终年三十岁）、济慈（终年二十六岁）、克莱斯特（终年三十四岁）、莱蒙托夫（终年二十七岁）、洛伦佐·美第奇（终年四十三岁）、路易十三（终年四十二岁）、路易尼[⑩]（终年四十七岁）、马萨乔（终年二十七岁）、莫泊桑（终年四十三岁）、诺瓦利斯（终年二十九岁）、帕拉切尔苏斯（终年四十八岁）、帕斯卡（终年三十九岁）、拉斐尔（终年三十七岁）、"狮心王"理查一世（终年四十二岁）、圣方济各（终年四十四岁）、圣方济各·沙勿略（终年四十六岁）、圣托马斯（终年四十九岁）、

[①] Gaius Valerius Catullus（前87—前54），古罗马诗人。
[②] Chrétien de Troyes（1135—1183），法国诗人。
[③] Henry Fielding（1707—1754），英国小说家、剧作家。
[④] Philippe IV（1268—1314），法国卡佩王朝国王。
[⑤] Ugo Foscolo（1778—1827），意大利新古典派诗人。
[⑥] Gaspara Stampa（1523—1554），意大利女诗人。
[⑦] Guido Gozzano（1883—1916），意大利诗人。
[⑧] Hans Holbein（1497—1543），德国画家。
[⑨] Iginio Ugo Tarchetti（1839—1869），意大利浪漫派作家、诗人、记者。
[⑩] Bernardino Luini（1485—1532），意大利画家。

雪莱（终年三十岁）、斯宾诺莎（终年四十五岁）、史蒂文森（终年四十四岁）、狄奥多拉①（终年四十八岁）、于格·德·圣维克托②（终年四十五岁）、凡·爱克（终年四十六岁）、维美尔（终年四十三岁）。

在五十至五十三岁之间，米南德③结束了自己的喜剧写作生涯，里夏尔·德·圣维克托④完成了他的遗作《默想论》，拿破仑永远地告别了自己的牢狱生活。除了他们，在该年龄段逝世的还有大西庇阿、奥古斯都大帝、维吉尔、瓦拉、伊莎贝拉王后、韦罗基奥⑤、莫里哀、莎士比亚、维萨里⑥、塔索、莱辛⑦、约瑟芬、多雷⑧、费希特、唐尼采蒂、巴尔扎克、加富尔、李嘉图、霍夫曼斯塔尔⑨、魏尔伦和弗朗索瓦·马拉美。

伊凡雷帝于五十四岁时结束了自己的恐怖统治，笛卡儿和阿尔菲耶里⑩也在这个岁数分别停止了怀疑和希望。而萨拉丁、卡尔维诺、哥伦布、伽马、圣方济各沙雷氏、斯特恩及伊丽莎白·巴雷特·勃朗宁则坚持到了五十五岁。

但丁、腓特烈二世、圣王路易九世、蒙迪诺·德·柳齐⑪、亨利八世、塔斯曼、马里诺骑士⑫和斯特凡·马拉美于五十六岁逝

---

① Theodora（500—548），拜占庭皇后，君士坦丁一世的妻子。
② Hugues de Saint-Victor（1096—1141），中世纪哲学家、神学家。
③ Menandro（前342—前291），古希腊喜剧作家。
④ Richard de Saint-Victor（1110—1173），神秘主义神学家。
⑤ Andrea Verrocchio（1435—1488），意大利画家。
⑥ Andrea Vesalius（1514—1564），意大利医学教授、现代解剖学创始人。
⑦ Gotthold Ephraim Lessing（1729—1781），德国启蒙运动时期作家、文艺理论家。
⑧ Gustave Doré（1832—1883），法国版画家、雕刻家、插图作家。
⑨ Hugo von Hofmannsthal（1874—1929），奥地利诗人。
⑩ Vittorio Alfieri（1749—1803），意大利悲剧诗人。
⑪ Mondino de Liuzzi（1270—1326），意大利医学家、解剖学先驱。
⑫ Giambattista Marino（1569—1625），又称"马里诺骑士"，意大利作家、诗人。

世。贺拉斯、阿维森纳、圣博纳文图拉、丢勒、维多利亚·科隆纳①、塔尔塔利亚②、黎塞留公爵、贝多芬和帕斯科里撑到了五十七岁。利维乌斯、圣安布罗乔、腓力二世、马基雅弗利、卡尔五世、利马窦、维多里奥·埃玛努埃尔二世跨过了五十八岁的门槛。到五十九岁时,除了约翰·多恩③撒手人寰,圭托内·达雷佐④、奥卡姆、阿里奥斯托、开普勒、蒙田、拉伯雷、乔治·德·拉图尔⑤、马萨林、克伦威尔、拉法耶特夫人、司汤达和福楼拜等人的丧钟也纷纷敲响。

至于那些在六十至六十五岁左右才寿终正寝的人物,则可以算是备受尊敬的老者了,这其中有德谟斯提尼、伯里克利、阿里斯托芬、穆罕默德、薄伽丘、费奇诺⑥、路德、拉辛、鲁本斯、伦勃朗、弥尔顿、卢梭和黑格尔。

所有人都认为人类的平均寿命在本世纪前半叶得到了增长,然而我们还是看到了一些在韶华之年就离开人世的例子:拉迪盖⑦(终年二十岁)、莫迪里亚尼(终年三十六岁)、卡夫卡(终年四十一岁)、普鲁斯特(终年五十一岁)、乔伊斯(终年五十九岁)。

由此看来,直到不久以前,人类的寿命并不长,因此许多名人都是少年得志。世界的掌控权不属于老者,而属于年轻人。然而,本世纪以来,我们的社会却被一群七十至九十岁的老头儿掌握着。相反,等到当代的年轻人能够大权在握时,却已经到了从前的帝王、思想家、艺术家及圣人作古的年龄。战争的代价从来都过于高

---

① Vittoria Colonna (1490—1547),意大利女诗人。
② Nicolò Fontana Tartaglia (1500—1557),意大利数学家、工程师。
③ John Donne (1572—1631),英国玄学派诗人。
④ Guittone d'Arezzo (1230—1294),意大利托斯卡纳派田园诗歌创始人。
⑤ Georges de La Tour (1593—1652),法国画家。
⑥ Marsilio Ficino (1433—1499),意大利柏拉图主义哲学家、美学家。
⑦ Raymond Radiguet (1903—1923),法国作家、诗人。

昂，因为在战争中死去的年轻人要远远多于老年人，尤其是使用那些表面不会造成任何伤亡的智能导弹之后，炸死城市里老弱病残的可能性也就更加微乎其微。不仅如此，那些掌握着重权的耄耋老者通常都知道哪里是连智能导弹也寻找不到的地方。

"世界在慢慢老去。"当年那些在不惑之年就与世长辞的古人如是说。如今的媒体时刻都在提醒着包括老年人在内的所有人青春岁月有多么美妙，然而年轻人却开始习惯漫长的等待。要知道"青春似水，韶华易逝"啊。

一九九一年

一年扔掉多少树

里约会议①在一种略显冷淡的气氛中落下帷幕了。当然,所有的与会者都无法回避拯救地球这一亟待解决的问题,多少都给予了回应。但令人遗憾的是,在面对地球环境危机这一问题时,与会者的回应方式却各有不同。没办法,全世界有太多生态保护组织,却不存在一项统一的生态法规。既然不存在绝对的法规(除非是在哲学意义上),那么我们至少应试图建立一套统一的生态保护理念。然而,最令人担心的是,这套生态保护理念的合理程度却常常会因染上传统政治理念的弊病而削弱,比如国家利己主义、大国傲慢主义、最高纲领主义或妥协主义,尤其是人为制造国家间意识冲突的行为。

会议期间,出于一种道义上的忧虑,我和其他与会的科学家一道签署了一份宣言。在宣言中,我们请求各方在争辩的过程中切勿以非理性的态度把拯救地球之战笼统地看成一场反对科技进步之战,可是有些人却立刻把这份宣言理解成阻止会议进一步深入的因素。我认为事实恰好相反。任何阻止拯救地球的因素都来自于人们的不理智态度,这种不理智只会导致人们以最高纲领派的态度武断地对待一切,从而无法找到真正的弊病,对症下药。

举个例子吧。最近,多家报纸报道在意大利产生了许多由年轻人组成的生态保护组织。从某种意义上来说，年轻人能以对生态环保的关注取代对摩托车、种族主义及迪斯科舞厅的狂热，这是一件令人欣慰的事情。但我读到在这些组织的首要奋斗目标之中，也包括反对使用磁卡电话和电脑。我认为，这是目标制定上的一大失误。的确，失控的经济发展正威胁着我们的星球，但错误的推理方式导致他们笼统地认为所有的科技发展都应被终止，而忘记拯救地球也包括拯救地球上的数十亿人类，因此，我们还是需要那些生产阿司匹林的实验室的。

坦白地说，我真不知道磁卡电话究竟有什么危险，但我了解捣毁帕里奥利②地区的一部磁卡电话机要比阻止一艘捕鲸船在北冰洋大规模捕杀海豹简单省事得多。不错，电脑是科技进步的最典型代表，但我想在此也为它的环保优势说上两句。

有一种机器叫传真机，由于它会成倍地增加纸张的使用量，因此是一种破坏生态环境的设备。在这种机器诞生以前，人们把信息写在一张纸上，然后寄出，接着，同样的一张纸会被接收者收到。可自从使用了传真机，发送者把信息写在一张纸上，并将它插入传真机内发送，接收者则必须使用另外一张纸来接收信息，于是，纸张的使用量就翻倍了。更别说这台机器还经常诱惑人们发送一些篇幅长达十几页的信息（纸张的消耗量则为二十多页）。目前，出现了一种可以与电脑相连的新型小机器。人们在电脑上打好文件之后，可拨打接收者的号码，对方即可在电脑上接收该文件（如果对方没有合适的电脑，则可在自己的传真机上接收）。这样一来，纸张的消耗量就再次减半，甚至降低为零了。既然如此，为何不去阻止传真机的使用，而要拿电脑撒气呢？原因很简单，人们认为电脑

---

① 一九九二年六月三日至十四日在巴西里约热内卢召开的联合国环境与发展大会。
② Parioli，位于意大利罗马附近的城市。

才是科技进步的典型,因此它对环境的威胁要大于传真机。这简直是无知的最高纲领主义,毫无益处的卢德派①。还谈什么保护生态呢,算了吧。

每天,我都要扔掉十来份免费发送的报纸或广告,其出版单位大多是一些并非真实存在的机构,内容大多也毫无针对性。权钱交易的丑闻曝光之后,我们知道这类广告中的大部分是某些公司用来赚取钱财的手段。我不清楚我个人每年要扔掉多少棵大树,但只要简单计算一下,每份这样的广告都有成千上万的印刷量,那么我们扔掉的已足足有一片森林了。因此,我们需要做的,是尽快出台一项法律禁止发行这类免费发送的广告刊物(在没有人要求的情况下);如果某机构想要出版一份刊物,必须证明一定数量以上的市民愿意花钱订阅。年轻人,赶紧把这些浪费纸张的单位在地图上圈出来吧,别再跟磁卡电话过不去了。

一九九二年

---

① Luddite,十九世纪用捣毁机器的手段反对企业主的人。

先有人还是先有鸡

在前两期的《快报》周刊中，一位名叫弗兰科·塔西的读者就我所写的两篇有关生态问题的文章发表了自己的观点。我在文章中曾对激进生态保护主义表示反对，认为不能以毁灭整个人类为代价来拯救地球，而应采取一种理智的态度保护生态环境，因为人类（改变自然是这种生物的本能）与地中海僧海豹一样，都是大自然的子孙。弗兰科·塔西则对此提出了质疑：人类的产生究竟是否符合地球的意愿。

对于这个问题，第一种假设是地球是一个纯粹的自生自灭的系统，没有任何意志、目的和喜好。在这种情况下，所有事物的产生都如雪花凝结和山体在泥石流、冰川及雪崩的过程中重组那样自然。一切发生在地球上的事件都无所谓好坏，无论是恐龙的灭绝还是人类的诞生（之后，是人类创造了价值取向）。那么，人类继续制造二氧化碳破坏环境，最终毁灭自己的种族，之后，森林在未来的几百万年里重新生长，地球再次找到新一轮的生态平衡——这也只是一个自然而然的过程。因此，我们与其杞人忧天，还不如继续污染环境好了，反正地球是能够自我调整的。

第二种假设，地球是一个有着自己意志的神灵。如果是这样，那么人类之所以会诞生，一定是出于地球本身的意愿。既然是地球选择了人类，就应与之合作，从而达到某种平衡。当然，我们还可以认为（正如许多宗教所宣扬的）这世界还存在着另一种与恶势力有关的神灵。但这所谓的"恶"（即人类）要么是上帝用来考验人类的工具，要么是由某个反上帝的神灵（如恶魔或某个恶超人——但若果真如此，又将产生一个新问题：上帝如何会允许这样的事情发生）制造出来的，要么就是因为地球这个神灵本身有着双重性格，因此是善恶双性的源头所在。无论是哪种情况，我们伟大的地球母亲都是这股威胁着她的神秘力量的成因之一。既然地球选择、允许了人类存在，并把人类当成自己的一部分，那么就必须对人类负责。

倘若人类果真是地球上的恶势力，那么由一群激进派环保主义者来实施拯救人类的计划就十分可笑了，他们也是人，是恶势力的代表啊！我们凭什么要信任他们呢？

事实上，对于生态环境的担忧也是一种典型的人类活动的产物。是人类这种动物特有的敏感（及忧虑）导致他们对于自然产生了敬畏之情。对于普通的动物来说，是不存在尊重这一概念的。在某个小岛上，只要还有兔子，狐狸就会不断地以它们为食，从不在意如果把兔子都吃光了，自己的种群也会因饥饿而灭绝；而当岛上的狐狸濒于消亡时，为数不多的兔子便会在高枕无忧的环境中开始大量繁殖，不会考虑它们正在为余下的狐狸提供充足的食物来源，从而开始新一轮循环。

生态意识也并非全人类的意识。异教徒几乎不考虑这个问题，而基督教徒却想得很多。原始部落并不注重保护生态平衡，反而无休止地从大自然中掠夺各种资源。对于其他物种的尊重诞生于基督教，尤其是方济各会。久而久之，那些非方济各会的人士也会出于对本物种生存状态的担忧——一种有益的利己主义而与基督教派人士联合在一起。

这种对于本种族生存状态的理性的担忧同样也是人类特有的产物。

所谓的生态保护只是人类对自身改造环境的权利的思考，以求自身能与自然之间达成某种合理的平衡。当弗兰科·塔西先生认为我是个过于"博爱"的反面典型，并向我建议不要因保护森林而取缔印刷厂，从而维护工人的利益时，我承认，我在提出该说法时确实也采取了一种不甚理智的态度。但如果因为抢救鲸鱼是当务之急，就放弃对治疗艾滋病及癌症的研究，那恐怕也不是明智之举吧。

一九九二年

我才五十岁，请勿用尊称*

我向一位教授朋友介绍另一个朋友的儿子，两人于是寒暄起来。聊着聊着，那位年长的教授说道："不好意思，我一时没在意，所以一直用'你'而没有用'您'来称呼。"年轻人一听，赶紧说："瞧您说的，我才二十五岁呢！"他的这番言论让我大为震惊。换作二十五岁的我，倘若某个陌生人（除了教堂里的神父）不对我使用尊称，我一定会十分不悦——哪怕我还不到二十五岁，只要满了十八岁，我也会对此颇为在意。事实上，当一个人从穿短裤的年龄过渡到穿长裤的年龄时，就拥有了享受尊称的权利，更何况是大学毕业之后，满了二十二岁呢？即使是熟悉的老朋友也应该说："现在我应该称您为某某博士了。"而我们考虑到对方的年龄，则会表现出谦虚及随和的态度，说："您别这么客气，还是像以前一样叫我吧……"

前天，我在波士顿与马文·明斯基①进行了一番讨论。讨论的话题本应该是二十一世纪的生活，但在讨论之余，我们也对未来作了一些有趣的猜想。明斯基提出，在下个千年中，人类生活最重要的变化之一就是寿命的延长。人类的死亡年龄很有可能越来越接近两百岁。这个变化将带来一系列问题，因为在八十岁到两百岁的过程中，人类很有可能要承受许多闻所未闻的新病痛，且必须在长期过程中逐渐形成免疫力。这个过程并非一次轻松的散步，许多人都有可能在半路上一摔不起。当然，我相信我们的子孙最终一定能战胜病魔。

我认为，如果人类在一百五十岁时仍能保持其智力，那么他的经验积累会大大超过目前人类的知识水平。如果说在我们眼里，梭伦是智慧的象征，那么对于我们的子孙来说，他的智慧则可能只是小儿科而已。寿命的增长还意味着青少年期，即从出生到脱离对父母依赖的时期将延长。对于小猫来说，可能是几个月，对于其他生物来说，可能更短。但对于人类来说，就要长得多了。从人类文明发展的角度来看，这个延长期很可能在十二年至十六年间。青少年期过后，孩子们将接受成人礼，跨入成年人的行列。

从古罗马时期到今天，成人的年龄已经经历了一个缓慢的推移过程，该变化对于统治阶级来说尤为明显，对于被统治阶层则显得不那么突出。如今，人们都把大学学习看成是人生的重要驿站。因此，与两千年前相比，一个人由少年变成成人的年龄已由过去的十四岁推移到了二十四岁。如此一来，年轻人成家立业，生儿育女的年龄也就相应推迟了。所有这些变化都源自父母平均寿命的延长。当人们认为五十岁已是高龄的时候，十四岁的确是一个合适的成人年龄——二者之间的经验积累也是成比例的。在如今的社会中，父母的寿命延续到八十岁，甚至九十岁的现象屡见不鲜，那么青年的界限也至少应该推迟至三十岁。正因为如此，从本世纪中期到今天，我们的社会才会出现如此巨大的变化。由于年龄划分的界限向后推迟了十年，如今的大学校园里才会到处都是年满三十岁，却还没有开始工作的学生。

---

* 意大利人通常在与长辈、上司及陌生人的交谈中使用尊称形式，称对方为"您"。
① Marvin Minsky（1927— ），美国麻省理工学院教授、人工智能专家。

现在，我们不妨想象一下当人类的平均寿命延长到一百五十岁时，我们的生活将会发生怎样的变化：成人仪式将推迟到五十岁左右。到那时，当有人跟你说："不好意思，我没有用尊称"时，你则会回答说："您别客气，我才五十岁呢……"但我们要注意一点，即使寿命延长，由于良好的营养供给，人类的生殖能力既不会减弱，其成熟期也不会推迟，人们将会在青少年时期就开始性生活，并且很难劝服他们等到五十岁成年时才开始生育。如此一来，我们将面临大量无法承担法律责任的少年父母，这就好比如今有不少少女十三岁就开始生育。当然了，既然未成年母亲无力对子女进行教育，那么社会就必须承担起这份责任。在一个充斥着三四十岁的未成年父母的社会里，国家政府必须兴建相关的集体育儿机构负责对下一代培养教育。于是，我产生了一个有些奇特的猜想：或许人类寿命的延长还会导致独裁统治及斯巴达式教育模式的产生呢。

一九九三年

妈妈，什么叫"手足"

五月二十五日，乔治·德拉蒂在《七日》杂志的特殊统计专栏中刊登了一组数据。

这组数据显示，由于出生人口逐渐减少，截至二〇三〇年意大利的人口将减少到一千一百万至一千八百万之间；为了弥补不断下降的出生率，每年至少需要三十万移民进入意大利。我会把这个数据告诉那些担心我们民族会被污染的政界人士，但我希望这些政客的后代不会跑到某个角落里高速繁衍——因为说到所谓的"污染"，没有什么要比这更加严重了。

然而，即使有入境移民的持续补充，使每年的出生人口维持在目前的两千一百五十至两千两百人左右，意大利民族还是迟早会从地球上消亡。他们将被其他肤色的民族所取代，其情形就与罗马帝国崩溃之前的形势差不多；也许萨尔马特人①的涌入及一系列针对格陵兰岛的优惠措施将会促使另外一个"崇尚排队和纳税"的民族诞生，但亚平宁半岛很可能会演变成一个长期的过往之地，无法形成相对固定的民族格局。

我们回到统计数据上来：鉴于其他几大洲的出生率都在稳步增长，到二〇二五年，将有二十亿四千两百万人处于十二至二十四岁的年龄段，而其中大部分都将是居住在贫民窟里的市井青少年。到下一个世纪，非洲百分之八十的城市人口都将是青年；另外，将有百分之二十三的青年生活在亚洲城市，百分之二十一的青年生活在南美洲城市。我能想象，那些大城市的人口至少将达到六千万，加上环境问题，老年人的数量将进一步缩减。

大家也不必为此感到过于闹心，与古代伊特鲁里亚人一样，意大利人也会慢慢消失。事实上，很长时间以来，人们早就在议论说要准备迎接一个多肤色欧洲时代的到来，但问题在于这些非欧洲民族的人能否进入索邦大学或牛津大学学习（别忘了，圣奥古斯丁也是非洲人）；而如果锡耶纳（举个例子而已）变成一座混乱之城——居住于此的中国青年朝刚果青年开枪射击，那么无论是对锡耶纳，还是对中国人或刚果人来说，这都将成为一种罪过。

我非常赞同某些人的观点，为了控制人口爆炸，必须要采取某种明智的政策，教育人们控制出生率。许多人相信上天的干预，但我却不这么认为。地球的美好之处就在于多文化和多人种并存，因此我们可以从乐观的角度来看待人口控制问题。有人认为意大利民族应在全球广泛分布甚至征服地球，也有人认为意大利民族的消亡无足轻重，我则认为应持一种折中的想法：保留一定量的意大利人口（哪怕是与其他民族混合后的人口）是有必要的，但无论如何都要教育人们合理并负责任地进行人口繁衍。

当然，这些所谓的措施也有可能导致一些即使不算悲剧化，也算十分怪异的后果。上个礼拜，一个朋友向我谈论起如果全世界都采取中国的非常人口控制措施，一对夫妇只生一个孩子，将会出现怎样的情形。话说至此，事情似乎变得敏感起来。当一个意大利人出生时，也只有一个刚果人，一个印度人出生。如此一来，目前世

---

① Sarmatians，公元前四世纪至公元四世纪时占据北高加索和伏尔加河流域草原以及巴尔干东部地区的游牧部族。

界人口的比例将基本保持稳定（因此阿尔巴尼亚人将少于日本人），或许还能保证人人都有吃有穿。但有一点必须引起我们注意，经过两三代人之后，某些词汇将失去存在的意义，如兄弟、姐妹、姨父姨妈、堂兄弟堂姐妹等等。我们且不说堂兄弟姐妹以及姨父姨妈之类的词汇，但我们是否意识到，等到下一个千年的中叶，"手足情"一词将失去其原有的含义？当然，我们可以用其他词汇来表达类似的情感（如我们在解释福音书时，可以告诉孩子人与人要相互敬爱，就好比爱自己的邻居、同学或是同一辆公交车上的乘客一般），但这些情感难道与手足情完全是同一回事吗？

换一个角度说，如果一个人拥有十五个兄弟，那么他也将无法体会"手足情"一词的含义，他们会为食物而争斗，甚至互不相识，因为他们生活的城市可能只能提供十分之一的生存资源，于是他们的父母只得将他们一一抛弃。无论如何，在一个人口过少或过多的世界里，"部落""民族""家庭"等等诸如此类的词语都将变得毫无意义。

除了上天、大自然的干预（如制造一场大范围的瘟疫）或持续的战争状态（确保屠杀大批量的人口），我想，对人口出生率的控制要算是目前最为立竿见影的措施了。

一九九五年

简约科技的胜利

"在人类的第三个千年史当中，我们将看到简约通讯科技取得决定性的胜利。"这是克拉布·巴克沃兹在他的《潘神的银河》中写下的论断。众所周知，潘神是笛子的发明者。当然，如果你对这东西不感兴趣，那它不过就是个口哨，也就是世界上最简单的乐器。本世纪八十年代末，繁琐的通讯科技开始陷入危机。当时，彩色电视机是主要的通讯工具。那是一个形态臃肿、嗡嗡作响的大盒子，会在一片漆黑的环境中散发出幽幽的光线和有可能打扰到邻居的声音。该设备的使用者仿佛是被催眠了一般，必须在节目播放的整个过程中守在那个盒子旁，以满足一种原始的本能——去了解他人（如女人、少数民族、移民以及其他星球上的居民）私生活的详情。

遥控器的发明是人类走向简约科技的第一步；有了它，观众不仅可以舒适地把喇叭的音量降低，甚至调到静音模式，还可以改变色彩以及随心所欲地调换频道。节目的顺序性开始慢慢地失去意义。首先是观众，继而是电视节目的制作者都不再受到节目顺序性及完整性的约束。这个时期的典型节目是政治辩论，其中的嘉宾轮流（或同时）发表一些肤浅的简短言论，发言时也不必过分在意对方曾说过及正在说什么。而观众在数十个电视台组织的不同辩论节目中跳来跳去，面对着一块黑白相间，没有声音的屏幕，也早已进入一个自由创意的阶段，称作"Blob阶段"。

以前的电视只能直播，这让观众也受到事件本身的线性进展的制约。有了录像机，人们就从这种直播的约束中解放出来，不仅能像欣赏电影一样看电视，甚至还能倒带，完全摆脱了与节目事件之间的被动和压迫关系。

巴克沃兹还指出，电视观众为了能在看电视的同时使用手机通话，干脆不用电视上的扬声器，改在电脑合成的自动钢琴演奏声中欣赏那些不连贯的图片；而电视节目制作者也开始以考虑失聪者的需要为由，养成了在播放图像的同时插入字幕的习惯。如此一来，当电视上的人物在沉默中接吻时，观众则可以看到一个写着"我爱你"的小方框。当观众把电视机与其他程序相连接，从而可以在无声的黑白镜头中看到洒水车洒水及火车进站的场景时，电视就进入了由繁到简的阶段。

下一步则是动态画面的取消。这个过程开始于互联网的使用。有了互联网，信息接收者可以在减少神经系统刺激的情况下，接收一些低清晰度的静态画面。由于这些信息通常都是以文字的方式显示在屏幕上的，因此画面通常是以黑白的形式出现，且没有必要配制声音。

另一个与互联网相关的"简约优势"则在于上网者经常无法连接到最初要登陆的网站，因此，会经过一连串的链接跳转不断尝试登陆其他网站。最终，可能谁也不记得自己最初要寻找的信息，从而从某种遥远的控制中彻底地解放出来。一种纯粹出于爱好，而非出于实用主义或理想主义的信息通讯也就应运而生了。

显然，简约科技的实现必须要经过彻底消除图像这一环节。于是，人们发明了一种不带图像的电视机：那是一种体积轻便的小盒子，能发出声音，不需要遥控，只需转动表面的旋钮就可转换频道了。

终于到最后一步了——简化传播渠道。这个过程开始于本世纪的最后十年。以前的信号都是通过以太网传播的，途中不免遭到物理干扰以及各国政治势力的阻挠。有了付费电视和互联网，人们进入了一个通过电话线传输信号的新时代。正如大家记忆犹新的，有线电报的发明者获得了马可尼奖这一殊荣。

一九九六年

某疯狂科学家决意克隆我

一个多星期以来，绵羊"多莉"一直在各大媒体上与瓦雷丽娅·马里尼[①]平分秋色。不过（至少从象征意义上来说）该事件确实代表了人类进化史上的一块里程碑，其重要程度绝不亚于第一批石器的发明。"多莉"的诞生使人们隐约看到关于未来的多种可能性。这些疑问不仅困扰着宗教信徒，也引发了其他所有人的思考：究竟什么是生命、人类以及科学研究的限度。事实上，我从未想过在一篇短短的专栏文章讨论如此宏大的问题，但我却为人们为该话题所添加的科幻色彩感到十分震惊。在我看来，某些人似乎在幻想以克隆为手段，复制出两个分毫不差的个体，也就是说如果有人克隆贝卢斯科尼，我们将面临双重的政局不和问题，倘若有人克隆普罗迪，则将有两位试图加入欧盟的总理，从而给欧洲央行制造双倍麻烦。

二战时期，纳粹分子曾妄想通过筛选培育出金发碧眼、高大威猛的个体，从而组织一支由超人组成的强大军队；如今的"克隆人"尽管是一项新兴的技术，但在本质上却与当年的疯狂想法没有什么不同。科学家们已经指出这种方式存在一大弊病：假如整个"超人"群体都拥有相同的遗传基因，那么只需要一种病毒，就足以让这个群体彻底溃败。因此，相比之下，还是某些组织一直使用的传统方式比较保险：挑选一些具有不同遗传基因的个体，让他们接受统一的严格训练及洗脑过程，最终培养出一支整齐划一的队伍。

克隆一个人类个体的结果究竟将如何呢？假定某位疯狂科学家认为我是整个人类群体中最优秀的代表（我们要明白，此人虽然是位博士，但却也是个不折不扣的疯子）并决意要克隆我。于是，他从我身上提取了一枚体细胞并进行了一系列必要的处理，九个月之后，一个与我拥有同样遗传基因的新个体就呱呱坠地了。我们姑且认为这个新个体有着与我相同的眼睛和肤色，和我一样容易发胖并患上某些疾病，还与我有着类似的对于人文科学的偏好等等。不仅如此，或许这个"翁贝托第二"在半岁时坐在一块猎豹皮上所拍摄的照片和我于一九三二年拍的那张将会一模一样呢。

但之后的一切就会有所变化了。我出生在三四十年代意大利的一座小城，由一对属于小资产阶级的父母培养长大，曾与特定的亲友和熟人交谈，吃着战争时代特有的食物，呼吸着比现在清新得多的空气，在童年经历过敌军的轰炸，接受过天主教和法西斯主义的教育，在二十多岁以后才看上电视等等。然而这个"翁贝托第二"却很有可能生长在米德韦斯特②某座农场里的新教家庭中，也有可能生活在耶路撒冷的正统犹太教家庭里，他将吃到不同的食物，阅读不同的书籍，聆听不同的音乐，能够或不能看到电视，假如他生病，家人将给他服用不一样的药物，其化学成分一定与那些治疗我当年所患的麻疹及腮腺炎的药物有所差别。

当他到了我这把年纪，会变成什么样呢？谁也说不准，但有一点是肯定的，他一定与现在的我大相径庭。他可能是个主教，可能

---

① Valeria Marini（1967— ），意大利女影星、模特。
② Midwest，美国俄克拉何马州中部城市。

不是数学家，而是个律师，他可能成为吸毒者，也有可能成为新加坡一家小酒馆的老板，他可能成为劳迪①的接班人，也有可能成为世界级的集邮大师。

从另外一个角度来看，倘若希特勒在一岁时就被西藏的喇嘛认定为活佛的转世灵童并在拉萨长大，那么他还将成为历史上的希特勒吗？某些人对于克隆技术那些煞费苦心的科幻妄想体现出了一种极为天真的唯物宿命论，在他们看来，一个人的命运完全取决于他的遗传基因，而与其教育背景、成长环境、人生机遇、营养状况、工作种类、父母的爱抚与耳光，以及父母是否恩爱、是否酗酒、是健康长寿还是英年早逝等诸多因素都毫无关联。

对于任何人来说，克隆人类都是最糟糕的投资。难道有哪位名人愿意冒着世世代代贻笑大方的危险来复制自己吗？无论如何，按照传统的方式来生儿育女才是最合乎情理的做法。

再说，倘若一枚小小的细胞就能决定一个人一生的命运，那么生活还有什么价值呢？

一九九七年

---

① Giuseppe Umberto Rauti（1926—2012），意大利政治家、记者、意大利社会运动党总书记。他与作者有着相同的名字"翁贝托"，作者意在表明自己的克隆体有可能会成为与自己完全不同的另一个人。

人种优化论是伪科学

克隆牛的消息刚刚传出不久，人类社会（至少是通过媒体发表主张的那一帮人）就表现出了相当严重的忧虑情绪，有人开始发出警告，要求对该项科学进行严格控制，并预言未来世界中将充斥无数的机械复制品。

上个星期，媒体又发布了一条新闻，说直到不久前，瑞典一直在数十年间进行着严格的人种筛选，力图让那些身体有缺陷的个体无法生育（另外，我还从报纸上读到类似的争论也已在法国出现，因此，我猜测通过控制残疾人生育来筛选优秀人种的行为要比我们想象的频繁得多）。面对这样的消息，我想没有任何人能保持无动于衷（另外，对先前那些消息的忧虑感只会有增无减）。

然而，对于类似的优生筛选行为，人们最多只是表示抱怨，却从未通过思考得出任何应有的乐观结论来。

大家普遍认为最令人惶恐的一次人种优化筛选是由纳粹分子发起的，他们还为那次筛选行为精心制定了一套理论作为支撑，把德国民族确定为优等民族。因此，那次筛选行动可谓是一次理论与实践相结合的行为。

现在，我们不妨来看看可怜的希特勒究竟获得了怎样的成果，无论如何，在这一点上，希特勒的确值得我们同情。我认为，如果说大家眼中的德国公民典范是德里克侦探、他那愚蠢的助手以及那些下三烂的破案手段（他们之所以能够成功是因为那些罪犯更加没有脑子），那么德国人搞的人种优化计划可真算不得成功。当然，我们得仔细想想，希特勒究竟有多少时间来实现这个计划呢？

希特勒于一九三四年成为国家元首，即使算上垂死挣扎的那段时间，一九四四年他也已经出局。因此他在位只有短短的十年。而在这段时间里，他又依次投身于以下几方面工作：一、建立一支强大的军队及一个新兴工业强国；二、除了要消灭政治上的敌人，还要消灭数以百万计的低等民族（为此他耗费了巨大的精力进行组织及技术工作）；三、发动一场人类历史上最为错综复杂的战争——不仅要击溃敌人，更要对付盟友。掐指一算，他究竟还有多少时间可以用于筛选高等人种呢？即使他日以继夜地加班加点，也只能望洋兴叹了。

然而那些瑞典的科学家却有好几十年的时间研究试验。我希望以下的文字不会冒犯到瑞典人——毕竟我也有许多瑞典朋友——但我还是要写下来。直到今天，在所有瑞典人当中，仍然是有人健美聪慧，有人丑陋愚蠢；既有才华横溢的科学家、作家，也不乏碌碌无为的平庸之辈；有的人生活美满，也有人整日借酒浇愁，或轻易放弃生命；我相信还有一大批瑞典人与德里克侦探及其助手颇为相似。

总之，我们既不能说瑞典人比其他民族更为糟糕，也无法肯定他们就是所谓的高等民族，从而成为下一轮人种筛选的标准。他们的确身材高大，金发碧眼，有着俊美的外貌，但这一切只是因为他们的祖先——维京人自古以来就是如此；因为那里的生存气候更能促进人体发育；因为他们有去健身房锻炼的习惯；因为他们吃着高品质的三文鱼；也因为他们喝的"绝对伏特加"比俄罗斯的伏特加更加有滋味（至少我这么认为）。即使他们的医生不为那些瘸腿的个体做绝育手术，瑞典民族也会发展成今天的状态。

另外，瑞典人自己也会每年都对那些疯狂科学家制造的"雅利安神话"表示批判。因为诺贝尔奖得主往往都是皮肤黝黑者、秃头者、身材瘦小者、口吃者、营养不良者、目光斜视者、头屑纷飞者、皮肤出油者、戴三指厚镜片的近视患者、安装了起搏器的心脏病患者、糖尿病患者、假牙佩戴者、因吸烟引起的肺病及支气管疾病患者和阴茎横向勃起症患者。

由此可见，所谓的人种优化论是伪科学，而组建一个完美的种族也是一项只会浪费碱水和肥皂的不可完成的任务。

在说完这一堆自相矛盾的废话之后，请允许我自娱自乐一番。我认为德里克侦探比希姆莱更为人性化，而他的助手与雷妮·里芬施塔尔[1]在补习班里挑选的那些长脸智障患者相比，还是更容易让人接受的。

一九九七年

---

[1] Leni Riefenstahl（1902—2003），德国女导演、摄影师，曾为希特勒拍摄过多部影片。

来自第三个千年的报道：私立学校终于姗姗来迟

自《宪法》第三十三条最终修订之后，私人机构终于获得了利用国家资金建立各种类型和级别的学校的权利，而普通家庭也终于可以自由地为子女挑选最符合他们教育需求的学校，并让他们免费就读了。唯一的限制自然是教师必须通过国家考试，经考试合格后方能被录用。但在实际操作过程中，每所学校都有权自行挑选和录用教师，只要他们的宗教信仰和理念符合该学校的办学目标。

此项关于办学制度的改革一经推出，便深受各政治党派的赞许，认为这是民主的体现。几年之后，国家也从中尝到了甜头。众所周知，较公共单位而言，任何私立机构都能更好地调节经济与效率之间的关系。加之众多优秀的私立学校为公众家庭提供了大量的选择，人们纷纷放弃原有的国立学校，使它们于二○一○年一月以前就彻底销声匿迹。于是，国家的资金开始投向优秀的私立学校，而整个花费还不到投资原有国立学校的一半。

此举一出，那些反教会阶层对于天主教会利用国家政策赚取过多经济利益及控制意识形态的担心也得到了平复。然而，人们却没有充分考虑到自从《宪法》规定国家对所有私立机构予以资助之后，许多其他组织也在趁机浑水摸鱼。该政策推出不到一年，就成立了好几所福音派学校，尽管其路德派的思想没有吸引多少学生，但也取得了相当大的成功。韦尔多派的小学和中学不仅分布在皮耶蒙特大区和瓦雷阿奥斯塔大区，还成功地开拓了南方大区。莱昂卡瓦罗派的幼儿园在伦巴第地区取得了较好的反响，但那些所谓贝尔蒂诺蒂派的学校却因为在公民教育课中添加了过于沉重的教学内容——如背诵马克思的《政治经济学批判》——导致学生资源匮乏，最终不得不关张大吉。

在所有类型的学校中，那些所谓"自由型"的高中取得了压倒性的成功，如西卡尔迪学校、焦尔达诺·布鲁诺学校、保罗·萨尔皮学校、加里波第学校等。其中有些学校既取得了共济会的直接资助，还在短时期内得到了非宗教自由资产阶级甚至"左倾"温和派的青睐。《罗马观察报》曾在一次调查中指出人们的世俗化热情过于高涨，指责那些"无神论实验室"，以及某些学校使用古希伯来小册子《创世说》作为宗教史课的教材的现象——在这本册子里，耶稣被描绘成一个巫师，爱挑拨是非，母亲是个妓女，而父亲则是一个名叫潘特拉的罗马士兵。然而帕斯奎诺学校的校长能够很轻易地驳斥这样的指责，首先，所有的教师都通过了全国统考；另外，《创世说》是许多中世纪犹太教团体的阅读材料，因此，质疑它的合法性是一种排犹主义的表现。

令梵蒂冈政府忧心忡忡的还远远不止这些非宗教类学校。随着越来越多的迁徙人口的涌入（根据二〇一〇年十一月颁布的皮维蒂法令，任何踏上意大利领土的人都能自动获得意大利国籍），在第三个千年中的最初两年里，大量穆斯林宗教学校纷纷涌现。另外，许多传统天主教家庭都十分看好那些基要主义学校，因为他们认为这类学校是男尊女卑价值观的守护者。其他派别的学校也非常普遍（如精神治疗法派学校），许多家庭还选择了以趣味性和无偏见性著称的撒旦崇尚者幼儿园（自从该教派从形式上放弃了活人祭祀之后，就获得了官方的认可）。

最终，选择天主教派学校的家庭只占百分之二十，而百分之四十的学生都更加受欧哈拉[①]派高中的吸引，因为这些学校的大部分教学时间都用来教授"非洲—巴西"风格的舞曲，而教师也都是半裸的黑白混血女郎——由于这些学校的课程名称均符合教育部的大纲要求，因此国家机构对此无权（以文化信仰自由的名义）干涉，指责其教学形式。直到新任教皇卡米罗·本索一世上台，才快刀斩乱麻。他宣称："教会呼吁国家政府担负起应有的责任，推行统一的公共教育体系，取消私人机构的办学权利以及普通家庭草率选择学校的权利。我们不能容忍用公民的税款去资助那些打着宗教自由旗号的邪教组织。天主教教会愿意在各区教堂内针对那些尚未被非法学校腐蚀的青少年进行天主教教育。自由国家内的自由教会——这是每一个真正信徒的呼声。只有这样，我们才能从真正意义上保障所有人的自由，尤其是犯错误的自由。"

一九九八年

[①] Oxalá，巴西文化中的男性生育神和收获神。

二〇九〇年的古老专栏稿

"上网看看今天的天气如何?"妈妈对小穆罕默德·伊本·埃斯波西托说。于是,小男孩爬上了凳子,尽管头上戴的呼吸机让他感到很不舒服,但他最终还是够到了厨房里的那台电脑:"公元九〇年雾月一日①,妈妈。"他开始自豪地念了起来——这个年仅三岁的孩子已经在产科医院里学习了两年的电子通讯学了。"真主保佑,"妈妈愤愤地打断了他,"都过了九十年了,这台该死的电脑居然还没有把那两个〇更新显示出来?宝贝,你是知道的,现在是二〇九〇年!"

面对母亲的抱怨,小男孩不屑地回应说既然她和爸爸为了省钱选择购买了那台在"北京二号"基础上克隆出来的墨西哥电脑,就不能对它抱有太高的期望。"没错,"妈妈回答说,"如果能花上双倍的钱,我们至少应该买一台保加利亚生产的电脑,这在我们那不勒斯共和国是最畅销的机型了。但你知道,我们家并不富裕,我每天都上班,一周却只能挣回两千亿里拉,这可刚刚能够勉强维持家庭开支。你看看如今的通货膨胀有多严重,他们甚至开始铸造面值一百万的硬币了,居然还把帕多瓦印到了斯洛文尼亚的旁边。最近我们要换一辆飞行车,得到北意大利王国去买一台'本田'。之前,我们还得费尽周折拿到教皇国的护照。自从斯堪德伯格一世和那些阿尔巴尼亚主教在梵蒂冈上了台,就多出一大堆麻烦事……更别提帕尔马公国的海关了。"

"为什么只有在北意大利王国才能买到便宜的本田车呢?"穆罕默德不解。"我的孩子呀,你虽然在两岁就开始学习虚拟方程,但却没人教过你历史。我跟你说过一千遍了,北意大利王国独立于八十年前,之后曾试图把菲亚特汽车卖给瑞典人,往中国出口大米,把巴贝拉酒卖到博尔格尼亚②,然而这些北方佬却被南方市场拒之门外(除了向西西里供应贝雷塔公司③的武器之外),并落到了提契诺州④的控制之下。你还记得那个买下整个 AC 米兰队的贝纳斯科尼⑤吗?在他之后,发生了一场革命,博西被判处在高压室里监禁,而北意大利王国则被日本人掌控,他们利用那里低廉的劳动力,生产针对第八世界市场的家用型轿车,那些伦巴第人负责在地下回收合成食品放射性残渣的工作,而塞内加尔人则集中在组装线上。不管怎么说,那些北方穷人也要生活,重税的压迫使他们变得贪婪。不过你要记住,这世界上没有什么低等民族,即使一个布雷西亚人没有像我们的阿尔布马扎主席这样黝黑的肌肤,他也并不低人一等。正如瓦尔泰利纳保护区的居民们至今所坚持的,白也是一种美。"

"妈妈,"穆罕默德突然问道,"你能给我买一个小弟弟吗?""你说什么?"妈妈又惊又怒地叫了起来,"谁告诉你这些事情的?你什么时候见过哪个小孩有弟弟?"小伊本·埃斯波西托赶忙一边躲闪一边说:"我在一本童话书里读到的……有一个大拇指男孩,他有兄弟姐妹,他们一起播鹰嘴豆种子……"迷惑不解的妈妈试图

---

① 法兰西共和历的第二个月,雾月一日相当于十月二十二日。
② Borgogna,位于意大利伦巴第大区的著名产酒区。
③ Beretta,意大利军火武器制造公司。
④ Ticino,瑞士南部地区名。
⑤ 暗指意大利总理贝卢斯科尼。

改变话题，说："好了，这些都是童话里的东西，兄弟、鹰嘴豆、面包，还有水果……这些都是过时的东西了。你要感谢真主阿拉，你爸爸为了在食品厂工作，十二岁时就做了绝育手术，好在他有生之年还能生下你这个孩子。"妈妈没有提起她有多么担心那次高龄分娩的过程，事实上，这个孩子出生没几个月，她就把他送到了兰佩杜萨的利比亚诊所进行观察。

但穆罕默德坚持打破砂锅问到底："妈妈，什么是弟弟？"妈妈则斩钉截铁地回答说："好孩子不应该知道这些事情。不早了，你该去参加同性恋童子军的集会了。"小男孩推说自己不想去，于是妈妈威胁他说如果不去就会被加尔各答的德兰修女一口吃掉。这个巫女曾是多年前晚间故事的主角，其来历已经弄不清了，但至今仍会让孩子们感到恐惧。于是小男孩嘟囔着出了门，妈妈则心事重重地自言自语道："我已经如此不幸了，难道连我的孩子也不正常吗？"

门铃响了，一位金发先生出现在门口。"您好太太，这是费用单。"居然还要为呼吸机里的空气按月缴费，真让人受不了，可跟瑞士的黑手党是没话好说的。生活艰辛啊，妈妈一想，一边打扫新照明系统产生的放射性残渣——这是切尔诺贝利欧亚协议中所强制规定的。她感到有些疲惫，十一岁的她看上去已经像十四岁的明日黄花了。还谈什么生弟弟啊，她喃喃道。

为了放松一下，她戴上了催眠阅读器的头套，收听最新的消息。播音员说警方已经找到了关于乌斯蒂卡惨案[①]责任人的些许头绪。她低声自语道："好在这世界上尚有正义可言啊。"

一九九七年

[①] 一九八〇年六月二十七日，在意大利的乌斯蒂卡发生了一起严重的空难事故。

肖邦对抗贝卢斯科尼
——试试不可能的事

早在该专栏开设之初,我就声明过专栏中的文章将不受时效性的限制。因此,我自认为有权将我于六月十三日那个遥远的夜晚,当我在电视上听到全民公决的最终结果时的所思所想描述一番。为什么我要选择在今天,而不是在当时发表相关的意见呢?因为正如雨果·普拉特漫画中的某个人物(我记得是一个古怪的阿法尔人)所说的:"我乐意。"

那天晚上,我在思考假如某意大利中产阶级公民被要求回答以下问题——"你希望所有的私人电视台都属于同一个老板还是希望它们分别属于不同的人,从而可以表达不同的观点?"——答案应该是显而易见的。然而事实却恰好相反。这其中必有缘由,而且绝不仅仅是因为那些投反对票的人受了电视宣传的影响。假如有人试图通过强劲的宣传攻势说服成千上万的意大利人在全民公决那天做一个小时的健身操,我想该号召必然得不到如此一致的积极回应。我认为,真正的原因在于所有投票说不的人以及大部分弃权者都没有把电视当成一种政治载体。尽管从那个魔术盒子里也能传达出某些与政治有关的信息和争论,但那只是电视功能的次要方面。毕竟,那个魔盒首先是一件家用电器,一件比电冰箱更加不可或缺,也更加富有营养的电器。在这部分意大利人的眼中,某些人(即那些投赞成票的人)试图把电视强行拉入政治争论之中,然而电视本身却不能(也不应该)被界定为政治的产物。

既然如此,事情便一目了然了。赞成方越是宣扬其政治原因(如言论的自由和多样化、反垄断等),就越会在电视观众的心中留下将私人情感世界政治化的印象;如此一来,反对方反而会赢得民心。然而,其胜利与政治因素(如言论自由和其他多种理由)毫无关系,只是基于一种简单的情感——"不要以拿走我们的食粮来寻开心,也不要冒险,省得明天只能收看到比今天更为贫乏的电视节目。"

这是电视奴隶的低俗反应吗?或者说这是一种表现"民众希望自己的私人生活质量(说不定他们也误解了'质量'一词)更受关注"的信号?不过,就在那天晚上,我也在把电视当成魔盒使用。因为对于当天所有值得关注的新闻我都已有所了解,而那些相关的政治辩论也令我感到枯燥,于是我决定浏览其他频道,并最终选定了三台。当时,罗曼·弗拉德[1]正在节目中盛赞阿尔图洛·贝内代蒂·米开朗琪里[2]。他向观众讲解米开朗琪里是如何演奏肖邦的《第一叙事曲》的,他选取了一些具体的片断,并加以评论,还向观众展示米开朗琪里选择了怎样一种不同于平庸的钢琴师的演绎方法。弗拉德仅仅用短短几句话就把我拉回了十六岁时沉迷于肖邦的岁月。之后,该电视台又播出了一段米开朗琪里演奏的黑白纪录片,我也就随之沉浸在肖邦的世界里。

当整个意大利都在讨论大选结果时,我却在为那段绝美的叙事曲而感动不已。当我置身于一个美妙的世界中时,我的国家却成为

---

[1] Roman Vlad(1919—2013),意大利作曲家、钢琴家、音乐家。
[2] Arturo Benedetti Michelangeli(1920—1995),意大利古典钢琴家。

政治骗局的受害者。在那样的气氛中，前些日子所有那些让我愤怒的低俗之事，包括作为粗俗节目载体的电视都让我觉得可以原谅。有了电视（我不知道自己是触到了绝对，还是触到了回忆——但大家都知道，这两种感觉时常合二为一——是谁在为凡特伊①的短句而黯然神伤呢？），我把自己隐藏在一片私密的空间之中，在那里，个人的小世界和无限的大宇宙时常相互交融，难以区分。

可这种态度难道不会与我们的所学（为我们的信念而奋斗，为了一个更加美好的世界而战斗）相冲突吗？难道我为了肖邦就可以放下所有的道德义务吗？

我不禁自问，针对如山如海的低俗节目，难道就不能采取某些政治手段来确立美的权力吗？大家都清楚，这是一场持久战，但最终一定会取得胜利。或许我们应该为争取一种希腊人称之为"paideia"②的"循环性"完整教育的权利而战斗。或许，我们该向那些投赞成票的人推荐一个尊重私人空间的世界，但这种私人空间应是有教养的、高贵的和文明的。同时，我们还要向他们表明这样的世界也能存在于电视屏幕上。这是一场艰苦卓绝的战争，我们必须以上个时代的马克思列宁主义者那样的态度在学校里、小区里、广场上进行顽强的斗争（就好像人们目前为贝卢斯科尼而进行的斗争一样）。让肖邦对抗贝卢斯科尼？这件不可能的事应该值得一试吧？

一九九五年

---

① Vinteuil，法国作家普鲁斯特作品中的钢琴家。
② 希腊文，为了培养自由的成年公民而实行的一种全面的文科教育。

我们如何笑对死亡

死亡是人类要面临的最大问题之一,这个观点虽然谈不上独特,却是一句大实话。乍一看,似乎只有那些没有信仰的人才会困惑(如何面对死亡之后的虚无),但实际上,(据统计数据显示)许多宗教信徒也为之感到茫然,尽管他们坚定地相信来生的存在,但今世的愉悦生活同样令他们恋恋不舍;因此他们一方面渴望升入天堂,另一方面却也希望这一天能够尽量晚些来临。

很明显,我在此摆出了一个问题:"为死亡而生存"究竟意味着什么,或者说我们要承认任何人都逃脱不了死亡的命运。对于苏格拉底来说,这个问题看似简单。但若是换作我们,每个人都觉得难以应对。在从生到死的过程中,当我们意识到自己在某一个瞬间还继续存在,但在下一个瞬间就将从这世界上消失时,这恐怕是最难熬的时刻了。

最近,一个喜爱思考的学生(就像当年的克力同)问我:"老师,人如何才能笑对死亡呢?"我回答他说唯一能够为死亡提供足够心理准备的方式,就是相信这世界上所有人全都是混蛋。

他显然没有明白,于是我继续解释道:"你想想看,假如你认为在你死亡的同时,无数激情四射的男女青年正在迪斯科舞厅里疯狂玩乐,众多杰出的科学家正在揭开宇宙最后的谜团,刚正不阿的政治家正在营造一个更为美好的社会，电视和报纸一改八卦之风，只报道最有价值的消息，富有责任感的企业家致力于生产环保产品，并试图还大自然一个清澈的美貌：让淙淙的小溪中流淌着可饮用水，让山岭披上绿装，让臭氧层保护晴朗的蓝天，让浮云孕育出甜丝丝的雨水——如果你抱有这样的想法，那么即使你是宗教信徒，又如何能够坦然面对死亡呢？一切都源于你的心理状态：世界如此美妙，我却必须死掉，这显然令人无法接受。"

那么为何不换个方式想想呢？当你感到自己的大去之期不远时，不妨坚定地相信这世界上充满了混蛋（五十亿人口），那些在舞厅里疯疯癫癫的男女青年是混蛋，那些自以为揭开了宇宙奥妙的科学家是混蛋，那些妄图用一剂药治疗社会百病的政客是混蛋，那些只知道炒作花边新闻的媒体是混蛋，那些生产污染性产品的企业家也是混蛋——这么一想，难道你不觉得死亡是一个让你脱离这个混蛋世界的，极其幸福而轻松的时刻吗？

于是，克力同继续问我："老师，我该从什么时候开始这么想呢？"我告诉他不可以太早产生这种想法。如果一个二三十岁的年轻人认为其他人都是混蛋，那么他自己也是个浑小子，而且永远成不了睿智的人。因此，在生命开始之初，我们要认定别人都比我们优秀，随着年龄的增长，我们在四十岁左右时可以产生最初的怀疑，在五十至六十岁时修正自己的观点，在向一百岁逐步挺进的过程中，坚定自己的信念，随时听候上帝的召唤，愉快地离开人间。

相信自己周围的人（五十亿人口）都是混蛋是一门微妙的艺术。它需要用心钻研，却无须心急。只有水到渠成，我们才能在正确的时刻笑对死亡。但直到临死的前一天，我们还应该认为某个我们所爱或所敬的人不是混蛋。真正聪明的做法是在死亡来临的那一刻（而不是之前）才认为连他①也是混蛋。然后就在这一刻闭上双眼。

因此，这门伟大的艺术在于循序渐进地学习一种宏观思维，观察周边的事件，关注媒体的动向、艺术家的宣言、政治家见风使舵的言论、预言家的诡辩和超人英雄的豪言壮语，从中学习相关的理论、建议、号召、形象，以及神奇的现象。只有这样，你才能最终看穿原来所有人都是混蛋。也就在那一刻，你才真正作好准备迎接死亡的到来。

不到最后一刻，你都要抵御这种"看破红尘"的想法，你要坚信某些人能够说出有价值的言论，某本书的确比其他书籍更有品位，某位官员的确很爱护自己辖区内的公民。这种拒绝承认其他人都是混蛋的想法是十分自然，且十分人性化的，这是我们作为人类的本能。否则，生命的价值又何在呢？当然，当你最终看破红尘时，你就会明白死亡的价值何在（你甚至会认为死亡是一件美妙的事情呢）。

克力同继续问我："老师，我现在还不敢妄下结论。不过我已经开始怀疑您也是个混蛋了。"

"不错，"我对他说，"果真是孺子可教啊。"

一九九七年

---

① 按照"政治正确"的原则，这最后一个混蛋也有可能是"她"。——原注

Umberto Eco
La bustina di Minerva
© RCS Libri S. p. A. -Milan, Bompiani 2000
All rights reserved
All adaptations are forbidden.

图字:09 - 2006 - 005 号

图书在版编目(CIP)数据

密涅瓦火柴盒/(意)翁贝托·埃科(Umberto Eco)著;李婧敬译.—上海:上海译文出版社,2020.7
(翁贝托·埃科作品系列)
ISBN 978 - 7 - 5327 - 8488 - 2

Ⅰ.①密… Ⅱ.①翁… ②李… Ⅲ.①随笔-作品集-意大利-现代 Ⅳ.①I546.65

中国版本图书馆 CIP 数据核字(2020)第 082789 号

密涅瓦火柴盒	UMBERTO ECO	出版统筹 赵武平
La bustina di Minerva	翁贝托·埃科 著	责任编辑 缪伶超
	李婧敬 译	装帧设计 尚燕平

上海译文出版社有限公司出版、发行
网址:www.yiwen.com.cn
200001 上海福建中路 193 号
苏州市越洋印刷有限公司印刷

开本 890×1240 1/32 印张 15 插页 5 字数 259,000
2020 年 8 月第 1 版 2020 年 8 月第 1 次印刷

ISBN 978 - 7 - 5327 - 8488 - 2/I · 5219
定价:89.00 元

本书版权为本社独家所有,非经本社同意不得转载、摘编或复制
如有质量问题,请与承印厂质量科联系,T:0512 - 68180628